Lectures on American Literature
for Japanese Students

講義
アメリカ文学史
入門編

渡辺利雄
Toshio Watanabe

研究社

Copyright © 2011 by Toshio Watanabe

Lectures on American Literature for Japanese Students

PRINTED IN JAPAN

Preface
まえがき

　本書は、アメリカ文学に興味をもち、すでにいくつか代表的な作品を読みながらも、その全体像が見えてこない読者のために、筆者の『講義　アメリカ文学史［全3巻］――東京大学文学部英文科講義録』(2007)とその『補遺版』(2010)から、アメリカ文学の中核をなすと思われる文学者23人に焦点を絞って、そのエッセンスを紹介したものである。そういう意味で、『入門編』としてあるが、単なるアメリカ文学「入門書」でなく、その背後には、111章、2000ページ、とり上げた詩人、小説家、劇作家100人余り、作品からの抜粋引用800余りの『講義　アメリカ文学史［全3巻］』とその『補遺版』が控えている。アメリカ文学を少し読んでみようという読者にとっては、この3巻と補遺版のような大きな文学史は不要かもしれない。本書は、言ってみれば、初心者の読者向けに、本体の「さわり」の部分を抜粋、再編集したものである。本書を読んで、興味を覚える文学者が見つかったら、これをきっかけに、ぜひ『講義　アメリカ文学史［全3巻］』および『補遺版』で、それに該当する章もあわせて読んでいただきたい。そのために、本書では、各章の初出作家名は原綴りで示し、本書のみならず、『講義　アメリカ文学史［全3巻］』と『補遺版』の該当章をそのうしろにクロスレファレンスで示した［例：Benjamin Franklin (⇨ 3章；I巻13章)，Edgar Allan Poe (⇨ 6章；I巻24章)，Vladimir Nabokov (⇨ III巻75章)］。本書に収録されている作家については、本書中の該当章を先に示した。

　いま、本書は、『講義　アメリカ文学史』および『補遺版』の4巻から基本的な部分を抽出したものであると言ったが、もちろん、ただそれを圧縮、抜粋したものではなく、これでアメリカ文学の全体の流れ、その本質的な特徴、魅力が伝わるように工夫してある。また、本体出版後に気づいた必要事項や、最近のアメリカ文学に関する最新の情報も可能な限りとり入れた。ハーマン・メルヴィルや、マーク・トウェイン、トニ・モリソンの章などのように、内容を書き改めたり、追加したりした部分もある。最近の文学研究では批評理論先行の傾向が強く、そこに人間的な要素が欠けているように思われる。もちろん、先鋭的な現代批評理論も魅力的であり、教えられることも少なくないが、大学の英文科などで、これからアメリカ文学研究を始めようとする学生など、初心者の読者にとっては、文学者の時代的背景、社会状況、そして伝記的な事実は、やはり不可欠ではないだろうか。そのような事実を知ってこそ、文学者に人間的な親しみを感じる。ラルフ・ウォルドー・エマソンは 'There is properly no history; only biography.' と言っている。この『入門編』では、紙数が限られているため、「略

伝」しか提供できなかったが、本体の 4 巻より文学者の伝記的情報に重点を置き、さらに人間中心の文学史を心がけた。

　理想の文学史はどのようなものであるか。これに関してはさまざまな立場、意見があるだろうが、筆者は、自分の視点から、あるいは好みによって、とり上げる文学者や作品を取捨選択し、それを一方的に読者に押し付ける、よくも悪くも、個性的な主観の強い文学史でなく、できるだけ客観的にアメリカ文学の歴史的な流れを捉えることのできる文学史を目指した。つまり、時代が変わり、現在、無視されている文学者であっても、過去において重要視されていれば、その文学者もとり上げるようにした。そして、「文学史」としては、あるまとまりが必要であろうが、それは、筆者が一人で作り上げるのではなく、対象の文学者と、その文学者について論じる筆者と、それを読む読者の三者が一体となって作り出すものと考え、本書がその第一歩になることを願っている。

　本書の構成について、一言述べておきたい。限られた数の文学者しかとり上げられなかったので、最初に、アメリカ文学の「全体像」、つまり、アメリカ文学の歴史的な展開を示す文章を掲げた。それを一応頭に入れて、あとに続く章を読んでいただきたい。とり上げた文学者は、相互関係ではなく、生年順に配列してある。19 世紀と 20 世紀の古典的文学者が多くなっているが、読者はそうした文学者の作品を踏まえて現代文学の新作に挑戦していただきたい。また、本書および 4 巻の『講義　アメリカ文学史』の大きな特徴の一つは、詩文選といってもよいほど、多くの英文を抜粋・引用していることである。引用の原文をぜひ味読してほしい。それに加えて、今回は、ネイティブスピーカーによる引用英文の朗読を吹き込んだ CD（MP3）も用意しているので、音声を通して、アメリカ文学の魅力を知ってもらいたい。

　4 巻の文学史本体を圧縮し、時間の限られた教室での授業で使えるよう、エッセンスを抽出し、新しい情報を加えることは、予想以上に煩雑な編集作業が必要となった。そうした点で、編集担当の金子靖氏には最初から最後まで本当にお世話になった。企画段階では、金子氏に加えて、小酒井雄介氏にもご協力いただいた。また、山田浩平、高見沢紀子のお二人には、原稿の内容、表記、クロスレファレンスなど、さまざまな点でチェックをお願いした。そして、宮本文と久保尚美のお二人には、今回も、詳細な索引を作っていただいた。それによって、本書は読みやすく、また、利用しやすくなったと思う。最後に、これらの方々のそうしたご協力に心から感謝を申し述べたい。

2011 年 1 月 11 日

渡辺利雄

講　義
アメリカ文学史
入門編

Contents
目　次

Preface
まえがき
iii

アメリカ文学の全体像
An Overall Picture of American Literature
xi

1 　　　　　　　　　　　　　　　CD 02-06
William Bradford and John Winthrop
ウィリアム・ブラッドフォードとジョン・ウィンスロップ
アメリカ文学は、ピューリタン・ニューイングランド植民地の入植者たちの
理想社会追求と植民地建設の苦難の体験の記録文書に始まった
2

2 　　　　　　　　　　　　　　　CD 07-10
Jonathan Edwards
ジョナサン・エドワーズ
「ニューイングランド的良心」の原点／
個人の魂を揺さぶる熱烈な信仰と人間の内面心理の解明
13

3 　　　　　　　　　　　　　　　CD 11-13
Benjamin Franklin
ベンジャミン・フランクリン
「すべてのヤンキーの父」／フランクリンを知らずしてアメリカ文学を理解することはできない
23

4 　　　　　　　　　　　　　　　CD 14-17
Ralph Waldo Emerson
ラルフ・ウォルドー・エマソン
「新しい世界には、新しい人間、新しい思想がある」／
自らの時代の反逆者だったアメリカを代表する知識人
30

5
Nathaniel Hawthorne
ナサニエル・ホーソーン
CD 18-21

ヘスター・プリン／神の戒律を破った罪深き女性か、
すべてを愛に捧げ、社会の犠牲となった悲劇の「新しい女性」か

39

6
Edgar Allan Poe
エドガー・アラン・ポー
CD 22-27

「天才」か「山師」か、文学研究者の躓きの石／
ナボコフ、大江健三郎にまで及ぶその文学的影響力

51

7
Henry David Thoreau
ヘンリー・デイヴィッド・ソロー
CD 28-34

人権擁護運動、エコロジー運動のパイオニア／150年後の読者にも訴えるラディカルな主張

63

8
Herman Melville
ハーマン・メルヴィル
CD 35-41

「我ただ一人逃れて汝に告げんとて来たれり」(「ヨブ記」)／
孤立し、自らと格闘しながら破滅を迎える超人的な捕鯨船船長の悲劇を語る

74

9
Walt Whitman
ウォルト・ホイットマン
CD 42-45

Leaves of Grass の出現によって、
アメリカ文学は、ヨーロッパに対する長い徒弟時代から脱出・独立を達成

90

10
Emily Dickinson
エミリー・ディキンソン
CD 46-50

ホイットマンと並ぶ世界的に通用するアメリカの「最強の」詩人／20世紀に再発見される

102

11
Mark Twain
マーク・トウェイン

CD 51-54

「すべての現代アメリカ文学は、*Huckleberry Finn* というマーク・トウェインの1冊の本に由来する」

110

12
Henry James
ヘンリー・ジェイムズ

CD 55-59

小説はいかに語ればよいのか。ジェイムズのような小説家がいなかったら、現代小説はありえなかったかもしれない／現代の最先端の小説にまで及んでいる彼の影響

123

13
Kate Chopin
ケイト・ショパン

CD 60-63

20世紀に甦ったフェミニスト女性作家／
生前、自立を求める官能的な女性を描いて反発・批判を招く

135

14
Robert Frost
ロバート・フロスト

CD 64-67

20世紀アメリカを代表する国民的な詩人／その生涯の光と影

144

15
Sinclair Lewis
シンクレア・ルイス

CD 68-71

現在のアメリカ文学研究者に黙殺されたアメリカ最初のノーベル賞受賞作家

154

16
F. Scott Fitzgerald
F・スコット・フィッツジェラルド

CD 72-77

夢に生きる純粋な若者に共感しながら、
その虚しさを冷静に見つめる文学者の「ダブル・ヴィジョン」

164

17
William Faulkner
ウィリアム・フォークナー
CD 78-82

アメリカ南部の特殊な社会の中で、変化と破滅をもたらす時間の支配に挑戦し、
人間の不滅性を主張した20世紀最大のアメリカ作家

175

18
Ernest Hemingway
アーネスト・ヘミングウェイ
CD 83-89

「失われた世代」特有の幻滅感、虚無感、
そして、晩年辿りついた人間の不滅性に対する揺るぎない信念

187

19
Tennessee Williams
テネシー・ウィリアムズ
CD 90-93

日本でも上演されることの多い、「追憶」と「欲望」という名の戯曲を残したアメリカ南部の劇作家

199

20
Ralph Ellison
ラルフ・エリソン
CD 94-97

黒人だけでなく、すべて人間は「見えない人間」ではないだろうか／
黒人差別を糾弾する「抗議小説」を超えて

210

21
Bernard Malamud
バーナード・マラマッド
CD 98-99

「他人のために、すべての苦しみを一人で背負い込む」／
ユダヤ人にとっての生きる意味を考えつづけた作家

223

22
Toni Morrison
トニ・モリソン
CD 100-102

奴隷制度の過去に目を向けないアメリカ人の「国民的記憶喪失」に抗議する黒人女性作家

236

23
Thomas Pynchon
トマス・ピンチョン

20世紀ポストモダニズム文学を代表するアメリカの超大型の小説家

248

Index
索　引

261

人名索引　262

作品名索引　266

Acknowledgments

273

アメリカ文学の全体像
An Overall Picture of American Literature

はじめに

　アメリカ文学史は、言うまでもなく、アメリカ文学の全体をその出発点から現在まで時系列に沿ってまんべんなく記録し、紹介するのが理想である。しかし、このように紙数が限られた本書では、文学史と称しているが、包括的な紹介は不可能である。そこで、筆者は、アメリカ文学を代表すると思われる 23 人の文学者を厳選し、彼らをとおして、アメリカ文学の特質、その魅力を明らかにすることにした。しかし、これらの、現在、アメリカ文学の「正典」と見なされている文学者だけでは、アメリカ文学の全体像、その歴史的な展開は必ずしも十分伝わらないおそれがある。そこで、短い簡単なものだが、最初に、アメリカ文学の全体像を示しておこうと思う。400 年のアメリカの歴史において、どのような時代がどのような順序で現われたか、そして、それぞれの時代にどのような文学者がいるか、それを一応頭に入れてから、このあとに続く本体の 23 章を読んでいただきたい。

植民地時代——ピューリタニズムと啓蒙思想

　イギリス人による北アメリカ大陸の最初の植民地建設は、1607 年、南部ヴァージニアのジェイムズタウンにおいてであったが、2 世紀にわたる植民地時代の文化の中心は、1620 年、有名なメイフラワー号でマサチューセッツのプリマスに上陸した Pilgrim Fathers によって植民が始められた北部ニューイングランドであった。もちろん、文化といっても、まだ文学といえるものはほとんどなかった。厳しい自然の下で困難な開拓を続ける彼らには、文化的な生活を楽しむ余裕がなかったし、また彼らの宗教ピューリタニズムが文学に偏見をもっていたからである。さらに文学作品が必要な場合は、イギリスから輸入したほうがてっとり早かったし、質的にもすぐれていた。したがって、彼らが残したものは、大部分、毎日の生活を記録した日記や、植民地の歴

史、旅行記、報告書、説教集、教義に関する論争などであった。しかし、その中で、植民地のすぐれた二人の指導者 William Bradford（⇨ 1 章；I 巻 5 章）と John Winthrop（⇨ 1 章；I 巻 5 章）が記した植民地建設の歴史は、信仰と新しい社会に寄せる植民地人の情熱を素朴かつ雄勁な文体によって記録した文章として、アメリカ文学の事実上の出発を飾るものとなっている。なお、南部では、ヴァージニア植民地の Captain John Smith（⇨ I 巻 9 章）が、いくつか新大陸に関する報告書を書き、そこで先住民インディアンに捕らえられ、処刑されようとした時、彼に思いを寄せる酋長の娘ポカホンタスに救われた劇的な事件を記し、アメリカにおける異民族間の最初のラブ・ロマンスとして歴史に名を残した。

　このように、想像力による文学作品はほとんど書かれなかったが、ピューリタンたちの信仰に由来する、真摯で厳しい自己内省の習慣は、このあとアメリカ文学を強く特徴づける強烈な自己意識につながっていったといってよく、また、彼らの聖書解釈の一つの方法である「予型論」は、19 世紀のアメリカ・ロマン主義の metaphor（比喩）、analogy（類推）、symbolism（象徴主義）などによる発想法に少なからざる影響を及ぼした。また、ピューリタンたちは文学をまったく理解しなかったわけではなく、夫婦の愛情を力強くうたったアメリカ最初の女性詩人 Anne Bradstreet（⇨ I 巻 5 章）、死後 200 年たってその遺稿が発見され、現在ではアメリカ有数の詩人と見なされている Edward Taylor（⇨ I 巻 8 章）、地獄の恐怖を鮮明に描き当時の大ベストセラーとなった "The Day of Doom"（1662）で知られる Michael Wigglesworth がいたし、この時代の聖職者を代表する Cotton Mather や、植民地で最初に印刷された書物 Bay Psalm Book（*The Whole Booke of Psalmes Faithfully Translated into English Metre*）（1640）なども、文学史上、無視するわけにはゆかない。

　植民地時代も 18 世紀後半に入ると、独立の気運が高まり、ヨーロッパの啓蒙思想、合理精神の影響の下に多くの政治文書が書かれた。アメリカはかつての神を中心とした信仰の世界から、自然の法則と人間の理性に信頼を置く人間中心の世界へと移り、デモクラシーの理念、人権思想、植民地の自決権などを雄弁に主張した Thomas Jefferson の "Declaration of Independence"（1776）や Thomas Paine の *Common Sense*（1776）が文学史上でも重要な位置を占める。しかし、この時代をもっともよく代表するのは「すべてのヤンキーの父」と称される Benjamin Franklin（⇨ 3 章；I 巻 13 章）で、彼の合理主義と実践的な功利主義のエッセンスは、*The Way to Wealth*（1758）や *Autobiography*（1818、完全版 1867）に盛り込まれ、後世に大きな影響を及ぼした。その一方では、かつての宗教的な情熱が年ごとに薄れ、合理的な理神論が有力になる中で、信仰復活を目指す「大覚醒運動」が起こり、その指導者であったアメリカ最大の神学者 Jonathan Edwards（⇨ 2 章；I 巻 14 章）は、恐怖の説教として有名な "Sinners in the Hands of an Angry God"（1741）で、急速に世俗化し神を顧みない植民地住民に

警告を発した。文学が本来的に、人間の魂の問題にかかわるものであるとするならば、ジョナサン・エドワーズのこうした説教や人間の自由意志に関する論考は、19世紀の Charles Brockden Brown（⇨ I 巻 16 章）、Edgar Allan Poe（⇨ 6 章；I 巻 24 章）、Nathaniel Hawthorne（⇨ 5 章；I 巻 22 章）、Herman Melville（⇨ 8 章；I 巻 23 章）などにつながる伝統の源流と見なすことができる。また、フランスに生まれアメリカ生活が長かった Michel-Guillaume Jean de Crèvecœur（⇨ I 巻 18 章）は、*Letters from an American Farmer*（1782）で「アメリカ人、この新しい人間は何者か」というアメリカについての永遠の問いを最初に問題にし、クエーカー教徒の John Woolman（⇨ 補遺版 89 章）は、自らの内面生活を敬虔に語った *Journal*（1774）を残した。先住民インディアンに拉致された白人女性 Mary Rowlandson（⇨ I 巻 12 章）などによる「インディアン捕囚体験記」は、事実に基づいたノンフィクションであるが、アメリカ独自の小説の原点の一つと見なされている。

独立戦争から「アメリカン・ルネサンス」へ

　1776年には政治的に独立を達成し、以後、社会が安定するにつれて、アメリカにも職業作家が姿を現わしてきた。日本でも明治時代から *The Sketch Book*（1819–20）で親しまれている Washington Irving（⇨ I 巻 17 章）は、アメリカ最初の文人の一人とされるが、彼は歴史の浅いアメリカ社会よりも、ロマンティックな連想を伴った旧大陸の風物に心を惹かれ、イギリスに長く滞在し、その風俗習慣を典雅な文体で描いた。しかし、その彼も、アメリカの伝説を基に "Rip Van Winkle" を書いて、アメリカの素材によるアメリカ文学の可能性を示している。しかし、アメリカの最初の職業小説家という名誉は、彼よりも10歳ほど年長のチャールズ・ブロックデン・ブラウンのもので、彼はアメリカを舞台に *Wieland*（1798）などを書き、現実と幻想の交錯する世界に人間の真実を追究する、アメリカ文学でひときわ目立つ「ゴシック・ロマンス」型小説の伝統を確立した。

　その一方で、当時の読者には女性が多く、そうした女性読者のために家庭を舞台に女性の美徳や恋愛をめぐる、センティメンタルな小説も少なからず書かれていた。その後、アメリカでは男性作家が主流となり、女性の感傷的な小説はこれまで無視されがちであったが、1960年代末以降のフェミニズム運動の盛り上がりとともに再評価され、アメリカ最初のベストセラー小説とされる *Charlotte Temple*（1791）を書いた Susanna Haswell Rowson（⇨ I 巻 15 章）とともに、*The Power of Sympathy*（1789）で知られた William Hill Brown（⇨ I 巻 15 章）、*The Coquette*（1797）の Hannah Webster Foster（⇨ I 巻 15 章）などの通俗作家に新しい光があてられるようになった。これらの女性を主人公とする小説は18世紀中葉イギリスの Samuel Richardson の教訓的書簡体の感傷小説の影響を受けているが、アメリカを舞台に保守的な親から独立し、自由

な恋愛、自立した生活を求めるヒロインにイギリスとは違った女性の生き方が認められる。

19世紀初頭のアメリカ文学で重要な位置を占めるのは、開拓地を舞台に文明と自然の対立、あるいは白人開拓者と先住民インディアンの宿命的な対決を *The Last of the Mohicans* (1826) などのロマンティックな冒険物語として描いた James Fenimore Cooper (⇨ I 巻 19 章) である。彼はアメリカの発展のため開拓の必要性を認めつつ、同時に、滅びゆく自然を惜しみ、理想化された自然人 Natty Bumppo を創造した。また詩人としては、あまりにも有名なエドガー・アラン・ポーがいる。アメリカ社会からいわば遊離し、疎外された非現実の幻想と美の世界で、時代と空間の制約を越えたすぐれた詩を書いただけでなく、作品として最大の効果をあげるため短詩・短篇を主張する批評家として、また推理小説の開祖として、後世に計り知れない影響を残した。ポーはボードレールやマラルメをとおしてフランスの象徴主義運動につながってゆき、アメリカ文学の国際的な一面を示す最初の文学者というべきであろう。

1830年代に入ると、ニューイングランドの超絶主義が思想的にアメリカの主流となり、19世紀の中葉にはそうした思想に共鳴・反発の違いはあるものの、American Renaissance と称されるアメリカ・ロマン主義文学が見事に花を咲かせた。アメリカ文学のもっとも充実した時期の一つが早くも訪れたのである。その中心となったのは「コンコードの哲人」と呼ばれた Ralph Waldo Emerson (⇨ 4 章; I 巻 20 章) で、1837年に彼が行なった講演 "The American Scholar" は、アメリカの「知的独立宣言」といわれるほど、アメリカの知識人に深い感銘をあたえた。さらに *Nature* (1836) などの著作で、彼は自然と神と直接交わることの意義を説き、またピューリタニズム以来の暗い人間観を一掃して、人間の内部の神聖さを主張し、この時代の自己信頼に基づく楽観的な精神風土を確立した。彼の思想に共鳴した Henry David Thoreau (⇨ 7 章; I 巻 21 章) は、自然の中で孤独な生活を送った時の記録 *Walden* (1854) によって現代のエコロジー運動につながるとともに、奴隷制度を容認する政府に抵抗した生き方は、インドのガンジーに受け継がれ、20世紀の反戦運動などの支えともなった。*Leaves of Grass* (1855-92) の詩人 Walt Whitman (⇨ 9 章; I 巻 25 章) も、ラルフ・ウォルドー・エマソンの思想を大胆に発展させたといってよく、*Leaves of Grass* の初版 (1855) を読んだエマソンは、彼に祝福と激励の手紙を送った。なお、このエマソンなどの超絶思想が、明治時代から日本にも紹介され、北村透谷など『文學界』の人びとに影響をあたえたことは周知の通りである。

しかし、このエマソン流の無条件の楽観主義は、人間の本質と運命、社会の進歩などにきわめて懐疑的であったナサニエル・ホーソーンやハーマン・メルヴィルの反発を招き、彼らはそれぞれの代表作 *The Scarlet Letter* (1850)、*Moby-Dick* (1851) で人間の暗い一面と本質的な悲劇を執拗に追求した。この時代は、一面では、産業の発達、

西部の開拓の進展などによってアメリカがこれまでになく楽観主義を謳歌した時代であったが、その影の部分には、人間について不気味なほどの懐疑がわだかまっており、社会的な慣習や妥協がクッションの役割を果たさないアメリカだけに、幻滅と絶望と自己否定に通じる激しさを伴っていた。しかし、この時代のロマン主義文学は、19世紀の中葉には早くも自らの生命を燃焼し尽くし、そのあとには、Henry Wadsworth Longfellow（⇨ I 巻 26 章），Oliver Wendell Holmes，James Russell Lowell など、西欧の伝統的な教養を身につけた「お上品な伝統」に属する保守的な文学者がアメリカを支配することになる。その一方で、一般読者に対して大きな影響力をもった通俗小説家が現われる。その典型的な例が、現在も広く読まれている、奴隷制度に反対し、南北戦争を引き起こしたとさえいわれる *Uncle Tom's Cabin*（1852）の作者 Harriet Beecher Stowe（⇨ I 巻 27 章）である。こうした女性ベストセラー作家は、その後も何人かいて、日本では『若草物語』として知られる *Little Women*（1868–69）の Louisa May Alcott（⇨ I 巻 28 章），時代はだいぶ下がるが、南北戦争を背景に一人の南部女性を華やかに描いて一世を風靡した *Gone With the Wind*（1936）の Margaret Mitchell，また、単にアメリカの文学者というよりは、国際的な視野をもち、中国を舞台にした *The Good Earth*（邦訳題『大地』）（1931）など、100 冊近い著作で知られる Pearl S. Buck（⇨ 補遺版 98 章）もそのような作家といってよいだろう。

リアリズムから自然主義へ

　南北戦争（1861–65）は、文学においても、大きな変化を示す境界線であった。この時代のアメリカ文学を新しく担う文学者たちは、エマソンの「知的独立宣言」とほとんど時を同じくして生まれ、南北戦争後、急激に変化するアメリカの現実にリアリスティックな目を向けた。彼らの多くはニューイングランド以外の出身で、その意味で、アメリカ文学はようやく全国的なものになった。その代表が、1869 年に *The Innocents Abroad* で一躍有名になった西部出身の Mark Twain（⇨ 11 章；II 巻 33 章）であり、それまでひたすら崇拝されてきたヨーロッパ文化を諷刺したこの空前のベストセラーの旅行記によって、彼はアメリカの知的独立宣言を大衆のレベルで達成したといってよい。そして、南西部の自然に生きる少年の冒険と成長を新鮮な口語体で描いた代表作 *Adventures of Huckleberry Finn*（1885）によって、真にアメリカ的と称するにふさわしい文学伝統を確立した。彼があくまでもアメリカ的な価値や生き方を肯定した文学者であったのに対して、ニューヨークに生まれ、幼時からヨーロッパでの体験の豊富な Henry James（⇨ 12 章；II 巻 34 章）は、アメリカ文化とヨーロッパ文化を対比的に描く *The Portrait of a Lady*（1881）や *The Ambassadors*（1903）など、いわゆる「国際状況」小説を多く発表した。彼は技法的にも登場人物の微妙な心理を探り、統一された視点から人間の複雑な意識を克明に記す心理主義リアリズムの道を切り開き、これ

また現代文学につながるアメリカ文学のもう一つの伝統を確立した。現在では、この二人ほど高い評価は受けていないが、当時、アメリカ・リアリズム文学運動の推進役を果たしたのは William Dean Howells（⇨ II 巻 32 章）であった。マーク・トウェインもヘンリー・ジェイムズも彼の庇護の下で文壇にデビューしたのであり、彼がいなければアメリカ文学はまた違ったものになっていたであろう。またこの時代は、資本主義が急激に発達して、そのひずみが目立ってきた時代であり、マーク・トウェインも晩年はアメリカ社会に懐疑的になり、歴史家 Henry Adams（⇨ II 巻 35 章）は時代に対する絶望を表明した。19 世紀後半、本格派の文学者とは別に、文学に娯楽を求める一般読者に通俗的なベストセラーを提供する小説家も多くいて、アメリカ文学の裾野を広げる役割を果たした。なかでも、ヘンリー・ジェイムズと親しく、イタリアなど、ヨーロッパを舞台にした *Saracinesca*（1887）など、40 篇余りの通俗小説を書いた F. Marion Crawford（⇨ 補遺版 92 章）は文学史的に無視できない。また、フランクリン以来の「アメリカの夢」の伝統を踏まえて、100 冊以上、少年向けの「成功物語」を書いた Horatio Alger（⇨ II 巻 36 章）もアメリカならではの文学者である。

19 世紀後半、アメリカ文学はまた地方的な広がりをみせ、ニューイングランドの僻地や、南部、西部など各地にいわゆる地方色（ローカル・カラー）の文学が現われ、アメリカの地域的な多様性を改めて示すことになった。一方、1890 年代にかけては、アメリカでも、自然主義文学への傾斜がはっきりと強まった。*The Red Badge of Courage*（1895）で南北戦争を舞台に、軍隊と戦闘の中でただ翻弄されるだけの若い無名の兵士の行動と心理を描いた Stephen Crane（⇨ II 巻 37 章），*The Octopus*（1901）でカリフォルニアにおける農民と鉄道会社の凄惨な闘争を描いた Frank Norris（⇨ II 巻 37 章），*The Call of the Wild*（1903）などで日本に早くから紹介された Jack London（⇨ II 巻 44 章）などがその代表的な存在である。彼らはゾラなどの理論に影響されているが、いずれも若くして世を去った自然主義作家で、その若さゆえに、人間を支配する社会の冷徹な法則に抵抗し、自らの運命を自ら選ぶ人間の自由な選択、決断と成長を重視しており、それが若者的性格をもったアメリカの根強い楽観主義を示すと同時に、アメリカ自然主義の独自の魅力となっている。この時代、アメリカ社会に背を向け、自らの数奇な生涯と毒舌で知られた、日本でも人気のある、*The Devil's Dictionary*（1906，改題 1911）の Ambrose Bierce（⇨ 補遺版 90 章），そして、文学活動は 20 世紀の最初の 10 年に限られているが、短篇小説家として、最後の意外などんでん返しで読者を楽しませてくれる O. Henry もここに記しておきたい。

20 世紀——モダニズムと抗議の文学

自然主義文学といえば、アメリカ特有の「成功の夢」にとり憑かれ、冷酷非情な大都市で自己の欲望の犠牲となる若者の悲劇を、詳細な事実の積み重ねによって克明に

描いた Theodore Dreiser（⇨ II 巻 38 章）がいるが、彼の長篇第 1 作 *Sister Carrie* はちょうど世紀の変わり目 1900 年に出版され、アメリカ文学もいよいよ 20 世紀に入る。そして、彼の代表作 *An American Tragedy* が出版されるのは 1925 年であるが、この頃になると、彼より二回りも若い Lost Generation の文学者たちが、つぎつぎと話題作、問題作を発表している。F. Scott Fitzgerald（⇨ 16 章；II 巻 46 章）の *The Great Gatsby* が出版されたのも、その年のことであった。第一次大戦によって、時代は国際的に大きく変わったが、それに先立つ 20 世紀の最初の 10 年間、アメリカは、国内的には、利潤追求に狂奔する資本主義体制の下で政界、実業界の不正、腐敗、癒着が目立ち、それを批判、摘発する 'Muckraking' 運動がジャーナリズムを中心に盛り上がった。本格派の小説家もそれに合わせて「抗議小説」を書き、Upton Sinclair（⇨ 補遺版 95 章）は、シカゴの食肉加工業の非衛生的な実態を暴露し、政府に 'Pure Food and Drug Act' を制定させることになった。

　かつて Ernest Hemingway（⇨ 18 章；II 巻 45 章）は、「すべての現代アメリカ文学はマーク・トウェインの *Adventures of Huckleberry Finn* に由来する」と言ったが、現代文学は直接マーク・トウェインにつながっているわけではなく、その間に Sherwood Anderson（⇨ II 巻 39 章）と Sinclair Lewis（⇨ 15 章；II 巻 40 章）という二人の中西部出身の作家を入れる必要があるだろう。20 世紀初め、アメリカはかつての農業中心の牧歌的世界から急速に工業、商業中心の機械化された世界に変わっていったが、その影響は農村にまで及び、人びとは疎外感に苦しみ、性的にも抑圧されていた。さらには、画一主義、体制順応主義がアメリカを支配した。そうした環境で歪められた人生を送る「グロテスク」な人びとをシャーウッド・アンダソンは *Winesburg, Ohio* (1919) で共感と同情を込めて描き、シンクレア・ルイスは *Babbitt* (1922) で辛辣かつ鋭い諷刺の筆でアメリカ人の自己満足を暴露した。このルイスは、1930 年、アメリカの文学者として最初にノーベル文学賞を受賞したが、それによってアメリカ文学は世界文学の一環として認知されたといってよい。第一次大戦を挟むこの時期に活躍したほかの文学者としては、ニューヨーク市の名門に生まれ、そこの上流社会を舞台に、洗練された風俗小説を発表して、ジェイムズの伝統を継承する Edith Wharton（⇨ II 巻 42 章）、メイン州を舞台に、時代変化から取り残された人びとと、とりわけ女性の生き様を描いた *The Country of the Pointed Firs* (1896) の Sarah Orne Jewett（⇨ 補遺版 91 章）、ネブラスカの開拓民のたくましい生活を描いた Willa Cather（⇨ II 巻 43 章）、南部ヴァージニアの Ellen Glasgow（⇨ 補遺版 94 章）などの女性作家が従来から知られていたが、1960 年代末から 1970 年代にかけてのフェミニズム、女性解放運動の中で、それまで事実上忘れられていた南部ルイジアナ州の Kate Chopin（⇨ 13 章；II 巻 41 章）が、アメリカを代表する女性小説家の一人として、文学史上、重要な地位を占めることになった。恵まれた家庭生活に満足できず、性に目覚め、姦通を犯し、最後は海で死を遂げ

る女性を描いた代表作 The Awakening (1899) は、アメリカの Madame Bovary と称される。同じように、この運動の中で再発見され、評価されるようになった Charlotte Perkins Gilman (⇨ 補遺版 93 章) もここで紹介しておく。人間としての存在を無視された女性を記録した "The Yellow Wall-Paper" (1892) は、その方面の古典とされる。

　第一次大戦は、南北戦争とはまた違った意味でアメリカ文学に新しい時代をもたらした。戦争の大義名分を信じて進んで大戦に参加した若い世代の文学者たちは、あまりにも非人間的な戦争の現実に衝撃を受け、幻滅し、既成のあらゆる価値を疑う「失われた世代」として、1920 年代、「アメリカン・ルネサンス」と並ぶ文芸興隆期を実現させたからである。大戦後の経済的な繁栄と精神的な荒廃のさなかから、F・スコット・フィッツジェラルドは This Side of Paradise (1920) によってこの時代の旗手的存在となり、アーネスト・ヘミングウェイは The Sun Also Rises (1926), A Farewell to Arms (1929) で虚無に耐えて生きる若者の姿を彼一流の乾いた文体で描いた。南部では、William Faulkner (⇨ 17 章; II 巻 47 章) が、南部の伝統文化の衰退と現代文明の荒廃を二重写しにした The Sound and the Fury (1929), Absalom, Absalom! (1936) などの傑作によって、20 世紀アメリカ最大の作家という地位を得た。さらに南部といえば、やや遅れて、Thomas Wolfe (⇨ II 巻 50 章) も広大なアメリカの空間をすべて文学作品にとり込むかのように、Look Homeward, Angel (1929) 以下の大長篇を発表、アメリカでなければ現われない雄大なスケールをもつ作家として知られる。この「失われた世代」のグループには、期待されながら時代とともに忘れられた小説家、詩人が少なからずいるが、その中で Dawn Powell (⇨ 補遺版 100 章) は、死後 40 年の 2001 年に 'Library of America' に主要作品が収録され、注目されることになった。

　こうした「失われた世代」の多くは大戦後、ヨーロッパ各地を放浪したり、パリに定住したり、あるいはアメリカに留まって、1920 年代の表現主義、未来主義、ダダイズムなど、いわゆるモダニズムの影響の下で、また伝統にとらわれないアメリカ文学の伝統に従って、数々の大胆な文学上の実験を行ない、サルトルなどの注目を引いた。そうした動きは詩においても顕著にみられた。詩人といえば、19 世紀後半に生きながら大半の詩が 20 世紀に入ってから出版され、時代の制約を越えた特異な詩風で高い評価を得ている女性詩人 Emily Dickinson (⇨ 10 章; I 巻 29 章), ニューヨークのブルックリン橋を象徴的にうたい、ウォルト・ホイットマンの伝統につながる Hart Crane などがいるが、その一方では、ヨーロッパの文化伝統に惹かれ、最後はイギリスに帰化した T. S. Eliot (⇨ 補遺版 96 章), それに Ezra Pound (⇨ II 巻 54 章) の存在も重要である。彼らは、アメリカという国籍などをはるかに超える視野をもったモダニスト詩人として活躍し、20 世紀の西欧文学に大きな足跡を残した。そのほか、ホイットマンの伝統を継承し、アメリカに留まって詩作を続けた William Carlos Williams (⇨ II 巻 55 章), ニューイングランドを代表する国民詩人 Robert Frost (⇨ 14 章; II 巻 52 章),

難解な詩で知られる Wallace Stevens（⇨ II 巻 53 章）なども忘れられない。

　演劇では、Eugene O'Neill（⇨ II 巻 56 章）がつぎつぎと世界的に注目を集める問題作を発表し、批評関係では、南部を中心に、南部の文化伝統を擁護しつつ現代文明の危機に文学をとおして対決する John Crowe Ransom、Allen Tate などの詩人、批評家が現われ、「新批評」と称する、文学の自律性を重視した分析批評がアメリカに定着し、この時代の文学研究・教育に決定的な影響をあたえることになった。なお、この南部には、このあと第二次大戦中から戦後にかけて Robert Penn Warren、Truman Capote（⇨ III 巻 67 章）などの男性作家と並んで、Katherine Anne Porter、Carson McCullers（⇨ III 巻 66 章）、Eudora Welty、Flannery O'Connor（⇨ III 巻 68 章）など、すぐれた女性作家が輩出し、Southern Renaissance と称されるまでになった。

　1929 年 10 月のウォール街での株価大暴落に端を発した大恐慌をきっかけにして、1930 年代のアメリカは急速に左傾化し、社会の矛盾に目を向けて抗議する社会意識の強い文学が目立つようになった。第一次大戦批判から出発した「失われた世代」の John Dos Passos（⇨ II 巻 48 章）は、アメリカそのものを批判的かつ総体的にとらえた三部作 *U.S.A.*（1938）をまとめ、John Steinbeck（⇨ II 巻 49 章）は *The Grapes of Wrath*（1939）でアメリカの革新運動の伝統を受け継いだ。シカゴのスラム街に育つ青年を描いた *Studs Lonigan* 三部作（1932–35）の James T. Farrell、南部の貧乏白人（プア・ホワイト）の欲望と悲惨な生活を独自のユーモアを交えて描いた *Tobacco Road*（1932）の Erskine Caldwell なども無視できない。1929 年秋の「大恐慌」以来、アメリカ社会に幻滅した文学者は少なくないが、Nathanael West（⇨ 補遺版 102 章）は *A Cool Million*（1934）で、フランクリン以来の「成功物語」の偽善性を徹底的にパロディー化し、1960 年代のアメリカを批判する「ブラック・ユーモア」派の先駆けとなった。また、1920 年代以降、感情を極力抑え、暴力的なアメリカの現実を非情な目で描く、*The Maltese Falcon*（1930）の Dashiell Hammett（⇨ 補遺版 99 章）をはじめ、Raymond Chandler、Ross Macdonald、James M. Cain など、「ハード・ボイルド」型の探偵小説家が輩出し、本格派の小説家にも影響をあたえた。

第二次大戦後の文学

　第二次大戦後、戦争をさまざまな角度から描いた Norman Mailer（⇨ III 巻 63 章）の *The Naked and the Dead*（1948）や、Irwin Shaw の *The Young Lions*（1948）、James Jones の *From Here to Eternity*（1951）などが現われたが、その一方では、1951 年、若者の間で爆発的人気をよぶことになる J. D. Salinger（⇨ III 巻 69 章）の *The Catcher in the Rye* が出版され、その後、若い読者を中心に愛読された Joseph Heller（⇨ III 巻 83 章）の *Catch-22*（1961）、Ken Kesey（⇨ III 巻 82 章）の *One Flew Over the Cuckoo's Nest*（1962）、Kurt Vonnegut（⇨ III 巻 80 章）の *Slaughterhouse-Five*（1969）など、一連の

若者のバイブルの最初の一冊となった。これらの作品は、若者による若者のための文学伝統がアメリカでいかに根強いかを物語っている。また、この1950年代はBeat Generationの時代で、現代文明を拒否し、セックスと麻薬に生の高揚を求める *On the Road* (1957) の Jack Kerouac (⇨ III巻79章) や、詩人 Allen Ginsberg (⇨ 補遺版106章) が人気をよび、大胆な性描写によって現代文明批判を行なう *Tropic of Cancer* (パリ版1934、アメリカ版1961)で話題になったHenry Miller (⇨ 補遺版97章) が正当に評価されるようになった。演劇では、日本でも繰り返し上演されて広く知られた *A Streetcar Named Desire* (1947) の Tennessee Williams (⇨ 19章; II巻57章), *Death of a Salesman* (1949) の Arthur Miller (⇨ II巻58章) の二人が際立っている。

　さらに、この頃から特に目立ってきた傾向は、アメリカ社会でそれまで文化的に主流から外されていたマイノリティ・グループの文学者の活躍で、多民族からなるアメリカにいかにもふさわしい現象として注目すべきである。つまり、一つには黒人(アフリカ系アメリカ人)作家の台頭である。黒人文学は、奴隷制度下の19世紀前半から、Frederick Douglass の自伝のようにすぐれた作品もあったが、文学をとおして黒人が積極的に自らの政治的権利を主張し、独自の文化を示すのは、1940年のRichard Wright (⇨ II巻51章) の *Native Son* によってであり、彼に続く *Invisible Man* (1952) の Ralph Ellison (⇨ III巻64章) や James Baldwin (⇨ III巻84章) は、単なる抗議小説としてではなく、黒人の置かれた状況と彼らの意識を実存主義的に捉え、現代文学としての普遍性をもつに至った。このあと、1960年代の戦闘的な黒人作家の活躍へと発展してゆく。とりわけ、1970年代以降は、黒人女性小説家の活躍が目覚ましく、映画化されて日本でも評判になった *The Color Purple* (1982) の Alice Walker (⇨ 補遺版110章) や、1993年にアメリカの黒人女性作家としてはじめてノーベル文学賞に輝いた *The Bluest Eye* (1970), *Beloved* (1987) の Toni Morrison (⇨ 22章; III巻85章) がその代表的な存在である。

　他方では、ノーマン・メイラー、J・D・サリンジャー、Saul Bellow (⇨ III巻70章), Bernard Malamud (⇨ 21章; III巻71章), Philip Roth (⇨ III巻72章) など、すぐれたユダヤ系小説家が輩出し、貧しい移民体験、アメリカ社会への同化とアイデンティティの不安、社会の偏見と差別に対する抗議など、伝統的なユダヤ文化とアメリカ社会の対立を、卓越した技法とユダヤ人特有のユーモアで描き出し、アメリカ文学の主流を占めるに至った。しかも小説家だけでなく、現代アメリカにおいてユダヤ系の詩人、劇作家、批評家、文科系大学教授などが占める割合は計り知れないものがあり、ユダヤ系を抜きにしては20世紀後半のアメリカ文学を語ることができないといっても過言ではない。過去において社会の追放者として放浪した彼らの体験、アイデンティティの危機などは、すべて、移民からなるアメリカ人、さらには根無し草の状況にある現代人に多かれ少なかれ共通する問題であり、ユダヤ系文学はアメリカ文学そのも

の、現代文学そのものといってよい意味すらもっている。

　もちろん、この時代のアメリカ文学は、いま述べた黒人やユダヤ系の文学者によってすべて代表されるわけではない。現代小説の行き詰まり、閉塞状態を打開すべく、さまざまな実験的手法を用いて新しい小説の可能性を追求する文学者が、苦しい状況の中からつぎつぎと問題作を意欲的に発表していたからである。現代の不条理性、狂気、混乱、非人間性をグロテスクで残酷なユーモアやパロディーをとおして描き出す *The Sot-Weed Factor*（1960）の John Barth（⇨ III 巻 77 章）、*The Naked Lunch*（パリ版 1959、ニューヨーク版 1962）の William Burroughs、James Purdy など、いわゆる「ブラック・ユーモア」派の小説家、郊外に住む中産階級の生活を鮮やかに描く *Rabbit, Run*（1960）の John Updike（⇨ III 巻 73 章）や John Cheever、現代文明の破壊の恐怖を SF 風に描くカート・ヴォネガット、幻想的な Richard Brautigan（⇨ 補遺版 108 章）、Donald Barthelme、Jerzy Kosinski、現代社会を「エントロピー」と「不確定性原理」に従って捉えた大作 *Gravity's Rainbow*（1973）、独立戦争直前の 18 世紀アメリカの歴史を彼なりに再現した *Mason & Dixon*（1997）の Thomas Pynchon（⇨ 23 章；III 巻 78 章）、筆力旺盛な才媛 Joyce Carol Oates、本格派で息の長いキャリアをもつ南部の William Styron、文学の道徳的側面を強調する John Gardner、それに、*Lolita*（パリ版 1955、アメリカ版 1958）で有名なロシア貴族出身の亡命作家 Vladimir Nabokov（⇨ III 巻 75 章）、イディッシュ語で創作する異色のノーベル文学賞受賞のユダヤ系小説家 Isaac Bashevis Singer（⇨ 補遺版 103 章）。このように 20 世紀後半のアメリカの文学者たちは、実に意欲的に新しい文学の可能性を求めて多彩な活動を展開していた。小説が主流を占める 20 世紀アメリカ文学だが、詩人の活躍も注目すべきである。Sylvia Plath（⇨ III 巻 74 章）は、イギリス詩人 Ted Hughes と結婚し、イギリスに移り住んだが、女性として家父長的な男性社会で自立した生き方を求めた詩人としてフェミニズムの立場から評価された。大学時代の彼女の指導者であった Robert Lowell（⇨ 補遺版 104 章）は、東部を中心とした「告白詩」派の代表的存在で、同じ傾向の詩人としては John Berryman、Adrienne Rich などがいる。また、'imagism' の系譜につながり、詩のイメージや、形式にこだわった実験的な詩人 e. e. cummings、ユダヤ民族から見た現代アメリカをパノラマ風にホイットマンを思わせる長詩で描く Charles Reznikoff、あるいは 800 ページ余りの連作詩集 *"A"* で知られる Louis Zukofsky などもいる。

注目すべき最近の動向

　アメリカは 1960 年代を境に大きく変わった。泥沼化するベトナム戦争に対する若い世代の抵抗、反戦運動に始まって、黒人や差別されてきた少数民族の差別撤廃のための闘争、女性、同性愛者など社会的弱者の権利要求運動。そして、広大な領土を誇ったアメリカにおいても自然破壊、環境汚染が進み、それに対するエコロジー運動が活

発となる。こうした状況の中で、*Walden* のヘンリー・デイヴィッド・ソローの自然観が現代的な視点から評価され、Rachel Carson は *Silent Spring*（1962）で自然環境破壊に警鐘を鳴らし、そこから人間と自然の共生関係を追求する 'Nature Writing'（⇨ III 巻 76 章）が注目されるようになった。こうしてアメリカ社会が誇りにしていたデモクラシーの伝統、アメリカの夢、世界政治におけるアメリカの指導的役割などを根底から見直そうとする傾向が強まる。アメリカ社会はかつて「人種の坩堝」とよばれ、多様な民族の移民がアメリカ人として統合されると考えられていたが、最近では、むしろそれぞれの民族が自らの文化伝統を保ちつつ「サラダボウル」のように共存すると思われるようになった。さらには、カリブ海諸国や、アフリカ諸国の文学と共通する「英語圏文学」として連携意識も生まれている。アメリカ文学は、当然、それと連動して変化する。そして表面的には変化しながら、アメリカ文学の特質を保持しつつ、また、新しい時代には新しい衣装をまとって立ち現われてくる。

　そこで、最後に、こうしたアメリカで、注目すべき新しい動向をいくつか記しておく。かつてアメリカ・インディアンとよばれていた先住民の作家たちの活動。Leslie Marmon Silko, N. Scott Momaday, Louise Erdrich などが知られ、部族の口承伝統の知恵、儀式などと現代アメリカ社会での自分たちの置かれた現実に基づくユニークな作品を発表している。同じように、日系の John Okada, 中国系の Amy Tan, Maxine Hong Kingston, さらには、中南米系のヒスパニック文学者、ゲイ・レズビアンの作家、かつては通俗文学とされていた SF、ファンタジー、ホラー小説、推理小説なども文学史で認知され、注目を集めている。演劇では、混乱した不可解な現代社会を反映して、時事問題を舞台にのせた問題作や、実験的な不条理劇が発表されている。*The Zoo Story*（1960）や、*Who's Afraid of Virginia Woolf?*（1962）の Edward Albee（⇨ 補遺版 107 章）や、セクハラ問題を扱った *Oleanna*（1991）の David Mamet（⇨ 補遺版 107 章）とともに、Neil Simon, Sam Shepard, Tony Kushner などが活躍している。また、バルト、ラカン、フーコー、バフチンなど、旧大陸の批評家の新しい理論に呼応して大学でのアカデミックな文学研究も活性化している。

　そうした新しい文学運動と並行して、その一方では、依然、伝統的な文学を標榜する小説家も活動している。19 世紀のディケンズの伝統につながるといってよい John Irving（⇨ III 巻 86 章）は、現代社会のさまざまな問題を織り込みながら、独自の語り口で、若者の成長を扱った *The World According to Garp*（1978）で話題をよび、ミニマリストとして、日常生活の小さな事件に目を向ける Raymond Carver（⇨ III 巻 87 章）や、1960 年代の 'counterculture' から 80 年代のアメリカ社会を日常生活の細部をとおして描く Ann Beattie、ケンタッキー州の田舎町の人びとの生活を同じくミニマリズム的に描いた *New Yorker* 派の Bobbie Ann Mason などの女性短篇作家、そして、一見平易な語り口で混沌とした現代社会の不可思議さを追求する Paul Auster（⇨ III 巻 88 章）、

マスメディアに支配された現代アメリカに目を向けるイタリア系のDon DeLillo，アメリカ南西部を舞台に社会の外で放浪生活を送る西部の男たちの現代版を描くCormac McCarthyなども，翻訳や映画をとおしてわが国の若い読者に影響を及ぼしている。

　科学、テクノロジーが異常に発達した現代アメリカの情報化社会、高度産業社会にあって、文学者の置かれた状況はけっして楽観を許さないものがある。しかし、そうした不利な条件にもかかわらず、因襲や前例にとらわれないアメリカ文学の「伝統をもたない伝統」は依然生きており、さらに新しい文学の誕生が期待される。

　アメリカ文学は、明治時代から英語の教科書をとおしてわが国に紹介され，エマソン、ソロー、ホイットマン、ポーなどのアメリカ・ロマン主義文学はわが国の近代文学に早くからかなりの影響を及ぼしている。第二次大戦後になると、メルヴィルは、阿部知二、宇能鴻一郎、久間十義らに影を落としているし、ウィリアム・フォークナーをとおして、福永武彦、中村真一郎、井上光晴などにアメリカ文学の影響は直接間接に及んでいる。また、小島信夫、大江健三郎、大庭みな子、さらには中上健次、村上春樹、高橋源一郎らの若い世代もアメリカ文学の新しい動きをつねに意識していたように思われる。翻訳もポール・オースターのような新しい作家だけでなく、ホーソーンの*The Scarlet Letter*や、フィッツジェラルドの*The Great Gatsby*，ヴラディーミル・ナボコフの*Lolita*といった作品にも新訳が試みられ、わが国の若い読者の注目を集めている。アメリカ文学はもはや後進の周辺文学ではなく、確実に世界文学の中で重要な位置を占め、その影響力は無視しえないものになっている。

講義 アメリカ文学史
入門編

Lectures on American Literature for Japanese Students

1 CD 02

William Bradford and John Winthrop
ウィリアム・ブラッドフォードとジョン・ウィンスロップ

アメリカ文学は、ピューリタン・ニューイングランド植民地の入植者たちの理想社会追求と植民地建設の苦難の体験の記録文書に始まった

William Bradford
(1590–1657)

■ 略 伝

William Bradford (1590–1657). 17世紀初め、宗教的な理由でイギリスから新大陸アメリカに移住してきたピューリタン、'Pilgrim Fathers' の指導者の一人。イギリス Yorkshire の Austerfield に農民の子として生まれ、1606年、当時の新しい宗教グループ・プロテスタント「分離派」(Separatist) に加わり、「イギリス国教会」の迫害を避け、オランダを経由して、1620年、Mayflower 号で102人の仲間とともにマサチューセッツの Plymouth に集団移住した。翌年4月、初代総督 John Carver の死にともない、プリマス植民地2代目総督に選ばれ、その後、30年間、ほとんど毎年再選され、厳しい条件の下で、植民地、ひいてはアメリカ合衆国の礎(いしずえ)を築き、その発展に大きく貢献した。新大陸での理想の共和国建設のために一体となって協力することを誓い合ってメイフラワー号の船上で結んだ有名な協定書 'Mayflower Compact' の原案を執筆。新大陸上陸後は、断続的に、1630年から20年間、プリマス植民地の「歴史」(*History*) *Of Plymouth Plantation* を書き継いだ。なかでも、1620年の晩秋、荒涼たるプリマス海岸に上陸、寒さと飢えと病で仲間100人余りの半数近くを失った最

初の冬を記した、ここに引用（1–1）した部分は、アメリカの歴史・文学の第 1 ページを飾る文献として不滅の価値をもつ。アメリカ文学は、こうした植民地入植者たちの理想社会追求・建設と、植民地での苦難の体験の記録文書に始まった。

＊

John Winthrop (1588–1649). ウィリアム・ブラッドフォードと並ぶピューリタンの代表的な指導者。イギリス Suffolk の Edwardstone の比較的経済的に恵まれた中産階級の家系に生まれて、ケンブリッジ大学の Trinity College で教育を受け、卒業後、1613 年には独立して弁護士を開業した。イギリスにとどまっていたら、その地方の有力者としてイギリス議会に選ばれていただろう。しかし、宗教的に敬虔な「会衆派」（Congregational）のピューリタンであったジョン・ウィンスロップは、イギリスでの信仰の自由に絶望し、仲間と新大陸ニューイングランドへの移住を決意。1630 年、Arbella 号で大西洋を横断、Salem に上陸した。その後、現在のボストンに移って、Massachusetts Bay Colony を建設、総督、副総督に 12 回選出された。職業的な法律家らしく、現実主義的に、狂信的な信仰よりも法律的な契約観念に基づく独自の「契約神学」（Covenant Theology）によって、植民地の苛酷な条件下で、聖書にある理想的な「丘の上の都市」（city upon a hill）（「マタイ伝」、5: 14）建設を目指し、ニューイングランドだけでなく、このあとのアメリカ全体の運命を決定するのに重要な役割を果たした。セーレム上陸に先立ち、アーベラ号船上で行なった俗人説教 "A Model of Christian Charity" や、新大陸に向かってイギリスの Southampton を出港した時から、死ぬ数ヵ月前まで、植民地の公私にわたるあらゆる事件を克明に記した The Journal of John Winthrop (The History of New England とも呼ばれる) で知られる。

なお、ウィンスロップは、Nathaniel Hawthorne（⇨ 5 章；I 巻 22 章）の 17 世紀のニューイングランド植民地を舞台にした The Scarlet Letter (1850) や、短篇 "Endicott and the Red Cross"、"Howe's Masquerade" に姿を見せる。

この最初の引用（1–1）は、アメリカ文学史の出発点を飾るのにもっともふさわしい、ブラッドフォードの歴史的な文書 *Of Plymouth Plantation* の第9章からのもの。イギリスでの宗教的な迫害を逃れ、オランダの Leiden で、12年間、亡命生活を送ったあと、意を決して未知の世界アメリカに移住したが、ここでブラッドフォードは、記憶に残る10年前の新大陸上陸体験をドラマティックに再現する。目的地に到着した時の荒涼とした光景。戻るに戻れない地の果てに来たという孤立感。それがリアリスティックに描かれる。到着はしたものの、自分たちを迎えてくれる友人がいるわけではなく、風雨に曝された身体を休める宿屋もない。聖書「使徒 行 伝」（28: 2）には、難破した使徒（聖パウロ）に親切に接した野蛮人の話が出てくるが、ここには親切どころか、横腹に矢を撃ちこむことしか考えない野蛮な原住民がいるだけ。季節もまた厳しい11月。上陸地の周辺は「おそろしい荒涼とした荒野」（a hideous and desolate wilderness）で、そこにはどれだけ野獣と野蛮人が潜んでいるか知る由もない。聖書「申命記」（34: 1–4）には、荒野をさまよった古代イスラエルの民の指導者モーセが、死の直前、死海の北端の東にあるピスガ（Pisgah）の山頂から、約束の地カナン（Canaan）を遠く眺めたと記されているが、彼らピューリタンの場合は、いずれの方角に（天上を除いて）目を向けようと、彼らに慰め安らぎをもたらす光景は何一つ目に入らない。そして、後ろをふり返れば、乗り越えてきた広大な大西洋が文明社会から彼らを切り離す障害として横たわっているだけだった。
　こうした孤立した絶望的な状況を描くブラッドフォードの文章の特徴は、感傷的になるのを極力抑え、事実を事実としてあるがままに提示する、ピューリタン特有とされる平明で素朴な文体といってよいだろう。聖書に言及して、自分たちの窮状を強調するが、それも文学的な効果を狙ったレトリックではなく、そのような状況にありながら、絶望することはなく、神の加護に対して絶対的な信頼を表明する。彼らは状況が厳しければ厳しいほど、勇気を奮い起こすのである。この引用に先立つ部分で、荒れ狂う危険な大西洋を無事乗り切らせてくれた神に対する心からの感謝と、新大陸上陸の喜びを率直に表明するが、それを読む者は、感動を覚えずにはいられないだろう。そして、この引用に続く一節で、彼は自分たちの神への心からの信頼を強調するとともに、後世の子孫たちが「われわれの父は、この広大な海を越えてイギリス

(1-1) **CD 03**

Being thus passed the vast ocean, and a sea of troubles before in their preparation (as may be remembered by that which went before), they had now no friends to welcome them nor inns to entertain or refresh their weatherbeaten bodies; no houses or much less towns to repair to, to seek for succour. It is recorded in Scripture as a mercy to the Apostle and his shipwrecked company, that the barbarians showed them no small kindness in refreshing them, but these savage barbarians, when they met with them (as after will appear) were readier to fill their sides full of arrows than otherwise. And for the season it was winter, and they that know the winters of that country know them to be sharp and violent, and subject to cruel and fierce storms, dangerous to travel to known places, much more to search an unknown coast. Besides, what could they see but a hideous and desolate wilderness, full of wild beasts and wild men—and what multitudes there might be of them they knew not. Neither could they, as it were, go up to the top of Pisgah to view from this wilderness a more goodly country to feed their hopes; for which way soever they turned their eyes (save upward to the heavens) they could have little solace or content in respect of any outward objects. For summer being done, all things stand upon them with a weatherbeaten face, and the whole country, full of woods and thickets, represented a wild and savage hue. If they looked behind them, there was the mighty ocean which they had passed and was now as a main bar and gulf to separate them from all the civil parts of the world.
　　　　——William Bradford, *Of Plymouth Plantation*, Chapter 9

からやってきた人たちであり、この荒野に死滅する運命にありながら、神に救いを求め、神はその声をお聞きになり、彼らの苦難に目を向けて下さった」と語り継ぐことを誓う（この部分も「出エジプト記」（3: 8）を踏まえていて、神がイスラエルの民を「乳と蜜の流れる土地」（a land flowing with milk and honey）に導いたという記述に自分たちの未来を重ねている）。

　ここで内容的にさらに注目すべき点は、彼らが辿りついた新大陸ニューイ

ングランドを一貫して「荒野」(wilderness) と見ていたことである。もちろん、事実に基づいたものであろうが、しばしば、アメリカは自然に恵まれた第二の「エデン」(Eden)、旧大陸で堕落した人間が本来の人間性を回復する世界とされるが、これは、コロンブスが漂着したカリブ海地方や、南部ヴァージニアの植民地によってできたアメリカのイメージであって、ニューイングランドの植民地に関していえば、「楽園」とは反対の厳しい自然環境であった。そして、アメリカの歴史におけるパラドックスの一つは、この「荒野」に入植した北部住民が、その厳しい自然に耐えて生き延び、アメリカの精神的な礎(いしずえ)を築いたのに対し、南部では、その恵まれた肥沃な自然環境ゆえに安易な生き方を選び、アメリカ社会の主流(もしそういうものがあるとして)とはならなかったということである。ブラッドフォードたちの荒野での体験——孤立とその後の苦難——は、彼らだけの1回限りのものではなく、現在まで、アメリカに移住してくるすべての移民が繰り返し体験する共通体験の始まりだった。新しい出発、新天地での可能性の実現の第一歩はつねに絶望に近い状況からの出発で、このあとの移民の原体験としてアメリカ人の精神的な支えとなっていった。それゆえに、この引用はアメリカ神話として重要な意味をもつ。伝統的に、多くのアメリカ文学史はこの文章から始まる。本文学史でも、その伝統に従って、ブラッドフォードを巻頭に掲げる。

　続く引用 (1–2) は、ウィンスロップが、大西洋横断中、アーベラ号船上で行なった俗人説教 (layman sermon) "A Model of Christian Charity" の終わりの部分からで(この 'model' は、「模範」というよりは、原義に近い「設計図」「雛型」を意味する)、これまた、ピューリタン文書の極めつきの文章とされる。初代ピューリタン指導者が書き残した文書には、神に対する自分たちの信頼を表明したり、理想を掲げたりするマニフェスト的なものが多いが、ウィンスロップはこの神の理想国建設という事業において、共同体のすべての「メンバー」が一体となって協力し、助け合う必要を強調する。そして、世界の模範となるような社会の建設を訴える。すでに言及した「マタイ伝」(5: 14) による 'city upon a hill' という表現を用いたことでも知られる。ブラッドフォードとウィンスロップは、ピューリタン指導者の双璧で、ブラッドフォードが個人の魂の問題、神の救いにこだわる一面を代表するとすれば、ウィンスロップは信仰を共にする共同体住民の協力体制、理想社会の建設の重要性、

> For this end, we must be knit together in this work as one man. We must entertain each other in brotherly affection; we must be willing to abridge ourselves of our superfluities, for the supply of others' necessities; we must uphold a familiar commerce together in all meekness, gentleness, patience and liberality. We must delight in each other, make others' conditions our own, rejoice together, mourn together, labour and suffer together: always having before our eyes our commission and community in the work, our community as members of the same body. So shall we keep the unity of the spirit in the bond of peace, the Lord will be our God and delight to dwell among us, as His own people, and will command a blessing upon us in all our ways, so that we shall see much more of His wisdom, power, goodness, and truth than formerly we have been acquainted with. We shall find that the God of Israel is among us, when ten of us shall be able to resist a thousand of our enemies, when He shall make us a praise and glory, that men shall say of succeeding plantations: "The Lord make it like that of New England." For we must consider that we shall be as a city upon a hill, the eyes of all people are upon us. So that if we shall deal falsely with our God in this work we have undertaken, and so cause Him to withdraw His present help from us, we shall be made a story and a by-word through the world: we shall open the mouths of enemies to speak evil of the ways of God and all professors for God's sake; we shall shame the faces of many of God's worthy servants, and cause their prayers to be turned into curses upon us, till we be consumed out of the good land whither we are going.
>
> ——John Winthrop, "A Model of Christian Charity"

必要性を典型的に示している。共同体という「肉体」のすべての「メンバー」（この 'member' は、肉体の「手足」という語源的な意味とも解することができる）が、ここでも、契約によって一体化し、協力しなければならないと訴える。

ここまで、ピューリタン社会の初代指導者たちの公式的な記録を紹介してきたが、彼らの記録、日記には、それだけではなく、より人間的な突発的な事件も含まれており、アメリカに移住したピューリタンたちがけっして狂信的な特殊集団ではなく、普通の人間的な側面をもつ集団であったことを示している。ピューリタンに対するある種の偏見を是正する一つの手掛かりとして、次の引用（1–3）に目を通してほしい。引用（1–1）の直前に記されているメイフラワー号船上で起きた事件である。ここでも、ブラッドフォードは、「神の摂理の特別の現われ」（a special work of God's providence）として「無視する」（omit）わけにはゆかないと宗教者らしく注釈を加えているが、事件そのものは俗世間のどこにでも見られるものである。若い体力のある船員の一人が、神に対する不敬な言葉を口にし、船酔いに苦しむ乗船者に対して、横柄な態度を見せ、海に投げ込むと凄んでいた。そうした彼を窘（たしな）めると、ますます彼は激しく神を呪う言葉を吐くばかりだったが、航海の半ばで彼自身が重い病気で死んで、海に投げ捨てられてしまったというのである。呪いは自分自身に降りかかり、人びとはそこに神の摂理を認める。現実にあった事件であろうが、単なる偶発事件ではなく、ピューリタンたちは神の意図の現われとして教訓的な意味を読みとるのであった。

　その一方で、ウィンスロップは、17世紀アメリカのピューリタン社会で神学的に最大の問題であった「反律法主義」（Antinomianism）を主張するAnne Hutchinson一派を反社会的な分子として植民地から追放した。彼は、道徳的な「善行」や、共同体への「協力」よりも、純然たる個人の「信仰」こそ神による「救い」の条件であると主張するアン・ハッチンソンたちの神学を植民地社会に対する最大の脅威と見なしたのであった。彼はまた植民地社会を根底から揺るがした大きな事件とともに、鼠と蛇が争い、鼠が勝ったという小さな事件にキリスト教徒と悪魔の戦いを認めたり、息子の図書室に置いてあったギリシャ語の聖書と詩篇、「イギリス国教会」の祈祷書の合本が鼠に齧（かじ）られたが、鼠が祈祷書の部分のみを齧ったことに神の意図を認めたりして、融通性を欠いた、いかにもピューリタンらしい記述を日記に書き残した。それはそれとして、少し長いが、引用（1–4）を見てもらおう。

　前半は、1636年から38年にかけてのアン・ハッチンソン事件の詳細な記録の最後の一部で、1638年3月22日の記入。ウィンスロップによると、ボ

> And I may not omit here a special work of God's providence. There was a proud and very profane young man, one of the sea-men, of a lusty, able body, which made him the more haughty; he would always be condemning the poor people in their sickness, and cursing them daily with grievous execrations, and did not let to tell them, that he hoped to help to cast half of them overboard before they came to their journey's end, and to make merry with what they had; and if he were by any gently reproved, he would curse and swear most bitterly. But it pleased God before they came half seas over, to smite this young man with a grievous disease, of which he died in a desperate manner, and so was himself the first that was thrown overboard. Thus his curses light on his own head; and it was an astonishment to all his fellows, for they noted it to be the just hand of God upon him.
>
> ——William Bradford, *Of Plymouth Plantation*, Chapter 9

ストンの主流派教会は彼女に自分の罪を認め、悔い改めるよう迫ったが、すべては虚しく、教会は全員一致で彼女を破門し、植民地から追放する決定を下す。この決定にそれまで意気消沈していた (dejected) ハッチンソンは、それによって自らの信仰の正当性が逆に証明されたとばかり、生気を取り戻す。一方、彼女に「誘惑された」(seduced) 人びとは、彼女の「過ち」(errors) から救われ、真の信仰を取り戻したという。この「ハッチンソン事件」は、共同体建設という宗教の社会的な一面を優先させる神との「業の契約」(Covenant of Works) と、人間の救いは、そうした地上での営み、善行によるのではなく、すべては個人の信仰と、神の意志、決定のみにかかっているという、その限りでは、反社会的な傾向をもつ「恩寵の契約」(Covenant of Grace) の対立といってよいが、狂信的な後者の支持者を植民地から追放することによって、ニューイングランドの植民地社会は、現実主義的な社会形態を選択し、アメリカ社会の「雛型」を形づくることになった。そして、個人の主張を抑圧するマイナス面を強めてゆくが、それは、17世紀アメリカ植民地の孤立無援の状況下にあってやむをえない選択であったかもしれない。しかし、ハッ

[March 22, 1638] Mrs. Hutchinson appeared again; and the articles being again read to her, and her answer required, she delivered it in writing, wherein she made a retraction of near all, but with such explanations and circumstances as gave no satisfaction to the church; so as she was required to speak further to them. Then she declared, that it was just with God to leave her to herself, as He had done, for her slighting His ordinances, both magistracy and ministry; and confessed that what she had spoken against the magistrates at the court (by way of revelation) was rash and ungrounded; and desired the church to pray for her. This gave the church good hope of her repentance; but when she was examined about some particulars, as that she had denied inherent righteousness, etc., she affirmed that it was never her judgment; and though it was proved by many testimonies, that she had been of that judgment, and so had persisted, and maintained it by argument against divers, yet she impudently persisted in her affirmation, to the astonishment of all the assembly. So that, after much time and many arguments had been spent to bring her to see her sin, but all in vain, the church, with one consent, cast her out. Some moved to have her admonished once more; but, it being for manifest evil in matter of conversation, it was agreed otherwise; and for that reason also the sentence was denounced by the pastor, matter of manners belonging properly to his place.

After she was excommunicated, her spirits, which seemed before to be somewhat dejected, revived again, and she gloried in her sufferings, saying, that it was the greatest happiness, next to Christ, that ever befell her. Indeed, it was a happy day to the churches of Christ here, and to many poor souls, who had been seduced by her, who, by what they heard and saw that day, were (through the grace of God) brought off quite from her errors, and settled again in the truth. ...

*   *

[July 5, 1632] At Watertown there was (in the view of divers wit-

> nesses) a great combat between a mouse and a snake; and, after a long fight, the mouse prevailed and killed the snake. The pastor of Boston, Mr. Wilson, a very sincere, holy man, hearing of it, gave this interpretation: That the snake was the devil; the mouse was a poor contemptible people, which God had brought hither, which should overcome Satan here, and dispossess him of his kingdom. Upon the same occasion, he told the governor, that, before he was resolved to come into this country, he dreamed he was here, and that he saw a church arise out of the earth, which grew up and became a marvellous goodly church.
> ——John Winthrop, *The Journal of John Winthrop*

チンソン事件が象徴する社会に対する個人の異議申し立ては、この後、アメリカ文学で繰り返し問題にされる。一例を挙げれば、ナサニエル・ホーソーンの *The Scarlet Letter*（1850）のヒロインの Hester Prynne．彼女が犯した姦通の罪は、社会の秩序を乱すという意味では、聖書にあるように、死刑に値するほどの重大な罪とされるが、個人の次元でいうと、もっとも純粋な愛情の結果でもある。ヘスターは、社会の掟は彼女個人を拘束する掟ではないという。そうしたヘスターを、作者ホーソーンは、植民地社会から追放されたハッチンソンになぞらえる。ハッチンソンの伝統は、現代のフェミニズム思想にも受け継がれている。ウィンスロップも、当時のピューリタンの主流派も、ハッチンソンのような女性を社会の危険分子として容認することはなかった。ボストンを追放された彼女は、自分と信仰を共にする人びととともに、現在のロードアイランド州の小島 Aquidneck，さらには、ニューヨーク州の Long Island に移り、自らの信仰を守りつづけた。ところが、1643 年 8 月にインディアンの襲撃を受けて、一家は悲惨な最期を遂げた。彼女を追放したウィンスロップたちは、これを神の意図の現われとして、自分たちの判断を正当化する聖なる証拠と見なした。ピューリタンたちは、自然現象、社会的な事件、そのすべての背後に神の意図を認める傾向が強かった。

　引用の後半は、年月は逆になるが、一匹の鼠が蛇と戦い、蛇を噛み殺した、という事件を聞いたボストンの牧師ウィルソンの解釈である。彼はこの鼠こそアメリカに移住してきた植民地の哀れな貧しい住民であり、蛇は悪魔で、

神はこの悪魔から王国を奪いとるよう住民に求めたという解釈を下すのである。鼠といえば、「この頃、注目に価することがあった」という書き出しの記事（1640 年 12 月 15 日）でも、その要点はすでに述べたが、イギリス国教会によって制定された「祈祷書」(common prayer) のみが鼠に齧りとられたことを指摘しており、アメリカに移住した当時のアメリカのピューリタンたちのイギリス国教会に対する態度を示すものとして、現代のわれわれにも、違った意味で「注目に価する」。

　アン・ハッチンソン追放事件は、初期ニューイングランドにおける信仰のあり方をめぐる宗派的対立であると同時に、現実主義的な政策をとって社会の安定化を図る主流派と、そうした体制に異議申し立てをする少数派の政治的な権力闘争でもあった。この事件は単に宗教上の問題ではなく、社会の少数派、つまり、体制側からすると危険な異端分子による体制批判の問題でもあって、これはのちにアメリカ文学の中心テーマの一つにつながってゆく。悪名高いセーレムの魔女裁判 (1692–93) も同様の事件である。そうした歴史的な記憶は、先祖との繋がりからピューリタンの植民地に興味をもったホーソーンに *The Scarlet Letter* や *The House of the Seven Gables* (1857) を書かせただけでなく、20 世紀の劇作家 Arthur Miller (⇨ II 巻 58 章) は、1940 年代末から 50 年代前半にかけてアメリカを吹き荒れた狂気の「赤狩り」、McCarthyism を、セーレムの魔女狩りになぞり、*The Crucible* (1853) で描き出した。

　アメリカは、旧大陸ヨーロッパとは対照的に過去をもたない未来志向の国だといわれるが、その過去は、短いだけに文学者に強烈に働きかけることもある。アメリカ文学を総体的に捉えるためには、植民地時代の歴史文献にも目を向ける必要がある。入門編の出だしとしては、植民地時代の二人にこだわりすぎたかもしれないが、アメリカ文学のアンソロジーに採録された彼らの文章を読むだけでも、思わぬ発見があるだろう。

2

Jonathan Edwards
ジョナサン・エドワーズ

「ニューイングランド的良心」の原点／
個人の魂を揺さぶる熱烈な信仰と人間の内面心理の解明

■ 略　伝

Jonathan Edwards（1703–58）．アメリカ有数の神学者、心理学者とされる彼は、1703年、コネティカット州 East Windsor に、当時、コネティカット植民地の宗教界で 'Pope Stoddard' と呼ばれ、絶大な影響力をもった会衆派（Congregational）の牧師 Solomon Stoddard を母方の祖父として生まれた。父親も同植民地のイースト・ウィンザーの牧師だった。Benjamin Franklin（⇨3章; I巻13章）と18世紀アメリカの聖俗両面をそれぞれ分かち合う彼は、無名の家に生まれたベンジャミン・フランクリンとは対照的に、植民地知識階級の名門中の名門出身であった。幼時から神童として知られ、11歳の時（1714年）に書いたとされる "Of Insects" と題された蜘蛛に関するエッセイは彼の自然観察の鋭さを示し、「虹」の色彩を扱ったエッセイ "The Rainbows" などの文章からは、10代初め、彼がすでにアイザック・ニュートンの最新の光学研究書 *Optics*（1704）を読んでいたと推定される。12歳で、イェール大学に入学し、そこで、ニュートンの 'natural philosophy'（現代の 'physics'）や、ジョン・ロックの心理学的な著作をとおして時代の新しい思想を吸収した。現在、エドワーズは、時代

Jonathan Edwards
(1703–58)

に逆行した神学者として知られているが、彼の背後に当時の科学の新知識があったことは忘れるべきではない。1720年、大学を卒業したが、さらに2年間、大学に残って「神学」を学び、ニューヨーク市で一時牧師を務めた。学生時代、70項目の「決意」（Resolutions）によって、自らの信仰を確認した。13の「徳目」によって世俗的に完璧な人間を目指したフランクリンとは好対照をなす。

　1724年、講師として母校イェール大学に呼びもどされたが、2年後には、マサチューセッツ植民地 Northampton の祖父ソロモン・スタダードが牧師を務める会衆派教会に副牧師として赴任。そして、3年後、祖父が死んだあとは、この由緒ある教会の正牧師として、社会の世俗化とともに、正統的なピューリタニズムの教義が衰退する中で、信仰の具体的な根拠に基づく雄弁な説教によって教会員たちの宗教的覚醒に情熱を傾けた。そうした初期の著作としては、表題そのものがその内容を示す、植民地住民の「回心」（conversion）体験を記した *A Faithful Narrative of the Surprising Work of God in the Conversion of Many Hundred Souls in Northampton, and the Neighbouring Towns and Villages of New-Hampshire in New England. In a Letter to the Revd. Dr. Benjamin Colman of Boston. Written by the Revd. Mr. Edwards, Minister of Northampton, on Nov. 6, 1736*（1737）が知られている。彼が説く教義は、一方では、新しいニュートンやロックの知識を示しているが、本質的には、信仰のみによる魂の救済を求める妥協を許さぬ伝統的なカルヴィニズムの復活を求める。時代は、フランクリンの神学が示すように、合理主義的な「理神論」（Deism）が有力となり、神による魂の救い、「義化」（Justification）には、魂にかかわる「信仰」よりも日常生活の「善行」が重要であると見なす 'Arminianism' が強まっていた。そうした中で、ジョナサン・エドワーズは 'Justification by Faith Alone' を強硬に主張し、いずれも略称だが、*God Glorified in ... Man's Dependence upon Him*（1731）、*A Divine and Supernatural Light*（1734）、*Some Thoughts Concerning the Present Revival of Religion in New England*（1742）などを書いた。1730年代の初頭から、植民地の各地では、宗教の世俗化に抵抗する「信仰復興運動」（revival）も現われていた。それが歴史に残る大きな運動となったのは、周知のように、1735年頃から約10年間、ニューイングランド植民地を席巻した「大覚醒」（Great Awakening）と称される一大信仰復興運動だった。エドワーズもその運動の中心人物の一人だったが、歴史に名を残したのは、1738年、イギリスからやって来て、狂信的な説教で群集の信仰心を煽り立てたことで知られる

巡回福音伝道師 George Whitefield（1714–70）であった。フィラデルフィアでの彼の野外集会に出席したフランクリンは、*Autobiography* によると、教義というよりは、群集を煽動し、魅了する彼の布教方法に興味をいだいていた。

　エドワーズは、彼の煽情的な布教方法には批判的だったが、彼自身、1741 年には、地獄の恐怖と、地獄に追いやられた罪人の苦しみを迫真的に描いた悪名高い説教 "Sinners in the Hands of an Angry God" をコネティカット植民地 Enfield で行ない、後世に「恐怖」の説教師というイメージを残した。時代に逆行して、アダムの「原罪」に由来する人間の根源的な悪と人間の魂の救済に関する神の絶対権をア・プリオリ的に認める正統的な厳しいカルヴィニズムの教義にこだわっていた。教義だけでなく、教会員の資格に関しても、かつては信仰の証しである「啓示」（revelation）、「回心」の体験者のみを正会員と認めていたが、社会が安定し、迫害による宗教的な情熱が薄れるにつれて、そうした体験者が少なくなり、教会員の数が減ってゆく。こうした社会の現実を前にして、「回心」の体験がなくとも、その親がそのような体験をしていれば、神が認めた者として正会員として認めることになった。「半契約理論」（Half Covenant Theory）という妥協策である。こうして、当分は教会員の数を維持することができたが、宗教的な情熱はますます弱まり、このように妥協してもしなくとも、伝統的なピューリタニズムの信仰は衰退する運命にあった。こうした時代に、宗教界に大きな影響力をもつエドワーズの祖父ストダードは、祖先に「回心」体験者がいて、本人が「信仰」と「改悛」の意を表明さえすれば、それで教会の正会員として受け入れることにした。現実的な判断であったが、それによって宗教的情熱はさらに失われる。こうした宗教的な状況下で、すでに言及した、神と人間の直接的な出会いを強調する「大覚醒」と称する巻返し運動が発生したのである。エドワーズはこの運動の熱烈な推進者であったが、ノーサンプトン教会は時代に逆行する彼に批判的で、1750 年、彼は教会から追放される。それでも、自説を枉げず、翌 1751 年、マサチューセッツ植民地西端の開拓地 Stockbridge の教会に移り、白人開拓者や原住民に布教活動をするとともに、代表作 *A Careful and Strict Enquiry into the Modern Prevailing Notions of That Freedom of the Will …*（1754），*The Great Christian Doctrine of Original Sin Defended*（1758）などの執筆に専念し、植民地で勢力を増していた「監督教会」（Episcopal Church）のアルミニアニズム的傾向を批判した。1757 年（54 歳）、New Jersey College（プリンストン大学の前身）の学長に選ばれ、任地に赴いたが、当時、そこで天然痘が流行していて、予防に種痘を受けたが、それが原

因で天然痘を発症し、翌年3月、急死した。

　本質的には神学者であるが、鋭い感受性、豊かな語彙力、人間内面心理に対する関心をもったエドワーズは、文学者としても後世に大きな影響を及ぼした。17世紀のピューリタニズムと19世紀の超絶主義双方の研究者として知られる Perry Miller は "From Edwards to Emerson" という論文（*Errand into the Wilderness*［1964］に収録。初出は *New England Quarterly*, 1940）で、Ralph Waldo Emerson（⇨4章；I巻20章）とエドワーズの歴史的、文学的な関係を論じている。文学史的に考えて、二人の間には疑いなく類縁性が認められる。エドワーズには、自伝的な "Personal Narrative"（1740年執筆、死後の1765年に出版）がある。彼はそこで、青年時代、神の姿を垣間見た「顕現」（epiphany）体験を記しているが、その体験はラルフ・ウォルドー・エマソンの *Nature*（1836）の第1章で描かれる森の中での神秘的な体験と呼応する。そして、こうした神秘的な体験は、ほかにも、John Woolman（⇨補遺版89章）、Upton Sinclair（⇨補遺版95章）などが、自伝で印象的に記録している（補遺版、第89章、「夢現(うつつ)の状態で自分の死を体験する異様な神秘的幻覚体験」「月が西から昇り、雲が一本の木に変わり、'Sun Worm' が地上を這ってゆく異様な夢」、第95章、「イギリス・ロマン派の詩人に影響されたロマンティックな理想主義者」を参照）。さらに、人間の内面心理にこだわり、倫理的な真実をあくまでも追究する潔癖な「良心」。「ニューイングランド的な良心」と称されるピューリタン以来の精神構造。それは、エドワーズを起点に、方向はさまざまであるが、エマソン、Nathaniel Hawthorne（⇨5章；I巻22章）、Henry James（⇨12章；II巻34章）、Henry Adams（⇨II巻35章）、Emily Dickinson（⇨10章；I巻29章）、そして、20世紀の T. S. Eliot（⇨補遺版96章）、William Faulkner（⇨17章；II巻47章）、Truman Capote（⇨III巻67章）などにもつながってゆく。繰り返しになるが、エドワーズは、厳密には文学者ではないが、彼の "Personal Narrative"、"Sinners in the Hands of an Angry God"、そして、"A Farewell-Sermon Preached at the First Precinct in Northampton, after the People's Publick Rejection of their Minister ... on June 22, 1750" などは、現代でも、文学作品として十分通用する。彼のそうした側面は、通常、時間に限られたわが国の大学の英文科では無視されるのではないかと思うので、あえてここで紹介しておきたい。

　エドワーズといえば、文学史的な常識として、略伝で言及した "Sinners in

> O sinner! Consider the fearful danger you are in: it is a great furnace of wrath, a wide and bottomless pit, full of the fire of wrath, that you are held over in the hand of that God, whose wrath is provoked and incensed as much against you, as against many of the damned in hell. You hang by a slender thread, with the flames of divine wrath flashing about it, and ready every moment to singe it, and burn it asunder; and you have no interest in any Mediator, and nothing to lay hold of to save yourself, nothing to keep off the flames of wrath, nothing of your own, nothing that you ever have done, nothing that you can do, to induce God to spare you one moment. And consider here more particularly.
> ——Jonathan Edwards, "Sinners in the Hands of an Angry God"

the Hands of an Angry God"を思い出すのではないだろうか。神の怒りの恐ろしさと地獄に堕ちた「罪人たち」の凄まじい姿を鮮烈に描くことによって、人びとの恐怖心を煽りたて、改悛を迫った悪名高い説教である。彼は1741年7月8日、コネティカット植民地のエンフィールドの教会でこの説教を行なった。1741年といえば、その前年、エドワーズはアメリカを訪れていたイギリスの伝道牧師ジョージ・ホイットフィールドとノーサンプトンで会って、いわゆる「大覚醒」と称する信仰復興運動に深く関わりをもつことになった。説教そのものは「申命記」(32: 35) ('To me belongeth vengeance, and recompense; *their foot shall slide in due time*: for the day of their calamity is at hand, and the things that shall come upon them make haste.') を "text"(説教の題目となる聖書からの引用句、イタリック体の部分)として掲げ、神の審判の日の到来を告げる。人間を地獄に堕すか否かは神の思し召し一つにかかっているが、現在、「蜘蛛のような忌まわしい昆虫を火で炙るように、あなた方を地獄の上に吊るしている神は、あなた方を忌み嫌い凄まじい怒りを見せている。あなた方に対する神の怒りは火のように燃え上がり、あなた方をその火にくべて燃やす以外の価値のない存在と見なしている」(The God that holds you over the pit of hell, much as one holds a spider or some loathsome insect over the fire, abhors you, and is dreadfully provoked: His wrath towards you burns like fire; He looks upon you as worthy of nothing else but to be cast into the fire; …）と脅迫する。

　こうして、地獄の光景を目のあたりにした会衆たちは、そのあまりの恐ろしさに泣き喚き、その場で自らの罪を告白して、神の赦しを求めたという。教会全体が異常な興奮状態に陥った。それほど現代からは想像もつかない迫力、効果を伴っていたのである。言葉と雄弁術の恐るべき力である。言葉はもはや単なる情報伝達の手段ではなく、想像力に訴えることによって目に見えない世界を創造する。そうしたことを念頭において、引用（2–1）を読んでほしい。

　冒頭に 'O sinner!' とあるように、教会員に呼びかけ、ある意味では、この説教の特徴をもっとも簡潔に示す一節である。神の怒りは燃え上がる「溶鉱炉」として描かれ、大きく口を開き、底もなく、人間はその上に神の手に捉えられて吊り下げられている。引用はしていないが、これに先立つところでは、人間の肉体は罪の重みで鉛のように重くなっていて、その重みで、神の手がなければ、即刻、地獄にまっさかさまに落ち込もうとしている。地上での善行などは、その際、蜘蛛の糸が転がり落ちる巨大な岩を引き止められないのと同じように、何の役にも立たない。引用でも、細い一本の糸（a slender thread）で吊り下がっているだけで、それもいつ何時地獄の炎で焼け焦げるかわからない。神との間を仲介してくれるキリスト（the Mediator）にすがることもできない。エドワーズはさらに続けて 'And consider here more particularly.' と言って、「神の怒りの凄まじさ」（the fierceness of His wrath）を一つひとつ列挙してみせる。そして最後に、「創世記」（19: 17）を踏まえて、'Haste and escape for your life, look not behind you, escape to the mountain, lest you be consumed.' と警告を発し、この説教を終えるのである。

　このように怒りの神をとおして宗教的に堕落した人間に警告を発したサディスティックなエドワーズの側面は、現在なお彼のイメージとして執拗に残っているが、すでに述べたように、それは必ずしも聖職者、神学者としての実像を伝えるものではない。彼の神との関係は他人を寄せつけない、あくまでも内面の魂にかかわる個人的な問題であり、荘厳きわまりない神の前にひたすら拝跪し、忘我の状態での至福の瞬間を求めた。それは初代のピュー

... And the whole Book of Canticles used to be pleasant to me; and I used to be much in reading it, about that time. And found, from time to time, an inward sweetness, that used, as it were, to carry me away in my contemplations; in what I know not how to express otherwise, than by a calm, sweet abstraction of soul from all the concerns of this world; and a kind of vision, or fixed ideas and imaginations, of being alone in the mountains, or some solitary wilderness, far from all mankind, sweetly conversing with Christ, and wrapt and swallowed up in God. The sense I had of divine things, would often of a sudden kindle up, as it were, a sweet burning in my heart; an ardor of my soul, that I know not how to express.

... And when the discourse was ended, I walked abroad alone, in a solitary place in my father's pasture, for contemplation. And as I was walking there, and looked up on the sky and clouds; there came into my mind, a sweet sense of the glorious majesty and grace of God, that I know not how to express. I seemed to see them both in a sweet conjunction: majesty and meekness joined together: it was a sweet and gentle, and holy majesty; and also a majestic meekness; an awful sweetness; a high, and great, and holy gentleness.

——Jonathan Edwards, "Personal Narrative"

リタンたちの伝統を継承したものであって、彼らは宗教の社会生活での有効性、つまり、フランクリンのように、人びとの道徳意識を鼓吹したり助長したりする力よりも、神の姿を垣間見て、神と一体化し世俗的な悩みを一挙に解消する瞬間的な体験を宗教の本質と見なしていた。それは宗教的な「回心」体験であり、信仰の証しとされた。それが日常の宗教生活を支える。信仰のない者からみると、異常な錯覚に思われるかもしれないが、真摯に神を求める人間にとっては、人生におけるもっとも意義のある真実の一瞬で、そうした体験の記録は、聖アウグスティヌスの『告白』にも記されているように、数多く残されており、真実の体験のみがもつ迫真力を伴う。エドワーズは、

青年時代、そうした体験をしていた。

　彼はのちに "Personal Narrative" と通称される（"Spiritual Autobiography" とも呼ばれる）自らの内面的な成長を回想した記録を残し、そこで神の懐にいだかれ恍惚状態に陥った時の「内面的に甘美な感覚」（an inward, sweet sense）を美しく描いた。その体験・状態は、彼が繰り返し言うように、言葉では表現しがたい（I know not how to express [it]）神秘的な要素を伴っていた。引用（2–2）である。一読して文体的にまず気づくことは繰り返しが多いということである。この引用だけでも 'sweet', 'sweetness', 'sweetly' が8回、'I know not how to express' という表現が3回繰り返されている。そして、彼が感じた神の存在は 'majesty and meekness joined together'、あるいは 'majestic meekness'、'awful sweetness' という「矛盾語法」（oxymoron）でしか表現できないものだった。彼は聖書の「雅歌」を読むうちに、世俗的な雑事から完全に解放されて、たった一人荒野でキリストと言葉を交わしながら、身も心も神に奪われたように恍惚状態に陥り、突然、魂が燃え上がるような体験をする。後半の引用にある 'discourse' というのは、この体験を父親と語り合ったことを指し、そのあと、彼は一人外に出て父親の屋敷の牧草地で瞑想に耽りながら、空を見上げると、そこに威厳と柔和さが一つとなった神の姿の顕現を直感する。その結果、引用（2–3）にあるように、神の「神聖さ」はきわめて感覚的に、甘美で、快適で、魅力にみち、穏やかで、静かな性質をおびたものに思われる。人間の魂はあらゆる種類の花が咲いている神の庭園となり、さらに、春の日に、心地よい日の光に向かって開いた小さな花にも喩えられる。文学的に見ると、素朴な比喩で、とり立てていうほどではないかもしれないが、これほど感覚的な言葉をちりばめた文章はとてもピューリタンの神学者が書いたとは思えず、また、フランクリンの引用（3–1）（p. 25）に見られるあの簡潔で、即物的な文体とは好対照をなす。また、ここで語られている体験は、エマソンの *Nature* の第1章で語られる森の中での有名なエピソードや、James Joyce など、20世紀の何人かの小説家の作品のクライマックスに見られる「顕現」現象と共通するところがあり、こうしたことからも、彼はアメリカ文学の伝統の一つの出発点と見なされるのである。罪深い人びとを地獄に追いやる神の怒りの恐ろしさを加虐的に描きながら、その一方では、神との神秘的な交わりをとおして神の恐ろしさと優しさを、自虐

> Holiness, as I then wrote down some of my contemplations on it, appeared to me to be of a sweet, pleasant, charming, serene, calm nature. It seemed to me, it brought an inexpressible purity, brightness, peacefulness and ravishment to the soul: and that it made the soul like a field or garden of God, with all manner of pleasant flowers; that is all pleasant, delightful and undisturbed; enjoying a sweet calm, and the gently vivifying beams of the sun. The soul of a true Christian, as I then wrote my meditations, appear'd like such a little white flower, as we see in the spring of the year; low and humble on the ground, opening its bosom, to receive the pleasant beams of the sun's glory; rejoicing as it were, in a calm rapture; diffusing around a sweet fragrancy; standing peacefully and lovingly, in the midst of other flowers round about; all in like manner opening their bosoms, to drink in the light of the sun. …
> ——Jonathan Edwards, "Personal Narrative"

的でありながら甘美に、自己陶酔的に描き出すエドワーズ。時代が違ったら、彼はロマン派の文学者になっていたかもしれない。

　最後に、かなり専門的になるが、エドワーズに見られる「予型論」(typology) 的発想にも注意を促しておきたい。文学史の授業は、ある意味では、アメリカの文学者に関する基本的な事実を知ることをその主要な目的にしているが、それだけでなく、同時に、その背後にある文学者たちの発想法、特異な表現法を確認しておく必要もある。エドワーズの「予型論」がそうした問題の一つである。略伝ですでに紹介した、20世紀アメリカ（文学）研究の第一世代の代表的存在だったペリー・ミラーは、エドワーズが残したノートの断想を *Images or Shadows of Divine Things* (1948) として編集・刊行した。「予型論」というのは、本来は、旧約聖書と新約聖書の間に認められる対応関係によって聖書の章句を明らかにする聖書解釈の一方法であるが、それはさらにエマソンや、Herman Melville（⇨8章；I 巻 23 章）、ナサニエル・ホーソーン、Henry David Thoreau（⇨7章；I 巻 21 章）、Walt Whitman（⇨9章；I 巻

25章）など、「アメリカ・ルネッサンス」期のロマン主義文学者の象徴主義的傾向と呼応しているのである。

　アメリカにおける「予型論」の研究は、その後、多くの研究者によって行なわれ、ミラーの解説だけでは不十分だと思われるが、ここでは「予型論」理解の第一歩として、ミラーの解説に従う。それによると、「予型論」の中核をなすのは、繰り返しになるが、人間の恣意的なレトリックではなく、神の啓示に基づく真実、神の永遠の意図（the one eternal intention）であるという。神の意図の現われとされる「予型」と、人間の想像力の産物にすぎない「象徴」（allegory）や、「図像」（emblem）とはまったく違い、「予型論」的発想の背後には、神の意図や摂理が働いており、また聖書的な時間、歴史がそこに組み込まれていて、神学的な壮大な体系が読みとられるのである。こうした発想法がわれわれの興味を惹くのは、アメリカでは、それが宗教色を失ったあとも、文学者の発想法に無視しがたい痕跡を残しているからである。ことに19世紀のロマン派の文学者にあっては、こうした比喩をとおして世界全体の隠された体系的な意味を表現するのは、ある抽象的な概念をそれに対応する寓意的な図像によって表現する単純な寓意物語（allegory）ではなく、複雑な意味を多層的に表現する象徴主義（symbolism）であり、それによってアメリカ文学は特徴づけられることになる。たとえば、ハーマン・メルヴィルの *Moby-Dick*（1851）に登場する白い凶暴な巨鯨、神秘的で神聖な海、捕鯨船などは、それぞれ読者にある象徴的な意味を感じさせる。作者メルヴィルは、そうした個別的な象徴的存在（「予型」に相当する）をとおして、人間存在の意味、宇宙（神）と人間の関係といった究極の問題（「原型」）を明らかにしようとするのである。

　そして、ミラーの先駆的な研究を踏まえて、ピューリタニズムから現代文学まで、該博な知識をもった現代アメリカ文学研究を代表する文学史家 Sacvan Bercovitch は、編著 *The American Puritan Imagination: Essays in Revaluation*（1974）, *Typology and Early American Literature*（1978）などで、「予型論的聖書解釈学」（typological hermeneutics）に基づく文学の象徴様式、想像力、レトリカルな発想表現をめぐって、さらに議論を深めていくことになる。

3

CD 11

Benjamin Franklin
ベンジャミン・フランクリン

「すべてのヤンキーの父」／フランクリンを知らずして
アメリカ文学を理解することはできない

■ 略　伝

　Benjamin Franklin（1706–90）は、ボストンの名もない蝋燭・石鹸作りの家に 17 人兄弟姉妹の 15 番目の子として生まれた。教育らしい教育はほとんど受けなかったが、独学で生活に必要な知識を身につけた。1723 年（17 歳）、印刷屋の実兄と衝突し、フィラデルフィアに出奔し、そこで印刷工として自活する。翌 1724 年、ペンシルヴェニア植民地総督の親切ごかしの言葉に半ば騙されて、イギリスに渡り、海外の新しい空気に触れる。帰国後、独立して印刷屋を始め、新聞や暦を発行して、生活の基盤を固めた。

Benjamin Franklin
(1706–90)

Poor Richard's Almanack（1732–58）と称する暦は、それにあしらった辛辣な人間観察の短い文章や、役に立つ諺が評判となり、一大ベストセラーとなった。最後の 1758 年度版につけた序文は、のちに *The Way to Wealth* と呼ばれ、彼の勤勉と節約を説く独立したエッセイとして後世に計り知れない影響を及ぼした。1730 年（24 歳）、かつてフィラデルフィアで下宿していた Read 家の娘 Deborah と結婚。その後、経済的に安定すると、印刷業から退き、地域社会の指導者、政治家として、フィラデルフィアの道路舗装や、消防、病院、大学設立など、多方面にわたる公共事業に

尽力。同時に、雷雨中に凧を上げて稲妻と電気が同一であることを証明し、科学者としても国際的に認められた。生涯の最後の 30 年余りは、植民地の課税権をめぐって、植民地とイギリス政府が対立するなかで、植民地側の代表として、イギリス本国との交渉にあたった。独立戦争に際しては、フランスから多額の経済援助をとりつけるなど、外交面で、「建国の父」(Founding Fathers) の最年長者として、独立達成のために最大の貢献を果たすとともに、アメリカ合衆国の基礎を作ったとされる 4 つの文書、「独立宣言」「米仏同盟条約」「対英講和条約」「連邦憲法」のすべてに署名した唯一の人間となった。その間、1771 年から 19 年にわたって、自伝文学の古典中の古典と高く評価される *Autobiography* (彼自身は "Memoirs" と称していた [完本出版、1868]) を断続的に執筆、それによって、これまた、後世に大きな影響を及ぼした。質素な食生活を推奨し、彼自身それを実践していたとされるが、なぜか、後半生、贅沢病といわれる通風に悩まされた ('Eh! oh! eh! What have I done to merit these cruel sufferings?' という言葉で始まる "Dialogue Between the Gout and Dr. Franklin" [執筆、Midnight, 22 October, 1780] という愉快な戯文が残されている)。1790 年、84 歳で、胆石症に肋膜炎を併発して、フィラデルフィアの自宅で死去。アメリカでは国葬が盛大に行なわれ、フランス国会も 3 日の喪に服した。イギリスの歴史評論家 Thomas Carlyle は、彼の肖像画を見て、ここに「すべてのヤンキーの父」がいると言ったと伝えられている。ベンジャミン・フランクリンは必ずしも文学者でないかもしれないが、「アメリカの夢」を実現した典型的なアメリカ人としての生涯を記録した *Autobiography* によって、計り知れない影響をアメリカ文学にも及ぼした。貧しい環境に生まれながら、勤勉と節約によって成功し、経済的に自立する少年を描いた *Ragged Dick* (1868) など、「成功物語」(success story) と称される 100 篇を超える通俗的な少年小説で知られ、空前のベストセラー作家となった Horatio Alger (⇨ II 巻 36 章) は、フランクリンの伝統を肯定的に継承した。しかし、一方で、20 世紀のユダヤ系小説家 Nathanael West (⇨ 補遺版 102 章) は、この成功を保証する「アメリカの夢」が「夢」でしかないという厳しい「アメリカの現実」を *A Cool Million* (1934) などで暴露した。フランクリンの生涯と思想が及ぼす影響は、それを受け止める文学者によって礼賛の場合も反撥の場合もあるが、*Autobiography* に見られる「成功」礼賛に加えて、アメリカ人としてのアイデンティティの追求、プラグマティックな思考法、独自のユーモアなど、彼の影響を無視してその後のアメリカ文学を理解することはできないだろう。

(3–1) CD 12

> ... I grew convinced that *truth*, *sincerity* and *integrity* in dealings between man and man were of the utmost importance to the felicity of life, and I formed written resolutions (which still remain in my Journal Book) to practise them ever while I lived. Revelation had indeed no weight with me as such; but I entertained an opinion that, though certain actions might not be bad *because* they were forbidden by it, or good *because* it commanded them, yet probably those actions might be forbidden *because* they were bad for us, or commanded *because* they were beneficial to us, in their own natures, all the circumstances of things considered. And this persuasion, with the kind hand of Providence, or some guardian angel, or accidental favourable circumstances and situations, or all together, preserved me (thro' this dangerous time of youth, and the hazardous situations I was sometimes in among strangers, remote from the eye and advice of my father) without any *willful* gross immorality or injustice that might have been expected from my want of religion.
>
> ——Benjamin Franklin, *Autobiography*, Part One

　フランクリンは、宗教的にはなお17世紀以来のピューリタニズムの影響が強く残っている18世紀初めのボストンに生まれた。しかし、この時代のアメリカはヨーロッパの「啓蒙思想」(Enlightenment) の影響を受けて、宗教的な信仰というよりは、理性を中心とする時代に大きく変わろうとしていた。自然の法則と人間の理性によって、社会は無限に向上し、進歩する。人間は本質的に善良な存在であり、社会は改革によって完全なものとなる。フランクリンはそうした時代精神を体現する人間に成長していった。そこで、彼の生涯、思想の基盤となった合理主義的な宗教観と人間観を示す *Autobiography* のもっとも有名な一節を引用 (3–1) して、フランクリンの紹介を始めることにしよう。

　いま述べたように、宗教的には、フランクリンは理性の時代といわれる18

世紀の新しい宗教を代表する人間であった。彼は少年時代から新しい「理神論」(Deism) と称される合理主義的な神学を認めるようになっていた。ピューリタニズムの神学は、人間の理性よりも信仰に重点を置き、神の絶対的な権威と人間の限界性（原罪意識）をア・プリオリに認め、神の摂理によって統一された宇宙を想定していた。つまり、神を中心とした完璧な世界であった。それに対して、フランクリンが信じるようになった18世紀の合理主義は自然の法則と人間の理性に基づいた世界で、そこで有力となっていった「理神論」は、絶対的な神による理性的な理解を超えた「啓示」(Revelation) といった超越的な要素を否定し、神によって創造された世界も、神によって支配されているのではなく、自然の法則によって存立する人間中心の世界とされた。

　言い換えれば、ピューリタンや、偉大な最後のピューリタンとされる神学者 Jonathan Edwards（⇨2章; I巻14章）の世界では、「神対人間」という縦の関係が中心であり、神から人間へという「支配―服従」の関係が基本となっていた。それに対して、フランクリンの世界では「人間対人間」という横の関係が重要となり、人びとは、人間から神へという人間中心の発想法をとっていた。それは絶対的な関係ではなく、あくまでも相対的であり、相互的である。こうした発想を典型的に示すのが、引用 (3–1) である。1–3行目にあるように、「人と人の間の関係」(dealings between man and man) における「真実」(truth) と「誠実さ」(sincerity) と総合的な「人徳」(integrity) が、「人生の幸福」(the felicity of life) にとってもっとも重要であると言う。そして、この「人生の幸福」というのは現世での「幸福」であり、そうした「幸福」のためには、「信仰」よりも現世的な「善行」のほうがはるかに有効なのである。先にもっとも有名な一節と言ったが、なかでも特に有名なのは 'Revelation' に続く部分で、彼は大胆にも「神の啓示は自分にとってそれ自体としては何ら重要な意味はもたなかった」とまで言いきっている。

　フランクリンはあくまでも人間を中心に考えた。彼によると、人間のある種の行為は神によって禁じられているから悪いのでも、命じられているから善いのでもなく、人間の側から見て悪いから神によって禁じられているのであり、善いから命じられているというのである。神を中心とした伝統的なピューリタニズムの考え方からすると、発想法的に180度の転換が認められる。革命的であるといってもよい転換である。これは神学や、道徳の問題だ

けでなく、政治のレベルでも、彼のデモクラシーの主張となって現われる。つまり、イギリス国王の権威と植民地住民の権利が対立した場合は、国王から住民へという上から下への方向ではなく、住民の側に立ち、住民の利益を優先させる彼の政治的な主張となる。もちろん、彼はまったく宗教心がなかったわけではない。それは、この引用の中でも、「恵み深い神の手に導かれて」（with the kind hand of Providence）と言っているとおりである。しかし、人間の運命を最終的に決定するのは、彼の場合、神というよりは現実のさまざまな事情や状況であり、どのような行為を選ぶかは人間の合理的な立場から判断するしかないのである。

Autobiography からの第2の引用（3–2）は、フランクリンといえば、誰もが思い出す「節制」（Temperance）、「沈黙」（Silence）、「規律」（Order）など、13の徳目を定めて、毎晩、寝る前に自己点検をし、「道徳的な完全さ」を目指したという有名なエピソードに関する部分である。

17世紀のアメリカの若者たちは、箇条書きした「決意」を自らに課して、人生を計画的に生き、より完全な人間を目指す習慣があった。フランクリンの「13の徳目」はあまりにも有名で、引用するまでもないように思われるかもしれないが、やはり引用によって確認しておきたい。

最初の「節制」（Temperance）。フランクリンは、この「13の徳目」が無理なく身につくよう合理的に配置したと言っているが、第1に飲食の問題を据えるとは、彼と同じように、若い頃自己点検を毎晩行なったというピューリタン最後の神学者ジョナサン・エドワーズの 'the glory of God' を最優先する形而上学的な「決意」と比べると、どうしても次元の低さが際立ってしまう。しかし、このフランクリンの「徳目」は日常生活では観念的な「決意」などよりも実際的であり、役に立つ。また、彼の基本的な考えの特徴を明確に示す。つまり、飲食に関して何か全面的な禁止をするのではなく、度を過ごすなと言って、程度の問題、人間の実態を知った上での現実的な判断、実行可能な要求にとどめているのである。次に、彼は「沈黙」（Silence）の徳目をとり上げるが、ここでも、他人ないしは自分の「利益」にならないことは喋るなと言っているように、彼の基準・判断は絶対的なものではなく、社会生活で有益か否かにかかっている。第3として「規律」（Order）を問題にするが、「仕事はそれぞれ時間を決めてやること」というように、日常生活での

規則正しい生活を求めるだけで、2章で示したように、エドワーズが時間に関してつねに「永遠」を意識しているのと好対照をなす。現世での目的のために計画的に時間を有効に使うという時間意識——まさに彼が言いだした有名な諺どおり「時は金なり」なのである。第8には「正義」(Justice)という高尚な徳目を掲げているが、ここでも、問題とされるのは他人の利益を損なったり、損害をあたえたりしないようにという実際的な配慮である。

そして、第9の「中庸」(Moderation)。ここでも「両極端を避けよ」と常識的な日常生活の知恵のエッセンスをもち出すが、彼の場合、それは当然予想される決意である。それよりも問題なのは、事実上、最後の徳目である第12の「純潔」(Chastity)で(彼の徳目は元来12という区切りのよい数だったが、傲慢であるという評判があるという友人の忠告に従って、急遽、「謙譲」(Humility)を加えた)、「性交」(Venery)を問題にし、「性交」は健康または子孫繁栄のためにのみ行なって、身体を衰弱させたり、自他の平和な生活、信用を損ねたりしないようにと注意を促した。これに対しては、周知のように、性を神聖視し、性の営みを個人の魂の問題とする D. H. Lawrence が猛烈に噛みつくことになるが、しかし、ここにも他人を意識し、他人に依存し、協調して生きる他人志向型のフランクリンがはっきりと現われている。すべては「人と人との間の関係」を円滑に保つのに役立つか否かによって、その価値が決まるのである。

アメリカでは、その後も、人生における「成功」を夢見る若者たちは、フランクリンの「13の徳目」に倣って自分なりの目標を掲げ、フランクリンにあやかろうとした。小説にもそうした少年たちが描かれる。その一人が、F. Scott Fitzgerald (⇨16章；Ⅱ巻46章) の *The Great Gatsby* の主人公 Jay Gatsby で、彼は、少年時代、'General Resolver' と称して、'No wasting time at Shafters or [a name, indecipherable]', 'No more smoking [sic] or chewing', 'Read one improving book or magazine per week', 'Save $5.00 [crossed out] $3.00 per week' といった生活目標を、愛読していた通俗小説の余白に書き込み(動名詞の綴りを間違えたり、節約する金額を削ったりしている)、人間的な成長を目指していた。フランクリンとギャツビーの決意の違いによって、時代の変化、「アメリカの夢」に対する幻滅感が明らかにされるが、フランクリンの影響はこのような形でも20世紀にまで及んでいるのである。

These names of virtues, with their precepts, were:

1. TEMPERANCE. — Eat not to dulness; drink not to elevation.

2. SILENCE. — Speak not but what may benefit others or yourself; avoid trifling conversation.

3. ORDER. — Let all your things have their places; let each part of your business have its time.

4. RESOLUTION. — Resolve to perform what you ought; perform without fail what you resolve.

5. FRUGALITY. — Make no expense but to do good to others or yourself; i.e., waste nothing.

6. INDUSTRY. — Lose no time; be always employ'd in something useful; cut off all unnecessary actions.

7. SINCERITY. — Use no hurtful deceit; think innocently and justly, and, if you speak, speak accordingly.

8. JUSTICE. — Wrong none by doing injuries, or omitting the benefits that are your duty.

9. MODERATION. — Avoid extremes; forbear resenting injuries so much as you think they deserve.

10. CLEANLINESS. — Tolerate no uncleanliness in body, cloaths, or habitation.

11. TRANQUILLITY. — Be not disturbed at trifles, or at accidents common or unavoidable.

12. CHASTITY. — Rarely use venery but for health or offspring, never to dulness, weakness, or the injury of your own or another's peace or reputation.

13. HUMILITY. — Imitate Jesus and Socrates.

——Benjamin Franklin, *Autobiography*, Part Two

4　Ralph Waldo Emerson
ラルフ・ウォルドー・エマソン

「新しい世界には、新しい人間、新しい思想がある」／
自らの時代の反逆者だったアメリカを代表する知識人

Ralph Waldo Emerson
(1803–82)

■ 略　伝

Ralph Waldo Emerson (1803–82) は、1803年、数代にわたりすぐれた牧師を出した家系に生まれた。父親はボストンの第一教会（ユニテリアン派）の牧師だった。1811年、8歳の時、父親に死なれ、残された5人の子供は貧困の中で母親に育てられた。楽観主義で知られるラルフ・ウォルドー・エマソンだが、幼い頃から不幸と貧しさを知っていた。ハーヴァード大学でもアルバイトをしながら学び、病気がちだった。卒業後、1829年、ボストン第二教会の副牧師となり、同年、Ellen Tucker と結婚するが、彼女は2年たらずのうちに結核で死亡。彼はまた人生の不幸を体験する。彼女の死のショックは大きく、エマソンはひそかに夜間彼女の墓を暴いたといわれる。1832年、聖晩餐式 (Lord's Supper) の問題をめぐって教会主流派と対立し、自説を譲らず、牧師の地位を放棄する。「よき牧師であるためには、牧師の地位を去ることが必要であった」(in order to be a good minister, it was necessary to leave the ministry) というのである。1837年、アメリカの知的独立宣言とのちに称される講演 "The American Scholar" を行なう。そして、翌1838年には、ハーヴァード大学の神学部で "Divinity School Address" と題した講演を行なって、自らの立場を明確に宣言、ユニテリアニズムとの訣別を決定的にした。教会を離れたあと、1 年ほどヨーロッパ各地を旅行し、イギリスでは Samuel Taylor Coleridge, William Wordsworth, Thomas Carlyle などと会い、年齢的に近いトマス・カーライルとは終生親交を結ぶことになった。1835 年、再婚する。そして、その間に二人の弟を失うという不幸に遭っていたが、1836 年、長男の Waldo が誕生し、最初の結婚の相手エレン・タッカーの死以来度重なる不幸から解放されたかに思われた矢先、1842 年、息子ウォルドーが 6 歳で死亡する。そうした生活の中で、1836 年、最初の著作 Nature を発表するとともに、'Transcendental Club' と称して知的な若者のグループを自宅に集め、この運動の中核を結成。進歩的なアメリカを代表する知識人として知られた。その後は、Concord など各地で折あるごとに講演を行ない、*Essays: First Series*（1841）、*Essays: Second Series*（1844）、*Representative Men*（1850）、*The Conduct of Life*（1860）など、主要な著作を刊行し、1870 年には、ハーヴァード大学神学部で当時の教会を批判した "Divinity School Address" を行なって以来、32 年ぶりに大学から招待されて、"Natural History of the Intellect" と題したシリーズ講演を行ない、ハーヴァード大学との関係も修復され、若い頃、アメリカ社会の体制を批判した反逆者エマソンは、'the sage of Concord' としてアメリカの体制派からも高く尊敬されるようになった。1880 年、Concord Lyceum で生涯 100 回目の記念すべき講演を "Historic Notes of Life and Letters in New England" と題して行ない、若き日の自分たちの運動をより成熟した晩年の視点から振り返り、自らの生涯全体を最終的に肯定した。そして、その 2 年後の 1882 年、79 歳の生涯を終えた。

　ニューイングランドでは、17 世紀から 18 世紀初頭にかけてピューリタニズムが支配的であった。人びとは、神あるいは世界が人間の理性を超えた神秘的な謎であることを直感的に感じていた。そして、人間を堕落した邪悪な存在と捉え、その限界を指摘し、人間存在を全面的に肯定することにはならなかった。それに対して、18 世紀末から 19 世紀初めにかけて、教義的にピューリタニズムと対立するユニテリアニズムが、宗教を合理主義的に解釈し直した。その限りでは、理解しやすい宗教となったが、別の意味では、おそらく宗教としては堕落しており、若者たちの宗教的な感情を満足させるものではなくなった。彼らは、教会や牧師をとおしてではなく、神と直接対面する生きた

宗教を求めた。エマソンは、最初の重要な著作で、代表作ともいってよい *Nature* の冒頭で、引用（4–1）のように述べている。アメリカ文学でもっとも有名な文章の一つであるこの一節は、超絶主義のエッセンスを力強く情熱的に表現している。それによると、彼らが生きている現代は過ぎ去った過去のみに目を向け、父たちの墓を立てることに終始している。かつては神と自然に直接向き合っていたが、現在は過去の人間の目をとおしてそれらを眺めるだけに終わっている。宇宙とは原初の（original）関係で結ばれるべきである。伝統でなく、直接、神によって啓示された宗教をもたなくてはならない。過去の人間の干からびた骨のあいだを探って何が得られるというのか。太陽は今日も輝いている。新しい世界には、新しい人間、新しい思想がある。過去の人間の遺産ではなく、自分たち自身による実績、掟、信仰を要求しようではないか。エマソンはそのように雄弁に訴えるのであった。

　このように、超絶主義は世代間の戦いであり、歴史的に見て、けっして例外的な現象ではない。エマソンによると、世界には対立する「未来派」(the party of the Future)/「進歩派」(the Movement) と、「過去派」(the party of the Past)/「体制派」(the Establishment) という「党派」がつねに存在し、前者は後者に反逆し、自らの存在を主張する。そして、その反逆は、社会の常識にとらわれず、自己の内面の欲求に忠実に生きる若者の社会に対する反逆となって現われ、社会の良識的な保守派から危険視される。自己に忠実なエマソンは、社会の体制派の出身でありながら、結局、社会に反逆し、異議申し立てをする道を選ぶしかなかったのである。

　ここまで、エマソンのラディカルな生涯と思想を要約してみたが、彼は、後半生において、若者の個人の力を無条件に肯定するだけでなく、それを制約する「運命」にもそれ相応の力があることを認めるようになった。しかし、基本的な立場は生涯ほとんど変わらなかった。そうしたことを彼の最後の講演となった "Historic Notes of Life and Letters in New England"（1880）から具体的に引用して確認しておきたい。引用（4–2）である。最晩年の講演で、壇上では弱々しい印象をあたえたようだが、内容的には、若き日のエマソンは、依然、健在であり、それに、題名通り、「歴史的な」パースペクティヴが加えられている。引用はその冒頭から。彼はまず「古い風習」(ancient manners)

> Our age is retrospective. It builds the sepulchres of the fathers. It writes biographies, histories, and criticism. The foregoing generations beheld God and nature face to face; we, through their eyes. Why should not we also enjoy an original relation to the universe? Why should not we have a poetry and philosophy of insight and not of tradition, and a religion by revelation to us, and not the history of theirs? ... why should we grope among the dry bones of the past, or put the living generation into masquerade out of its faded wardrobe? The sun shines today also. There is more wool and flax in the fields. There are new lands, new men, new thoughts. Let us demand our own works and laws and worship.
> ——Ralph Waldo Emerson, "Introduction," *Nature*

が新しい「風習」に道を譲り、人びとに「ある優しさ」(a certain tenderness) が現われてきたことを指摘する。この 'tender(ness)' というのは、純粋な若者の本質的な特徴、性格を示す際にしばしば用いられる言葉で、エマソンの他の著作にも多く使われているだけでなく、20世紀のヒッピーと呼ばれる若いグループについても用いられることの多い表現である。硬直化した古い習慣に対して、人間が本来的にもっている「優しさ」、そこに新しい時代の到来を認めるのである。そして、そうした時代には「子供」の存在が重要視される。この「子供」というのは、アメリカ文学では非常に重要な意味をもっている。ヨーロッパが「父」であるとすれば、アメリカは「子」であり、その「子」としての存在、立場の主張はとりもなおさずアメリカ文学の本質とされる。「子」は未知数であり、固定化されておらず、無限の可能性を秘めている。社会的な慣習に汚されてもいない。旧来のものの見方にとらわれず、自分の目で世界を眺める。論理、知性、分析ではなく、本能、直感で世界の本質を捉える。懐疑的でなく、つねに肯定的である。そういった特徴をエマソンは時代の変化の中に、これまた直感的に読みとっていたのである。かつては大人のために子供が犠牲となっていた。ところが、現在では、子供のために大人が犠牲とならなければならない。そして、過渡期に生まれた人間は、子供時代も大人になっても、つねに犠牲となる。こうした事情を機知に富ん

だ医者の言葉として紹介するエマソンは、もちろん、子供の側に立っているが、それにもかかわらず、かつて若者として大人に挑戦した彼自身も現在すでに大人となってしまっており、社会にはすでに多くのより若い世代が出現している。そして、彼はその若い世代に自分が挑戦されていることに気づく。この医者の「不幸」はエマソン自身のものでもあり、その点、この講演には若き日の自分を振り返る老人の微妙な感情が現われている。

　第2段落では、明快に二分法を用いて、過去と確立された世界(この 'Establishment' は、現代ふうにいえば「体制」であろう)と未来と運動(進歩)との比較がなされる。そして、この動きはニューイングランドでは1820年頃に始まり、それが20年間続いたことが明らかにされる。第3段落では、それは「知性」と「感性」のあいだの戦いであったという。保守派と革新派の対立分裂であった。そして、「新しい意識」の出現が強調される。ただ社会制度といった外的な条件が変わったのではなく、主体的な意識そのものが変わったのである。こうした変革は「意識」(consciousness)、「良心」(conscience)の変革によってのみ実現する。国家(全体)は個人のために存在するのであり、国家はその繁栄のために市民や個人を犠牲にすべきでないという彼の持論がここでも展開される。そして、最後は「個人こそ世界」(the individual is the world)という大胆な断定で終わる。エマソンの文章の魅力は、このように、複雑な思想を簡単な単語と構文で断定的に簡潔に表現するところにあって、それが読者の記憶に残る。そのために、彼はアメリカで Benjamin Franklin (⇨ 3 章；I 巻 13 章)と Mark Twain (⇨ 11 章；II 巻 33 章)と並ぶもっとも引用されることの多い文筆家となった。

　続く段落では、この時代が統一、総合、調和の時代ではなく、断絶、分解、自由、分析、分離の時代であったという。かつては、中世であれば、社会はカトリックの信仰で一枚岩となっていたし、ニューイングランドも、ピューリタンの時代は、統一があり、鉄の結束を誇っていた。異端分子は迫害追放し、自らの統一、純粋性を守っていた。それとは対照的に、この時代はすべての人間が自分自身のためにのみ存在し、自己主張をする。まさに20世紀の中国の文化大革命時代のように、「百花斉放、百家争鳴」の時代が到来していたのである。若い世代は妥協を拒み、血気にはやり、反抗的であった。自由の要求という点では「狂信者」というしかない。それはそのとおりだっただ

The ancient manners were giving way. There grew a certain tenderness on the people, not before remarked. Children had been repressed and kept in the background; now they were considered, cosseted and pampered. I recall the remark of a witty physician who remembered the hardship of his own youth; he said, "It was a misfortune to have been born when children were nothing, and to live till men were nothing."

There are always two parties, the party of the Past and the party of the Future; the Establishment and the Movement. At times the resistance is reanimated, the schism runs under the world and appears in Literature, Philosophy, Church, State, and social customs. It is not easy to date these eras of activity with any precision, but in this region one made itself remarked, say in 1820 and the twenty years following.

It seemed a war between intellect and affection; a crack in nature, which split every church in Christendom into Papal and Protestant; Calvinism into Old and New schools; Quakerism into Old and New; brought new divisions in politics; as the new conscience touching temperance and slavery. The key to the period appeared to be that the mind had become aware of itself. Men grew reflective and intellectual. There was a new consciousness. The former generations acted under the belief that a shining social prosperity was the beatitude of man, and sacrificed uniformly the citizen to the State. The modern mind believed that the nation existed for the individual, for the guardianship and education of every man. This idea, roughly written in revolutions and national movements, in the mind of the philosopher had far more precision; the individual is the world.

This perception is a sword such as was never drawn before. It divides and detaches bone and marrow, soul and body, yea, almost the man from himself. It is the age of severance, of dissociation, of freedom, of analysis, of detachment. Every man for himself. The public speaker disclaims speaking for any other; he answers only for himself. The social sentiments are weak; the sentiment of patriotism is weak; veneration is low;

> the natural affections feebler than they were. People grow philosophical about native land and parents and relations. There is an universal resistance to ties and ligaments once supposed essential to civil society. The new race is stiff, heady, and rebellious; they are fanatics in freedom; they hate tolls, taxes, turnpikes, banks, hierarchies, governors, yea, almost laws. They have a neck of unspeakable tenderness; it winces at a hair. They rebel against theological as against political dogmas; against meditation, or saints, or any nobility in the unseen.
>
> ——Ralph Waldo Emerson,
> "Historic Notes of Life and Letters in New England"

ろう。そして、それによって時代は動いていた。エマソンはそれを非難してはいない。しかし、この講演全体を読むと、晩年の彼はそうした若者の反抗の危険と限界にまったく気づいていないわけではない。そこがこの講演の微妙なところで、エマソンの全体像を確かめるうえで無視しがたいが、それでも、彼はけっして若い頃の自分たちの行動を若気の至りとして全面的に否定しているのではない。この引用を素直に読めば、彼は若者の社会批判を当然のものとして擁護しており、彼が20世紀の若者の反乱の精神的な支えとなったのは当然と思われる。ここにも、'tenderness' という言葉が現われ、若者の敏感な感受性は、髪の毛一本が触れても思わずひるむ首筋に喩えられている。それは言葉では表現できないほど敏感なものだった。

　ここまで、エマソンを時代状況の中に置いて時代に対する彼の社会的な側面を論じてきたが、彼は本来社会的な人間というよりは、神秘主義的な傾向の強い詩人であった。彼の個人主義も政治的な次元というよりは、孤立した状態で自分の内面に目を向ける自己省察の意味合いの強いものだった。そこで、誤解を避ける意味で、最後にそうした詩人的な彼の側面を Nature からの引用で補っておきたい。引用 (4–3) で、エマソンといえば、必ず言及される有名な一節である。その中で、とりわけ有名なのは最後の数行で、彼は自然の中で自分が「一つの透明な眼球」となり、神の一部であると感じる神秘的な瞬間の喜びを語る。明快きわまりない文章で、彼の主張がそのまま読者

(4–3) CD 17

　To speak truly, few adult persons can see nature. Most persons do not see the sun. At least they have a very superficial seeing. The sun illuminates only the eye of the man, but shines into the eye and the heart of the child. The lover of nature is he whose inward and outward senses are still truly adjusted to each other; who has retained the spirit of infancy even into the era of manhood. His intercourse with heaven and earth becomes part of his daily food. In the presence of nature a wild delight runs through the man, in spite of real sorrows. Nature says, — he is my creature, and maugre all his impertinent griefs, he shall be glad with me. Not the sun or the summer alone, but every hour and season yields its tribute of delight; for every hour and change corresponds to and authorizes a different state of the mind, from breathless noon to grimmest midnight. … Crossing a bare common, in snow puddles, at twilight, under a clouded sky, without having in my thoughts any occurrence of special good fortune, I have enjoyed a perfect exhilaration. I am glad to the brink of fear. In the woods, too, a man casts off his years, as the snake his slough, and at what period soever of life is always a child. In the woods is perpetual youth. Within these plantations of God, a decorum and sanctity reign, a perennial festival is dressed, and the guest sees not how he should tire of them in a thousand years. In the woods, we return to reason and faith. There I feel that nothing can befall me in life, — no disgrace, no calamity (leaving me my eyes), which nature cannot repair. Standing on the bare ground, — my head bathed by the blithe air, and uplifted into infinite space, — all mean egotism vanishes. I become a transparent eyeball; I am nothing; I see all; the currents of the Universal Being circulate through me; I am part or parcel of God.

――Ralph Waldo Emerson, *Nature*

に伝わってくるが、あえて注釈を加えるとすれば、それはまず第一に大人と子供の対比であろう。子供の存在がアメリカ文学で特異な意味をもっていることはすでに述べたが、彼はここでも大人が本当の意味で自然を見る目を失っていることを指摘する。子供時代の精神を大人になっても失っていない者のみが世界を新しく眺めることができるのである。第二には、自然との接触によって人は人生の不幸、悲しみをすべて忘れ、喜びが甦ってくる。そして、自然の中には永遠の若さがあり、人はつねに子供である。神聖な森の中で、神と一体化し、自己中心の卑しい考えはすべて消えてゆく。きわめてロマンティックな自然観が表明される。

　そして、もう一点ここで注意すべきことは、エマソンが繰り返し「目」、そして「見ること」に言及していることである。"the eye and the heart of the child," "leaving me my eyes" といった表現の流れの中で、最後に "a transparent eyeball" が現われる。この「透明な眼球」の意味に関してはさまざまな解釈が施されているが、すぐそのあとにあるように、存在の状態は「無」となり、否定（I am nothing）の状態であるが、同時に、すべてが見えるという肯定（I see all）の状況が生じる。その瞬間、宇宙の存在の流れが体内を駆けめぐり、彼は神と一体化したかのような神秘的な体験をする。典型的な神の「顕現」（epiphany）の一瞬である。この "I am part or parcel of God." という7つの単語からなる単純な文章は、自分を神と同一視する冒瀆の言葉として、当時、宗教界で大きな問題となり、猛烈な批判を招く結果となったが、その意味でも、エマソンはまぎれもなく時代の「反逆者」であった。

5

Nathaniel Hawthorne
ナサニエル・ホーソーン

ヘスター・プリン／神の戒律を破った罪深き女性か、すべてを
愛に捧げ、社会の犠牲となった悲劇の「新しい女性」か

■ 略　伝

Nathaniel Hawthorne（1804–64）は、マサチューセッツ州 Salem に、1804年7月4日、アメリカ独立記念日に生まれた。ホーソーン家は、祖先が1630年にイギリス南部 Berkshire から John Winthrop（⇨ 1章；I 巻5章）らとともにアメリカに移住してきて、セーレムに定住したピューリタンの古い家柄で、アメリカでの2代目の祖先 John Hathorne（家族名は本来 'w' がなかった）は、例の有名なセーレムの魔女裁判で判事を務め、絞首刑の有罪判決を下した。この祖先にまつわるおぞましい過去は、精神的トラウマとして、生涯、小説家となるナサニエル・ホーソーンを苦しめることになった。商船の船長だった父親は、彼が4歳の時、オランダ領 Guiana（現在の Surinam）で黄熱病にかかって死亡。一家は経済的に母方の親戚に頼らざるをえなくなった。メイン州にある Bowdoin College に学ぶ（卒業は1825年）。親しい同級生に詩人 Henry Wadsworth Longfellow（⇨ I 巻26章）や、のちに第14代大統領となる Franklin Pierce がいた。1828年、最初の小説 *Fanshawe: A Tale* を匿名で出版したが、不満のある作品で、のちに回収する。1829年、雑誌 *Token* に、"The Gentle Boy"、"My Kinsman,

Nathaniel Hawthorne
(1804–64)

Major Molineux", "Roger Malvin's Burial" などを発表して以来、短篇小説家として知られた。これらの短篇は、のちに *Twice-Told Tales*（1837）, *Mosses from an Old Manse*（1846）, *The Snow-Image, and Other Twice-Told Tales*（1851）などに収録された。一方、生活のために、1839年、ボストン税関に職を得るなど、さまざまな仕事に従事し、1841年には、理想社会の建設を目指した Brook Farm の実験にも参加した。1842年、Sophia Peabody と結婚。Concord に移って、Ralph Waldo Emerson（⇨ 4 章；I 巻 20 章），Margaret Fuller などと交友関係を結ぶ。その後、またセーレムに戻って、1846年、そこの税関の輸入品検査官を務めたが、1849年、彼が支持する民主党候補が大統領選に破れ、その結果、税関職を罷免された。税関の仕事をしながらも、創作活動は続けており、1850年、代表作の *The Scarlet Letter* を発表して、小説家としての地位を確立。さらに、ホーソーン家の過去に素材を求めた *The House of the Seven Gables*（1851），ブルック・ファームでの体験に基づいた *The Blithedale Romance*（1852）を立て続けに出版。1850年には、マサチューセッツ州 Lenox に滞在中に、友人の紹介で Herman Melville（⇨ 8 章；I 巻 23 章）と知り合い、二人の間に文学者として歴史に残る交友関係ができた。ハーマン・メルヴィルの *Moby-Dick*（1851）は彼に献呈されている。1852年の大統領選で、大学時代以来の親友フランクリン・ピアスの選挙用の伝記を書いた彼は、ピアスの大統領当選後、イギリス・リヴァプール領事に任命されて、1857年まで在職。その間、古都ローマやフィレンツェを訪れたり、ヨーロッパ旅行中のメルヴィルと異国で旧交を温めたりすることもあった。1860年、最後の小説 *The Marble Faun* を発表。1864年、原因不明の長患いからの回復を願ってピアスと休暇旅行をしていたニューハンプシャー州の Plymouth で死亡した。*The Ancestral Footstep*（1883），*Dr. Grimshawe's Secret*（1883）など、4篇の小説が遺稿として残されていた。

　まず、代表作とされる *The Scarlet Letter* を見てみよう。舞台は17世紀のボストン。宗教面だけでなく、世俗的な面においても厳格極まりないピューリタンたちが社会を支配していた時代である。物語は7年間の事件を扱い、ほとんど戯曲といってもよい緊密な構成の24章からなっている。第1部（第1–8章）は、私生児の女の子 Pearl を生んだ、黒髪に黒い瞳の女性的魅力に溢れた Hester Prynne が、ボストンの住民に厳しく糾弾され、「姦通女」（Adulteress）の頭文字、緋色の 'A' を胸に付けて広場の晒し台に立たされている印

象的な場面に始まる。ヘスターは、厳しい追及にもかかわらず、パールの父親が誰であるかを明かさない。彼女は、2年前、夫より先にイギリスからボストンに移住してきていて、一人暮らしの孤独と不安から、若い牧師のArthur Dimmesdale と親密な関係となっていたのだった。一方、彼女の夫も、その時はすでにボストンに来ていて、彼女が晒し台に立っている現場にいあわせる。もちろん住民たちはそのことを知らない。その後、夫はひそかにヘスターに会って、彼女に自分の身元を明かさないよう強要し、Roger Chillingworth の偽名を使って、姦通の相手の男性を探す。ヘスターはパールとともに「荒野」（wilderness）と接する町のはずれに住み、恵まれない人びとを相手に社会福祉の仕事をする。第2部（第9–12章）は、復讐を求めるロジャー・チリングワースの行動が語られる。彼は牧師アーサー・ディムズデールに容疑をかけ、医学の心得がある彼は憔悴したディムズデールに医者として接近し、牧師を心理的に追い詰め、姦通の告白を迫る。チリングワースの追及に耐えられなくなって、姦通の罪を犯した（そして、姦通を告白しないという点では二重の罪を犯している）ディムズデールは、かつてヘスターが晒し者となった処刑台に、深夜、ひそかに立つまでになる。第3部（第13–19章）では、また、ヘスターと、自らの罪を告白できずに苦悩するディムズデール、そして彼に対するヘスターの同情に焦点が絞られる。森の中でひそかにディムズデールと会った彼女は彼に、チリングワースの正体と彼の意図を告げ、一緒にボストンから逃げることを迫るが、ディムズデールは応じない。この小説でもっともドラマティックな場面である。最後の第4部（第20–24章）はディムズデールが中心となり、彼は、「公職選挙の日」（Election Day）の記念説教を行なったあと、自ら晒し台に上がって姦通の罪を告白し、その場で息を引き取る。復讐の対象を失ったチリングワースも虚脱状態となって死ぬ。残されたヘスターは、パールを連れてヨーロッパに戻り、パールはそこで貴族の男性と結婚する。ヘスターは、その後また、ボストンに戻ってきて、貧しい不幸な人びとのための慈善事業に励む。相変わらず胸に 'A' という緋文字を付けているが、それはもはや 'Adulteress' の 'A' ではなく、「天使」（Angel）、「有能な」（Able）の 'A' と受け取られるようになっている。ヘスターは、姦通の罪を贖あがない、社会的に更正した女性として受け入れられているが、彼女からはかつての女性的な魅力が失われている。読者は、こうした彼女の変貌をどのよ

うに受け止めればよいのか。

　このヘスター・プリンの物語は、作者自身によると、姦通をめぐる「罪と悲しみのドラマ」(the drama of guilt and sorrow) であった。そして、この「姦通」をどのように見るかによって、従来、解釈が大きく分かれてきた。物語の舞台である 17 世紀のニューイングランドでは、「姦通」は死刑に値する重大な罪とされていた。ピューリタンたちは、あらゆる生活上の規則、規範を聖書に求めていたが、姦通に関しても、聖書(「レビ記」)が死刑と定めているため、その権威に従って厳しい態度をとっていた。ところで、この姦通は歴史的に変遷のはなはだしい「罪」の一つで、かつてはピューリタンの世界だけでなく、多くの国で文字どおり命を賭けた行為であったが、現在では、「姦通罪」が残っている国は少なく、倫理的な罪悪感すら伴わなくなっている。*The Scarlet Letter* の解釈は、まず第一に、時代によって受け止め方の違うこの「姦通」をどのように見るかにかかっているといってよいだろう。

　この点に関して、"Scarlet A Minus" と題した Frederic I. Carpenter の興味ある論文（1944）がある。引用（5–1）を見ていただこう。奇妙な表題だが、その意味は、この小説を大学生のレポートと見なすと、'A' の評価をあたえてもよいが、結論がいま一つはっきりしないので、この緋文字 'A' には「マイナス」をつけざるをえないというのである。きわめて理路整然とした論文で、まず先行研究を概観し、それが次の二つの傾向に要約されることを示す。つまり、第一は「伝統的な道徳意識をもった論者」(traditional moralists) の見解で、それによると、ヘスターは「盲目的な情熱」(blind passion) に駆られて「神の戒律」(the Commandment) を破った「真に罪深い女性」(truly a sinful woman) であり、彼女の処罰と悲劇は彼女の罪の避けがたい当然の結果だと見る。第二は、「情熱的なロマン派」(romantic enthusiasts) の解釈で、ヘスターは「伝統という死せる形式」に反抗して、「本能という自然の法」に従っただけの女性だという。彼らはヘスターの行為にまったく罪の影を認めず、彼女を本能的な個人の欲求の実現を求めた解放者、そして、その結果、不幸を招いた犠牲者と見る。

　この対立する二つの見方に対して、フレデリック・I・カーペンターは、ヘスターを「超絶主義」による「より高次の法」(a higher law) を求めた女性

(5-1)

Between the orthodox belief that Hester Prynne sinned utterly and the opposite romantic belief that she did not sin at all, the transcendental idealists seek to mediate. Because they deny the authority of the traditional morality, these idealists have sometimes seemed merely romantic. But because they seek to describe a new moral law, they have also seemed moralistic. The confusion of answers to the question of evil suggested by *The Scarlet Letter* arises, in part, from a failure to understand the transcendental ideal.

With the romantics, the transcendentalists agree that Hester did wisely to "give all to love." But they insist that Hester's love was neither blindly passionate nor purposeless. "What we did," Hester exclaims to her lover, "had a consecration of its own." To the transcendental, her love was not sinful because it was disloyal to her evil husband (whom she had never loved) or to the traditional morality (in which she had never believed). Rather her love was purposefully aimed at a permanent union with her lover — witness the fact that it had already endured through seven years of separation and disgrace. Hester did well to "obey her heart," because she felt no conflict between her heart and her head. She was neither romantically immoral nor blindly rebellious against society and its laws. … Hester transcended both romance and tradition. As if to emphasize this fact, Hawthorne himself declared that she "assumed a freedom of speculation which our forefathers, had they known it, would have held to be a deadlier crime than that stigmatized by the scarlet letter."

——Frederic I. Carpenter, "Scarlet A Minus"

と見なし、*The Scarlet Letter* は、「ロマン主義者」が言うように、「道徳意識」を放棄してただ "Give all to love"（ラルフ・ウォルドー・エマソンの詩の表題）という立場を擁護する作品でもなく、また「伝統主義者」の言うように社会的に「公認された法」に制約された作品でもなく、「より自由な倫理体系」を確立しようとした作品であると主張する。しかし、こうした解釈は、良くも

悪くも、姦通を社会の中の問題として扱っているが、*The Scarlet Letter* のもっとも重要なことは、社会のあり方それ自体にホーソーンが疑問を投げかけていることにあるのではないか。社会は、組織、集団として、個人の本能に根ざす根源的な欲求を抑えつけてでも、その統一と秩序を保とうとする。それに対して、個人は、それにもかかわらず（あるいはまさにそれゆえに）、たとえ結果的に社会の秩序、安定を損なうことになろうとも、自分の生の証しとして、あるいは究極的な社会の生命を維持するために、本能の解放によって人間性の回復を求める。人間社会はこうした矛盾の上に成立しているが、この二つは、一方では対立関係にあるが、他方、そのいずれかを否定すると、それは社会、個人双方にとって自らの存続を危うくする結果となる、そういった逆説的な関係にある。そして、この社会と個人の対立する要求がもっともドラマティックに現われるのが、社会的には違法行為とされながら、当事者たちにとってはある意味で、もっとも純粋な愛の行為である「姦通」なのである。

　結婚は社会的に公認された制度、形式である。社会は人間のもっとも根源的な、しかし、社会を混乱に陥れかねない爆発的なエネルギーを伴った男女の関係を、結婚という形式で管理し、社会に安定と秩序をもたらした。しかし、この形式である結婚は、実質——つまり、当事者間の愛——がなくなったとしても、存続することは可能である。つまり形骸化しても、形式的には残る。ところが、姦通、同棲関係は形式上の保証がないので、形骸化することはない。二人の間に愛が失われたならば、その関係は即座に消滅する。その意味では、社会的に容認されない姦通や、同棲関係は、純粋といえばまことに純粋な人間関係で、男女の結びつきという意味では結婚と何の違いもない。社会を離れて、個人の問題として考えれば、いずれも、神聖な行為である。事実、姦通を犯したヘスターはそのように考えていて、「私たちの行なったことにはそれなりの神聖さがあったのです」(What we did had a consecration of its own.) とまで言っている。

　The Scarlet Letter の背景となっている時代を考えると、ヒロインのヘスターは新しい当時の思想に影響された「新しい女性」として描かれている。この 17 世紀中葉の新しい結婚観を示す注目すべき著作は、*Paradise Lost* の John

(5–2)

Much of the marble coldness of Hester's impression was to be attributed to the circumstance that her life had turned, in a great measure, from passion and feeling, to thought. Standing alone in the world, — alone, as to any dependence on society, and with little Pearl to be guided and protected, — alone, and hopeless of retrieving her position, even had she not scorned to consider it desirable, — she cast away the fragments of a broken chain. The world's law was no law for her mind. It was an age in which the human intellect, newly emancipated, had taken a more active and a wider range than for many centuries before. Men of the sword had overthrown nobles and kings. Men bolder than these had overthrown and rearranged — not actually, but within the sphere of theory, which was their most real abode — the whole system of ancient prejudice, wherewith was linked much of ancient principle. Hester Prynne imbibed this spirit. She assumed a freedom of speculation, then common enough on the other side of the Atlantic, but which our forefathers, had they known of it, would have held to be a deadlier crime than that stigmatized by the scarlet letter. In her lonesome cottage, by the sea-shore, thoughts visited her, such as dared to enter no other dwelling in New England; shadowy guests, that would have been as perilous as demons to their entertainer, could they have been seen so much as knocking at her door.

———Nathaniel Hawthorne, *The Scarlet Letter*, Chapter 13

Miltonが自らの離婚問題をきっかけに近代的な結婚観を展開した*The Doctrine and Discipline of Divorce*（1643）など、4篇の論文で、ジョン・ミルトンはそこで個人の自由を束縛する「婚姻法」を超えた純粋な愛情に基づく「愛の共同体」というべき男女の結びつきを主張した。*The Scarlet Letter*の時代は1642年から49年の7年間となっているが、ミルトンの離婚論の最初の一篇の出版は1643年である。ミルトンはここで、「婚姻法」などの社会制度を人間以上に重視することは「自然」と「理性」に逆らうことだと言っている。

ヘスターがそれを読んだというのではないが、時代の新しい動きに無関心ではなかった彼女は、個人の結婚は社会や法のためにあるのではなく、社会、法などが結婚のためにあるという考えを肯定する「新しい女性」だったといってよいだろう。ヘスターも、「世界の掟は彼女の精神にとって掟ではなかった」(The world's law was no law for her mind.) と言っている。引用（5-2）を見てほしい。

　引用の冒頭で描かれる彼女の冷たい大理石のような印象は、姦通の罪を反省し、社会の掟に従って生きる彼女の外面の印象で、社会から完全に孤立して生きる彼女には、社会にそれが知られたならば、悪魔との関係を疑われたかもしれない危険な思想が訪れていたという。「世界の掟は彼女の精神にとって掟ではなかった」。この点では、「人間は自分自身が法になっているのだ」(He [= man] is made a law unto himself.) というエマソンの思想に通じる。ホーソーンの説明によると、彼女の生きた時代は人間の知性が新しく解放された時代で、武器によって王侯貴族の支配を覆す軍人よりもっと大胆な知識人たちは、古い思想体系全体を否定し、新しい体系を構築しようとしていた。ヘスターはこの時代精神を吸収し、思想の自由を身に付けていたのである。この思想の自由はヨーロッパでは当然のことと思われていたが、新大陸では「緋文字」によって烙印付けられた姦通の罪よりも許しがたい罪と思われていた。彼女は自由な思想をいだいて、あらゆるものと敵対することになった。ホーソーンはそうしたヘスターを、また次のように描く。引用（5-3）である。

　ここでのヘスターの描写も両面価値的となっている。社会から追放され、社会の保護の外に置かれながらも、生まれもった大胆で活動的な精神の持ち主である彼女は、牧師のディムズデールなどが予想もしない新時代の思想を受け入れていた。胸に付けた「緋文字」は、他の女性が踏み入ることを恐れる領域に踏み込むための「パスポート」だという。しかし、ホーソーンはそれを無条件で認めているのではない。道案内人ももたず、原始林のような暗く奥深い広大な「道徳の荒野」をただ一人未開のインディアンのように「自由に」さまよっていたという彼女は、社会的に制約されない自由な視点から、宗教や立法府など、人間社会の制度に批判的な目を向けるようになっていた。しかし、そうした恥辱と、絶望と、孤独な生活によって多くの誤った考えをもつことにもなる。

> (5–3)
>
> But Hester Prynne, with a mind of native courage and activity, and for so long a period not merely estranged, but outlawed, from society, had habituated herself to such latitude of speculation as was altogether foreign to the clergyman. She had wandered, without rule or guidance, in a moral wilderness; as vast, as intricate and shadowy, as the untamed forest, amid the gloom of which they were now holding a colloquy that was to decide their fate. Her intellect and heart had their home, as it were, in desert places, where she roamed as freely as the wild Indian in his woods. For years past she had looked from this estranged point of view at human institutions, and whatever priests or legislators had established; criticizing all with hardly more reverence than the Indian would feel for the clerical band, the judicial robe, the pillory, the gallows, the fireside, or the church. The tendency of her fate and fortunes had been to set her free. The scarlet letter was her passport into regions where other women dared not tread. Shame, Despair, Solitude! These had been her teachers, — stern and wild ones, — and they had made her strong, but taught her much amiss.
>
> ——Nathaniel Hawthorne, *The Scarlet Letter*, Chapter 18

　もちろん、この「誤った」というのは社会の基準からであるが、このあとで、彼女が迷い込んだ森が「人間の法に従属させられたことも、より高い真理に照らされたこともない野性の異教的な自然」であったという時、ホーソーンは自然状態にあるヘスターを無条件に認めているとは思えない。パールという娘によってかろうじて人間社会と結びつきを保っていたことが彼女にとっての救いであり、もしパールがいなかったら、ピューリタン社会で、狂信的とされた Anne Hutchinson のように、危険な「女予言者」として彼女は処刑されていたかもしれなかったという。

　ヘスターは、7年間、社会のあらゆる迫害に耐え、社会の恵まれない不幸な人びとのために尽くし、最後は、すでに述べたように、緋文字 'A' が「天使」（Angel）、あるいは「有能な」（Able）の頭文字を意味するまでになった。

町の人びとはそこに彼女の更生を認めた。しかし、それは彼女にとって真の更生、救済だったのだろうか。姦通事件を起こした時の彼女は、「際立った額と黒い瞳」をもち、「豊かな黒髪をした」「豊麗で、官能的で、東洋的な魅力をそなえた」情熱的な女性であった。第2章に登場した時の、完璧な優雅さをそなえた容姿、そして、威厳と気品にみちた態度は、読者がいだく彼女のイメージを決定する。ところが、7年のうちに、彼女のあたえる印象は、「大理石の冷たさ」に変わる。その顔はまた「仮面、というよりは死んだ女性の顔に見られる凍りついたような冷たさ」と描写される。それも彼女の7年間の「非のうちどころのない清らかな生活」の結果であって、それは本来の彼女を思うと、何とも「悲しい変貌」であった。しかし、彼女は永遠に女性たることをやめたのではない。彼女は変貌を可能ならしめる魔法に触れさえすれば、かつての美しさと情熱をもった女性に戻る。そして、それは自然との結びつきを取り戻すことのできる森の中においてであった。

その場面は引用（5-4）で描かれる。森でディムズデールと再会し、胸の「緋文字」を剥ぎ捨てたヘスターは言うに言われぬ解放感を味わう。かぶっていたよそ行きの帽子を取ると、それまで隠されていた彼女の豊かな黒髪は、肩にまで垂れてきて、溢れんばかりに明るく日光を受けて輝く。彼女の顔には女性の優しい魅力、柔和な微笑が、女性らしさの源そのものから迸り出てくる。突然、暗い森に天から日光が差し込んできて、あたりは黄金色に輝く。章題も「溢れる日光」（A Flood of Sunshine）。そう言えば、彼女が最初に姿を見せる第2章でも、晒し台に立った彼女の豊かな黒髪は日光を反射してつややかに輝いていた。森の中で、いま、彼女本来の性が、若々しさが、彼女の豊艶な美しさのすべてが、この一瞬の魔法の輪の中で甦ってくる。*The Scarlet Letter* の中でもっとも印象的な場面である。社会の中で、女性の性的魅力の象徴といってよい髪を堅苦しい帽子で隠し、大理石のように冷たい仮面をかぶったヘスターと、森の中でその髪を日光に輝かせ、頬を紅潮させているヘスターの鮮やかな対比。自らの自然な「情熱」を抑えて、人間の「悲しみ」を生きるのは、ヘスターにとって「女性喪失」の悲劇にほかならなかった。ホーソーンは、男性として、こうした生命力に溢れた女性にほとんど無意識に惹かれていたが、同時に、それがディムズデールの場合のように、危険な男性の誘惑者、彼に破滅をもたらす「運命の女」（femme fatale）となり、

(5–4) CD 21

 The stigma gone, Hester heaved a long, deep sigh, in which the burden of shame and anguish departed from her spirit. O exquisite relief! She had not known the weight, until she felt the freedom! By another impulse, she took off the formal cap that confined her hair; and down it fell upon her shoulders, dark and rich, with at once a shadow and a light in its abundance, and imparting the charm of softness to her features. There played around her mouth, and beamed out of her eyes, a radiant and tender smile, that seemed gushing from the very heart of womanhood. A crimson flush was glowing on her cheek, that had been long so pale. Her sex, her youth, and the whole richness of her beauty, came back from what men call the irrevocable past, and clustered themselves, with her maiden hope, and a happiness before unknown, within the magic circle of this hour. And, as if the gloom of the earth and sky had been but the effluence of these two mortal hearts, it vanished with their sorrow. All at once, as with a sudden smile of heaven, forth burst the sunshine, pouring a very flood into the obscure forest, gladdening each green leaf, transmuting the yellow fallen ones to gold, and gleaming adown the gray trunks of the solemn trees. The objects that had made a shadow hitherto, embodied the brightness now. The course of the little brook might be traced by its merry gleam afar into the wood's heart of mystery, which had become a mystery of joy.

 Such was the sympathy of Nature — that wild, heathen Nature of the forest, never subjugated by human law, nor illumined by higher truth — with the bliss of these two spirits! Love, whether newly born, or aroused from a deathlike slumber, must always create a sunshine, filling the heart so full of radiance, that it overflows upon the outward world. Had the forest still kept its gloom, it would have been bright in Hester's eyes, and bright in Arthur Dimmesdale's!

——Nathaniel Hawthorne, *The Scarlet Letter*, Chapter 18

最終的には社会体制を脅かすことにつながると恐れてもいたのだった。

　そして、こうしたヘスターの二面を表わしているのが、彼女が胸に付けた「緋文字」であり、「姿を変えた緋文字、生命をあたえられた緋文字」に喩えられる娘のパールであった。パールは「罪の子」「悪魔の落とし子」であると同時に、「天使の遊び友だち」「愛らしい不滅の草花」と見なされる矛盾した性格をもつ不思議な存在である。無垢な幼児でありながら、野生の動物を思わせる彼女は、ヘスターの胸の緋文字のような真っ赤な服を着せられ、しばしば「赤い小鳥」「赤い薔薇」に喩えられる。そして、*The Scarlet Letter* は、最終的に、この緋文字の「赤」がもつ象徴的な意味に収斂してゆくのである。では、この「赤」は何を象徴しているのだろう。結論的に言えば、この緋文字には、赤が連想させる「血」と「火」の関連から、少なくとも4つの意味が込められている。第一に、伝統的に「性」にからむ罪を表わす色とされる赤い「緋文字」は、罪と恥辱の烙印として使われる。そして、ピューリタンたちはその意味でヘスターに「緋文字」を付けさせた。彼女もそれによって社会の道徳律の圧力を感じることになる。

　第二に、この緋文字は、人びとが恐れる領域に入るための「パスポート」だったというように、日常生活の拘束を超えた解放、無条件な自由を意味する。あるいは社会秩序に対する挑戦状であり、危険信号となる。赤はしばしば反逆、革命と関連して、流血、破壊、そして、その後の再生、再建という多義性をもった象徴とされる。第三には、血との関連で、流血とは逆に、明るい未来につながる生命力の象徴ともなる。*The Scarlet Letter* では、暗い抑圧的なピューリタンの社会で抑えても抑えても芽生えてくる生命力である。作品の第1章の冒頭に現われる暗い牢獄の入り口の脇に花を咲かせる赤い薔薇といってよい。ホーソーンによると、人間は生きている限り、緋文字を胸に付けているというが、それは人間の生命力にほかならず、それがまた「性」とも結びつくのである。そして、そうした生命力が一方的に社会によって抑圧されると、その反動として、姦通といった反社会的な現われ方をする。個人の生命力の発現といってもよいだろう。最後に、この赤は、ホーソーンが何度も述べているように、恐るべき地獄の火、人間社会に破壊と破滅をもたらす悪魔の火でもあった。

6

Edgar Allan Poe
エドガー・アラン・ポー

「天才」か「山師」か、文学研究者の躓きの石／
ナボコフ、大江健三郎にまで及ぶその文学的影響力

■ 略　伝

Edgar Allan Poe（1809–49）は、1809年、旅役者の子としてボストンに生まれた。しかし、父親はエドガー・アラン・ポーの誕生の10ヵ月後に失踪、母親は彼が2歳の時に病死（そのこともあって、彼は生涯母親的な女性に憧れた）。孤児となった彼は、ヴァージニア州リッチモンドの裕福なタバコ商人 John Allan 夫妻に引き取られ、優しかったアラン夫人は、彼が心を惹かれた最初の女性となった。1815–20年、アラン一家はイギリスに滞在し、彼はロンドン郊外のパブリック・スクールで恵まれた教育を受けた。

Edgar Allan Poe
(1809–49)

帰国後、まだ14歳だった彼は、1823年、友人の母親に恋をするという性的な早熟さを示す。彼女は純化され、のちに、"To Helen" と題された2篇の短い詩（1831, 1848）に永遠の女性として現われる。1826年、ヴァージニア大学に入学。しかし、養父からの学資では富裕な家庭の子弟が多かった大学では対等な学生生活ができず、劣等感に悩まされ、一つには学資を補うつもりでギャンブルに手を出し、その結果、莫大な借金をつくって、大学は1学期で放校処分となった。1827年、養父との関係も悪くなり、自分の生まれたボストンに出奔、2年間、陸軍に志願入隊する。処女詩

集 *Tamerlane and Other Poems*（1827）、続いて *Al Aaraaf, Tamerlane and Minor Poems*（1829）を自費出版。1830 年、陸軍士官学校（West Point）に入学。養父と義絶する。陸軍士官学校も放校処分となって、ボルティモアに住む叔母の Maria Clemm と彼女の娘 Virginia の家に身を寄せた。1833 年、新聞懸賞に応募した短篇 "A MS. Found in a Bottle" が入賞し、短篇作家として注目される。それが縁で、リッチモンドの *Southern Literary Messenger* 誌の編集者となり、このあと、ジャーナリズムとの関係ができた。この頃からアルコールへの依存が激しくなる。1835 年、13 歳のヴァージニアと結婚。*Messenger* 紙を辞職し、ニューヨーク市に移る。唯一の長篇 *The Narrative of Arthur Gordon Pym*（1838）を出版。1839 年、フィラデルフィアに移り、*Burton's Gentleman's Magazine* を編集。"The Fall of the House of Usher" など、それまで発表した短篇を集めた *Tales of the Grotesque and the Arabesque*（1840）を出版。フィラデルフィアで何種類かの雑誌編集に携わったのち、1845 年、またニューヨーク市に出て *The Broadway Journal* を編集する。詩集 *The Raven and Other Poems*（1845）を出版。1846 年には "The Philosophy of Composition" で、単一の効果と印象を文学作品の究極の魅力と見なす独自の小説論を展開し、批評家としても注目された。しかし、*The Broadway Journal* の発行が行き詰まり、当時、ニューヨーク市の郊外だった Fordham に身を潜めたが、"The Literati of New York City"（1846）という文壇誹謗の文章を発表し、名誉毀損の訴訟事件を引き起こしたりした。生活は苦しく、ヴァージニアは貧困の中、結核で死亡した。その後、1848–49 年、ロードアイランド州に住む女性詩人 Sarah Helen Whitman や、未亡人となっていた幼馴染の恋人など、3 人の女性に求婚し、彼の女性観を反映する恋文を残した。彼の宇宙論といってよい壮大な *Eureka*（1848）を出版。そして、1849 年、リッチモンドに戻って自分自身の雑誌を発行しようとしたが、その年の 10 月初め、5 日間にわたってボルティモアで消息を絶ち、地方選挙の翌日の 10 月 3 日、選挙投票所の側溝に意識を失って倒れているのが発見され、4 日後に死亡した。死因の詳細は不明。破滅型の純粋なロマン派の詩人として、アメリカだけでなく、フランスや日本の文学者にまで、大きな影響を及ぼした。

ポーは、現在も全世界で広く読まれ、研究の対象とされる 19 世紀アメリカ有数の詩人、短篇小説家、批評家であり、歴史的に彼は稀にみる「天才」（genius）として高く評価されてきた。しかし、その一方で、彼を単なる「山

師」(charlatan)であると言って憚らない人たちも少なからずいる。このように、ポーは、一般の読者、文学研究者、批評家に自らの文学観に関する態度決定を迫るリトマス紙のような存在である。ある限界をもちながら、その限界を超える魅力をもっていて、無視するわけにはゆかないが、彼を偉大な文学者とするにはある躊躇いが残る。このように、彼を胡散臭い文学者として反発し、斥ける者が少なからずいる一方で、彼には、無数の心酔者がいる。こうした対立した見方は、彼の生前からあるが、その最初の否定的見方として知られるのは、1848年(ポーが死ぬ前年)に発表されたJames Russell Lowellの *A Fable for Critics*(1848)であろう。そこで、ジェイムズ・ラッセル・ローウェルは「彼の5分の3は天才で、残りの5分の2はまったくのたわごと」(Three fifths of him genius, two fifths sheer fudge)と言った。Ralph Waldo Emerson(⇨4章；I巻20章)は、彼を単なる 'jingle man' にすぎないと切り捨てた。一方、イギリスの詩人Alfred Tennysonは彼を「最高に独創的なアメリカの天才」(the most original American genius)と見なし、William Butler Yeatsは「いつの時代でも、どの国にとっても偉大な抒情詩人」(always and for all lands a great lyricist)であると賛辞を惜しまなかった。そして、その中間に、ポーについて認めるべきものは認めようとしながら、なお彼の限界にこだわる論者がいる。たとえば、Henry James(⇨12章；II巻34章)である。彼によると、分析的な批評家としては評価してよいかもしれないが、「本格的な」(serious)作家という評価は、評価する側の「思考の紛れもない幼稚な段階」(a decidedly primitive stage of reflection)を示すだけであると言う。同様に、ヘンリー・ジェイムズの伝統につながるT. S. Eliot(⇨補遺版96章)も、その有名なエッセイ "From Poe to Valery"(1949)で、彼の作品が訴えかけるのは「幼児期をやっと脱けでたばかりの年代」(the period of life when they were just emerging from childhood)の読者だけである、と言うが、同時に、彼の否定しがたい「強力な知性」(a powerful intellect)は「思春期前のすぐれた才能に恵まれた若い人間の知性」(the intellect of a highly gifted young person before puberty)である、と微妙な評価を下す。その一方で、T・S・エリオットはポーが成熟した思想をもっていないが、その未熟さゆえに原初的な意識のレベルで人間の感情に訴え、また、彼の宇宙論ともいうべき *Eureka* では、子供の純粋な懐疑を知らぬ直感によって究極の真理を捉えてい

ると言う。そして、表題にあるように、ポーとヴァレリーとの関係を論じながら、ポーの直感が、西欧の長い文化伝統の中で、懐疑に懐疑を重ね、ようやく確信するにいたった晩年のヴァレリーの結論と近似しているという意外な事実を明らかにする。ポーの「未熟な精神」(immature mind)とヴァレリーの「成熟した精神」(adult mind)の両極端は一致していると言うのである。このように、ポーはさまざまな立場から多くの人によって批判され、その限界を指摘されながら、しぶとく生き延び、計り知れない影響を後世に及ぼしているのである。

　ポーについて書かれた文章は限りなくあるが、その多くは必ずしもポーを専門に研究しているアカデミックな学者ではなく、詩人や推理小説家といった実作者であったり、読書好きの著名人だったりする。専門の研究者も、ポーに関しては、客観的に距離を置いて論じることが困難であるようで、アカデミックな研究書を書くにあたっても、自己弁解的に個人的な読書体験から始める者が多い。興味のある読者は、『講義　アメリカ文学史』第Ⅰ巻第24章の「天才か山師か、分裂する評価の歴史」「ポーの読者・研究者にみられる6つのタイプ」を見てほしい。特に、少年時代、ポーを読んでその魅力にとり憑かれながら、成長するにつれて反発するようになった自らのポー体験を踏まえて、*Poe Poe Poe Poe Poe Poe Poe* (1972)という奇妙な表題のアカデミックなポー研究書を書いた学者・詩人 Daniel Hoffman のケースを参考にしてほしい。ダニエル・ホフマンは、この研究書の冒頭で、'What, another book on Poe! Who needs it?' と言って、このユニークなポー研究書を始めながら、ポーの文学には 'Much, much more than the shuddering boy had ever dreamed of.' と言い、代表作 "Annabel Lee" (1849)に触発されて書かれたロシアからの亡命作家 Vladimir Nabokov (⇨ Ⅲ巻75章)の *Lolita* (1955)をとり上げて、ポーの文学が国境を越えて大きな影響を及ぼしていることを明らかにした。彼の影響は日本にも及んでいる。大江健三郎は、2007年、ポーの "Annabel Lee" の原詩と、わが国においてポーの詩の普及に歴史的な貢献をした詩人、日夏耿之介の邦訳を下敷きにして、『臈たしアナベル・リイ　総毛立ちつ身まかりつ』と題した小説を発表し、語り手の小説家（おそらく作者自身）が四国の田舎町の高校生の時、映画で見た少女、のちに国際女優「サクラさん」になる女性を「アナベル・リー」と重ねて描いた。ヴラディーミル・ナボコフの場

> It was many and many a year ago, / In a kingdom by the sea
> That a maiden there lived whom you may know / By the name of Annabel Lee;
> And this maiden she lived with no other thought / Than to love and be loved by me.
>
> I was a child and *she* was a child, / In this kingdom by the sea,
> But we loved with a love that was more than love— / I and my Annabel Lee—
> With a love that the winged seraphs in Heaven / Coveted her and me.
>
> And this was the reason that, long ago, / In this kingdom by the sea,
> A wind blew out of a cloud, chilling / My beautiful Annabel Lee;
> So that her high-born kinsmen came / And bore her away from me,
> To shut her up in a sepulchre / In this kingdom by the sea.
>
> ——Edgar Allan Poe, "Annabel Lee"

合と同じように、大江健三郎も少年時代ポーの詩にめぐり合わなかったならば、この作品は書かれることはなかっただろう。ポーは後世の文学に思いも寄らぬ影響を及ぼしているのである。

　ポーを幼少期に読み、その魅力にとらわれ、その記憶を基に自らの文学世界を築いた文学者は世界各国に数多くいるが、ロシア生まれの異色作家ナボコフもその一人だった。彼の代表作として広く読まれている *Lolita* は、ポーの幼妻ヴァージニアをうたった詩 "Annabel Lee" に現われる少女のイメージに触発されて書かれた小説として知られている。ポーが創造した Annabel Lee は、小説の語り手の男性 Humbert Humbert が少年時代に恋をした女の子と重なり、その少女が、また、中年となった彼がその魅力の虜となる Lolita と重なる。もし "Annabel Lee" というポーの詩がなければ、この *Lolita* という小説は存在していなかっただろう。このように、過去の作品に触発され、それ

> (6–2) CD 24
>
> Lolita, light of my life, fire of my loins. My sin, my soul. Lo-lee-ta: the tip of the tongue taking a trip of three steps down the palate to tap, at three, on the teeth. Lo. Lee. Ta.
>
> She was Lo, plain Lo, in the morning, standing four feet ten in one sock. She was Lola in slacks. She was Dolly at school. She was Dolores on the dotted line. But in my arms she was always Lolita.
>
> Did she have a precursor? She did, indeed she did. In point of fact, there might have been no Lolita at all had I not loved, one summer, a certain initial girl-child. In a princedom by the sea. Oh when? About as many years before Lolita was born as my age was that summer. You can always count on a murderer for a fancy prose style.
>
> Ladies and gentlemen of the jury, exhibit number one is what the seraphs, the misinformed, simple, noble-winged seraphs, envied. Look at this tangle of thorns.
>
> ——Vladimir Nabokov, *Lolita*, Part One, 1

を吸収し、変形して新しい作品を創造する例は過去にも多くあるが、最近では、そうした関係を「間テクスト性」(intertextuality)とか「重ね書き」(palimpsest)と称するようになっている。ある意味では、すべての文学作品は無意識のうちに先行する他の作品に影響されているといってよいだろうが、*Lolita* の場合は、意図的にポーの詩の一部をテクストの中に織り込んで、新しい作品を創出している。その発端となったポーの詩の最初の3スタンザと、*Lolita* の出だしの部分を引用しておこう。

"Annabel Lee" は6つのスタンザからなる詩で、最初の3スタンザは引用(6–1)のようになっている。そして、*Lolita* の出だし、第1ページには、引用(6–2)の通り、ポーの詩に関連した 'Lee', 'In a princedom by the sea', 'what the seraphs, the misinformed, simple, noble-winged seraphs, envied' がさりげなく断片的にちりばめられており、もうこれだけで、*Lolita* のテクストの下にポーが隠されていることは初読の読者にも伝わってくるだろう。

(6–3)

> Humbert, whose mother had died when he was three (Poe's mother died when he was two), lived, a petted darling, on the grounds of his father's Riviera Hotel. It was there that he fell wildly, unrelievedly, in love with that 'initial girl-child.' Her name? A maiden there lived whom you may know by the name of Annabel. Name of Annabel Leigh.
>
> Annabel Leigh, the archetypal lost love of the pubescent motherless boy in a princedom by the sea. They snatched a moment, a moment in a cave beside the sea, where they awkwardly groped for one another's pleasure-parts, tormented to a delicious frenzy by each 'incomplete contact,' until, at last,
>
> > I was on my knees, and on the point of possessing my darling, when two bearded bathers, the old man of the sea and his brother, came out of the sea with exclamations of ribald encouragement, and four months later she died of typhus in Corfu.
>
> And Humbert Humbert spent the rest of his life looking for her—'that mimosa grove—the haze of stars, the tingle, the flame, the honey-dew, and the ache remained with me, and that little girl with her seaside limbs and ardent tongue haunted me ever since—until at last, twenty-four years later, I broke her spell by incarnating her in another.'
>
> ——Daniel Hoffman, *Poe Poe Poe Poe Poe Poe Poe*

　こうした「引用の織物」ともいうべきテクストの特徴、影響関係（間テクスト性）に関していうと、*Lolita* はその典型的な例だが、ポーのテクストはそれにとどまらず、さらにポーを *Lolita* と関連させて論じるホフマンの研究書 *Poe Poe Poe Poe Poe Poe Poe* にも潜り込んでいる。引用（6-3）を見てほしい。ハンバート・ハンバートが少年の頃激しく恋に落ちた「最初の女の子」の名前を紹介するにあたって、ホフマンは地の文で引用符なしにポーの詩の1行をそのまま用いる。'in a princedom by the sea' という表現で、ポーとナボコフは重なる。続いて、*Lolita* からまとまった引用があり、最後は、引用符つきで *Lolita* の文章が事実上ホフマンの地の文として加えられている。それほど

> We need only here say, upon this topic, that, in almost all classes of composition, the unity of effect or impression is a point of the greatest importance. It is clear, moreover, that this unity cannot be thoroughly preserved in productions whose perusal cannot be completed at one sitting. We may continue the reading of a prose composition, from the very nature of prose itself, much longer than we can persevere, to any good purpose, in the perusal of a poem. This latter, if truly fulfilling the demands of the poetic sentiment, induces an exaltation of the soul which cannot be long sustained. All high excitements are necessarily transient. Thus a long poem is a paradox. And, without unity of impression, the deepest effects cannot be brought about. Epics were the offspring of an imperfect sense of Art, and their reign is no more. A poem *too* brief may produce a vivid, but never an intense or enduring impression. Without a certain continuity of effort—without a certain duration of repetition or purpose—the soul is never deeply moved. There must be the dropping of the water upon the rock. …
>
> ——Edgar Allan Poe,
> "Review of Nathaniel Hawthorne's *Twice-Told Tales*"

ホフマンはナボコフと一体化しているのである。Lee と Leigh と姓は違うが、この二人のアナベル・リーはホフマンの記憶にとり憑いていて、それが客観的であるはずの研究書にまで影響を及ぼしている。ポーの文学には、このように、のちの文学者を呪縛する魔力が備わっているのであり、これは歴史的に見て否定しがたい事実といってよいだろう。

　ポーは詩人、短篇小説家、とりわけ推理小説家として独創的な作品を残したが、批評家としても先駆的な役割を果たした。その一端は "The Philosophy of Composition" にみられるが、*Graham's Magazine* に発表した Nathaniel Hawthorne（⇨ 5 章；I 巻 22 章）の *Twice-Told Tales* の書評（1842）にも、明確に表明されている（"The Philosophy of Composition" も同誌に 4 年後に発

The ordinary novel is objectionable, from its length, for reasons already stated in substance. As it cannot be read at one sitting, it deprives itself, of course, of the immense force derivable from *totality*. Worldly interests intervening during the pauses of perusal, modify, annul, or counteract, in a greater or less degree, the impressions of the book. But simple cessation in reading, would, of itself, be sufficient to destroy the true unity. In the brief tale, however, the author is enabled to carry out the fulness of his intention, be it what it may. During the hour of perusal the soul of the reader is at the writer's control. There are no external or extrinsic influences—resulting from weariness or interruption.

A skillful literary artist has constructed a tale. If wise, he has not fashioned his thoughts to accommodate his incidents; but having conceived, with deliberate care, a certain unique or single *effect* to be wrought out, he then invents such incidents—he then combines such events as may best aid him in establishing this preconceived effect. If his very initial sentence tend not to the outbringing of this effect, then he has failed in his first step. In the whole composition there should be no word written, of which the tendency, direct or indirect, is not to the one pre-established design. And by such means, with such care and skill, a picture is at length painted which leaves in the mind of him who contemplates it with a kindred art, a sense of the fullest satisfaction. The idea of the tale has been presented unblemished, because undisturbed; and this is an end unattainable by the novel. Undue brevity is just as exceptionable here as in the poem; but undue length is yet more to be avoided.

——Edgar Allan Poe,
"Review of Nathaniel Hawthorne's *Twice-Told Tales*"

表された）。形式的にはナサニエル・ホーソーンの短篇集に対する書評であるが、実質的には彼の文学観の表明となっている。要点は引用（6–4）（6–5）にある通りだが、それをまとめると、文学作品においてもっとも重要な点は「統一された効果ないしは印象」（the unity of effect or impression）であり、そうした効果を生み出すためには、作品は一度座って再び立ち上がらないうちに読み終えられる長さ、つまり、短くなくてはならない。彼の文学理論のもっとも基本的な主張である。文学体験というのは「魂の高揚感」にほかならず、それを長時間維持することは不可能だという。こうして、ポーは短い詩を最高の文学的形式と見なし、「長詩というのは自己矛盾（paradox）である」という有名な言葉を吐くことになった。もちろん、あまりにも短い詩は、読者に「強烈ないしは永続する印象」（intense or enduring impression）をあたえることがない。点滴石を穿つように、一つの効果を狙って集中的に作品を構成する必要がある。要するに、ポーが強調するのは作品そのものの「統一された効果」と、世俗的な雑務から解放された環境で全面的に読書に没入する読者の存在である。そのような条件があってこそ、作者は自らの「意図」（intention）を、読者に完全に伝えることができる。作者は自分の作品を読む読者の魂を自由に支配できるのである。ポーによると、すぐれた作者は、物語の筋や事件が最初にあって、そこから主題や効果が生じてくる書き方をするのではなく、まず最初に狙うべき効果を決め、それから、その効果をもっともよく発揮できる事件を考案・配列しているのである。「前もって考えた効果」（preconceived effect）がすべてで、作品全体はその「単一な効果」に貢献するように構成されなければならない。最初の文章がそのようなものでなければ、すでにその時点でその作品は失敗である、とまで彼は言うのである。

　こうして、ポーの文学理論では、文学体験において絶対権を握っているのは読者ではなく、作者ということになる。作者はいわば催眠術師であり、催眠術をかけて読者を意のままに操ろうとする。また、単一の効果を重視して、それが作者の意図通りに作品をとおして読者に伝わるという楽観的な考えがある。そこには複数の解釈の可能性、とりわけ作者が意図しなかったような効果が作品に現われる可能性は想定されておらず、また逆に、狙った効果は狙った通りに現われると信じて疑わない。しかし、現在の文学理論では、必ずしもそのようには考えない。むしろ、作者を離れてテクストそのものを対

> During the whole of a dull, dark, and soundless day in the autumn of the year, when the clouds hung oppressively low in the heavens, I had been passing alone, on horseback, through a singularly dreary tract of country, and at length found myself, as the shades of the evening drew on, within view of the melancholy House of Usher. I know not how it was—but, with the first glimpse of the building, a sense of insufferable gloom pervaded my spirit. I say insufferable; for the feeling was unrelieved by any of that half-pleasurable, because poetic, sentiment, with which the mind usually receives even the sternest natural images of the desolate or terrible. I looked upon the scene before me—upon the mere house, and the simple landscape features of the domain—upon the bleak walls—upon the vacant eye-like windows—upon a few rank sedges—and upon a few white trunks of decayed trees—with an utter depression of soul which I can compare to no earthly sensation more properly than to the after-dream of the reveller upon opium—the bitter lapse into every-day life—the hideous dropping off of the veil. There was an iciness, a sinking, a sickening of the heart—an unredeemed dreariness of thought which no goading of the imagination could torture into aught of the sublime.
>
> ——Edgar Allan Poe, "The Fall of the House of Usher"

象にして、作者の意図をあまりにも重視するのは解釈を歪めることになると考える。新批評（New Criticism）の理論（⇨ III 巻 65 章）の一つ、「意図の誤謬」（intentional fallacy）と呼ばれる考え方で、作者の意図（と思われるもの）によって作品を解釈することを誤りと見なすのである。また、読者の側の反応、受け取り方こそ、作品解釈にあっては重要であると見なす「読者反応批評」（reader-response criticism）もあり、この立場にたつと、作者はおろか、作品をも自立した存在とは見なさず、読者がテクストに参入することによって作品が「現実化」すると考える。こうなると、作者の「前もって考えた効果」などは付随的な意味しかもちえなくなる。

ポーの傑作中の傑作として知られる "The Fall of the House of Usher" は、まさにポーの意図する「統一された効果ないしは印象」によって読者を魅了する作品である。長年会っていない幼馴染の友人 Roderick Usher からの手紙に誘われて、荒涼とした山中の小さな湖の縁に立つ古い亀裂の入ったアシャー家の館を訪れた語り手の「私」は、すっかり様変わりした病身のロデリック・アシャーと神経症を患う彼の双子の妹 Madeline に出会い、数週間館に滞在するあいだに、妹の癲癇による死に始まって、彼女の死体の埋葬、死に装束をまとった彼女の再出現、そして、嵐の晩の兄妹の死という連続した恐怖の体験をし、最後は、言うに言われぬ危険を感じて館から脱出すると、アシャー家の館は崩壊し、湖の中へ沈んでゆく。ポーは、この恐怖の物語を「化学的に純粋な」「悲劇」として、冒頭から最後の文章まで、いささかの弛みもなく展開させてゆく。冒頭の一節を見てみよう。引用 (6–6) である。語り手の「私」は、ある秋の陰鬱な日、荒涼たる地方をただ一人馬で旅をし、夕暮れ時、陰気なアシャー家の館が目にはいる所まで辿りつく。その館と周囲の風景を目にした「私」は、言うに言われぬ憂鬱さにとらわれてしまう。作者ポーは、感覚的な言葉を執拗に繰り返すことによって、物語の陰鬱な雰囲気をいやが上にも盛り上げてゆく。物語は、最初の一文から狙った効果に収斂してゆくのでなければ、失敗であるというが、"The Fall of the House of Usher" は、ともかく彼の主張が見事に効を奏した例といってよいだろう。この物語の語りの主調をなす特徴、たとえば、'dull', 'dark', 'day', 'dreary', 'decayed', 'depression' など、暗い 'd' の音で陰鬱な雰囲気を決定づけるといった彼の具体的な技法に関しては、『講義　アメリカ文学史』第Ⅰ巻第24章の「化学的に純粋な悲劇としての "The Fall of the House of Usher"」を見ていただきたい。

　ポーの短篇小説は、この "The Fall of the House of Usher" だけでなく、ほとんどすべてが、作者の用意周到な計算によって構成されており、物語は彼の最初の意図に従って、文字通り一糸乱れず、整然と結末の方向に向かって展開してゆく。そうした点を、翻訳に頼らず、原作に直接あたって、自分なりに確かめていただきたい。

7

Henry David Thoreau
ヘンリー・デイヴィッド・ソロー

人権擁護運動、エコロジー運動のパイオニア／
150年後の読者にも訴えるラディカルな主張

■ 略　伝

Henry David Thoreau (1817-62) は、マサチューセッツ州 Concord に鉛筆製造人の子として生まれた。1833年、ハーヴァード大学に入学。卒業した1837年、Ralph Waldo Emerson (⇨ 4章；I巻20章) の講演 "The American Scholar" を聞いて強い感銘を受ける。卒業後、測量の仕事をしたり、地元で学校教師になったりしたが、教室での生徒に対する体罰に反対して辞職し、兄 John と自分たちの学校を開いた。その頃から生涯にわたる日記をつけ始める。1839年の夏、兄とニューハンプシャー州の White Mountains を旅行し、アメリカの自然の魅力を知った。この旅行体験は、A Week on the Concord and Merrimack Rivers (1849) として発表された。1841年(24歳)、尊敬するラルフ・ウォルドー・エマソンの家に住み込み、家事を手伝いながら、'Transcendental Club' の一人としてエッセイや詩を The Dial 誌に寄稿した。1845年、ウォルデン池の辺りにあるエマソンの所有地に自分で小屋を建て、その年の独立記念日に、2年2ヵ月と2日に及ぶ自給自足の単独生活を始めた。奴隷制度やメキシコ戦争に反対して人頭税を払わず、逮捕され、一晩を獄房で過ごしたのはこの年のこ

とである。1849 年、のちに "Civil Disobedience" として知られる "Resistance to Civil Government" を Elizabeth Peabody が編集する *Aesthetic Papers* に発表。この頃、自分の実家に戻り、死ぬまでそこで暮らした。ケープコッドやカナダを旅行したり、南部からの黒人逃亡奴隷のカナダ脱出に協力したりしながら、エッセイ "Slavery in Massachusetts"（1854）を書く。同じ 1854 年に *Walden, or, Life in the Woods* を出版。1857 年、エマソン宅で奴隷制度廃止論者として知られた John Brown に出会ってからは、ジョン・ブラウンの思想、行動を擁護し、彼を支援する講演 "A Plea for Captain John Brown"（1859）, "The Last Days of John Brown"（1860）などをコンコードやボストンで行なった。1861 年、結核を患っていたヘンリー・デイヴィッド・ソローは転地療法の目的もあってミネソタ州を訪れ、はじめてアメリカの中西部を見た。これをきっかけに、西に向かって歩く人間の本能や、文明の強壮剤としての荒野の重要性を魅力的に論じたエッセイ "Walking, or the Wild（1862）" を書いた。翌 1862 年、結核のためコンコードで死亡。44 歳の若さだった。エマソンが葬儀で歴史に残る弔辞を読んだ。ほかに、死後、"Wild Apples", "Walking" などのエッセイを収録した *Excursions*（1863）, *The Maine Woods*（1864）, *Cape Cod*（1865）などが編集刊行された。

　代表作は、何といっても、*Walden* であろう。1845 年、ソローは、精神的な指導者エマソンが所有する、ウォルデン池の辺りの地所に自分の手で小さな小屋を建て、7 月 4 日の独立記念日から 2 年 2 ヵ月と 2 日、たった一人で自給自足の生活をし、微妙な自然の変化と、文明化される以前の素朴な人間の生活を実験的に生きて、その時の体験、思索と観察を文学的に格調高い文章で記録した。2 年余りの体験を、1 年に圧縮し、最後は、文明社会とは対照的に、春の訪れとともに再生する自然の生命力を象徴的に描く。生活の無駄をすべて省いて、真に人間的といえる人生を生きることの意味を追求する "Economy" に始まり、続く森での生活の目的を語った "Where I Lived, and What I Lived For" で自らの基本的な生活態度・信条を語り、次いで森の "Sounds", "Solitude", "The Ponds" などを具体的に記す。哲学・宗教的な思索を "Higher Laws" で展開し、最後は、"Winter Animals", "The Pond in Winter", "Spring", "Conclusion" で締めくくる。俗世間を嫌った隠遁者の自然観察記などではなく、彼の究極の目的は、冒頭の題辞（Epigraph）に 'I do not propose to write an ode to dejection, but to brag as lustily as chanticleer in the morning, standing on his roost, if only to wake up my neighbors up.' とあるように、一人森の中で「失意の歌」を書くのではなく、止まり木に止まった雄鶏さながら、朝、元気よく時を告げ、惰眠を貪っている隣人たちを目覚めさせることであった。

"Civil Disobedience" は、ソローが、1849 年、"Resistance to Civil Government" と題して行なった講演に基づくエッセイであり、このほうが簡潔に彼の本質を示すものとして高く評価する読者、研究家もいる。後世にあたえた影響は Walden 以上かもしれない。ウォルデンの森で生活していた時、人頭税を払えば、メキシコ戦争を遂行するアメリカ政府を間接的に支持することになるとして、納税を拒否していた彼は、納税拒否の廉(かど)で投獄されたが、その際の体験を中心に、政府と良心的な市民の関係を論じ、政府に抵抗する市民の権利を擁護、主張する。武力行使の戦争だけでなく、アメリカ原住民インディアンに対する迫害や、奴隷制度も批判。ソローの立場は 'That government is best which governs not at all.' 'Government is at best but an expedient.' の言葉に要約され、不当な政府の下では、良心的な市民のいる場所は、いまの自分のように、牢獄以外にはないと断言する。こうした政府に対する非暴力的な抵抗は、インドのガンジーや、黒人運動の指導者 Martin Luther King, Jr., ベトナム戦争に反対した 1960 年代の若者の拠り所となった。

すでに述べたように、ソローは、1845 年の独立記念日、7 月 4 日に、ウォルデン池の辺りでただ一人自然と自己を見つめる生活を始めた。その動機、目的を、彼は Walden の第 2 章 "Where I Lived, and What I Lived For" で、引用 (7–1) のように述べる。引用されることのきわめて多い一節であり、彼の思想と文章の特徴が圧縮されたみごとな表現である。1 行目に 'to live deliberately' とあるが、彼はどのような場合でもつねに「慎重に」徹底的に考えた上で行動し、ただの思いつきで行動することはなかった。そして、'to front only the essential facts of life' と言うが、「生の本質的な事実とのみ向き合う」というのも、彼の「生」の基本的なスタンスであった。ここに繰り返し現われる 'life' という言葉は、日本語では、「生命」「生活」「人生」と訳し分けなければならないが、ソローの場合は、これらが一つになって「生きた人間と

して存在すること」、つまり、3つの訳語に共通する「生」を意味すると考えるべきであろう。「生きる」ということはきわめて「高価で」(dear) あるにもかかわらず、文明人はあまりにも多くの時間を不必要なことに使っている。*Walden* の第1章が「倹約」(Economy) と題され、作品全体の主張が「単純化せよ！」(Simplify!) という呼びかけであるように、彼は文明社会における余計なもの、贅肉的なものすべてを削ぎ落として、あくまでも「本質的な事実」のみを追求していた。その意味で、章題 'Economy' は、文明社会で使われる「経済」ではなく、個人の生き方における「倹約」と解したい。

そこには、いっさい妥協せず、真の人生を真剣に生きようとする彼の態度が認められる。ソローについては、その姓に引っかけて、'thorough' 以外の何者でもないとしばしばいわれるが、まさにその通りで、人生のあらゆる瞬間を徹底的に生きようとした。死に際も、来世をどう思うかと尋ねられて、'one thing at a time' (一度に一つのことだけを) と言ったと伝えられているが、現世では現世を生きることでもう精いっぱいであり、来世のことなど考える余裕はないというのである。ともかく、徹底的に自らの「生」を無駄なく生きた彼には、中途半端なところはまったくなかった。そして、それが彼の好む 'the marrow of life' といった比喩的な表現となって現われる。原始人たちが狩りで捕らえた野生動物を骨の髄までしゃぶり尽くし、そこから野性の逞しさを得ていたように、文明人も野性の逞しさを必要としているのである。

この引用でさらに注意すべきもう一点は、こうした人生の重要な問題に関しては、いい加減な結論を出すべきでないという慎重な態度である。彼は最悪の結果がでることも恐れずに、人間に関する事実、真実をあくまでも追求する。彼は安易に妥協することなく、人間の本質を「最低の限界」(the lowest terms) にまで追い詰め、それが動物のように「卑しい」(mean) ものであるか、神のように「崇高な」(sublime) ものであるか、それを体験によって確かめようとする。そして、仮に自分に動物的な、精神的とはいえない、「卑しい」一面があるとしたら、それを偽ることなく事実として公表しようとする。ところが、ソローによると、世間の人びとは、人間の本性が悪魔とつながっているのか、神とつながっているのか、はっきりしないにもかかわらず、それが無条件に善であり、人間の魂は神聖であるとあまりにも性急に結論を出しすぎているのではないかと、人間存在に関する、根源的な疑問を提出す

> I went to the woods because I wished to live deliberately, to front only the essential facts of life, and see if I could not learn what it had to teach, and not, when I came to die, discover that I had not lived. I did not wish to live what was not life, living is so dear; nor did I wish to practise resignation, unless it was quite necessary. I wanted to live deep and suck out all the marrow of life, to live so sturdily and Spartan-like as to put to rout all that was not life, to cut a broad swath and shave close, to drive life into a corner, and reduce it to its lowest terms, and, if it proved to be mean, why then to get the whole and genuine meanness of it, and publish its meanness to the world; or if it were sublime, to know it by experience, and be able to give a true account of it in my next excursion. For most men, it appears to me, are in a strange uncertainty about it, whether it is of the devil or of God, and have *somewhat hastily* concluded that it is the chief end of man here to "glorify God and enjoy him forever."
> ——Henry David Thoreau, *Walden; or, Life in the Woods*,
> "Where I Lived, and What I Lived For"

る。*Walden* の基本は、自然の中で生活することによって、つまり、社会との繋がりを断ち切った純然たる裸の自分を眺めることによって自己の本質に迫ることであった。

　ソローは、森の中で暮らすことによって、自然が必ずしもエマソンが説くようにまったく汚れのない無垢で精神的な世界ではないことを知った。自然は弱肉強食の闘争の場であり、流血の殺戮が際限もなく繰り返されている。にもかかわらず、ルソーなどロマン派は、エマソンを含め、人間の悪は文明社会の産物で、自然に戻ることによって人間は本来の自己をとり戻せると考えていた。ところで、人間の悪はさまざまであるが、生物の命を奪うことはその最たるものといってよいだろう。ソローはそれゆえに肉食には反対していた。また、人間の成長・教育に狩猟体験が重要であることを認めていたが、

動物の生命を奪う狩猟は主義主張として認めなかった。しかし、森の中で暮らすうちに、彼は自然界では生物すべてが他の生物の犠牲の上に生命を保っているという否定しがたい事実に直面する。人間も生物であり、その限りでは、悪の存在となる。この存在の根底にある二律背反を正当化するため、彼は、一時、人間と動物は本来的に違うと考えようとしたが、*Walden* では、追い詰められたウサギが子供のような声で泣くと言って、犠牲となる生物の側に立つ。野生動物も人間と同じ条件で生きているのだ。

　こうして、ソローは深刻なディレンマに陥る。しかし、彼は最終的には、そういった否定的な側面にもかかわらず、自然がもつ逞しい野性の生命力、あらゆる矛盾対立を超越して存続しつづける自然の「再生」(rebirth) と「変容」(metamorphosis) の驚くべき力に生命の究極の姿を認め、それに基づいて、独自の文明観を主張することになる。彼によると、文明はすでに疲弊しており、文明人は「野性」(wildness) の「強壮剤」(tonic) を必要としている。こうした考えは、1862 年 6 月、彼の死後、*The Atlantic Monthly* 誌に発表されたエッセイ（執筆はウォルデン体験後の 1850–52 年）"Walking, or the Wild" にも表明される。引用 (7–2) を見ていただきたい。それによると、われわれの祖先はすべて未開人であり、文明を存続させる力は「野性」にあるという。そして、ローマの建設者、双子のロームルスとレムスが狼によって哺育されたという伝説を引き合いに出して、隆盛を誇った帝国も野性との接触を失うと衰退するという歴史的な事実を指摘する。そして、文明人にも自然の野性が必要であるという。ここでも、野生のカモシカ (koodoos) を生のまま骨の髄まで貪り食うという大胆な比喩を繰り返して、文明と野性の逆説的な関係を超越して、人間存在に関して、より強固な思想を構築しようとする。その記録が *Walden* であったのである。

　そして、ソローが強調するのは、すでに述べた通り、第一に、殺戮、破壊、死といった否定的な側面にもかかわらず、自然が永遠に若く、本質的に「汚れのない」(innocent) 存在で、あらゆる生物は季節の変化とともに姿を変えながら生存しつづけるという事実であった。自然の中ではすさまじい生存競争が繰り広げられているが、新しい生命の出現にはそうした犠牲が必要であり、弱肉強食は必要悪なのである。もう一つの発見は、自然がもつ浄化力であった。泥沼に咲く清浄な「睡蓮」(water lily) のように、自然には不浄なも

> ... in Wildness is the preservation of the World. ... From the forest and wilderness come the tonics and barks which brace mankind. Our ancestors were savages. The story of Romulus and Remus being suckled by a wolf is not a meaningless fable. The founders of every State which has risen to eminence have drawn their nourishment and vigour from a similar wild source. It was because the children of the Empire were not suckled by the wolf that they were conquered and displaced by the children of the Northern forests who were. ... Give me a wildness whose glance no civilization can endure, — as if we lived on the marrow of koodoos devoured raw.
> ——Henry David Thoreau, "Walking, or the Wild"

のを浄化し、より高次なものに変える能力がある。こうした発見をとおして、彼は高次の霊的なものへの憧憬と動物的な本能の矛盾対立を解消したのである。

　このような自然の力をもっとも実感できるのは春の訪れであった。その喜びを、彼は *Walden* のクライマックスといってよい最終章 "Spring" で、引用 (7–3) のように語っている。彼にとって、春の訪れは単なる自然現象ではなかった。春の最初の日の朝、すべての罪人は罪を赦され、人びとは自らの「無垢」(innocence) をとり戻し、それまで軽蔑していた隣人の無垢を認める。世界は新しく創造され、至福感、喜び、神聖さにみちみちている。繰り返される 'innocence' や、'joy and bless'、'tender and fresh' といった一連の言葉が示すように、春の到来は彼にとって「黄金時代」への復帰であった。そういった日には、看守は監獄の扉を解き放ち、裁判官は係争中の事件を却下し、牧師は礼拝の集会を散会すべきだという。こうした喜びの瞬間は錯覚体験にすぎないと思われるかもしれないが、彼にとってはこの一瞬こそ「最高のリアリティ」(the highest reality) であった。*Walden* の中間に置かれた重要な一章 "Higher Laws" にも印象に残る一節があり、*Walden* の魅力は、何といって

> In a pleasant spring morning all men's sins are forgiven. Such a day is a truce to vice. While such a sun holds out to burn, the vilest sinner may return. Through our own recovered innocence we discern the innocence of our neighbours. You may have known your neighbour yesterday for a thief, a drunkard, or a sensualist, and merely pitied or despised him, and despaired of the world; but the sun shines bright and warm this first spring morning, recreating the world, and you meet him at some serene work, and see how his exhausted and debauched veins expand with still joy and bless the new day, feel the spring influence with the innocence of infancy, and all his faults are forgotten. There is not only an atmosphere of good will about him, but even a savour of holiness groping for expression, blindly and ineffectually perhaps, like a new-born instinct, and for a short hour the south hill-side echoes to no vulgar jest. You see some innocent fair shoots preparing to burst from his gnarled rind and try another year's life, tender and fresh as the youngest plant. Even he has entered into the joy of his Lord. Why the jailer does not leave open his prison doors, — why the judge does not dismiss his case, — why the preacher does not dismiss his congregation!
> ——Henry David Thoreau, *Walden*, "Spring"

も、この森の中で体験されるこうした一瞬、そして、それを記した彼の詩的な文章にあるといってよい。

　そのような瞬間、われわれは、肉体的に存在感が希薄に感じられるかもしれないが、それこそが「より高い法則」に合致した「生」なのである。「生きている状態」(life) それ自体が草花や薬草のように芳香を放つ。そして、より「しなやかで」(elastic)、「星のように輝き」(starry)、「不滅の」(immortal) 状態となって、自然から祝福を受ける。これはエマソンの *Nature* で描かれる神秘的な神の「顕現」(epiphany) 体験にほかならず、ソローによると、「感受性の鋭い」(sensitive) 人間のみが感じる瞬間的かつ主観的な体験で、客観的に確認するのが困難であるだけでなく、論理的な言葉によって表現し、

> The authority of government, even such as I am willing to submit to … is still an impure one: to be strictly just, it must have the sanction and consent of the governed. It can have no pure right over my person and property but what I concede to it. The progress from an absolute to a limited monarchy, from a limited monarchy to a democracy, is a progress toward a true respect for the individual. … There will never be a really free and enlightened State until the State comes to recognize the individual as a higher and independent power, from which all its own power and authority are derived, and treats him accordingly.
> ——Henry David Thoreau, "Civil Disobedience"

それを人に伝えることも不可能に近い神秘的な体験であった。しかし、そのような神秘的な瞬間があることは否定できない。この自然との交感体験を、彼は詩的な比喩によって伝えようとする。それは 'intangible' で 'indescribable' という点では朝焼けや夕焼けの空の色に近く、言ってみれば、捕らえた小さな星屑、摑みとった虹のひとかけらなのだ。それは、超越的な存在に憧れる詩人のソローが、森の生活で得た最高の「収穫」であった。

　結局、ソローは自分の人生を大切にし、一人の人間として生きることを重視していた。彼によると、われわれは第一に「人間」であって、それから「市民」（subjects）なのだ。そして、「人間」であるということは「良心」（conscience）をもち、その「良心」に従って生きることを意味する。社会的に「正しい」（right）と見なされた「法」にただ従うのではなく、自分の「良心」に照らして「正しい」と思われた場合のみ社会の「法」に従う。「団体」（corporation）は個人のように「良心」をもった存在ではなく、物理的な集団にすぎない。しかし、その「団体」も、それを構成する個人一人ひとりが「良心」に従って行動する時に限って、「良心」をもって行動するといえるのである。集団や制度の変革は一挙に実現するのではなく、一人ひとりの個人的な意識変革の結果として社会全体の改革が実現するのである。その意味では、徹底

> Under a government which imprisons any unjustly, the true place for a just man is also a prison. The proper place to-day, the only place which Massachusetts has provided for her freer and less desponding spirits, is in her prisons, to be put out and locked out of the State by her own act, as they have already put themselves out by their principles. It is there that the fugitive slave, and the Mexican prisoner on parole, and the Indian come to plead the wrongs of his race should find them; on that separate, but more free and honorable ground, where the State places those who are not *with* her, but *against* her, — the only house in a slave State in which a free man can abide with honor.
>
> ——Henry David Thoreau, "Civil Disobedience"

した個人主義で、この個人主義の強調は "Civil Disobedience" のエッセンスであるとともに、彼がいかにエマソンの超絶主義思想の影響下にあるかということも示している。彼とエマソンの違いは、どれだけその思想を実生活で実践していたかという生き方の違いであった。

ソローの "Civil Disobedience" は偶発的な事件をきっかけに書かれたが、そこで説かれているのは、その場限りの具体的な行動の提案ではなく、不当な政府に対する個人の徹底した抵抗を擁護する原則論であった。原則を説くことは、一見すると、遠回りのように思われるだろうが、その影響力は強く、時代、空間を超えた応用力、そして普遍性をもつ。たとえば、引用 (7–4) では個人と政府の関係が論じられており、彼のデモクラシー観を示す。税金未払い事件をめぐる彼自身のコメントの引用 (7–5) (7–6) からは、事件の内容だけでなく、彼のユーモラスな余裕のある語り口の魅力も読みとれる。"Civil Disobedience" は、単に反政府的な直接行動を訴えるパンフレットではない。一過性でない問題の核心に迫り、より普遍的なデモクラシーのあるべき姿を提示し、それを魅力ある印象的な文体で表現した文学作品である。*Walden* もそうである。確かに、"Civil Disobedience" でソローが直接的に訴えかけているのは 19 世紀中葉のアメリカに生きる人びとであったが、彼の意識にあったのは、現代ふうに言えば、人間の基本的な人権の問題であった。彼は、それ

> It is not a man's duty, as a matter of course, to devote himself to the eradication of any, even the most enormous, wrong; he may still properly have other concerns to engage him; but it is his duty, at least, to wash his hands of it, and, if he gives it no thought longer, not to give it practically his support.
>
> ——Henry David Thoreau, "Civil Disobedience"

を時代を超越する根源的な問題として追究し、文学的にも色あせることのない、個性的なすぐれた文章で表現した。だからこそ、150年の歳月を隔てながらも、なお現代のわれわれに訴えかける力をもっているのである。ぜひ、これを機会に、抜粋でなく、"Civil Disobedience" の全文を原文で読んでいただきたいと思う。

ソローの肖像画(1854年作製)

8

Herman Melville
ハーマン・メルヴィル

「我ただ一人逃れて汝に告げんとて来たれり」（「ヨブ記」）／
孤立し、自らと格闘しながら破滅を迎える
超人的な捕鯨船船長の悲劇を語る

Herman Melville
(1819–91)

■ 略　伝

Herman Melville（1819–91）は、ニューヨーク市の由緒ある裕福な貿易商という恵まれた家庭環境に生まれた。しかし、12歳だった1832年、父親が貿易事業に失敗、精神錯乱状態で死亡。家運は傾き、彼も学業を諦めざるをえなくなる。18歳、彼は貨物船の平水夫としてイギリスに向かい、リヴァプールに1ヵ月ほど滞在、波止場近くの貧民窟の住民の悲惨な状態に大きな衝撃を受ける。この時の体験は、のちに小説第4作 *Redburn*（1849）に描かれた。陸上での生活に見切りをつけて、1841年（22歳）、捕鯨船で太平洋に出て、鯨を追う生活を始めたが、過酷な船上生活に耐えられず、南太平洋の Marquesas 諸島沖で乗っていた捕鯨船から脱走し、近くの島の現地住民の間で暮らしていたが、そうしているうちに、楽園のように思われた島の住民が食人種であることに気づいて、島から脱出し、別の捕鯨船に救助される。この体験を基にして処女作 *Typee: A Peep at Polynesian Life*（1846）を書き、題材が題材だけに大きな評判となった。帰国の途中、ハワイで二等水兵として海軍に入隊するが、艦上での下級水兵に対する上官の鞭打ち刑などのいじめを目撃し、人間の本性に疑問をいだく。こ

うした海軍の実態を告発した *White-Jacket; or, The World in a Man-of-War*（1850）は、アメリカ海軍の軍規粛清につながった。1847年（28歳）、マサチューセッツ州高等裁判所長官の娘 Elizabeth Shaw と結婚して、ニューヨーク市に住み、南太平洋を舞台にした *Omoo: A Narrative of Adventures in the South Seas*（1847）や、同じような世界を舞台に、哲学的問題を扱ったファンタジー物語 *Mardi: And a Voyage Thither*（1849）を発表。すでに *Moby-Dick* を書き出していたが、Nathaniel Hawthorne（⇨ 5章；I巻22章）の短篇・エッセイ集 *Mosses from an Old Manse*（1846）を読み、深い感銘を受けた彼は、マサチューセッツ州 Pittsfield のナサニエル・ホーソーン宅の近くの農場を買い（彼は敷地から出た先住民の矢鏃に因んで、その農場を 'Arrowhead' と名づけた）、それをきっかけにして、二人の間にアメリカ文学史上稀に見る文学者同士の交友関係が成立した。こうしてハーマン・メルヴィルは、ホーソーンから深い影響を受けた。同時に、シェイクスピアの悲劇、問題劇を熟読。こうして、1851年、*Moby-Dick* を出版し、ホーソーンに献呈したが、一般読者からの反響はいま一つだった。続いて、金髪の婚約者と黒髪の異母姉への愛に苦しむ純粋な青年の悲劇を扱った *Pierre; or, The Ambiguities*（1852）、アメリカ独立戦争時代を背景にした歴史小説 *Israel Potter*（1855）、彼の傑作短篇として知られる "Bartleby, the Scrivener"、船上での黒人反乱を描いた "Benito Cereno" を含む短篇集 *The Piazza Tales*（1856）、ミシシッピー川を上下する蒸気船上に現われた詐欺師をとおして人間社会を諷刺する彼の最後の小説 *The Confidence-man: His Masquerade*（1857）を発表したが、いずれも不評に終わった。1856–57年、健康が思わしくなく、健康の回復を願ってヨーロッパ旅行に出かけ、リヴァプールで領事をしていたホーソーンと再会し、さらにエルサレムなど聖地にまで足を伸ばした。この時の旅行から、1万8000行の長篇宗教詩 *Clarel*（1876）が生まれた。1866年、南北戦争を扱った詩集 *Battle-Pieces and Aspects of the War* を発表。そして、同年、ニューヨーク税関の検査官の職を得て、その後19年間、1885年まで黙々と税関で働いた。その後も2冊詩集を出すことは出したが、1891年、事実上、忘れられた作家としてニューヨーク市で死亡。晩年は長男の自殺などもあって、家庭的にも不幸だった。1885年頃から書き始めていたと推定され、遺稿として残された晩年の傑作の中篇小説 *Billy Budd, Sailor* が、1924年にロンドンで全集の1冊として出版された。この13巻の全集出版をきっかけに、彼の全作品が再評価され、現在では、アメリカ文学最大の作家の一人という高い評価を保っている。

代表作、そして、アメリカ文学最高の傑作長篇とされる *Moby-Dick* は、'Call me Ishmael.' という語り手の3文字からなる呟きのような自己紹介に始まって、同じく 'The Drama's done' という3文字で始まる "Epilogue" で幕を閉じる。そして、その間に、巨大な鯨 Moby-Dick を追跡する捕鯨船船長 Ahab の悲劇が、旧約聖書、そしてシェイクスピアを思わせる荘重な文体で語られる。語り手は Ishmael と名乗る青年。彼の名前は旧約聖書に由来し、「追放者」の連想を伴う。陸上での生活に幻滅した彼は、自殺する代わりに捕鯨船でしばらく広大な水の世界を見ておこうと、マサチューセッツ州 New Bedford に出かけ、そこから、沖合の捕鯨業の最前線基地 Nantucket 島に渡り、モービー・ディックという白い巨大な鯨に片足を食いとられたエイハブ船長の捕鯨船 Pequod 号に乗り込んで、この超人的な船長と運命をともにすることになる。この船長の名前も旧約聖書に現われるイスラエル王に由来しており(「列王記略上」16–22)、彼はエホバに反逆して「悪」をなし、神の「怒り」を招いたとされる。エイハブ船長の出港の目的は自然の生物とは思われないこの巨大な白鯨に報復することであった。ピークォド号には、これまた、異様な人間が多く乗り組んでいる。イシュメイルがナンタケットの宿屋で知り合った高貴なポリネシア人 Queequeg をはじめとして、単なる生物でしかない鯨に報復を企てる偏執狂的なエイハブ船長の言動を常識的にたしなめる一等航海士 Starbuck、危険な捕鯨を単なる職業としてしか考えない、あるいはゲーム感覚で鯨を追い求める二等、三等航海士、そして、人種的には、黒人、アメリカ・インディアン、水上の世界とは無縁に思われる拝火教徒など、地上のあらゆる人間が圧縮されたかのような様相を呈している。それだけではない。さらに異様な人間も登場する。第3章、船乗りたちの宿屋でイシュメイルが出会った勇壮な水夫 Bulkington. 彼は、この後、船上でイシュメイルの仲間になるのではないかと、読者に期待させながら、航海中なかなか姿を見せず、彼が再度姿を現わすのは第23章、そして、この短い「6インチの1章はバルキントンの墓石のない墓」(this six-inch chapter is the stoneless grave of Bulkington) となって、その後は完全に小説から姿を消してしまう。あるいは、Pip の愛称でエイハブ船長からも同情される不思議な黒人少年。彼は鯨を捕獲している最中に船上から海に落ち、救出されるが、この体験によって気が狂ってしまう。バルキントンは、不在ゆえに、かえって読者に強烈な印象をあた

える謎の登場人物となる。そうした中で、エイハブ船長も、出港後、一向に姿を現わさず、物語の緊張感は高まる。そして、エイハブ船長の登場（第28章）とともに、語り手イシュメイルは表舞台から姿を消す。物語は、動物としての鯨、職業としての捕鯨業といった現実的な情報とともに、人間と、神といってもよい超越的存在との関係や、人間存在の意味など、形而上学的な思索が格調高い難解な文体で展開される。全体は135章。冒頭には、鯨に関する"Etymology"、そして、鯨が言及されている過去の文献を博捜した"Extracts"が置かれている。3日間に及ぶ白鯨モービー・ディックとの壮烈な死闘は最後の3章で集中的に語られる。戦いは人間側の勝利に終わったかに思われるが、最後は、鯨の逆襲に遭って、捕鯨船ピークォド号は巨大な鯨に引きずられて海中に沈み、エイハブ以下すべての乗組員は海の藻屑となってしまう。そして、ただ一人、自殺を志願して乗り組んでいたイシュメイルのみが、皮肉にも、クィークェグが作っていた棺桶にしがみついて水面に浮上し、生還する。最後の短い"Epilogue"では、再び語り手イシュメイルがふたたび現われ、旧約聖書「ヨブ記」（1:15）の'And I only am escaped alone to tell thee.'という文章で、この壮大な海の叙事詩は結末を迎える。

Moby-Dick はとてつもなく巨大な作品で、このような要約ではその本質的な内容、魅力を伝えることは不可能かもしれない。しかし、不可能を承知の上でいえば、要するに、巨大な白い鯨モービー・ディックに片足を食いとられた捕鯨船の船長エイハブが、その白鯨に、自分に対する得体の知れない悪意を感じ、いわば復讐の鬼と化して、その巨大な鯨を小さな捕鯨船で追いまわし、最後は、3日3晩の死闘の果て、逆に海に引きずり込まれて、海の藻屑となってしまう物語である。エイハブ船長は日常生活のレベルでは到底存在するとは思われない超絶的な英雄として現われる。彼の名は物語の中で何度も言及されるが、実際に彼が姿を見せるのは、物語が始まり、かなりの日時がたってからである。彼の顔面には雷に打たれたかのような傷跡が筋状に残っており、鯨の骨で作った義足をつけ、眼は不屈の決意を示すかのように異様な輝きを見せている。その上、物語の構成も普通の小説とは違っている。もし白鯨の追跡と復讐がメインプロットだとしたら、その戦いが描かれるのは、135章ある全体のわずか最後の3章だけで、その3章も、総ページの20

分の1の長さにすぎない。エイハブは白鯨との死闘が始まる直前、自分の生涯を振り返る。第132章 "The Symphony" と題された短い1章で、最後の3章の直前に置かれている。また、なぜこの章が「交響楽」と題されているのかよくわからない。しかし、きわめて印象的で、作品解釈の際に言及されることの多い1章である。

　エイハブ船長の過去は、捕鯨船の船長として、そのほとんどを海上で過ごしたものであることは容易に推察されるが、家庭的なこと、その家系、生い立ちなどはほとんど無視されている。ところが、彼は、この1章で、突然、いわば自分の死を意識したかのように、精神的な弱まりをみせ、感傷的に自分の過去を口にする。それまで、彼が結婚しているのか、家族がいるのかどうか、そうしたことはまったくわからない、いや、読者はそんなことを考えることすらなかったが、ここで初めて、彼は自らの過去を断片的に語る。それによると、少年銛打ちとしてはじめて捕鯨船に乗り込んだのは40年前のことで、その時、彼は18歳だったと言う。非情の海で40年間、陸上の生活は3年も送らず、荒涼とした孤独な生活を送ってきたのだ。40年間、塩漬けの肉と黴臭いパンのみで生きてきた。彼はいま58歳。そして、50歳を過ぎて、小娘のような若い女性と結婚し、初夜をともに過ごしただけで、次の日はもう船出せざるをえず、一人の若い女性を結婚によって未亡人にしてしまったと言う。

　エイハブ船長は、そうした生涯を思うにつけても、自分が何と愚かな男であったか、そのことを悟り、自分を楽園を追われたアダムになぞらえる。しかし、次の瞬間、そのような自分が本当の自分なのか、自分は自分自身の力で自らの運命を決定してきたのか、すべては自分以外の何ものかによって操られていたのか、自分自身と自分の運命を操る何か超越的な存在との関係について、これまで口にしたことのない疑問を口にする。そして、それまで、何かにつけてエイハブ船長の生き方に疑問を呈してきた、側近の部下の一等航海士スターバックの耳に聞こえる場所で、自らの過去を語り出す。シェイクスピアの芝居の独白の場面を思わせる雄弁な独白といってよいものである。引用（8–1）を読んでもらおう。

　エイハブ船長は、この世界には何か姿を見せない、名状しがたい、この世のものとも思われない、悪意をもった存在が潜んでいて、それによって人間

(8-1) CD 36

"What is it, what nameless, inscrutable, unearthly thing is it, what cozzening, hidden lord and master, and cruel, remorseless emperor commands me; that against all natural lovings and longings, I so keep pushing, and crowding, and jamming myself on all the time; recklessly making me ready to do what in my own proper, natural heart, I durst not so much as dare? Is Ahab, Ahab? Is it I, God, or who, that lifts this arm? But if the great sun move not of himself; but is as an errand-boy in heaven; nor one single star can revolve, but by some invisible power; how then can this one small heart beat; this one small brain think thoughts; unless God does that beating, does that thinking, does that living, and not I. By heaven, man, we are turned round and round in this world, like yonder windlass, and Fate is the handspike. And all the time, lo! that smiling sky, and this unsounded sea! Look! see yon Albicore! who put it into him to chase and fang that flying-fish? Where do murderers go, man! Who's to doom, when the judge himself is dragged to the bar? But it is a mild, mild wind, and a mild looking sky; and the airs smells now, as if it blew from a far-away meadow; they have been making hay somewhere under the slopes of the Andes, Starbuck, and the mowers are sleeping among the new-mown hay. Sleeping? Aye, toil we how we may, we all sleep at last on the field. Sleep? Aye, and rust amid greenness; as last year's scythes flung down, and left in the half-cut swaths — Starbuck!"

But blanched to a corpse's hue with despair, the Mate had stolen away.
——Herman Melville, *Moby-Dick; or, The Whale*, Chapter 132

の運命が決定されていると感じる。道徳体系は失効し、悪人を裁く法廷も権威を失っている。その一方で、彼は、一瞬、穏やかな自然を思い浮かべるが、その中でいかにあくせく働いても、最後は死が待ち受けているだけではないのか。こうした疑問は、誰もが若い頃に一度か二度は感じたことのある疑問であろうが、しかし、最終的な答えが見いだせるものではなく、やがて

忘れられてしまう。それを、*Moby-Dick* の主人公エイハブ船長は、58歳という年齢で、なおも問いつづける。もちろん、この小説では、それもけっして不自然なことではない。メルヴィルによると、船上で波に揺られ満天の星を眺めているうちに、人は深い瞑想に陥り、形而上学的な永遠の問題にとり憑かれる。エイハブ船長の生涯は、まさに Walter Allen がいう 'the life of solitary man, man alone and wrestling with himself' の典型であった（『講義　アメリカ文学史』第 III 巻第 59 章「アメリカ文学史――現代」参照）。

　ハーマン・メルヴィルは、*Moby-Dick* 執筆にとりかかった 1850 年、マサチューセッツ州 Lenox に滞在していたホーソーンとあるパーティで知り合い、このあと 1 年余り続く、アメリカ文学史上稀に見る熱烈な文学者同士の交友関係が始まった。そして、"Hawthorne and His Mosses"（1850）と題した書評エッセイを匿名で発表し、「現実の基軸そのもの」（the very axis of reality）にまで一挙に探りを入れ、内面に潜む恐るべき真実を白日の下に曝け出すホーソーンの文学者としての才能に驚嘆するとともに、それに刺激され、そうした形而上的な難問の解明に取り組むことになった。そして、ホーソーンが *The Scarlet Letter*（1850）の中核に、ヒロイン Hester Prynne の胸に輝く「緋文字」の「赤」を置き、その象徴的連想をとおして、人間の根源的な性的欲望がもつ多層的な意味を追究したように、メルヴィルは、執筆中の *Moby-Dick* の中核に「白」という色を据えることになった。白鯨モービー・ディックの神秘的な「白」である。第 42 章、"The Whiteness of the Whale" と題した有名な 1 章で、彼はこの「白」がはらんでいるさまざまな意味を雄弁に語る。イシュメイルと名乗る人生に幻滅した語り手の青年の見方であるが、それによると、この鯨の異様な「白さ」は言いようのない恐怖の感情を人びとに引き起こす。また、論理的な言葉では特定したり表現したりすることのできない連想を伴っているが、それを読者にわからせなければ、この物語は全体として意味をなさないという。彼は、物語の本筋からすると、脱線としか思われないこの 1 章で、思いつく限り具体的な例を積み重ねて、「白」という色に伴う連想を明らかにしたのである。

　「白」は、多くの自然物の場合、大理石、椿、真珠などのように、高貴な連想を伴う。同様に、シャム王は白象を、また、ハノーヴァー家は白馬をその

But not yet have we solved the incantation of this whiteness, and learned why it appeals with such power to the soul; and more strange and far more portentous — why, as we have seen, it is at once the most meaning symbol of spiritual things, nay, the very veil of the Christian's Deity; and yet should be as it is, the intensifying agent in things the most appalling to mankind.

Is it that by its indefiniteness it shadows forth the heartless voids and immensities of the universe, and thus stabs us from behind with the thought of annihilation, when beholding the white depths of the milky way? Or is it, that as in essence whiteness is not so much a color as the visible absence of color, and at the same time the concrete of all colors; is it for these reasons that there is such a dumb blankness, full of meaning, in a wide landscape of snows — a colorless, all-color of atheism from which we shrink? And when we consider that other theory of the natural philosophers, that all other earthly hues — every stately or lovely emblazoning — the sweet tinges of sunset skies and woods; yea, and the gilded velvets of butterflies, and the butterfly cheeks of young girls; all these are but subtle deceits, not actually inherent in substances, but only laid on from without; so that all deified Nature absolutely paints like the harlot, whose allurements cover nothing but the charnel-house within; and when we proceed further, and consider that the mystical cosmetic which produces every one of her hues, the great principle of light, for ever remains white or colorless in itself, and if operating without medium upon matter, would touch all objects, even tulips and roses, with its own blank tinge — pondering all this, the palsied universe lies before us a leper; and like wilful travellers in Lapland, who refuse to wear colored and coloring glasses upon their eyes, so the wretched infidel gazes himself blind at the monumental white shroud that wraps all the prospect around him. And of all these things the Albino whale was the symbol. Wonder ye then at the fiery hunt?

——Herman Melville, *Moby-Dick; or, The Whale*, Chapter 42

象徴としていた。さらに、「白」はローマ人によって祝祭の色と見なされ、花嫁の純潔さ、老人の慈しみ、法官の権威の象徴としても用いられている。しかし、同時に、「白」はそのもっとも奥深いところで、ある捉えがたい恐怖感を惹き起こす。赤は火や血との連想で人びとに恐怖感をいだかせるが、白はそれよりもっと強烈な、背筋の凍りつくような恐怖感を惹き起こすのだ。Ishmael-Melville は、極地の白熊や、熱帯の海に棲息する白鮫などの例を引いて、その超自然的な恐怖を語る。また、崇拝の念とともに、言いようのない恐怖感をあたえる例として、インディアンの伝説に現われる大草原の聖なる白馬にも言及する。そしてまた、この「白」は自然の事物や現象にとどまらず、死と結びつく。死体が恐ろしく思われるのは、死者の目に現われる大理石のような蒼白さによってであり、死体がまとう経帷子（きょうかたびら）も白である。博覧強記で知られたメルヴィルは、薀蓄（うんちく）のすべてを傾けて、こうした神秘的な「白」の世界に有無を言わさず読者を引きずり込んでゆく。

　そして、彼によると、微妙さが微妙さに訴えるこうした問題は、論理を超えた想像力によってしか伝達できないものなのである。彼は、深夜の乳白色の海を目（ま）のあたりにした時の恐怖を、自らの航海中の体験を基に語って読者の想像力に訴えかける。恐怖の根源がどこにあるのか、それは指摘できないが、そうした恐怖がこの世界のどこかに潜んでいることは疑いようがない。彼は、目に見えないもう一つの世界が恐怖によって作られている可能性をも示唆する。そして、この印象的な1章を、引用 (8-2) のような文章で閉じる。

　この引用にあるように、どれだけ言葉を費やしても、「白」という色がなぜこのようにわれわれの魂に強く訴えかけるのか、十分には解明できない。「白」は精神的なもののもっとも深い意味を示す象徴であり、キリスト教の神のヴェールそのものでもある。こうして、宇宙の空虚さ、広漠とした無の世界の存在を感じさせられた人間は、その瞬間、背後からある漠然とした虚無感に突き刺されたように感じる。色彩のある世界——夕焼けの空、金色に輝く蝶の羽、少女たちの明るい頬、それらはすべて欺瞞であり、外面の虚飾としか思われない。神聖視されている「自然」（Ralph Waldo Emerson [⇨ 3 章；I 巻 20 章]によれば「聖域」とされる）までも厚化粧した「娼婦」のように思われ、その内部には「死体置き場」が隠されている。自然のあらゆる色を作り出す光も、それ自体はつねに白または無色である。こうした虚無思想にと

り憑かれると、麻痺状態に陥った宇宙は、メルヴィルによると、「癩患者」(a leper)のように見えてくる。そして、真っ白な巨大な鯨モービー・ディックは、これらすべてのものの象徴としてこの小説に現われてくるのである。

最後に、メルヴィルの最後の作品 *Billy Budd, Sailor* を紹介しておこう（遺作として 1924 年に出版。しかし、テクストに問題があり、1968 年、Harrison Hayford と Merton M. Sealts, Jr. の二人のメルヴィル学者の綿密な原稿調査に基づく「決定版」が出版された）。

物語そのものは比較的単純である。時代は 1797 年の終わり頃。イギリスの戦艦 Bellipotent 号で起こった悲劇を扱う。物語の主要人物の一人は（主人公といってもよいが、誰を主人公とするかで解釈が分かれる）Billy Budd という 21 歳のハンサムな青年で、心も容貌同様清らかで美しい。Bristol 生まれの孤児で、禁断の木の実を食べる以前のアダムのように純真無垢な若者である。しかし、彼には一つ、致命的な欠陥があった。つまり、吃りの癖があった。そして、これが悲劇の原因となる。第二の主要人物は、John Claggart という master-at-arms（先任衛兵伍長）。彼は、ビリー・バッドとは反対に、蒼白い痩せた黒髪の 35 歳くらいの男で、暗い過去をもち、内面に何か根源的な悪を思わせる暗い部分が感じられた。艦上の部下たちは、そのジョン・クラガートに恐怖をいだき、完全に彼の支配下に置かれている。第三の主要人物は、この戦艦の艦長 Edward Fairfax Vere. 公平無私、そして決断力のある厳格な 40 歳くらいの海軍将校。部下に対する思いやりがないわけではないが、あまりにも知的で、水兵たちに敬遠されている。どことなく夢想的なところもあって 'Starry Vere' と呼ばれていた。

仲間から 'Handsome Sailor' として人気のあるビリーに対して、クラガートは本能的に憎しみをいだき、ビリーが艦上で反乱を企んでいる噂があるとヴィア艦長に訴え出る。ビリーに好感をもつ艦長はそのような噂を信じないが、クラガートの訴えを頭から無視するわけにもゆかない。しかも、その頃、イギリス海軍では、艦上での反乱が頻発し、ヴィア艦長には、そうした反乱の動きに神経過敏にならざるをえない事情があった。そこで、彼は二人を呼び出し、艦長室で対決させる。ところが、身にまったく覚えのないことをクラガートに問い詰められたビリーは、蒼ざめ、憤然と抗議しようとするが、

生来の吃りのため、とっさに言葉が出ない。そして、言葉よりも先に手が出てしまい、ビリーの一撃をまともに受けたクラガートはあっけなく死ぬ。艦長には、反乱の件は濡れ衣であり、殺人も殺意をもって行なわれたわけでないことはわかっている。したがって、ビリーを殺人犯として処刑することは、個人的に、あるいは心情的に、忍びないと思う。しかし、その一方では、当時、反乱が続発していたし、軍規上からいっても、上官に対する暴力は厳しく処罰しなければならない。役職上、ビリーの絞首刑は避けられない。ヴィア艦長は臨時軍法会議を開き、会議出席者は、全員、個人的な心情より、事実、軍規、秩序を重視・優先させ、割り切れない思いをいだきながら、ビリーに絞首刑を宣告し、その処刑が翌朝執行されることになる。こうして、神によってわが子イサクを生贄に求められたアブラハムのように、悩みながらビリーを絞首台に送る決定を下す。一方、ビリーは従容(しょうよう)として死地に赴く。そして、処刑直前、自分を処刑するヴィア艦長に向かって 'God bless Captain Vere!' と言う。自らの無実を信じながらも、彼は自分を処刑するヴィア艦長に神の祝福があるようにと祈って、昇天してゆくのである。そして、処刑の瞬間、夜明けの光がビリーの最期を祝福するかのように差してくる。その後、間もなく、ヴィア艦長は海上で戦死するが、死に際、彼はビリーの名を口にして絶命したという。また、水兵たちのあいだで、ビリーの死は伝説化し、彼が縛り首となった戦艦の円材は聖なる遺物として保存される。そして、彼の死を悼むバラッド "Billy in the Darbies"（「手錠をかけられたビリー」）が、水兵たちのあいだで後々まで歌い継がれていった。

　この中篇小説を読んで、読者は深い感動を覚えるだろう。しかし、なぜそのように感動するのか自分でもうまく説明できない。結末の場面から、割り切れない思いにとらわれ、世界の不条理性を思わずにはいられない。そうした不条理な結果を、作者メルヴィルがどのように考えているのかもわからない。メルヴィルは、生涯を賭けて、善と悪、個人と組織、自由と宿命、心情と知性、とりわけ人間と超越的な神といった二項対立に悩み、それを作品で追究していった。神が創造し、その摂理によって支配する人間の世界に、何故に悪がこのように存在しているのか、悪の存在はいかなる意味をもっているのか、彼はその現実を無批判的に受け入れることを潔しとせず、あくまで

も神の摂理に疑問をいだき、それに抵抗するところがあった。その彼が、この最後の中篇小説において、ようやく、微妙であるが、ある結論を見いだしたのではないか。それについては、メルヴィル研究者のあいだで意見が一致している。ところが、では、メルヴィルが最終的にどのような結論に達したのか、という問題になると、コンセンサスは見られず、研究者は二つに分かれて対立し、いまだに論争が続いているように思われる。一方には、こうした問題に生涯悩まされてきたメルヴィルが、ビリーの不条理きわまりない悲劇にもかかわらず、この小説では、あるがままの現実の世界を受け入れ、その結果、作品にはある種の静謐(せいひつ)さが漂っていると主張する論者がいる。こうした論者は、物語の最後、処刑直前にビリーがヴィア艦長に神の祝福を送ったことを証拠に、ある種の安らぎがメルヴィルに訪れたと考え、*Billy Budd* を彼の「受容の遺言書」（Testament of Acceptance）と見なす。

　ところが、他方には、そうした肯定的な見方に反対し、メルヴィルは最後の最後まで不条理な世界を認めず、神の摂理になお抵抗していると主張する研究者がいる。ビリーはこの処刑を認めておらず、彼の最後の祝福の言葉は、自分を処刑するヴィア艦長に対する裏返しの祝福と見なす。ビリーはあくまでも罪のない犠牲者であり、メルヴィルが彼の処刑を肯定するはずはない。ビリーの死後、その死をうたったバラッドは、水兵たちの海軍上層部に対する抗議と見るべきである。この立場からすると、*Billy Budd* はメルヴィルの「抵抗の遺言書」（Testament of Resistance）ということになる。いずれにせよ、このように研究者のあいだで意見が分かれるのは、彼がこの問題に明確な決着をつけずに *Billy Budd* を遺稿として残したためであると思われる。事実、遺稿を詳細に調査した決定版の編者ハリソン・ヘイフォードとマートン・M・シールツ・ジュニアによると、メルヴィルは、最初、この小説をビリーの物語として書き出したが、クラガートを描くうちに、奥知れぬ悪を内面にもつ人間の不可解さに作者自身がとり憑かれ、最後は、ヴィア艦長の秩序重視に少なからず理解を示すようになったという。そして、この作者の軸足のぶれに、実は、解釈が分かれる原因があると結論づける。そうなると、結局は、読者が小説のどの部分に重点を置くかによって、解釈は変わってくるのである。

(8–3) **CD 38**

Yes, Billy Budd was a foundling, a presumable by-blow, and, evidently, no ignoble one. Noble descent was as evident in him as in a blood horse.

For the rest, with little or no sharpness of faculty or any trace of the wisdom of the serpent, nor yet quite a dove, he possessed that kind and degree of intelligence going along with the unconventional rectitude of a sound human creature, one to whom not yet has been proffered the questionable apple of knowledge. He was illiterate; he could not read, but he could sing, and like the illiterate nightingale was sometimes the composer of his own song.

Of self-consciousness he seemed to have little or none, or about as much as we may reasonably impute to a dog of Saint Bernard's breed.

Habitually living with the elements and knowing little more of the land than as a beach, or, rather, that portion of the terraqueous globe providentially set apart for dance-houses, doxies, and tapsters, in short what sailors call a "fiddlers' green," his simple nature remained unsophisticated by those moral obliquities which are not in every case incompatible with that manufacturable thing known as respectability. But are sailors, frequenters of fiddlers' greens, without vices? No; but less often than with landsmen do their vices, so called, partake of crookedness of heart, seeming less to proceed from viciousness than exuberance of vitality after long constraint: frank manifestations in accordance with natural law. By his original constitution aided by the cooperating influences of his lot, Billy in many respects was little more than a sort of upright barbarian, much such perhaps as Adam presumably might have been ere the urbane Serpent wriggled himself into his company.

——Herman Melville, *Billy Budd, Sailor*, Chapter 2

そこで、ここではとりあえず *Billy Budd* からの4つの引用を見てもらうことにしよう。最初の引用 (8–3) は、すでに一部紹介したが、ビリーの容貌、人となりについての描写。第二の引用 (8–4) は、ビリーとは別の意味で際立っ

(8–4) CD 39

> Claggart was a man about five-and-thirty, somewhat spare and tall, yet of no ill figure upon the whole. His hand was too small and shapely to have been accustomed to hard toil. The face was a notable one, the features all except the chin cleanly cut as those on a Greek medallion; yet the chin, beardless as Tecumseh's, had something of strange protuberant broadness in its make that recalled the prints of the Reverend Dr. Titus Oates, the historic deponent with the clerical drawl in the time of Charles II and the fraud of the alleged Popish Plot. It served Claggart in his office that his eye could cast a tutoring glance. His brow was of the sort phrenologically associated with more than average intellect; silken jet curls partly clustering over it, making a foil to the pallor below, a pallor tinged with a faint shade of amber akin to the hue of time-tinted marbles of old. This complexion, singularly contrasting with the red or deeply bronzed visages of the sailors, and in part the result of his official seclusion from the sunlight, though it was not exactly displeasing, nevertheless seemed to hint of something defective or abnormal in the constitution and blood. But his general aspect and manner were so suggestive of an education and career incongruous with his naval function that when not actively engaged in it he looked like a man of high quality, social and moral, who for reasons of his own was keeping incog. Nothing was known of his former life.
>
> ——Herman Melville, *Billy Budd, Sailor*, Chapter 8

ているクラガートの外見と過去について。続く引用 (8–5) は、ヴィア艦長がビリーに死刑を言い渡さざるをえなかった事情、理由を説明する場面。ここで、ヴィア艦長は、軍人として「自然」の情に従うことは許されず、国王の命令に従うしかない自らの内面の苦悩を吐露する。そして、最後の引用 (8–6)、作品中もっとも印象的なビリーの処刑の場面。これ以上、引用の詳しい分析をするスペースはない。読者は、これらの抜粋引用を読むとともに、対立する二つの解釈をもう一度確認し、それを踏まえて、自分なりの解釈を見いだ

> (8–5) CD 40
>
> "But your scruples: do they move as in a dusk? Challenge them. Make them advance and declare themselves. Come now; do they import something like this: If, mindless of palliating circumstances, we are bound to regard the death of the Master-at-arms as the prisoner's deed, then does that deed constitute a capital crime whereof the penalty is a mortal one. But in natural justice is nothing but the prisoner's overt act to be considered? How can we adjudge to summary and shameful death a fellow creature innocent before God, and whom we feel to be so? — Does that state it aright? You sign sad assent. Well, I too feel that, the full force of that. It is Nature. But do these buttons that we wear attest that our allegiance is to Nature? No, to the King. Though the ocean, which is inviolate Nature primeval, though this be the element where we move and have our being as sailors, yet as the King's officers lies our duty in a sphere correspondingly natural? So little is that true, that in receiving our commissions we in the most important regards ceased to be natural free agents. When war is declared are we the commissioned fighters previously consulted? We fight at command. If our judgments approve the war, that is but coincidence. So in other particulars. So now. For suppose condemnation to follow these present proceedings. Would it be so much we ourselves that would condemn as it would be martial law operating through us? For that law and the rigor of it, we are not responsible. Our vowed responsibility is in this: That however pitilessly that law may operate in any instances, we nevertheless adhere to it and administer it.
>
> ——Herman Melville, *Billy Budd, Sailor*, Chapter 22

してほしい。作家の到達点を示す最後の遺作から、その作家の文学的世界にアプローチするのは、順序が逆のように思われるかもしれないが、メルヴィルの場合は、それが有効である。いきなり、巨大な *Moby-Dick* に挑戦する前に、英文としては比較的読みやすい *Billy Budd* を読むのがよいかもしれない。

The final preparations personal to the latter being speedily brought to an end by two boatswain's mates, the consummation impended. Billy stood facing aft. At the penultimate moment, his words, his only ones, words wholly unobstructed in the utterance were these: "God bless Captain Vere!" Syllables so unanticipated coming from one with the ignominious hemp about his neck — a conventional felon's benediction directed aft towards the quarters of honor; syllables too delivered in the clear melody of a singing bird on the point of launching from the twig — had a phenomenal effect, not unenhanced by the rare personal beauty of the young sailor, spiritualized now through late experiences so poignantly profound.

Without volition, as it were, as if indeed the ship's populace were but the vehicles of some vocal current electric, with one voice from alow and aloft came a resonant sympathetic echo: "God bless Captain Vere!" And yet at that instant Billy alone must have been in their hearts, even as in their eyes.

At the pronounced words and the spontaneous echo that voluminously rebounded them, Captain Vere, either through stoic self-control or a sort of momentary paralysis induced by emotional shock, stood erectly rigid as a musket in the ship-armorer's rack.

The hull deliberately recovering from the periodic roll to leeward, was just regaining an even keel when the last signal, a preconcerted dumb one, was given. At the same moment it chanced that the vapory fleece hanging low in the East was shot through with a soft glory as of the fleece of the Lamb of God seen in mystical vision, and simultaneously therewith, watched by the wedged mass of upturned faces, Billy ascended; and, ascending, took the full rose of the dawn.

——Herman Melville, *Billy Budd, Sailor*, Chapter 25

9 Walt Whitman
ウォルト・ホイットマン

Leaves of Grass の出現によって、アメリカ文学は、
ヨーロッパに対する長い徒弟時代から脱出・独立を達成

Walt Whitman
(1819–92)

■ 略　伝

Walt Whitman（1819–92）。ニューヨーク州 Long Island の農民・大工の子に生まれ、同市ブルックリン区で育った。正規の学校教育は 12 歳までで、その後は印刷所で活字を拾いながら、独学独習。しばらく学校教師などを務めたあと、禁酒運動を宣伝する *Franklin Evans*（1842）を発表し、1846 年には、*Brooklyn Daily Eagle* 紙の編集長となったが、2 年後の 1848 年、奴隷制度廃止をめぐって 'Free Soil' 党を支持する側に回ったことから編集長をはずされ、南部ニューオーリンズに移って、*New Orleans Crescent* 紙の編集に加わった。そこで過ごした 3 週間は、彼の生涯を決定づける大きな意味をもつことになった。詳細は不明であるが、滞在中に、平凡な一人の新聞編集者をユニークな個性をもった詩人に変化させるある強烈な事件（たとえば、混血の黒人女性との恋愛）があったのではないかと推測されている。その後またニューヨーク市に戻って、新聞編集の仕事を続け、1855 年、12 篇の詩からなる 95 ページの *Leaves of Grass* と題された小詩集を自費出版。出版時の反響は大きくなかったが、Ralph Waldo Emerson（⇨ 4 章；I 巻 20 章）からは祝福と激励の手紙が送られてきた。翌

1856年、この手紙を巻頭に掲載した改訂第2版を出して以来、没年の1892年に出版された第9版まで生涯にわたり増補改訂を続けた。第3版（1860）は同性愛をうたった "Enfans d'Adam"、"Calamus" などを含み、総ページ456という大冊な詩集となった。その後、ニューヨーク市の病院で働いていたが、南北戦争が始まると、従軍看護士としてワシントンD.C.に赴き、戦場で負傷した弟を含む負傷兵の看護にあたった。この時の体験は、詩集 *Drum-Taps*（1865）にうたわれている。戦後しばらくワシントンD.C.で連邦政府関係の仕事をした。1868年には、イギリスの文筆家 William Michael Rossetti によって彼の詩の選集がイギリスで出版され、海外でも、デモクラシー、男女を超えた同性同士の愛を大胆にうたった新しいタイプの詩人として注目されるようになった。1871年、物質主義に堕した当時の時代風潮に警告を発するとともに、デモクラシーの確立、アメリカ文学のヨーロッパ文学からの独立などを訴える散文を集めた *Democratic Vistas* を発表。1873年、脳出血で半身不随となり、ニュージャージー州 Camden に居を移したが、その後も不自由な身体を押して、西部のコロラド州や、ボストンへ旅行する。1882年、散文集としては2冊目、ニューヨークでの青少年時代の思い出や、南北戦争時の体験・見聞、自然観察、カナダ、ボストン、西部への旅行記などを再録した *Specimen Days and Collect* を出版。死亡の年、*Leaves of Grass* の第9版の出版を見届け、これをもって *Leaves of Grass* の決定版とするという遺志を残した。この年には、*Complete Prose Works* が彼の出版者である David McKay によって編集刊行されてもいる。

　初版刊行当時、無名の詩人によるこのささやかな詩集 *Leaves of Grass* が、アメリカ文学にこのような大きな変化をもたらすだろうと予想する者はほとんどいなかった。詩人自身もそのような期待はもっていなかったと思われる。いま「無名の」と言ったが、初版の *Leaves of Grass* には、表紙にも扉にも著者名は記されておらず、1篇の詩の中に 'Walt Whitman' という固有名詞が現われ、それによって作者が推察されるだけだった（ただし、版権所有者として Walter Whitman の名は印刷されていた）。しかし、出版と同時に、この95ページの小詩集の真価を見抜く炯眼を備えた人物が、少なくとも一人アメリカにいた。ラルフ・ウォルドー・エマソンである。ウォルト・ホイットマンは、アメリカの進歩派の知識人として尊敬する彼に、この第一詩集を1冊献呈した。エマソンは新聞の出版広告を見るまで、著者の実在を疑っていたよ

うだが、1週間もしないうちに、ニューヨークの著者宛にアメリカ文学史上もっとも有名となる祝福の手紙を書き送った。引用（9–1）である。

エマソンは Leaves of Grass に収録された 12 篇の詩の中に、自分自身、心中で感じながらも、社会的な地位や教養によって表現を阻まれていたラディカルな思想・感情の自由かつ大胆な表現を発見し、その喜びを、私信という安心感から、そのままホイットマンに伝えたといってよいだろう。内容的にいうと、ホイットマンの詩についてそれほど具体的な指摘はみられず、一般論的に、「比較できないほど（重要な）こと」（incomparable things）が「比較できないほどすばらしく」（incomparably well）表現されており、「大いなる理解力」（large perception）のみが生み出すことのできる勇気ある扱い（自由詩形による表現だろうか）がみられるといった指摘で終わっているが、ホイットマンの斬新な主題と技法に興奮したエマソンの気持ちは十分伝わってくる。彼は、ホイットマンに自らの主張を「強化し」（fortifying）、「勇気づける」（encouraging）若い詩人を認めたのだ。一方、これを読んだホイットマンの喜びも想像に難くない。当時のアメリカ社会で革新派のリーダーとして大きな影響力をもっていたエマソンのお墨付きを得たからである。また、ホイットマンは、体制批判者として知られたエマソンの崇拝者であり、彼の講演会に出席してもいた。殊に詩人の本質と社会的な役割に関するエマソンの思想には共鳴するところが多く、彼はある友人に、そうした考えが自分の中で煮えたぎっていたが、エマソンを知って、それが一気に沸騰したと語っている。

この手紙は、アメリカ文学史上非常に有名な手紙であるが、そうなった理由は、内容もさることながら、これを受け取ったホイットマンが、エマソンに断ることなく、The New York Tribune 紙におそらく宣伝として掲載し、エマソンないしは彼の友人の不興を買ったという事件があったからだった。ホイットマンはさらに、翌 1856 年出版の Leaves of Grass 第 2 版にこの手紙を転載し、彼自身もそれと関連するかなり長い公開状を添えた。エマソンは私信の公開でいささか不快感を覚えたようだが、ホイットマンに対する評価を取り消すことはなく、その年、二人は二度ほどニューヨーク市で直接会っている。Leaves of Grass は本質的にエマソンの思想の延長線上にあり、そうした思想が平明な口語体で表現されていることもあって、出版当時は、低俗きわまりない詩として保守的な読者から顰蹙をかうところもあった。しかし、

> Concord, Mass., 21st July, 1855
>
> 　Dear Sir, —I am not blind to the worth of the wonderful gift of *Leaves of Grass*. I find it the most extraordinary piece of wit and wisdom that America has yet contributed. I am very happy in reading it, as great power makes us happy. It meets the demand I am always making of what seemed the sterile and stingy Nature, as if too much handiwork or too much lymph in the temperament were making our Western wits fat and mean. I give you joy of your free and brave thought. I have great joy in it. I find incomparable things said incomparably well, as they must be. I find the courage of treatment that so delights us and which large perception only can inspire.
>
> 　I greet you at the beginning of a great career, which yet must have had a long foreground somewhere, for such a start. I rubbed my eyes a little to see if this sunbeam were no illusion; but the solid sense of the book is a sober certainty. It has the best merits, namely, of fortifying and encouraging. ...
>
> 　　　　　　——Ralph Waldo Emerson, "Letter to Walt Whitman"

　肉体やセックスを大胆にうたっているとはいうものの、タブー語があるわけでもなく、エマソンが私信公開によって社会的に傷ついたわけでもないと思われるが、彼には、たとえ進歩的な思想を標榜していても、社会的な立場というものがあり、これに当惑したというのも理解できなくはない。そして、そこに、ニューイングランドのエリートのエマソンと、ニューヨーク市の庶民出身のホイットマンの違いが現われているといえるだろう。

　ホイットマンは、この *Leaves of Grass* という 1 冊の詩集で知られているが、この詩集は 1 冊というよりは複数の詩集といったほうがよいかもしれない。というのは、すでに述べたように、初版は 1855 年に出版されたが、ホイットマンは生涯をかけてこの詩集の改訂増補を 8 回行ない、最後の第 9 版が出たのは 1892 年、つまり、彼の没年だった。初版はわずか 95 ページ。少

し長い序文と、'Leaves of Grass' という見出しの下に、第7版 (1881) で "Song of Myself" という題名があたえられた1篇の詩とほかに11篇の詩が印刷されていたが、翌1856年に出版された改訂第2版では、それが大幅に増補され、ページ数は一挙に384となり、その後、増減を繰り返し、最後の 'Deathbed Edition'（臨終版）と称される第9版は結局438となっていた。書き直しもされている。"Song of Myself" の冒頭の 'I celebrate myself, and sing myself,' という有名な1行は、初版では後半がなく、また全体は引用（9–2）のように、13行からなっているが、初版は最初の5行だけであった。現在では第9版を決定版としてアンソロジーなどに採録されることが多いが、編者によっては初版にこだわる者もいて、'and sing myself' が欠けているのに驚く読者がいるかもしれない。こうした版による相違や問題点は、Gay Wilson Allen の *A Reader's Guide to Walt Whitman* (1970) の第3章 "Perennial Leaves"（多年生の草の葉）や、何種類かある 'variorum edition' で調べることができる。

　そこで問題になるのは、1855年の初版と「臨終版」（あるいは、その中間の7つの版）のいずれがホイットマンの意図をもっともよく表わしているか、あるいは、作者の意図とは別に、作品としてすぐれているか、つまり、どの版が最善であるかであろう。ホイットマン自身は「臨終版」を基に *Leaves of Grass* が評価されることを希望していたようだが、素朴な初版にこそ彼の主張はもっとも純粋に表現されているとして、前述のように初版にこだわる研究者も少なくない。Malcolm Cowley は、1959年、*Walt Whitman's Leaves of Grass: The First (1855) Edition* を編集刊行し、それに長いすぐれた "Introduction" を書いた。彼も指摘しているように、初版の52行目にある 'As God comes a loving bedfellow and sleeps at my side all night and close on the peep of the day.' という部分は、神に対する冒瀆と取られるのを恐れてか、その後、ホイットマンは 'As the hugging and loving bed-fellow sleeps at my side through the night, and withdraws at the peep of the day with stealthy tread.' と表現をトーンダウンしている。マルカム・カウリーや、*Heath Anthology* の編者が初版のテクストを採用したのには、それ相応の理由があってのことなのである。

　それはそれとして、ここからもう少し具体的に *Leaves of Grass* を見てゆく

> (9-2) CD 44
>
> I celebrate myself, and sing myself, / And what I assume you shall assume, / For every atom belonging to me as good belongs to you.
>
> I loafe and invite my soul, / I lean and loafe at my ease observing a spear of summer grass.
>
> My tongue, every atom of my blood, form'd from this soil, this air, / Born here of parents born here from parents the same, and their parents the same. / I, now thirty-seven years old in perfect health begin, / Hoping to cease not till death.
>
> Creeds and schools in abeyance, / Retiring back a while sufficed at what they are, but never forgotten, / I harbor for good or bad, I permit to speak at every hazard, / Nature without check with original energy.
> ——Walt Whitman, "Song of Myself" (1), *Leaves of Grass*

ことにするが、しかし、全生涯をかけて1冊の詩集を改訂し、そこで自分自身をうたいながら、その自分をとおして壮大な規模で人類全体をうたおうとしたホイットマンのすべてを限られた講義で紹介することは事実上不可能であり、ここでの解説はあくまでも彼の全貌のほんの一端を述べるだけである。"Song of Myself"(24) で、自らを 'Walt Whitman, an American, one of the roughs, a kosmos'(あとの版では、'a kosmos, of Manhattan the son') とうたったように、ホイットマンは特定の時空の中で生きるアメリカ人、ニューヨーク市マンハッタンの息子であると同時に、彼自身が一つの「宇宙」(a kosmos) なのである。また、*Leaves of Grass* をていねいに読んでゆくと、彼の主張にはさまざまな矛盾が現われてくる。思想的にも論理的にも、つじつまの合わない箇所が出てくる。しかし、そうした矛盾、対立を意に介さないところがホイットマンのホイットマンらしいところで、彼自身もそれを意識していて、"Song of Myself"(51) で、開き直ったように 'Do I contradict myself? / Very well then I contradict myself, / I am large, I contain multitudes.' と述べる。彼は自分の内に無数の群衆を含んでいるのである。このように変容きわまりない詩人の場合は、その全容を一気に丸ごと捉えるのではなく、ある取っ掛かりを見つけて、そこからアプローチするしかないだろうが、ここでは、ホイッ

トマンの「肉体」(body) 重視を手掛かりに彼の世界の解明を試みてみよう。

　従来、西欧でとかく卑しいとされてきた人間の「肉体」を「霊魂」(soul) 同様に神聖視する考え方は、Henry David Thoreau (⇨ 7 章；I 巻 21 章) も代表作 *Walden* (1854) で主張しているが、ホイットマンもいくつかの詩でそうした主張を大胆に表明しているし、何人かの研究者はそれに焦点を合わせてホイットマンの核心に迫ろうとする。そうした研究者の一人が、1980 年、来日して東大でも講演を行なったことのあるフランスの学者 Roger Asselineau である。彼には非常にすぐれた *The Evolution of Walt Whitman* (英訳) (1960–62) という 2 巻本の研究書があり、*The Creation of Personality* という副題のついた第 1 巻では人間としてのホイットマンを論じ、*The Creation of a Book* という副題のついた第 2 巻では *Leaves of Grass* を詳細に分析する。"The Main Themes of *Leaves of Grass*" という第 2 巻の第 1 部の第 1 章は、"Mysticism and the Poetry of the Body" と題され、冒頭で引用 (9–3) のように述べる。これだけでも、ロジェ・アセリノーの基本的な立場は明瞭であり、*Leaves of Grass* に多少でも通じている読者は、直ちに "Song of Myself" (24) にある 'If I worship one thing more than another it shall be the spread of my body, or any part of it, …' だとか、(48) の 'I have said that the soul is not more than the body, / And I have said that the body is not more than the soul, / And nothing, not God, is greater to one than one's self is, …'、そして "I Sing the Body Electric" の 'If any thing is sacred the human body is sacred, …' といった彼の主張を思い出すことだろう。

　これは何もホイットマンがあからさまに肉体に言及した箇所だけでなく、*Leaves of Grass* の底流として全体を特徴づけている。'I celebrate myself'。一見何でもないような文章だが、ここには彼の主要な思想が早くも現われている。第一に、私が私自身を賛美するというが、それは主体である自己が自らを客体化し、客体としての自己を賛美するということである。ところが、主体と客体が同一なので、賛美される客体の自己は賛美する主体の自己を客体として賛美することにもなり、こうしてここでは循環関係が生じて、主体と客体を区別する 2 分法は意味を失う。両者は対立しながら一体であるという奇妙な現象が生じる。'I celebrate God.' というのであったら、こうした関係は生じないだろう。主体が客体になり、客体がまた主体になるというこの関

(9–3)

Whoever reads *Leaves of Grass* in the text of the 1855 edition cannot avoid being struck by the importance which Whitman gives to the body. He continually takes pleasure in evoking naked men and women and in singing their beauty, their vigor, and the violence of their desires.

The word "body" recurs as often in his poems as the word "soul," and it is clear that it had the same poetic value for him, that "body" is encircled by the same halo of mystery and of infinity. The two words have the same resonance in his poetry, the same richness of suggestion. Moreover he proclaims in many instances the equality of the body and the soul and calls himself as much the poet of one as of the other. He vindicates the body and brings it up to the level of the soul. He even makes it divine:

> The man's body is sacred and the woman's body is sacred …
>
> A divine nimbus exhales from it from head to foot …

There are new notes here. No poet before him had had such audacity or had ever taken his flight from so low a base. Never had the word "body" been pronounced with so much respect and with so much voluptuousness at the same time. As early as 1855–56 Whitman deliberately made it one of the major themes of his poetry:

> Walking freely out from the old traditions … American poets and literats … recognize with joy the sturdy living forms of the men and women of These States, the divinity of sex …

"I believe in the flesh and the appetites," he announces proudly, and he introduces himself to the reader as "turbulent, fleshy, sensual," "materialism first and last imbuing."

——Roger Asselineau, *The Evolution of Walt Whitman*

係は、こうして、永遠の循環関係、円環を形成するが、ホイットマンの発想法には、停止したり分裂したりするものを嫌い、運動を続け、結合するものを肯定するところがあり、ホイットマンにとってこの循環関係は運動と結合の望ましい現われだった。彼はまた、全地球がケーブルによって結ばれるこ

とに通信手段以上の象徴的な意味を見いだしていた。さらに、彼が「輪廻転生」(metempsychosis) という東洋思想に興味をもっていたことと無関係ではないだろう。

　自分自身をこのように臆面もなく賛美することは、発表当時、少なからざる読者を当惑させたようだが、この強烈な自己主張、自己肯定の思想は、広い意味でエマソンの「自己信頼」(Self-Reliance) につながっており、だからこそエマソンは *Leaves of Grass* に新しい才能の出現を認めたのだろう。しかし、それ以上に重要なのは、この「私自身」が「霊的な」(spiritual) 自己というよりは、肉体的な自己、'body' と結びついた自己であることである。この1行だけではわからないが、この詩全体を読むと、そのことは——彼の場合、霊魂と肉体を区別することはあまり意味がないのだが——明らかになる。そして、西欧で従来卑しいとされてきた肉体を、それに伴う欲望、本能をも含めて、このように肯定し、賛美するのは、やはりこの時代大きな意味をもった。「肉体」は彼にとって「神聖」(sacred) なのである。「肉体」という言葉がこれほど畏敬の念と官能的な響きをもって表明されたことはかつてなかったといってよいだろう。

　ホイットマンは「カタログ」化と呼ばれる独特の手法で知られる。"Song of Myself" (15) などがその典型的な例であるが、この長詩で詩人はコントラルト歌手にはじまって、大工、教会執事、農民、狂人、混血児、移民、行商人、花嫁、売春婦、大統領、そして死者までも含めて、アメリカで生きるありとあらゆる職業、身分の人びとの生き様を50人以上平等に羅列し、ようやく最後の1行で、詩人自身と彼らとの共通性に触れ、'And of these one and all I weave the song of myself.' と、この詩の中心メッセージを伝える。こうした人物の羅列によって、広大な世界は具象化されるとともに、反復、並列によって、ある種の呪文的な効果も生じてくる。また、売春婦と大統領を同一次元に並置することによって、彼らが人間として平等であるという彼のデモクラシーの精神を「カタログ」の技法によっても示してもいる。しかし、その反面、この「カタログ」手法は単調となる危険性もあり、もし詩が圧縮された形で世界の真実を捉える文学形式であるとしたら、この詩形に限界があることも否定できないだろう。もちろん、詩人としてのホイットマンの偉大

> **WE TWO, HOW LONG WE WERE FOOL'D**
>
> We two, how long we were fool'd,
> Now transmuted, we swiftly escape as Nature escapes,
> We are Nature, long have we been absent, but now we return,
> We become plants, trunks, foliage, roots, bark,
> We are bedded in the ground, we are rocks,
> We are oaks, we grow in the openings side by side,
> We browse, we are two among the wild herds spontaneous as any,
> We are two fishes swimming in the sea together,
> We are what locust blossoms are, we drop scent around lanes mornings and evenings,
> We are also the coarse smut of beasts, vegetables, minerals,
> We are two predatory hawks, we soar above and look down,
> We are two resplendent suns, we it is who balance ourselves orbic and stellar, we are as two comets,
> We prowl fang'd and four-footed in the woods, we spring on prey,
> We are two clouds forenoons and afternoons driving overhead,
> We are seas mingling, we are two of those cheerful waves rolling over each other and interwetting each other,
> We are what the atmosphere is, transparent, receptive, pervious, impervious,
> We are snow, rain, cold, darkness, we are each product and influence of the globe,
> We have circled and circled till we have arrived home again, we two,
> We have voided all but freedom and all but our own joy.
> ——Walt Whitman, "Children of Adam," *Leaves of Grass*

さは、そのような限界を独創的なイメージや、頭韻など、さまざまな音の効果で乗り越えていることにある。一例として引用 (9–4) を見てほしい。"Children of Adam" と称される一群の詩の中の1篇である。特に秀作でないかもしれないが、彼の「カタログ」、反復、並列手法がよく出ている1篇といって

よいものである。内容的には、長らく欺かれていた二人が、姿を変え、自由な自然の存在として楽園に戻ってきた喜びをうたった詩であるが、問題はそのうたい方で、15行にわたって自分たちを逐一自然の中の動植物や、鉱物などになぞらえ、視覚化してゆくのである。

現在から見て、19世紀アメリカを代表する詩人といえば、Edgar Allan Poe（⇨ 6章；I巻24章）と、ホイットマン、Emily Dickinson（⇨ 10章；I巻29章）であるが、エドガー・アラン・ポーとホイットマンは時代背景を共有する同時代人でもあった。27歳のホイットマンが37歳の雑誌編集者だったポーとニューヨークの街角ですれ違っていた可能性もまったくないわけではない。しかし、同じ時代のアメリカに生きた二人とはいうものの、この二人ほど対照的な詩人は少ないのではないか。歴史的に文化的伝統の蓄積のない空漠たる社会で、ポーはアメリカの現実からは遊離して、ひたすら自らの想像力によって一点に凝縮する純粋な文学世界、'a world elsewhere' を構築していった。その意味では、ポーはアメリカ社会にしか生まれないきわめてアメリカ的な詩人だった。しかし、その一方で、つねに変化し拡大するこの雑多な、茫漠たるアメリカ社会には、そのような社会の現実をそのまま反映し、文学作品化する文学者が出現する可能性もある。そうした文学者は伝統的な文学観からすれば、まったく型破りの革命的な文学者であろうが、それがホイットマンとなって現われたのである。そのほうがアメリカのイメージに近く、その意味では、彼もきわめてアメリカ的な詩人なのである。

そこで、最後に、対照的でありながら、アメリカを代表する二人の詩人を比較して、本章を終えることにしよう。ポーの場合は、すでに第6章で紹介した代表作の短篇 "The Fall of the House of Usher"（1839）を思い出していただきたい。ポーの文学が暗く陰気で否定的であるのに対して、ホイットマンはあくまでも明るく肯定的である。ホイットマンも死をうたうことが多いが、彼の場合、死は終末ではなく（その点でもポーとは対照的である）、「再生」（rebirth）とつながっており、「輪廻転生」（metempsychosis）、「永遠の拡大」（perpetual expansion）の一局面でしかないとされる。ポーが下降（fall）のイメージや、崩壊の意識にとり憑かれていたのに対して、ホイットマンは上昇（rising）、建設のイメージを前面に押し出す。また、ポーが孤立化、単一化を

求めるとしたら、ホイットマンはつねに連帯感や、結合を重視する。そのほか、彼らの違いとして指摘される特徴に、ポーの側には、終末意識、自己消滅願望、自閉的な内面化、純粋化、集中・凝縮の傾向が目立つのに対して、ホイットマンには、出現・再生への期待感、解放、拡散、多様化、外面化への傾向、すべてを自らの中に取り込もうとする包含志向——そして、その根底には、すべての矛盾を矛盾としてそのまま受け入れ、合理性を超越した次元でそれを解消しようとする衝動がある。これはきわめてアメリカ的な傾向でもあって、このあと、20世紀に入ると、Henry Miller（⇨ 補遺版97章）や Jack Kerouac（⇨ III巻79章）など、'Beat Generation' の文学者に継承されてゆくことになる。

ホイットマン28歳の写真

37歳の時の肖像画。*The Leaves of Grass* の口絵に使われた。

10 🆑 46

Emily Dickinson
エミリー・ディキンソン

ホイットマンと並ぶ世界的に通用するアメリカの
「最強の」詩人／20世紀に再発見される

Emily Dickinson
(1830–86)

■ 略　伝

　Emily Dickinson（1830–86）は、19世紀アメリカ文学を代表する、独自の詩的世界と詩形をもった女性詩人。生前は10篇ほどの詩しか発表せず、事実上、無名の存在だったが、20世紀の中葉に再発見され、著名な学者・批評家 Harold Bloom によると、Walt Whitman（⇨ 9章；I巻25章）とともに、世界に通用するアメリカの「最強の」(strongest) 詩人とされる。マサチューセッツ州 Amherst の名家に生まれた。父親も兄も法律家で、Amherst College の財務担当の理事などを務めていた。1847年、Mount Holyoke Female Seminary に入学。そこで正統的な厳しい宗教教育を受けたが、自らの信仰に確信がもてず、1年後には 'unconverted' のままアマーストの実家に戻った。そして、このあと、弁護士の父親の法律事務所で働いていたり、事務所に訪れてきたりする、少なくとも3人の男性に恋愛感情をいだきながら、いずれも片想いに終わった。それもあって、32歳頃から、終生、白のドレスに身をつつみ、自宅の二階の一室に引きこもって、外界との接触をいっさい断ち、孤独な生涯を送った。父親の助手を務めていた（そして、彼女が最初に心を惹かれたと思われる）Ben(jamin) F.

Newtonをとおして、Ralph Waldo Emerson（⇨4章；I巻20章）などの詩を知り、彼女自身も詩作をするようになった。1852年(22歳)に、彼女の詩の1篇が *The Springfield Republican* 紙に掲載された。そして、生涯に1775篇の詩を書きながら、そのほとんどの詩は未発表のまま、人目に触れることなく、いくつかの包み紙に包まれて残されていた。彼女は遺書ですべての詩を焼却するよう求めていたが、1955年(死後69年)、Thomas H. Johnsonの厳密な校訂、編集による全詩集 *The Poems of Emily Dickinson*（3巻）が出版され、従来の詩の常識を破った大胆な発想法、技巧にもかかわらず（あるいは、それゆえに）、多くの読者、研究者の注目を集め、現在では、独自の世界をもった詩人として、文学史上、不動の地位を保つことになった。日常生活をうたいながら、その一方で、強烈な感情とイギリスの形而上派詩人を思わせる、人生、自然、神、死などの形而上学的な問題をあくまでも追究する。きわめて感覚的でありながら、抽象性でも際立っているこのエミリー・ディキンソンの詩について、20世紀アメリカの詩人 Allen Tate は、「彼女は抽象を感覚し、感覚を思考する」(She perceives abstraction and thinks sensation.)と述べた。ディキンソンが生まれ、育ち、生涯を過ごしたマサチューセッツ州アマーストは、1730年代に入植が始まった歴史の古い町で、彼女が生きた19世紀の中葉、伝統的な宗教ピューリタニズムは時代とともにその支配力を弱めていたが、文化的な背景としては根強く残っていた。その一方で、ラルフ・ウォルドー・エマソンを中心とする新しい「超絶主義」(Transcendentalism)が、思想的に主流となりつつあった（アマーストの名家ディキンソン家をエマソンは個人的に何度か訪れている）。時代は思想的に過渡期にあった。そうした中で、そのいずれにも完全に身をゆだねることができなかったディキンソンは、凝縮された詩形をとおして、期待と不安がない交ぜになった多層的な自我意識を表明する。それに個人的な要素が絡まって、彼女独自の詩が出現するのである。

　ディキンソンの場合、生涯の出来事が彼女の詩と密接に絡んでいる。そこで、もう一度、彼女の生涯を決定した3つの重要な事件に触れておきたい。その第一は、17歳、マウント・ホールヨークに在学中、「回心」(conversion)体験に基づく信仰告白を求められながら、自らの信仰に絶対的な確信がもてず、それを拒否したという事件。彼女はそうした面で自分を適当にごまかすことのできないきわめて潔癖な性格をもっていた。自分自身を含め、物事を曖昧にしておくことを自分に許せない性格。信仰こそないものの、一切の妥協を拒むという点では、まさにディキンソン家の血の中に流

れる先祖伝来のピューリタン精神といってよいものだった。

　第二は、よく知られていることだが、30代の初め頃から自宅の自分の部屋に引きこもり、純白のドレスを身にまとい、世間との交渉をいっさい断って、56年の生涯を終えたということ。理由はいくつか考えられるが、最大の理由は数度にわたると推定される不幸な恋愛であった。伝記作者は乏しい資料からいろいろ推測するが、決定的なことはいまだに不明のままである。最初の相手は、少女時代、弁護士だった父親の助手で、彼女の家庭教師役を果たしたベン・F・ニュートンという青年。しかし、彼は若死にする。二度目は、マウント・ホールヨークを卒業したあと、ディキンソン家に出入りしていたマサチューセッツ州スプリングフィールドの新聞 *Republican* 紙の編集者だった Samuel Bowles．この新聞に彼女の書いた詩が数篇掲載された。二人はどの程度親しい間柄であったかわからないが、彼も彼女の許を去る。そして、最後に、妻子のあるフィラデルフィアの牧師 Charles Wadsworth．ディキンソンが彼と知り合ったのは、1854年（彼女は24歳）頃で、1860年前後に彼女の恋愛感情は頂点に達するが、彼は、1862年、彼女のそうした自分に対する感情を知って、家庭を破壊するのを恐れたのか、サンフランシスコの教会牧師として赴任していった。ディキンソンにとって、それは生涯最大の事件だった。そして、それ以後、白のドレスをまとって生涯を過ごし、時どきボストンなどに旅行したが、人前に姿を見せることはほとんどなくなった（ただし、このように白衣を身につけるようになったのは、1874年、この事件から10年後の父の死のあとであるという説もある）。

　しかし、これで彼女が世捨て人のように完全に世間との交渉を断ち切ったというのではない。姿は見せなかったが、自宅にこもって、以前から続けていた詩作に没頭し、当時、アメリカの代表的な文芸誌でもあった *The Atlantic Monthly* の編集長の Thomas Wentworth Higginson に手紙を書いて、詩の添削を求め、彼女の手紙から察すると、彼に対しても恋愛感情をいだいていたように思われる。しかし、トマス・ウェントワース・ヒギンソンは、ある意味では進歩的な文化人だったが、彼女の斬新な詩風を認めたり、評価したりすることはなく、二人の関係はそれ以上のものにはならなかった。こうして、つねに充たされない思いをいだく彼女は、1870年代の終わり頃（彼女は40代の後半）、父親の友人で、18歳も年長の紳士 Otis Phillips Lord にも恋心をいだいたようだが、彼も世を去る。彼女とヒギンソンとオーティス・フィリップス・ロードとの関係は、年齢的なこともあって、心を根底から揺さぶるような激しいものではなく、彼女の詩にも明白な痕跡を残していない。こうして、彼女が心を惹

かれた男性はいずれも若死にしたり、一方的な彼女の片想いに終わったり、彼女の手の届かないところへ行ってしまったりして、結局、彼女一人だけがあとに残される。それはそれとして、この5人の男性の中で誰がもっとも強く彼女の心を捉えていたのか、この謎に迫る研究者も少なくないが、実証的に、最初にこの問題を追究した伝記として知られるのが、George F. Whicher の *This Was a Poet: A Critical Biography of Emily Dickinson*（1938）（表題は彼女の詩に由来する）である。現在、標準的とされるトマス・H・ジョンソンや、Richard B. Sewall の伝記に比べると、資料的に物足りない点がなくはないが、この問題に関する限り、用意周到な推理を展開する。そして、問題の核心に迫りながら、最終的な断定を下すのを慎重に控えるところに伝記学者の良心が感じられ、読み応えがある。ぜひ一読を勧めたい。

彼女の伝記的な事実に関して注目すべき第三点は、彼女の兄 Austin（William Austin Dickinson）とアマースト大学の天文学教授の夫人 Mabel Loomis Todd との不倫関係である。二人の関係が始まったのは、1882年9月のことで、その時、ディキンソンは52歳、チャールズ・ワズワース牧師との関係も20年前のことになっていた。恋愛や結婚は、自分には無縁、と諦めていただろう。ディキンソン家はアマースト最高の名家で、彼女の祖父はアマースト大学の創立者の一人であり、兄のオースティンも大学の評議員などを務めていた。オースティンは、25年前に結婚し、妻、3人の子供、病弱な母、二人の未婚の妹（その一人がエミリー）の大家族で暮らしていたが、妻との間はあまりうまくいっていなかった。そこへ、前年の1881年、大学に赴任してきたトッド教授の24歳の夫人がディキンソン家を訪れてきて、一家のためにピアノを演奏し、それをきっかけに、オースティンはこの若い才色兼備の女性と深い関係に陥ることになった。二人の間には30歳近い年齢差があった。二人の関係は彼が死ぬ1895年まで続き、アマーストの町では公然の秘密となっていた。彼女は彼の死の3日前に最後の愛の手紙を彼に送っている。ディキンソンは1886年に死亡しており、彼女の詩作の頂点は1862–63年なので、兄の不倫は彼女の詩に直接影響をあたえたとは考えられないが、こうした不倫事件が起こりうるアマーストの風土は、やはり彼女の詩の背景として忘れるべきではないだろう。この事件は Polly Longsworth の *Austin and Mabel: The Amherst Affair and Love Letters of Austin Dickinson and Mabel Loomis Todd*（1984）で詳細に確かめられている。

ディキンソンの生涯を考えると、「断念」（renunciation）は、彼女にとって

> (10–1) **CD 47**
>
> #745 (1863)
> Renunciation — is a piercing Virtue —
> The letting go
> A Presence — for an Expectation —
> Not now —
> The putting out of Eyes —
> Just Sunrise —
> Lest Day —
> Day's Great Progenitor —
> Outvie
> Renunciation — is the Choosing
> Against itself —
> Itself to justify
> Unto itself —
> When larger function —
> Make that appear —
> Smaller — that Covered Vision — Here —

　人生最大の体験であり、詩の中心となる主題というべきものであった。彼女の代表的な詩として知られる #745 の詩も（この数字はジョンソンの全詩集のもの）、そうした「断念」を自分なりに定義しようとした詩である。引用（10–1）にまず目を通してもらおう。信仰であれ、恋愛であれ、断念する、断念せざるをえないというのは、彼女の人生にあって否定しがたい厳粛な事実であった。彼女はそれを自分自身に対して正当化しようとする。断念することは、心を貫く 'Virtue' だと言うが、この 'Virtue' は「美徳」というよりは、語源（vir＝man）に近い男性的な「力強さ」「勇気」「逞しさ」と解したい。「断念」というのは現存在を未来の期待として手放すことなのだ。「いま」は諦める。昼間を約束する「日の出」も、「昼間の偉大な創始者（日の出）のほうが勝つといけない」ので、目の外に置くと言う。つまり、断念させられるよりは、積極的に断念しようというのだ。それが後半の「自らに自らを正当化するた

(10–2) CD 48

> #303 (1862)
> The Soul selects her own Society —
> Then — shuts the Door —
> To her divine Majority —
> Present no more —
>
> Unmoved — she notes the Chariots — pausing —
> At her low Gate —
> Unmoved — an Emperor be kneeling
> Upon her Mat —
>
> I've known her — from an ample nation —
> Choose One —
> Then — close the Valves of her attention —
> Like Stone —

め自らに逆らって選び取ること」というウィットに富んだ繰り返しとなる。

　同じように、自室に引きこもり、一人孤独に生きる自分自身を客観視したのが、引用（10–2）、#303 の詩である。'the Soul' というのは、彼女の詩に多く現われるが、結局は客観視された彼女自身のことで、その背後に「私」（I）がいる。彼女が扉を閉ざすという 'divine Majority' とは誰なのか。おそらく彼女の許から去っていった（死者となった）聖なる男性たちではないだろうか。第 2 スタンザは、恋人の来訪を、今は感動も伴わず（'Unmoved' が二度繰り返される）、記憶の中で追体験する。最後に、「私」はそのような「彼女」が「多くの男性たち」（an ample nation）から「一人」（One）を選んだのを覚えていると言うが、この大文字で書かれた「一人」は彼女が恋心をいだいた数人の男性の一人なのか、それとも、そうした現実の男性を超えた存在なのか、'divine Majority' 同様、ここでも曖昧性が感じられる。

(10–3) CD 49

> #528 (1862)
> Mine — by the Right of the White Election!
> Mine — by the Royal Seal!
> Mine — by the Sign in the Scarlet prison —
> Bars — cannot conceal!
>
> Mine — here — in Vision — and in Veto!
> Mine — by the Grave's Repeal —
> Titled — Confirmed —
> Delirious Charter!
> Mine — long as Ages steal!

　ここで、彼女の強烈な自我意識、自己主張を示す詩2篇をとり上げたい。いずれも、彼女の最高傑作と思われる詩である。'Mine' を畳みかけるようにうたった #528（引用（10–3））である。#528 の 'Mine' はもちろん補語で、主語と述語が欠けているが、'(He is) Mine.'（あの人は私のものです）と強く主張する。この「彼」は第一義的にはついに自分のものにならなかった「恋人」を指すと思われるが、それに続く 'by' に始まる修飾句によってほかの可能性もいくつか生じてくる。'White Election'．この 'White' は穢れを知らぬ純白なウェディングドレス、そして、彼女自身が白のドレスを生涯着ていたという伝記的な事実と関連し、'Election' は恋人に選ばれたことを意味する。彼女はそうした権利によって「あの人は私のものです」と言っているのである。しかし、同時に、この 'Election' には神学的に（殊にピューリタン社会では）「神の選び」という意味もあり、そうなると、'He' は「神」かもしれない。さらに、この「白」は Herman Melville（⇨8章；I巻23章）の *Moby-Dick*（1851）を論じた際に言ったように、「死」を連想させることもあり、そうなると、「神」ではなく、「死神」（Death）を「私のもの」と言っているのかもしれない。その場合の「白」は死に装束の色となり、彼女の死への誘惑が読みとれる。これ以上、ここで彼女の重層的な詩を具体的に解説する余裕はない。『講義　アメリカ文学史』第I巻第29章、「『私のもの』と所有権を宣言する強烈

> #1072 (1862)
> Title divine — is mine!
> The Wife — without the Sign!
> Acute Degree — conferred on me —
> Empress of Calvary!
> Royal — all but the Crown!
> Betrothed — without the swoon
> God sends us Women —
> When you — hold — Garnet to Garnet —
> Gold — to Gold —
> Born — Bridalled — Shrouded —
> In a Day —
> Tri Victory
> "My Husband" — women say —
> Stroking the Melody —
> Is *this* — the way?

な自我意識、自己主張」を参照してほしい。"Title divine — is mine!" で始まる #1072 の詩でも、彼女は、「妻」という「聖なる称号」をめぐって、女性として、自らの所有権を強烈に主張しつつも、白い花嫁衣裳が死に装束と重なり、単なる世俗的な結婚を否定し、究極的には死につながる神（死神でもある）との「聖なる結婚」を求めるのであった。2000 篇近く残されている彼女の詩から、ここでは、わずか 4 篇しか引用できなかったが、これを機に彼女の詩を原文で読むことを勧めたい。日本語訳もいくつかあるが、訳者が違うと、同じ詩であっても、まったく違った印象をあたえるものが少なからずある。ディキンソンの詩は、読者一人ひとりに、自分なりの解釈を要求する。そのためには、原詩を熟読する必要がある。

11

Mark Twain
マーク・トウェイン

「すべての現代アメリカ文学は、*Huckleberry Finn* という
マーク・トウェインの1冊の本に由来する」

Mark Twain
(1835–1910)

■ 略　伝

Mark Twain（1835–1910）。本名 Samuel Langhorne Clemens。ミズーリ州の開拓線上の小村 Florida に生まれ、ミシシッピー川沿いの町 Hannibal で冒険好きな少年として育った。少年時代に父親を失い、印刷工見習いなどの仕事を経て、高給で知られたミシシッピー川の水先案内人（筆名 Mark Twain は、水深2尋、つまり12フィートの安全水域を意味し、水先案内の経験のある者にとってもっとも快い響きをもつ言葉だった）となったが、南北戦争で川の交通が途絶えると、一攫千金の夢を求めて、1861年、ネヴァダ地方の金鉱探しに向かった。金鉱探しには成功しなかったが、少年時代の印刷所での体験を生かして新聞記者に転向し、西部のトール・テールの傑作とされる "The Celebrated Jumping Frog of Calaveras County"（1865）を発表、一躍、西部のユニークなユーモア作家として全国的にその名が知られた。その余勢を駆って、ニューヨークの *Tribune* 紙や、*Herald* 紙の特派員として、聖地・ヨーロッパ観光旅行に加わり、アメリカでそれまで偶像視されていた旧大陸の文化、社会の実状を暴露し、粗削りであっても、道徳的には健全で、未来性をもったアメリカ社会、文化を肯

定する画期的な旅行記 The Innocents Abroad（1869）を発表して、国民的な人気作家となった。その後、観光旅行の船中で同室となった東部コネティカット州 Hartford の大富豪の息子 Charles Jervis Langdon の姉 Olivia のミニアチュア写真を見て、彼女こそ理想の女性だという閃きを感じ、結婚を決意する。しかし、文学者として、全国的に知られていても、単なる新聞記者でしかないマーク・トウェインに偏見をもつ実業家のラングドン家は彼を娘の結婚相手として認めようとせず、求婚は難航したが、最終的には、熱烈な求婚（彼の熱烈なラブレターが残されている）にほだされたオリヴィアが同意し、彼は東部の名家の令嬢を妻にすることになった。この結婚は、西部的な自由奔放な生き方を求めるマーク・トウェインと、東部の「お上品な伝統」で育ったオリヴィアのライフスタイルがあまりにも違ったために、晩年の彼の悲観主義、絶望感、虚無主義などとの関連で、彼の本格的な最初の評伝 The Ordeal of Mark Twain（1920，改訂版 1933）を書いた Van Wyck Brooks などを中心に、さまざまな臆測を呼ぶことになった。

　それはともかく、東部の文化風土に違和感を感じながらも、日常生活では恵まれた環境で、マーク・トウェインは 19 世紀アメリカ・リアリズム文学を代表する文学者として数々の作品を発表した。なかでも、ミシシッピー川沿いで過ごした少年時代を描いた自伝的な The Adventures of Tom Sawyer（1876），その続篇である Adventures of Huckleberry Finn（イギリス版 1884，アメリカ版 1885），Life on the Mississippi（1883），そして、極西部での放浪生活を扱った Roughing It（1872）によって、旧大陸の文化が及んでいる保守的なニューイングランド地方とは違った、真にアメリカ的といえる当時はまだ西部であった社会を生き生きとした口語体で描いた。しかし、そうした西部社会を無条件に肯定するのではなく、アメリカの都市化、あるいは商業化、機械化といった文明の進出によって、少年時代の牧歌的な世界、広大な自然環境が急速に失われてゆく歴史的変化に批判的な目を向けた。こうして、一見、少年の冒険を扱った少年小説と思われる代表作 Huckleberry Finn の背後には、自然と文明の対立、アメリカ社会がかかえる最大の社会問題である奴隷制度が主題として追究されている。さらに異色作として、イギリス王子と彼に瓜二つの乞食の子が衣裳を取り換えたことから生じる混乱をとおして外観と人間の本性を諷刺的に扱った The Prince and the Pauper（1882），19 世紀のアメリカの機械工が、6 世紀のイギリスのアーサー王宮廷に舞いもどったという SF 的な設定で、迷信と科学、封建主義とデモクラシーの優劣関係を諷刺的に扱った A Connecticut Yankee in King

Arthur's Court (1889), 白人と肌の白い黒人の少年が揺り籠の中で取り替えられたことから生じる悲劇を描いた The Tragedy of Pudd'nhead Wilson (1894), ジャンヌ・ダルクに女性の理想像を見いだした Personal Recollections of Joan of Arc (1896) などがある。

　マーク・トウェインは、本来、19世紀後半の若々しいアメリカの希望にみちた時代精神と民衆の生活体験を、生き生きとしたアメリカ英語で描く明るい楽観的な文学者であった。しかし、すでに述べたように、その後、アメリカ社会の現実に幻滅し（それに、個人的には、自動植字機などの新案特許に無謀な投資をして多額の借金をつくり、結婚した妻に代表される東部の「お上品な」文化風土に違和感を覚え、また、身内に不幸が重なったりして）、後半生は暗い救いようのない悲観主義、絶望感にとり憑かれた。そして 'The man who is a pessimist before 48 knows too much; if he is an optimist after it, he knows too little.' という言葉を残した。彼は、晩年、人間の物欲と偽善性を完膚なきまで暴き出した中篇の傑作 "The Man That Corrupted Hadleyburg" (1900) や、人間を外部からの「教練」(training) と「腐食した遺伝」という「体質」(temperament) に支配された自由意志も創造力ももたない「自動機械」と見なす独自の人間機械論を老人と若者の対話形式で主張した What Is Man? (1906), 人間を空漠たる空間に浮遊する存在と見なし、人生を儚い幻夢と考える虚無思想を展開した The Mysterious Stranger (1916, 遺作として発表) などを書くことになった。こうして、内面的には、索漠とした空虚な生活を送りながら、世間的には、国際的に名を知られた国民的な作家としてアメリカ国民の敬愛を一身に集め、1907年には、オックスフォード大学から名誉博士号を授与された（同時に、この名誉博士号を受けたのは、イギリスの小説家 Rudyard Kipling, フランスの彫刻家オーギュスト・ロダン、作曲家カミーユ・サンサーンス、救世軍の指導者 William Booth. 発明王 Thomas A. Edison は授与を断わった）。このように、世間的には国際的に高い評価を受け、その一方で、精神的には、救いようのない虚無思想にとり憑かれていながら、時事問題には無関心でいられずに、西欧列強の帝国主義的傾向を痛烈に批判する "To the Person Sitting in Darkness" (1901)（表題は聖書「マタイ伝」[4:16] に由来）や、ロシア・ペテルブルグでの「血の日曜日」事件を知って、ロシア帝政を痛烈に諷刺批判した "The Czar's Soliloquy" (1905), そして、米西戦争におけるフィリピン侵攻を支持するアメリカ国民の狂信的な愛国主義をキリストの教えに反する暴挙と見なした "The War Prayer" (執筆 1905, 発表 2005) などを書いて、

反戦的な姿勢を明白にした。こうして、マーク・トウェインは、さまざまな面で、20世紀アメリカ文学に計り知れない影響を及ぼした。Ernest Hemingway（⇨ 18 章；II 巻 45 章）は、周知のように、Green Hills of Africa（1935）で 'All modern American literature comes from one book by Mark Twain called Huckleberry Finn.' と彼を高く評価した。1835 年、ハレー彗星とともにこの世に生まれてきた彼は、この彗星の再出現とともに世を去ると自ら予言していたが、予言通り、ハレー彗星が夜空に異様な光を放ちはじめた 1910 年 4 月 21 日の夕暮れに最期の息を引きとった。

　マーク・トウェインは現在でこそ現代アメリカ文学の源流として高く評価され、文学史上、不動の地位を占めているが、生前からそのように評価されていたわけではなかった。彼の時代はまだまだ「お上品な伝統」（Genteel Tradition）と呼ばれる伝統——Henry Wadsworth Longfellow（⇨ I 巻 26 章），Oliver Wendell Holmes, James Russell Lowell など、東部ニューイングランドの保守的な文学者によって代表される伝統が、依然、支配的であったからだ。ロマンティシズムが通俗化した文学といってよい、ある面ではヨーロッパ的に成熟した文化伝統であるが、この伝統はアメリカの現実からは遊離し、特権的で、エリート主義的な傾向が強く、荒削りの西部の文化や若い世代の主張とは相容れないところがあった。したがって、マーク・トウェインは、従来の文学基準からすると、きわめて異質で、品のないユーモアで読者に迎合し、権威を権威として認めない不遜な言辞を弄する文学者と見なされていた。つまり、彼は単なる通俗作家、タレント的な文学者としてしか認められず、胡散臭い目で眺められていたのである。もちろん、その一方では、彼は、当時、一般読者の間ではもっとも人気のある作家で、国際的にも広くその名が知られていた。しかし、そうした人気はかえってマイナスに作用し、既成の純文学を擁護する旧弊な批評家やエリートの読者の反発を招くだけだった。
　そうした事情を、マーク・トウェインの遺稿などを管理する 'Mark Twain Papers' の責任者だった Frederick Anderson は、Mark Twain: The Critical Heritage の序文の中で引用（11–1）のように述べている。それによると、ニューイングランドの保守派はマーク・トウェインの特徴である西部のユーモア、陽気さ、日常的な会話体の使用などをどのように評価すればよいのか戸惑いを感じていたという。それまでの「お上品な伝統」によれば、ユーモ

(11-1)

Mark Twain's contemporary critics were uneasy in the presence of the Western humor, the high spirits and the vernacular language which characterized much of Mark Twain's most effective work. Even American critics were reluctant to accept as enduring literature humorous writing which broke away from the gentle irony of the New England writers to whom they were accustomed. In an age when piety and the reinforcement of conventional virtues were expected literary concerns, reviewers wanted the 'moral purpose' of humor to be clearly evident. The urbane wit and sentiment which prevailed at Oliver Wendell Holmes' breakfast-table and over his Bostonian tea-cups was far more comfortable than the horse-play and frontier yarns which amused men in smoky Western saloons. But most critics in the United States, England and throughout Europe did come to accept Mark Twain on his own terms even if almost always with reservations. Mark Twain was not uninterested in what reviewers might say, but his chosen subjects and style show no change as a result of criticism. He educated the critics in his purposes rather than accepting their instruction on the proper subjects for literature.

——Frederick Anderson,
"Introduction" to *Mark Twain: The Critical Heritage*

アは穏やかなアイロニーをとおして社会的に容認された道徳的な教訓を笑わせながら読者に伝えるものとされていた。ところが、西部のユーモアは既存の道徳を無視し、笑い飛ばして、それに挑戦する活力、生命力にみち溢れている。旧来のニューイングランドの文学者、批評家が期待したのは、オリヴァー・ウェンデル・ホームズが *The Autocrat of the Breakfast-Table* (1858) などで説いた宗教的な敬虔さや、日常生活で役に立つ常識的な道徳だった。しかし、マーク・トウェインはそうした意見に影響されないどころか、逆に旧弊な批評家たちを「教育」していった。彼に対するニューイングランドの文学者たちの反発は、結局は、新しいリアリズム文学に対する警戒、自らの

> (11–2)
>
> The Concord (Mass.) Public Library committee has decided to exclude Mark Twain's latest book from the library. One member of the committee says that, while he does not wish to call it immoral, he thinks it contains but little humor, and that of a very coarse type. He regards it as the veriest trash. The librarian and the other members of the committee entertain similar views, characterizing it as rough, coarse and inelegant, dealing with a series of experiences not elevating, the whole book being more suited to the slums than to intelligent, respectable people.
>
> ――*Boston Transcript*, March 17, 1885

既得権を守ろうとする抵抗でしかなかったのである。事実、20世紀に入って、マーク・トウェインの文学はアメリカの文学観を変えることになった。

　彼の代表作で、現在、アメリカ文学の最高傑作の一つとして文学史に燦然と輝く *Adventures of Huckleberry Finn* も、出版当時は、その価値が認められず、アメリカ文化の中心だったマサチューセッツ州コンコードの公共図書館はこの小説を禁書処分にさえした。それを報じる *The Boston Transcript* 紙は、引用（11–2）にあるように、選書委員会の一人の言葉として、この小説が教養ある知的な人びとよりもスラム街の人間向きであり、文学的な価値のない「屑そのもの」(the veriest trash) だと酷評した。そして、ユーモアも、仮にあるとしても、それはきわめて品のないユーモアだという。現在とは正反対の評価が下されているが、それはただ単に文学的に価値のない「屑」であるというだけでなく、おそらく、学校教育などよりも自然の中で学ぶことのほうが少年にとってより健全であるとか、自由を求める黒人奴隷と行動をともにして、奴隷制度を容認する教会の教えに挑戦するほうが人間として正しいという、現在では当然視されるマーク・トウェインの主張が、当時は、危険な思想とされ、公共の図書館は禁書処分にするしかなかったのだろう。思想的にまったく座標軸が違っていたのだ。

　Huckleberry Finn の基本構造の一つは、アメリカ文学に多く現われる「自

然」と「文明」の対立である。少年ハック・フィンはこの二つの世界を放浪しながら、つまり、偽善・暴力・抑圧的な文明社会から開放的で汚れのない自然に脱出し、さらにまた文明にもどるという往復運動を繰り返すことによって、人間社会の醜い現実に目覚め、よき自然の影響の下で人間的に成長する。彼の陸上での体験はほとんど暴力的な恐怖の体験といってよく、彼はアメリカ南西部の田舎町の 'sivilized' (sic) された人間に幻滅する。彼がその幻滅から立ち直り、一時の安らぎを見いだすのは、川に逃げ帰り、自然の孤独の中ですべてを忘れて過ごす時である。彼は生まれ変わる。再生を体験する。そうした雄大なミシシッピー川を、この小説のあるイギリス版のために序文を書いた詩人 T. S. Eliot (⇨ 補遺版 96 章) は、物理的な存在ではなく、超越的な存在たる「神」と見なした。そして、この小説の究極的な意味と魅力はそこにあると結論づけた。*Huckleberry Finn* と T・S・エリオットの結びつきに意外な感じをもつ読者がいるかもしれないが、エリオットは、ミシシッピー川沿いの Saint Louis に生まれ、そこで少年時代を送っていて、その意味では、マーク・トウェインの作品をもっともよく理解できる読者であった。

　マーク・トウェインは、また、自然の恵み深い一面のみを感傷的に賛美するロマン派の詩人とは違って、おそるべき破壊力で傲慢な人間に復讐する自然の一面も見落とさなかった。こうして、「恵み深い」(benignant) と同時に「悪意をもった」(malignant) 存在であるという意味で、ミシシッピー川は「神」として人間の運命にかかわってくる。一方、少年ハック・フィンは、神に仕える僕(しもべ)としてこの自然の両面に敏感かつ純粋に反応する。この小説は、物語の展開、つまり、ハック・フィンの数々の「冒険」もさることながら、自然に対する人間のあり方、対処の仕方を問題にして、現在、アメリカで注目されている「ネイチャー・ライティング」に通底する問題を扱っている。現在、われわれは自然を忘れてしまった。エリオットのいう「川の神」(river-god) を忘れ、「機械の神」(machine-god) のみを崇拝する。しかし、われわれの意識の底には、なお自然を求める本能が潜在的に残っていて、それがこのような文学作品に接すると目覚めるのだ。自然が地球規模で破壊されつつある現在こそ、自然と人間の本来あるべき関係を記録し、自然との共生の道を探った Henry David Thoreau (⇨ 7 章；I 巻 21 章) の *Walden* (1854) や、マーク・トウェインの *Huckleberry Finn* が見直されるのである。

(11-3) **CD 52**

 I was pretty tired, and the first thing I knowed, I was asleep. When I woke up I didn't know where I was, for a minute. I set up and looked around, a little scared. Then I remembered. The river looked miles and miles across. The moon was so bright I could a counted the drift logs that went a slipping along, black and still, hundreds of yards out from shore. Everything was dead quiet, and it looked late, and *smelt* late. You know what I mean — I don't know the words to put it in. (Chapter 7)

 This second night we run between seven and eight hours, with a current that was making over four mile an hour. We catched fish, and talked, and we took a swim now and then to keep off sleepiness. It was kind of solemn, drifting down the big still river, laying on our backs looking up at the stars, and we didn't ever feel like talking loud, and it warn't often that we laughed, only a little kind of a low chuckle. We had mighty good weather, as a general thing, and nothing ever happened to us at all, that night, nor the next, nor the next. (Chapter 12)

 ... And afterwards we would watch the lonesomeness of the river, and kind of lazy along, and by-and-by lazy off to sleep. Wake up, by-and-by, and look to see what done it, and maybe see a steamboat coughing along up stream, so far off towards the other side you couldn't tell nothing about her only whether she was stern-wheel or side-wheel; then for about an hour there wouldn't be nothing to hear nor nothing to see — just solid lonesomeness. Next you'd see a raft sliding by, away off yonder, and maybe a galoot on it chopping, because they're most always doing it on a raft; you'd see the ax flash, and come down — you don't hear nothing; you see that ax go up again, and by the time it's above the man's head, then you hear the *k'chunk*! — it had took all that time to come over the water. So we would put in the day, lazying around, listening to the stillness. (Chapter 19)

——Mark Twain, *Adventures of Huckleberry Finn*

Huckleberry Finn には、自然の象徴としてミシシッピー川が何度か印象的に描写される。とりわけ印象的なのは、引用（11–3）にある3つの場面である。第一は第7章からで、疲れたハック・フィンが、深夜、目覚めた時の川の印象である。ミシシッピー川は川幅が異様に広く（miles and miles across）感じられ、一瞬、恐怖感をあたえるが（a little scared）、完全に静まり返っていて、夜がふけたという時間感覚も「そんな匂いがした」（*smelt* late）と嗅覚的に捉えるしかない。暗闇、静けさ、そして何よりも時間が意識されない状態──これが、他の同じような川の描写と重なって、いわば母親の胎内に復帰するイメージに連なり、読者の意識の底にある本能的なものに訴える。次の第12章からの引用でも、時間を忘れて、自然のリズムに従って生きる筏の上での生活が魅力的に描かれる。そこには、文明社会での時間割に従って、時間に追い立てられる生活とは対照的な生活のリズムがある。夜の静かな川を筏で仰向けになって下るのは「ちょっと厳かな」（kind of solemn）感じがして、口を利くことすら憚られる。時間は川のように悠然と流れ、何も起こらず、そうした日々をハック・フィンは 'that night, nor the next, nor the next' と素朴に表現する。

　そして、最後が、ミシシッピー川の夜明けを描いたこの小説極めつきとされる第19章の冒頭。孤独な（lonesome）少年ハック・フィンは「川の淋しさ」（the lonesomeness of the river）を眺めながら、何もしないで時間を過ごし、眠くなれば眠り、遠く彼方を上流に向かって航行する蒸気船の音で目を覚ます。川を下ってゆく筏の上では薪割りをしている男がいるが、ずいぶん離れているので、薪の割れる音が届くのは、振り下ろした斧の光が見えてから時間がだいぶ経ってからのことである。静寂な自然。ゆるやかに流れる時間。日常生活の煩わしさからの開放感。それは文明生活を送っているわれわれが永遠に失ってしまった世界であり、生涯の後半、東部で生きることになったマーク・トウェインにとっても、西部での少年時代の思い出と自由な生活に結びついた光景であっただろう。

　このように、*Huckleberry Finn* は「自然」対「文明」という普遍的な枠組みをもった小説であるが、同時に、「白人」対「黒人」というアメリカ特有の人種問題を扱った典型的なアメリカ小説でもある。この小説の筋をここでま

> (11–4) CD 53
>
> Next, I should exploit the proposition that in a crucial moral emergency a sound heart is a safer guide than an ill-trained conscience. I sh'd support this doctrine with a chapter from a book of mine where a sound heart and a deformed conscience come into collision and conscience suffers defeat. Two persons figure in this chapter: Jim, a middle-aged slave, and Huck Finn, a boy of 14, … bosom friends, drawn together by a community of misfortune.
>
> … It shows that that strange thing, the conscience — that unerring monitor — can be trained to approve any wild thing you *want* it to approve if you begin its education early and stick to it.
>
> ——Mark Twain, *Mark Twain's Notebook*, 28a

た紹介する必要はないだろうが、少年ハック・フィンが彼の冒険をとおして変化し、成長するとしたら、それはこの人種問題をめぐる度重なるディレンマによってであった。彼が生きていた(そして作者マーク・トウェインが生まれ育った)1840年代のアメリカ南西部では、奴隷制度は神が認めた神聖不可侵の制度であり、黒人奴隷は家畜同然の存在と見なされ、大人の白人たちはそれを疑ってみることすらしなかった。マーク・トウェインの母親は弱者に同情を寄せる心の優しい女性として知られていたが、彼女は生涯をとおして、奴隷制度が非人間的だとは一度も思ってみなかっただろうと、息子の彼は自伝の中で記している。人びとは学校でも、教会でも、そのように教えられており、そうした教えを学校教育を受けたことのないハック・フィンも知らず識らずのうちに身に付けていた。ところが、ミシシッピー川の筏の上でジムと二人で生活すれば、黒人にも人間的な感情があり、人間としてのプライドもあることに気づかないわけにはゆかない。

そしてまた、その黒人が奴隷という不幸な状態から必死になって逃れようとしている姿を目のあたりにして、白人少年ハック・フィンが彼を何としても助けてやろうと思うのは、人間として、当然というか、自然であろう。こうして、ハック・フィンは社会的な道徳に従うことを要求する「良心」(conscience)と自分の自然な反応である「心情」(heart)の板ばさみになって苦

しむ。マーク・トウェインもこの小説の中心テーマがそこにあることを意識していて、後年、*Mark Twain's Notebook* で、「きわどい道徳的な危機」（crucial moral emergency）にあって「健全な心情」（sound heart）と「間違った訓練をされた良心」（ill-trained conscience）が対立した場合、前者のほうが後者より人間としては間違いがないのであり、*Huckleberry Finn* は主人公の少年が「健全な心情」に従って、奴隷制度を容認する「歪められた良心」（deformed conscience）に対して勝利する物語である、と述べた。つまり、社会的に認められた道徳からすれば、間違った選択であるが、人間の自然な感情から判断すると、正しい行ないをした少年の苦しい選択、決断の物語だというのである。引用（11–4）を見てほしい。

　この選択、決断のプロセスは、多くの批評家が指摘するように、ハック・フィンの3度に及ぶ重大な危機、試練（第8, 16, 31の各章）を経て、奴隷の逃亡に手を貸すことは宗教的に地獄堕ちに値する罪であると教え込まれたハック・フィンに「よし、それだったら、地獄だって何だって行ってやる」（All right, then, I'll *go* to hell）という激しい言葉を吐かせ、自分の自然な感情に従う決心をさせるのである。第16章では、オハイオ川がミシシッピー川に合流し、自由州北部に向かうための第一歩となる川沿いの町 Cairo を目前にして、ジムが興奮のあまり、奴隷として残してきた自分の子供をたとえ盗んででも取り返す、と口走るのを耳にしたハック・フィンの「良心」は、引用（11–5）のように彼を責め立てる。当時、家畜を盗むことは単なる窃盗でしかなかったが、逃亡奴隷を庇ったり、食べ物をあたえたりすることは一生消えない汚名を伴う犯罪とされていた。そうした社会で育った彼は、法律的な次元で、「良心」の攻撃をまともに受ける。この引用に「良心」（conscience）という言葉が繰り返し使われていることに注意してほしい。しかも、この「良心」は、親切に読み書きの基礎や、社会的なマナーを彼に教えてくれた Miss Watson、ジムの「正当な持ち主」でもある女性を裏切っているという事実を彼に突きつけ、彼を責め立てる。自分自身があまりにも惨めに思われたハック・フィンはひと思いに死んでしまいたいとさえ思う。

　このように、白人対黒人の人種問題は *Huckleberry Finn* の中核をなす重要な問題である。それにもかかわらず、マーク・トウェインは、最後の10章で、舞台をトム・ソーヤーの親戚フェルプス家の農園に移し、そこの奴隷小

> ... and who was to blame for it? Why, *me*. I couldn't get that out of my conscience, no how nor no way. It got to troubling me so I couldn't rest; I couldn't stay still in one place. It hadn't ever come home to me before, what this thing was that I was doing. But now it did; and it staid with me, and scorched me more and more. I tried to make out to myself that *I* warn't to blame, because *I* didn't run Jim off from his rightful owner; but it warn't no use, conscience up and says, every time, "But you knowed he was running for his freedom, and you could a paddled ashore and told somebody." That was so — I couldn't get around that, noway. That was where it pinched. Conscience says to me, "What had poor Miss Watson done to you, that you could see her nigger go off right under your eyes and never say one single word? What did that poor old woman do to you, that you could treat her so mean? Why, she tried to learn you your book, she tried to learn you your manners, she tried to be good to you every way she knowed how. *That*'s what she done."
>
> I got to feeling so mean and so miserable I most wished I was dead.
>
> ——Mark Twain, *Adventures of Huckleberry Finn*, Chapter 16

屋に閉じ込められているジムを救出するというどたばた劇を延々と続ける。人種問題をめぐって緊迫した物語は、ある意味では、竜頭蛇尾となる。この部分をどのように正当化するかをめぐっては、これまでさまざまな解釈が出されてきた。すでに述べたように、ヘミングウェイは、明快に、この結末は「単なる子供騙し」(just cheating) でしかないと断定し、ジムが二人の詐欺師によって売り払われた時点こそこの小説の真の結末だという。傾聴に値する一つの解釈である。しかし、このような形で、この小説が終わっていることも事実である。この部分をどのように解釈すればよいのか。読者一人ひとりが、自分で読んで、自分なりに判断するしかない。

2010年は、マーク・トウェインの没後100年にあたる。それをきっかけに、彼の厖大な遺稿などを保管しているカリフォルニア大学バークレー校の 'Mark

Twain Project' は、同大学の出版局から、彼が残した厖大な自伝の完全無削除版を出版することになった。マーク・トウェインは1870年から断続的に自伝を書いていたが、そこには、近親者、知人友人のプライバシーに関わる事柄や、キリスト教批判、政治的には、当時の連邦政府の帝国主義的な外交政策に対する痛烈な批判が盛り込まれ、出版すれば、さまざまな分野で物議を醸すおそれがあった。また、彼は周囲を意識せず、自らの内面を公表するには墓の中から発言するしかなく、それも、死後100年待たなければならない、と考えていた。さらに、これまでにない新しい自伝形式を考案していて、誕生から、時間軸に沿って生涯を辿るのではなく、自伝執筆当日の社会的な事件に触発され、それによって思い出す自分の過去を、順不同に記録しようとした。そして、毎日、秘書を相手に口述によって記録する。その結果は、事実上、出版不可能な厖大な量の原稿となった。

　こうして、その一部は雑誌に発表されることもあったが、大半は遺稿として残された。死後、100年間、遺言によって出版は禁止されていたが、これまで公認伝記執筆者 Albert Bigelow Paine, そして Bernard DeVoto, Charles Neider の３人によって、不穏当な部分を削除し、生涯の展開を辿ることができるよう時間の流れに沿って再構成された３種類の自伝が出版されている。一般読者のために編集され、通常の自伝と同じく、読める自伝であるが、マーク・トウェインの意図とはまったく違ったものになっていた。それが、100年という出版禁止の期間が切れた2010年、厖大な３巻本の *Autobiography of Mark Twain* がカリフォルニア大学出版局から出版されることになったのである。まだ出版されたのは、第１巻だけだが、細かい活字で印刷された700ページを超える大版である。さらに驚くべきことは、出版されるや、数日で *The New York Times* のベストセラー欄にリストアップされ、初版の５万部はたちまち売り切れてしまい、２万5000部を増刷することになったという。没後100年。彼は今なおアメリカでもっとも人気のある文学者として広範囲の読者に親しまれているのである。

12

Henry James
ヘンリー・ジェイムズ

小説はいかに語ればよいのか。ジェイムズのような小説家が
いなかったら、現代小説はありえなかったかもしれない／
現代の最先端の小説にまで及んでいる彼の影響

■ 略　伝

Henry James（1843–1916）は、ニューヨーク市有数の知識階級に属する裕福な家庭に生まれた。アメリカのジェイムズ家は、独立戦争後約10年経った1789年に「わずかな金と、ラテン語文法書1冊と、独立戦争の戦場跡を見たいという強い欲望をもって」（with a little money, a Latin grammar, and a great desire to visit one of the Revolutionary battlefields）、アイルランドの北部 Cavan 郡から、単身18歳で移住してきた、小説家ヘンリー・ジェイムズの祖父にあたる William James（1771–1832）に始まる。この祖父は、敬虔な長老会派のクリスチャンであったが、世俗的な生活でも勤勉と節倹を旨として活動し、一代で巨額の財産を築いた。移住後わずか2年で、ニューヨーク市に自分の商店を構え、経済活動を手広く拡大し、やがて州都 Albany を拠点に土地の投機や、Erie 運河の建設、Union College の創立など、政治・経済・文化の各分野で活躍した。61歳でこの世を去った時、300万ドルと推定される広大な地所を11人の子供に残しており、資産家としてニューヨーク市で彼に匹敵するのは、毛皮の交易で、これまた、一代で巨財をなした John Jacob Astor（1763–1848）

Henry James
(1843–1916)

だけといわれた。小説家の父親 Henry James, Sr. は、彼の次男で、生涯、定職なしで生活できるだけの遺産を相続したが、文学趣味などは堕落と見なし、何よりも子供に世俗的な成功を期待する抑圧的な父親に強く反発した。それに加えて、13歳の時、熱気球の火を踏み消そうとして大火傷を負い、それが原因で片足を切断せざるをえなくなり、結局は、実業界での活動を諦め、人生における宗教・哲学的な真実の追究に生涯を賭けることになった。とりわけ、神秘主義的な汎神論を唱えて新しいキリスト教を目指したスウェーデンのエマニュエル・スウェーデンボリの思想に大きな影響を受けた。また、アメリカの物質主義的な文化風土に馴染むことができず、旧大陸ヨーロッパに惹かれ、1842年と43年にニューヨーク市で生まれた二人の子供たち、のちにアメリカ有数の心理学者となる兄の William と、小説家となる弟のヘンリーを連れて、ヨーロッパに渡り、彼らにヨーロッパ的な教養を身につけさせようとした。

　ここで、小説家ヘンリー・ジェイムズに移る。ジェイムズというと、小説をいかに構成するかという技法的な問題にこだわった小説家を連想するが、彼の全体像を知るためには、人間的な側面や、ジェイムズ家の過去に目を向ける必要がある。ジェイムズ自身の生涯は、彼と並んで20世紀アメリカ文学に大きな影響をあたえた Mark Twain (⇨ 11 章; II 巻 33 章) のように波乱万丈のものではなかったが、ジェイムズの家系には、すでに述べたように、軟弱な文学趣味などを蔑視し、実業界での活動を子供たちに期待した強烈な個性をもった祖父と、そのような実業界に背を向け、人間の精神的な価値を追究した学究肌の父親との葛藤、対立があって、それが、三代目の小説家ジェイムズにも微妙な反発と羨望感をひき起こすのであった。そうした関係を伝記的に解明したのが、Robert C. Le Clair の *Young Henry James* (1955) や、Leon Edel の5巻からなる膨大な伝記（それぞれに *The Untried Years: 1843–1870*, *The Master: 1901–1916* といった副題が付く）で、ジェイムズ文学の全体の理解には、作品の分析とともに、こうした伝記的事実を確かめることも不可欠である。この「略伝」を彼の祖父の代から始めた所以である。ところで、そのジェイムズだが、彼は父親の独自の教育方針に従って、幼少の頃から大西洋を何度も往復しつつ、ヨーロッパの豊かな文化風土の中で育った。最初のヨーロッパ訪問は、生後10ヵ月のことで、彼の最初の記憶はパリのヴァンドーム広場にあるナポレオンの記念碑だったという。こうして、定住地をもたない旅行者、傍観者として世界を眺めるよう運命づけられていた彼が、両大陸の文化の対照・比較を小説の主要テーマにするようになったのは当然といってよいだろう。1862年(19歳)、Harvard Law School に入学した

が、法曹の世界には馴染めず、文学活動を始めた。最初の長篇小説 *Roderick Hudson* (1876) から、*The American* (1877)、彼の作品中もっとも広く読まれている中篇 *Daisy Miller* (1878)、代表作の一つ *The Portrait of a Lady* (1881) までは、いずれも文化的には成熟しているが、道徳的に堕落した旧大陸と、文化伝統はないが、汚れを知らない 'innocent' なアメリカの対立、文化的な違いなどに基づく「国際テーマ」を扱った小説で、主題の興味から広く読まれた。主題だけでなく、語りの技法でも、視点人物を設定して、作品全体に統一をもたらす工夫がなされていた。1890年代に入ると、こうした特定の作中人物の視点から登場人物の行動や心理、そして、事件の意味などを推定・解釈する、心理主義的リアリズムの傾向がさらに強くなり、イギリス社交界や、田舎の名家を舞台に *What Maisie Knew* (1897)、幽霊物語として解釈が分かれ、論争をひき起こした *The Turn of the Screw* (1898)、*The Awkward Age* (1899) などの問題作を発表。そして、この直後、世紀が変わるや、小説のすべての可能性を究めたとされる記念碑的な長篇小説、*The Sacred Fount* (1901) をはじめ、*The Wings of the Dove* (1902)、*The Ambassadors* (1903)、*The Golden Bowl* (1903) を集中的に発表した。そして、1917年、未完に終わった *The Ivory Tower* が、死後、出版された。題材としては、また国際状況に戻るとともに、視点人物だけでなく、複雑な語りのすべての技法を駆使して、人物、事物の内面の世界をあたかも顕微鏡を通して見るように微細に明らかにし、ジェイムズ的な小説の伝統を確立した。

　そして、最晩年の10年間、自らの手で "The New York Edition of Henry James" (1907–17) と称される26巻の決定版全集を編集し、各巻の冒頭にその作品の執筆の意図、創作過程、あるいは小説構成上の諸問題を詳細かつ具体的な分析によって解説した「序文」を書いた。この時期は、彼にとって「成熟期」(major phase) と称される。これらの「序文」は、のちに R. P. Blackmur によって *The Art of the Novel* (1934) として編集出版された。そこには、技法上の問題、たとえば、作品を統一する視点人物の重要性、間接的描写の利点と限界、時間の処理、劇的場面の活用、推敲・修正、アイロニーや伏線の効果といった今なお小説論で議論の絶えない問題だけでなく、芸術と現実の人生との関係、主題の選定、作品に不可欠な小説としての面白さ、異なった文化の対立、国際状況など、20世紀の文学者が繰り返し取り組むことになる主題が先取りした形で論じられている。彼のこうした議論がなければ、20世紀の西欧の小説は現在のように展開することはなかっただろう。マーク・トウェインがアメリ

力社会の暴力的な状況や、人種差別、キリスト教、連邦政府の帝国主義的な領土拡張政策、それを支持する大衆の盲目的な愛国心などを、大胆に、大衆が日常生活で使う口語体で批判的に扱い、小説に「何を」描くかという点でアメリカ文学に革命的な変化をもたらしたとすれば、ジェイムズは、迷路のように錯綜する人間の内面心理を「いかに」描くかという面に目を向け、もはや統一されているとは必ずしもいえない現代人の意識を言語化する方向に道を開いた。

　生涯に20篇をはるかに超える充実した小説を書いたジェイムズのどの作品を代表作としてとり上げるべきか、迷わざるをえないが、ここでは、とりあえず、技法の面だけでなく、新旧両大陸の狭間で、人生の可能性を追求しながら、不幸な結婚を選んでしまった若い魅力的なアメリカ女性を描いた「国際物語」*The Portrait of a Lady* と、後期の難解な小説として有名な *The Ambassadors* の2篇を紹介することにしよう。まず、*The Portrait of a Lady*。表題にある 'Lady' というのは、ニューヨーク州オールバニーに生まれた美しい23歳の女性 Isabel Archer である。イザベル・アーチャーは文化的に浅薄なアメリカ社会に満足できず、両親の死後、イギリス在住の親戚で、裕福な銀行家 Touchett 家を頼って渡英し（タチェット家の邸宅は 'Gardencourt' と呼ばれ、「庭園」と「宮廷」の両面をもつ）、そこで、自由で独立した新しい人生の可能性を求める。経済的には恵まれない彼女だったが、伯父の死後、6万ポンドという莫大な遺産を譲り受け、彼女の夢は現実味をおびてくる。従兄の Ralph Touchett はイザベルに好意をいだいていたが、結核を患っており、彼女との結婚はあきらめている。そして自分が死んだあとの彼女の幸せを願って、遺産の一部を彼女に譲るよう父親に働きかけていたのだった。こうして、彼女の莫大な持参金を狙って、何人かのイギリス貴族や実業家が彼女に求婚するが、自立し、文化的に優雅な結婚を夢見る彼女は応じない。そのような彼女が、結局、結婚したのは、いかにも洗練された教養のある外見を示し、ディレッタントとして成熟したヨーロッパの文化的な世界に生きるアメリカ出身の男性 Gilbert Osmond であった。イザベルに彼を紹介したのは、これまた、身につけた優雅なヨーロッパ文化によってイザベルを魅惑する中年女性 Mme. Serena Merle。ギルバート・オズモンドは独身だが、彼には Pansy という娘がいて、イザベルは母親のいない彼女に同情する。ところが、現実のオ

ズモンドは、紳士的な外見とは裏腹に、性格的に冷酷で、自己中心的、イザベルとの結婚も彼女の遺産目当てというところがあった。そして、結婚後、彼女は信頼していたマール夫人が彼の愛人で、パンジーは二人の間にできた娘であることを知る。ヨーロッパの文化に憧れていて、純朴なアメリカの新聞記者 Casper Goodwood の求婚を退けたイザベルは、きらびやかなヨーロッパの外観に目がくらみ、間違った結婚をしたのだった。こうして、この虚飾の結婚生活を続けるか、離婚して再出発するか、人生最大の選択を迫られるが、彼女は、最終的には、この暗い不幸な結婚生活を自ら選んだ運命として、それに耐えて生きる決心をする。作者ジェイムズは、この *The Portrait of a Lady* について「自由と高貴な生活を夢み、自分では、自然で、ものにとらわれず、先を見極めて行動したと信じていた一人の若い女性が、哀れなことに、因襲という石臼に磨りつぶされていた自分に気づく」物語であると述べている。

　The Ambassadors も、ヨーロッパを訪れたアメリカ人をめぐって展開する国際物語である。主人公は、パリでヨーロッパの年上の悪女に誘惑され堕落したと思われるアメリカ青年 Chad(wick) Newsome を連れ戻すべく、青年の母親によって「特使」(ambassador) としてパリに派遣された中年の Lambert Strether. そして、物語は彼の一人称の視点から語られる。ニューイングランドの小都市、マサチューセッツ州 Woollett で小雑誌の編集長を務め、自分では教養ある文化人だと思っていたランバート・ストレザーは、ヨーロッパの成熟した文化を知って、それまで自分が生きてきた生活の虚しさを意識させられる。妻を失い、裕福とはいえない彼は、チャッド・ニューサムを無事アメリカに連れもどし、彼がニューサム家の家業を継承すれば、その報酬として、未亡人の金持ちのニューサム夫人と再婚することになっている。ストレザーはチャッドの周辺を調べ、やがて彼とパリ社交界の魅力を体現するような Countess de Vionnet との関係が単なる友人関係でなく、アメリカでは認められない不倫関係であることを知る。ストレザーがそうした関係に気づくのは、チャッドとヴィヨネ伯爵夫人がパリ郊外でボート遊びをしていた時で、この場面は小説の極めつきの場面として知られる。そして、アメリカでは社会的に指弾を受けるこの関係によって、ストレザーが驚いたことに、青年チャッドは人間的に成長しているのである。ストレザーは、ヨーロッパの社

交界のこうした女性のアメリカ青年に及ぼすすばらしい教育的な影響を認め、自らの「特使」としての使命を放棄する。ニューサム夫人はさらにチャッドの姉である Mrs. Pocock と、彼女の娘であり、チャッドの婚約者でもある Mamie を次の「特使」としてヨーロッパに送り込む。こうして、ピューリタン的な硬直した倫理意識と、ヨーロッパ的な大人の生き方の違いが浮き彫りにされる。最終的には、チャッドはアメリカでの恵まれた実業家としてのキャリアを拒絶し、ヨーロッパに留まる。一方、ストレザーは、ヨーロッパでの長い生活によってヨーロッパ的な生活を熟知しているアメリカ女性 Maria Gostrey をとおしてヨーロッパの魅力を知るようになり、ヨーロッパの教養、文化を体現する彼女に心を惹かれながら、彼女と別れ、アメリカに戻る決意を固める。しかし、彼はこの遅すぎた自分自身のヨーロッパ体験によって、どのような人生であろうと、ともかく、自分なりの人生を生きたという充実感をもって人生を生きることの重要性に目覚め、ヨーロッパに滞在する後輩の若い同国人に、自分のように、一度しかないこの人生の機会をとり逃さないように忠告するのであった。

　旧来の小説は何といっても物語の「筋」(plot) の面白さに依存する面が強かった（それは、もちろん、今でもそうだし、ジェイムズの小説も一種の「風俗小説」[novel of manners] であり、「筋」の興味だけで読むこともできる）。読者は次に何が起こるか、ただそれだけを期待して読んでゆけばよいのである。それに対して、ジェイムズはすでに起こったことの意味を探る。そして、20世紀に入ると、「筋」のない小説、事件らしい事件が何も起こらず、ただ人物の意識を辿るだけの小説すら現われてくるが、それは、このようにジェイムズが小説の新しい可能性を意識的に開拓したからであった。ジェイムズを境にして小説は革命的な変貌を遂げた。そして、技法的に彼の小説の大きな特徴をなしているのは、解説・説明ではなく、具体的なイメージや、メタファーを多用して、詩的効果を高める象徴主義的な傾向である。*The Portrait of a Lady* でも、ヒロインのイザベル・アーチャーの性格、心理、境遇の変化は、また、アメリカとヨーロッパの文化の相違そのものも、説明的な言葉によってではなく、具体的な事物の描写によって暗示される。この作品には、そういったメタファーが随所に用いられているが、その中で特に目立つのは

> ... The little girl had been offered the opportunity of laying a foundation of knowledge in this establishment; but having spent a single day in it, she had protested against its laws and had been allowed to stay at home, where, in the September days, when the windows of the Dutch House were open, she used to hear the hum of childish voices repeating the multiplication-table — an incident in which the elation of liberty and the pain of exclusion were indistinguishably mingled. The foundation of her knowledge was really laid in the idleness of her grandmother's house, where, as most of the other inmates were not reading people, she had uncontrolled use of a library full of books with frontispieces, which she used to climb upon a chair to take down. ... The place owed much of its mysterious melancholy to the fact that it was properly entered from the second door of the house, the door that had been condemned, and that it was secured by bolts which a particularly slender little girl found it impossible to slide. She knew that this silent, motionless portal opened into the street; if the sidelights had not been filled with green paper she might have looked out upon the little brown stoop and the well-worn brick pavement. But she had no wish to look out, for this would have interfered with her theory that there was a strange, unseen place on the other side — a place which became to the child's imagination, according to its different moods, a region of delight or of terror.
>
> ——Henry James, *The Portrait of a Lady*, Vol. 1: 3

「家」と「庭」のそれで、ジェイムズは、イザベルが少女時代に住んでいたニューヨーク州オールバニーの家と、ロンドンにあるタチェット一族のガーデンコートの家と、オズモンドと結婚して住むローマの家の詳細な描写の対比をとおして、彼女をとりまく環境の変化、彼女の心理状態を間接的に、しかし明確に、暗示するのである。

　まず最初に、オールバニーの古い「大きな四角い二棟造り一戸建ての家」。

引用（12–1）である。両親を亡くした少女時代のイザベルはこの家で祖母と暮らしている。表通りの向かい側には「オランダ屋敷」（Dutch House）と呼ばれる古い家があり、近所の子供たちの学校として使われている。彼女もそこで最初の教育を受けることになったが、1日で辞めてしまった。この文章はもちろん現実にある家と、そこで暮らしていた少女時代の彼女の生活を事実として描写しているのであるが、同時に、彼女の生い立ち、性格、発想法、そして今後の運命までが暗示されている。そこで、重要と思われる点を、引用に現われる順序で指摘しておこう。

　まず第一に、イザベルが正規の教育をほとんど受けていないということが、さりげなく紹介されるが、それは単なる事実としてだけでなく、彼女の将来を暗示する背景として意味をもってくる。お仕着せの教育に反発し、好き勝手な読書で過ごした少女時代は、イザベルの性格を偏ったものにし、今後の彼女の人生選択に微妙な影響を及ぼす。第二には、1日で学校を辞めたというが、そこに彼女のわがままな性格、自己中心的な生き方が感じられる。第三点としては、彼女が「自由であることの喜び」と「除け者にされていることの苦痛」を味わったというが、この矛盾した感情こそ彼女の生涯の際立った特徴となる。第四点。彼女が読書をする部屋の出入り口には閂(かんぬき)がかかっていて、直接、外へは出られなくなっており、彼女はあえて外を眺めようとしないが、これも彼女が少女時代置かれていた状況を事実に基づいて述べると同時に、彼女の現実から遊離ないしは隔離されて生きる人生を暗示する。

　イザベルは外の世界とは別に自分だけの世界を作り、その中で生きていた。もちろん、こうした閉ざされた世界に閉じこもるということは、「想像力」に恵まれた彼女のような少女には、読書をとおして逆にまだ見たことがない外の世界に対する彼女の好奇心、憧れを深め、「想像力」をさらに刺激する。彼女が外の世界をあえて見ようとしなかったのは、彼女自身が認めているように、もし見たら、「不思議なまだ見たことがない場所」があるという彼女の「仮説」（theory）が崩れるからであった。「想像力」に頼り、自分なりに作り上げた「仮説」にこだわる彼女の生き方に彼女の不幸の原因の一つがあったといえるだろうが、このように彼女の少女時代の生活の一コマを描いて（初読の読者は気づかないかもしれないが）、ジェイムズは、早くもこの時点で、このあとの彼女の人生が、避けがたいものであったといっているのである。そ

(12-2)

> ... Her uncle's house seemed a picture made real; no refinement of the agreeable was lost upon Isabel; the rich perfection of Gardencourt at once revealed a world and gratified a need. The large, low rooms, with brown ceilings and dusky corners, the deep embrasures and curious casements, the quiet light on dark, polished panels, the deep greenness outside, that seemed always peeping in, the sense of well-ordered privacy in the centre of a "property" — a place where sounds were felicitously accidental, where the tread was muffled by the earth itself and in the thick mild air all friction dropped out of contact and all shrillness out of talk — these things were much to the taste of our young lady, whose taste played a considerable part in her emotions.
> ——Henry James, *The Portrait of a Lady*, Vol. 1: 6

の意味で、*The Portrait of a Lady* は、ジェイムズのいう「性格の小説」の典型である。次にロンドンのタチェット家の邸宅。その名は「ガーデンコート」。アメリカの瑞々しい「庭」と洗練されたヨーロッパの「宮廷」の組み合わせを暗示するこの家は、イザベルには「現実となった絵」(a picture made real) のように思われ、オールバニーの家の閉ざされた雰囲気とは対照的に、外に向かって開かれており、あらゆるものが洗練され、快適で、豊かで、完璧である。引用 (12-2) を見ていただこう。一読して明らかなように、建物の細部について使われている「穏やかな」(quiet)、「色の濃い」(deep)、「磨き上げられた」(polished) といった形容詞も落ち着いた伝統的な世界を連想させる。しかも、「すばらしく秩序だったプライバシーの感じ」(the sense of well-ordered privacy) も漂っていて、物音はせず、人の歩く足音も大地そのものに包み込まれ、摩擦も、甲高い人声などもすべて「温和でしっとりした空気」(the thick mild air) に吸い取られてゆく。外の自然の「緑」が部屋の中を覗き込む。これは客観的な自然描写というよりは、彼女が受けた印象であり、若々しい感受性をもった彼女がこうした世界に敏感に反応することに当然予想される。ヨーロッパの魅力的な一面が彼女をとおして読者にも伝わってくる。

> ... Between those four walls she had lived ever since; they were to surround her for the rest of her life. It was the house of darkness, the house of dumbness, the house of suffocation. Osmond's beautiful mind gave it neither light nor air; Osmond's beautiful mind indeed seemed to peep down from a small high window and mock at her. Of course it had not been physical suffering; for physical suffering there might have been a remedy. She could come and go; she had her liberty; her husband was perfectly polite. He took himself so seriously; it was something appalling. Under all his culture, his cleverness, his amenity, under his good-nature, his facility, his knowledge of life, his egotism lay hidden like a serpent in a bank of flowers.
>
> ——Henry James, *The Portrait of a Lady*, Vol. 2: 42

　しかし、ヨーロッパには、もう一つ暗い抑圧的な側面があり、不幸な結婚をしたイザベルは否応なしにそれに直面する。それはこの小説のクライマックスをなす第42章で、同じく家のメタファーによって表現される。そして、この彼女が結婚したオズモンドのローマにある家は、彼の性格と事実上同一のものとして呈示される。引用 (12-3) である。「暗黒の家、無言の家、窒息の家」というたたみかけるような描写は、オズモンドの邸宅の客観描写であるが、同時に、イザベルがこの家から受けた主観的な印象、彼女の内面的な反応をそのまま表現している。しかも、オールバニーの家とは違うが、やはり光と風が入り込まない閉ざされた世界で、外の「緑」が覗き込んでいたガーデンコートの家とは鮮やかな対比をみせる。イザベルは、小さな高窓から、慇懃そのもののような夫オズモンドの「美しい心」(beautiful mind) がたえず彼女を監視し、あざ笑っているように感じる。そして最後の「花園」の比喩。ヨーロッパは、優しく、上品で、人生の知恵をもったオズモンドのように、表面的には洗練された美しい文化の花を咲かせているが、その陰には危険な誘惑、策略が潜んでいる。それを、ジェイムズは「庭園」と「蛇」という伝統的なメタファーで暗示する。イザベルはこの暗い息詰まるような家にとどまるしかないのであった。

"It's not too late for *you*, on any side, and you don't strike me as in danger of missing the train; besides which people can be in general pretty well trusted, of course — with the clock of their freedom ticking as loud as it seems to do here — to keep an eye on the fleeting hour. All the same don't forget that you're young — blessedly young; be glad of it on the contrary and live up to it. Live all you can; it's a mistake not to. It doesn't so much matter what you do in particular, so long as you have your life. If you haven't had that what *have* you had? This place and these impressions — mild as you may find them to wind a man up so; all my impressions of Chad and of people I've seen at *his* place — well, have had their abundant message for me, have just dropped *that* into my mind. I see it now. I haven't done so enough before — and now I'm old; too old at any rate for what I see. Oh I *do* see, at least; and more than you'd believe or I can express. It's too late. And it's as if the train had fairly waited at the station for me without my having had the gumption to know it was there. Now I hear its faint receding whistle miles and miles down the line. What one loses one loses; make no mistake about that. The affair — I mean the affair of life — couldn't, no doubt, have been different for me; for it's at the best a tin mould, either fluted and embossed, with ornamental excrescences, or else smooth and dreadfully plain, into which, a helpless jelly, one's consciousness is poured — so that one 'takes' the form, as the great cook says, and is more or less compactly held by it: one lives in fine as one can. Still, one has the illusion of freedom; therefore don't be, like me, without the memory of that illusion. I was either, at the right time, too stupid or too intelligent to have it; I don't quite know which. Of course at present I'm a case of reaction against the mistake; and the voice of reaction should, no doubt, always be taken with an allowance. But that doesn't affect the point that the right time is now yours. The right time is *any* time that one is still so lucky as to have. You've plenty; that's the great thing; you're, as I say, damn you, so happily and hatefully young. Don't at any rate miss

> things out of stupidity. Of course I don't take you for a fool, or I shouldn't be addressing you thus awfully. Do what you like so long as you don't make *my* mistake. For it was a mistake. Live!"
> ——Henry James, *The Ambassadors*, Book 5: 2

　ジェイムズ文学の最大の魅力は、登場人物の行動と内面心理を顕微鏡で眺めるように詳細かつ綿密に描くことにあるが、あまりにも詳細、綿密に描くために、彼の文章は難解きわまりないものとなり、さすがの夏目漱石も途中で放り出すことになった。しかし、迷路のように錯綜した人間の内面心理に対する洞察力と、時々刻々、変化するその動きを記録する彼の表現力には他の追随を許さぬものがあって、その魅力の虜になった読者も少なくない。ジェイムズには、アメリカを代表する心理学者として知られる、文才に恵まれた兄のウィリアムがいて、俗に、弟のヘンリーは心理学者のように小説を書き、兄は小説家のように心理学書を書いたといわれるが、ジェイムズの文章はやはり実際に読まなければ、どのくらい難解であるか、どのように人間の内面心理に迫っているかはわからないだろう。そこで、少し長いが、引用（12–4）を実例として読んでいただきたい。ジェイムズの文章としては、比較的読みやすいものである。

　文学史的に見て、ジェイムズは20世紀アメリカの小説に決定的な影響をあたえた。その影響は現代の最先端の小説家にまで及んでいる。彼らはジェイムズの小説理論に従って創作する。しかし、その一方では、ジェイムズの権威に反発し、彼の理論に逆行しようとする若い小説家もいる。Donald Barthelme（1931–89）がそうした前衛的な小説家の一人で、彼は *Snow White*（1967）でジェイムズ的な父親の遺産を否定的に相続せざるをえない現代小説家を描き、父親ジェイムズとその子である自分たちとの微妙な関係を明らかにする。そういえば、直接関係はないが、ジェイムズには "The Lesson of the Master"（1892）という年配の男性と若い青年の同性愛的関係を扱った先駆的な短篇小説がある。こうしたジェイムズと現代文学の関係は、『講義　アメリカ文学史』第III巻第62章「小説の奇妙な死をめぐって」の一節「父親ジェイムズの遺産を否定的に継承するバーセルミ」を見てほしい。

13

Kate Chopin
ケイト・ショパン

20世紀に甦ったフェミニスト女性作家／
生前、自立を求める官能的な女性を描いて反発・批判を招く

■ 略　伝

現在、アメリカのフェミニスト女性作家の先駆的存在として高く評価されているKate Chopin (1850–1904)は、ミズーリ州St. Louisにアイリッシュ系の父親とクレオール (Creole) 系の母親の間に生まれた。旧姓はKatherine O'Flaherty [ouflǽhəti] といい、いかにもアイリッシュらしい姓だった。「クレオール」というのは、アメリカ南部ルイジアナ地方に入植したフランス (スペイン) 系白人の子孫で、フランス語を話し、独自の文化をもっていた。父親はケイト・ショパンが5歳の時に鉄道事故で死亡。彼女は母方のクレオール文化の雰囲気の中で育った。なかでも物語を語るのが巧みだった曾祖母から、将来、小説家となるうえで強い影響を受けた。カトリック系の家に生まれた彼女は、修道院が経営する学校に通い、早くからフランス文学を教えられた。19歳で、同じクレオール系のOscar Chopin (このフランス系の家族名は、彼女の最初の信頼できる評伝 *Kate Chopin: A Critical Biography* (1969) を書いたノルウェイの学者Per Seyerstedによると、やはりフランス語式に発音するという) と結婚し、ルイジアナ州のニューオーリンズや、その近郊の農園で生活し、18世紀中葉、フランスから

Kate Chopin
(1850–1904)

イギリスに割譲されたカナダの Nova Scotia 地方からイギリス系住民に追われてミシシッピー川を南下し、ルイジアナ州に定住した 'Cajuns' あるいは 'Acadians' と呼ばれるフランス系住民や、黒人、そして、さまざまな混血住民の生活を知った。こうした住民の生活は、その後、彼女の短篇小説の素材となった。1882 年、32 歳の時に、夫がマラリア (swamp fever) で急死。6 人の子供を抱えて自活せざるをえなくなった彼女は、最初セントルイスの母親の実家に身を寄せたが、1 年後には、その母親が死に、夫の遺産、母親の財産も底をついて、1889 年頃から生活のために短篇小説を書き始めた。幸い彼女の短篇は好評で、2 冊の短篇集 Bayou Folk (1894)、A Night in Acadie (1897) として出版された。それに先立ち、長篇 At Fault (1890) も書いている。こうして、ルイジアナ地方を舞台にしたローカル・カラー作家として、それなりの地位を地方文壇に占めていたが、1899 年に出版した The Awakening が女性の性的な面をあまりにも大胆に描いたとして、書評で批判され、地元セントルイスの文学者グループからは村八分扱いを受けた。そして、1 年後、第 3 短篇集 A Vocation and a Voice の出版を出版社から拒否されるにいたって、彼女は筆を折り、1904 年、セントルイスで開催中の万国博覧会に出かけたあと、脳出血で倒れ、53 歳で他界した。それ以来、半世紀、事実上、文学者としては忘れられた存在だった。

ところが、その禁書処分にさえなった The Awakening は、現在では、彼女の代表作としてだけではなく、アメリカ文学史上、無視しがたい必読の小説として高く評価されている。時代的にいって、出版に際してさまざまな抵抗に会った Theodore Dreiser (⇨ II 巻 38 章) の Sister Carrie (1900) と比較すべきであろう。1960 年代末、再発見直後は、大学で教科書として使用しようと思っても、テクストの入手が容易でなかったが、1976 年、Norton Critical Edition に加えられ、テクストだけでなく、作品の時代的背景、主要な先行研究なども簡単に知ることができるようになり、つぎつぎと現われる研究に応じて "Essays in Criticism" の部分を新しく 'up-to-date' にした Norton 版の第 2 版が 1994 年に刊行された。また、彼女の伝記も、一次資料にあたって細部まで確認した現在のところ決定版といってよい Emily Toth の Kate Chopin (1990) によって誤りが訂正され、従来、1851 年とされていた彼女の生年も 1850 年であることが確定した。また、The Awakening はしばしばフロベールの Madame Bovary と比較されるが、彼女がフロベールに影響されたという証拠はないようで、むしろモーパッサンの影響のほうが強かったことが実証的に証明されている。フランス系であり、フランス文学に通じていたが、そうしたフランス文学と

の繋がり以上に、このあと述べるように、詩人 Walt Whitman（⇨ 9 章；I 巻 25 章）の影響もあり、アメリカ文学の伝統の中で論じるべき重要な女性小説家である。

　まず The Awakening の粗筋を確認しておこう。ヒロインは 28 歳の魅力あふれる既婚女性 Edna Pontellier．愛らしい二人の子供に恵まれている。夫の Léonce は悪人ではないが、株の仲買人をしていて、およそ家庭を顧みることがなく、エドナを自分の私的財産であるかのように扱っている。ケンタッキー州で大農園を経営する宗教的に厳しい長老会派の家庭に育ったエドナは、夫の家系のクレオール文化の開放的な雰囲気、とりわけ自由な男女関係には馴染めないでいる。物語の冒頭、ポンテリエ家はメキシコ湾に面した海岸の保養地 Grand Isle で休暇を楽しんでいる。一家がその夏コテージを借りた Lebrun 家の長男 Robert は、保養地の女性たちのガイド役を務めているが、人当たりが柔らかく女性たちに人気がある。この年、ロベールはもっぱらエドナの相手役を務め、二人は海岸で一緒に過ごすことが多かった。一方、夫のレオンスは彼女にあまり海岸に出ていると日焼けすると注意するだけで、彼自身は近くのクラブでトランプに興じている。そうした生活にエドナは漠然と充たされない思いをいだく。一方、近くには Adèle Ratignolle という女性が滞在していたが、彼女は夫と子供たちのためにのみ生きる典型的な家庭的な女性であった。エドナはまったくタイプが違う彼女と意外に気があって、二人は一緒に時を過ごし、エドナはケンタッキー・ブルーグラスが生い茂った農園で過ごした少女時代のことや、愛していないレオンスと結婚した経緯などを語る。そして、子供のためであったら、自分の生活を犠牲にしてもいいが、本質的な自分自身は絶対失いたくないと言う。ある夜、ルブラン家でパーティがあり、自立した女性ピアニスト Mlle Reisz がショパンを弾き、その後、夢見心地で海岸に出て海に入ったエドナは、それまで泳げなかったはずなのに、自分が泳いでいることに気づく。ショパンの音楽、海水の感触、海岸の散策、登ってくる満月、そうした雰囲気の中で、エドナはそれまで自分の中に眠っていた女性としての感情が「目覚める」のを意識する。そこにロベールが現われ、二人は連れ立ってコテージに戻り、庭のハンモックで休んでいるあいだ、彼女は彼に対する激しい欲望を覚える。

　翌朝、二人は対岸の教会のミサに出かけるが、ミサの途中、気分が悪くなっ

たエドナはロベールの介抱を受け、近くの小食堂で休息をとることになる。彼女はロベールが身近にいることによって、これまでにない生き生きとした様子を見せる。翌日、ロベールに会いに行くと、彼が突然メキシコに旅立ったことを知らされる。彼女との関係がスキャンダルとなるのを恐れて、自ら姿を消したのだ。女性としての欲望に目覚めた彼女は孤独感に苦しむ。やがて、夏の休暇も終わり、ポンテリエ家はニューオーリンズにもどるが、夫との関係はますます疎遠となり、充たされない思いの彼女は、結婚指輪を部屋の絨毯に投げ捨てることさえある。週に一度来客をもてなすという上流階級の主婦の務めもないがしろにして、趣味であった絵を描き始め、描いた絵が売れたりする。彼女なりに自立の道を歩み始めたのである。エドナはグランドアイルで会ったマドモワゼル・ライスに会いに行く。彼女はラティニョル夫人とは対照的な未婚のエクセントリックないかにも芸術家タイプの女性で、女性の独立、自由、勇気などを象徴し、エドナは、結局、この対照的な二人の友人の間を揺れ動くことになる。ロベールはマドモワゼル・ライスには手紙を書き送っているが、それを見せてもらうと、彼はもっぱらエドナへの思いを書き記している。夫レオンスが仕事で旅行に出ると、エドナは子供を夫の母親に預け、一人で自由な生活を送っていたが、その間に、Alcée Arobin という定職をもたない遊び人の男性が彼女に近づいてくる。夫の家を出て近くに家を借り、画家として新しい生活を始めることにした彼女は、引越しする前夜、自宅でパーティを開くが、アルセ・アロバンも来ていて、他の来客が帰ったあと、彼女は居残っていた彼と肉体関係をもつ。パーティの数日後、ロベールの消息を確かめようと、マドモワゼル・ライスを訪れると、彼は戻ってきていて、再会した二人は、ぎこちない時を過ごす。ロベールはやはりスキャンダル視されるのを避けるため自ら身を引いていたと言う。エドナは新しい家に彼を案内するが、そこへラティニョル夫人から出産の知らせがあり、彼女に来てほしいと言うので、彼女は駆けつける。そして、その夜、帰ってみると、ロベールは「愛するがゆえに、立ち去らねばならない」('I love you. Good-by — because I love you.') という置き手紙を残してまた姿を消していた。一人残され、ロベールとの愛にも絶望した彼女は、海岸に出て、あたかも波の音に魅入られたかのように、水着を脱いで素裸で海に入り、沖に向かって泳ぎ出し、少女時代のケンタッキーの農園、父や妹の声、スズカケの木に

(13-1) CD 61

> In short, Mrs. Pontellier was beginning to realize her position in the universe as a human being, and to recognize her relations as an individual to the world within and about her. This may seem like a ponderous weight of wisdom to descend upon the soul of a young woman of twenty-eight — perhaps more wisdom than the Holy Ghost is usually pleased to vouchsafe to any woman.
>
> But the beginning of things, of a world especially, is necessarily vague, tangled, chaotic, and exceedingly disturbing. How few of us ever emerge from such beginning! How many souls perish in its tumult!
>
> The voice of the sea is seductive; never ceasing, whispering, clamoring, murmuring, inviting the soul to wander for a spell in abysses of solitude; to lose itself in mazes of inward contemplation.
>
> The voice of the sea speaks to the soul. The touch of the sea is sensuous, enfolding the body in its soft, close embrace.
>
> ——Kate Chopin, *The Awakening*, Chapter 6

つながれた老犬の吼える声などを思い浮かべながら、波の間に消えてゆく。

　ここで、具体的に、*The Awakening* の第6章からの引用 (13-1) を見てみよう。第6章は冒頭から10ページほどのところで、家庭生活に飽き足らない思いをしているエドナのところにロベールという若い男性が現われ、彼の誘いに抵抗しながらも、それに惹かれるという不安定な彼女の心理が描かれる。この文章は冒頭近くにありながら、この小説の本質を早くも明示する。エドナは人間として宇宙の中でどのような位置にいるのか、世界に対してどのような関係を保つべきか、つまり独立した存在としての自己を意識し始めているのであるが、注意すべき点は、それを社会の中の関係ではなく、社会を超えた「宇宙」(universe) の中に求めていることで、その点では、フロベールの『ボヴァリー夫人』のように社会的関係を描いた小説とは本質的に違っていて、いかにも Richard Chase の主張するアメリカの「ロマンス型」の小説となっている（この「ロマンス型」小説については、『講義　アメリカ文学史』

第Ⅰ巻第4章「アメリカ文学の「ロマンス」性」を参照)。つまり、始原の混沌とした世界がここでは問題にされており、人間は社会的な存在ではなく、「魂」(soul) という言葉が示すように、次元が違っているのである。そして、すべてを産み出すとともに、すべてが戻ってゆく海、それが彼女にとって意味をもつ混沌とした、曖昧で、絡み合い、不安をもたらす根源的な世界なのである。その海の声、波の音は魅惑的であり、人を誘惑してやまない響きをもっている。孤独の深淵に人の魂を引きずり込む。

この一節が重要であることは、'The voice of the sea' から 'in abysses of solitude' までが、そっくりそのままエドナが最後に素裸で海に入り込む直前の海の描写に繰り返されていることからもわかる。そして、引用最後の文の「海の声が魂に語りかけ、海の感触は官能的 (sensuous) であり、その柔らかく、しかもきつい抱擁の中に肉体を包み込んでいった」という感覚的な描写は、本能的な生命に人間の本質を認めた D. H. Lawrence の思想を思わせるところもある。事実、Edmund Wilson はアメリカの南部文学の再評価を訴えた評論集 *Patriotic Gore* (1962) で、早くも *The Awakening* をロレンスの先駆けとして評価していた。もう一点、ここで注目すべきことは、海のイメージ、表現がウォルト・ホイットマンの詩、とりわけ彼の "Out of the Cradle Endlessly Rocking" などと酷似していることである。ショパンの伝記を書いたエミリー・トースによると、彼女はホイットマンを愛読し、*Leaves of Grass* をいつも手元に置いていたという。ホイットマンは、一時期、新聞記者としてニューオーリンズに滞在していたし、彼も肉体と性を大胆にうたった。また、Lewis Leary は *Southern Excursions* (1971) で両者の類似点を具体的に比較検討し、こうした類似は偶然 (accidental) とは思われないと述べている (論文の一部は "Kate Chopin and Walt Whitman" として Norton 版に採録)。こうして、*The Awakening* は単なる女権拡大運動のプロパガンダ小説とはだいぶ趣(おもむき)を異にした人間そのもののあり方を扱った小説と見なすべきなのである。

次の引用 (13–2) は、エドナがラティニョル夫人に対して、「本質的でない」(unessential) もの、自分の財産とか生命などは犠牲にしても、本質的な自分自身だけは絶対譲れないと強く主張する、二人の女性の日常会話でありながら、実はこの小説の主題が浮き彫りにされている場面である。エドナはロベールに対して、夫に感じたことのない性的な感情をいだくようになるが、そう

(13–2) **CD** 62

> ... The sentiment which she entertained for Robert in no way resembled that which she felt for her husband, or had ever felt, or ever expected to feel. She had all her life long been accustomed to harbor thoughts and emotions which never voiced themselves. They had never taken the form of struggles. They belonged to her and were her own, and she entertained the conviction that she had a right to them and that they concerned no one but herself. Edna had once told Madame Ratignolle that she would never sacrifice herself for her children, or for any one. Then had followed a rather heated argument; the two women did not appear to understand each other or to be talking the same language. Edna tried to appease her friend, to explain.
>
> "I would give up the unessential; I would give my money, I would give my life for my children; but I wouldn't give myself. I can't make it more clear; it's only something which I am beginning to comprehend, which is revealing itself to me."
>
> "I don't know what you would call the essential, or what you mean by the unessential," said Madame Ratignolle, cheerfully; "but a woman who would give her life for her children could do no more than that — your Bible tells you so. I'm sure I couldn't do more than that."
>
> "Oh, yes you could!" laughed Edna.
>
> ——Kate Chopin, *The Awakening*, Chapter 16

した感情は以前から彼女の中にあり、ただ表面化しなかっただけで、それは自分だけに関する個人の問題であり、自分にとって当然の権利だとさえ思う。そうした考えは、当然ながら、良妻賢母型のラティニョル夫人の理解を超えており、彼女はエドナのいう 'unessential' なものが何であるかわからない。ラティニョル夫人は、女性にとって、子供のために生命を投げ出す以上のことがあるだろうかと言う。彼女たちは別世界に生きているといっていいほど異なっている。

そして、小説最終章、第 39 章からの引用 (13–3)。海に入り、沖に泳ぎ出

したエドナの意識が描かれる。夫も、子供たちも、彼女の人生の一部であったが、だからといって、彼らは彼女の肉体・魂をすべて「所有」していたわけではない。マドモワゼル・ライスに言わせれば、エドナには芸術家であるには世間に挑戦するだけの「勇気ある魂」(courageous soul) が欠けていたかもしれない。愛するがゆえに立ち去っていったロベールも彼女の気持ちは理解できなかっただろうと思う。沖に泳ぎ出たエドナは泳ぐ体力が失われてゆくのを意識する。そして、少女時代の農園を思い出す。ここで注意したいのは、100ページ近く前に現われたものと同じ表現が繰り返されていることで、作者は、意識的に伏線としてエドナの悲劇的な最期を暗示していたのである。引用はしていないが、この結末の部分では、傷ついた翼の小鳥のイメージがまた現われるし、'alone'、'solitude' といった言葉によって彼女の孤独感が強調されていて、小説の主題が自立を求める女性の孤独な魂の物語であることが確認される。ショパンは、最初、小説の表題を 'A Solitary Soul' とするつもりだった。

　そして、従来、この小説の最終的な解釈、評価は、彼女の死をどのように見るかによって二分されてきた。一方には、彼女の死を、世間の無理解に対して自ら命を絶つことによって自分の主張を貫いた究極的な意味での勝利であると解釈する論者がいる。すでに紹介したペール・セイヤーステッドがその一人で、彼は評伝 *Kate Chopin: A Critical Biography* で、「それにもかかわらず、エドナはエンマ・ボヴァリーのように敗北したのではない。つまり、彼女の死は彼女を追い詰める外部の圧力に屈した結果というよりは、内面的な自由の主張の勝利であったのだ」という解釈をいち早く出している。あるいは、彼女の自殺は混乱した心理状態から自分の本来あるべき状態を理解した結果として「無上の栄光」であり、「エドナは勝利し、その勝利は断念の行為を含む独立への目覚めにあった」というのである。

　それに対して、否定的な見方をする論者は、彼女の最後の死は、自殺であれ、事故死であれ、*The Awakening* の基本的な主張と矛盾し、女性の自立に疑問をもつ当時の読者の圧力にショパンが屈した結果であるという。たとえば、George M. Spangler は、"Kate Chopin's *The Awakening*: A Partial Dissent"(1970) で（この論文の抜粋は "The Ending of the Novel" として Norton 版に収録）、この小説の最近の高い評価には賛成するが、結末には不満が残るとい

(13-3)

> Her arms and legs were growing tired.
>
> She thought of Léonce and the children. They were a part of her life. But they need not have thought that they could possess her, body and soul. How Mademoiselle Reisz would have laughed, perhaps sneered, if she knew! "And you call yourself an artist! What pretensions, Madame! The artist must possess the courageous soul that dares and defies."
>
> Exhaustion was pressing upon and over-powering her.
>
> "Good-by — because, I love you." He did not know; he did not understand. He would never understand. Perhaps Doctor Mandelet would have understood if she had seen him — but it was too late; the shore was far behind her, and her strength was gone.
>
> She looked into the distance, and the old terror flamed up for an instant, then sank again. Edna heard her father's voice and her sister Margaret's. She heard the barking of an old dog that was chained to the sycamore tree. The spurs of the cavalry officer clanged as he walked across the porch. There was the hum of bees, and the musky odor of pinks filled the air.
>
> ——Kate Chopin, *The Awakening*, Chapter 39

う。その理由は本質的な問題を回避している (elusive) からで、彼によると、エドナは因襲的な道徳観、慣習、母としての義務さえ放棄した意志の強い女性として描かれているので、最後に、ロベールとの関係が思うようにゆかないからといって自殺するのは説得力に欠けるというのである。自殺の動機が不十分だという。「一言で言えば、複雑な心理小説は平凡な感傷小説になり下がってしまった」(In a word, a complex psychological novel is converted into a commonplace sentimental one.) のであり、その理由は感傷的な女性読者の涙を誘うためか、女性的な美徳を捨てた女性の報いは死しかないという当時の 'poetic justice' によって道徳的な読者を満足させようとしたのか、いずれにせよ、当時の大多数を占める読者に妥協したとみる。*The Awakening* の最終的な解釈、評価は今なお決着していない。

14 *Robert Frost* ロバート・フロスト

20世紀アメリカを代表する国民的な詩人／
その生涯の光と影

Robert Frost
(1874–1963)

■ 略　伝

Robert (Lee) Frost (1874–1963) は、ニューイングランドの詩人というイメージが強いが、それ以上に、生涯全体を見ると、アメリカのさまざまな地域の要素が入っている。まず、生まれはニューイングランドではなく、西部サンフランシスコであった。フロスト家はピューリタン時代にまで遡る旧家。父親はハーヴァード大学出身であったが、ニューイングランドの風土を好まず、新聞記者としてサンフランシスコに住んでいた。西部に移る前は、織物工場を経営していて、綿花の生産地、南部との繋がりも強かった。Robert Lee というフロストの名前は、有名な南軍の将軍にちなんでつけられた。オハイオ州出身の学校教師で、詩を好み、自分でも詩を書いていた母親はスコットランド系で、スコットランドの国民詩人 Robert Burns を崇拝しており、息子の名前 Robert は、このロバート・バーンズに由来するともいわれる。父親は、1885年、フロストが11歳の時に結核で死亡し、遺書で一度は捨てたニューイングランドに葬られることを望んだ。フロストは、父親の葬儀のために、母親と妹とともにニューイングランドに戻ったが、サンフランシスコに帰る旅費がないまま、一家はマサチューセッ

ツ州 Lawrence に住みつくことになった。ローレンスは、ニューイングランドとはいえ、産業都市で、少年時代のフロストはこの新しい環境に馴染めなかったようだが、西部と東部の違い、周辺の農村の風景、そこに住む住民たちの独特な言葉遣いや、独自の性格は、彼に強い印象をあたえ、その詩の特徴を決定づけた。

　1892 年、ローレンス高校を総代として卒業し、卒業式では 'Valedictorian' という卒業を記念する詩を読んだ（その時、同じ名誉を分け合った Elinor White とのちに結婚する）。その年、Dartmouth College に入学したが、ギリシャ語、ラテン語以外にはほとんど興味を示さず、2 ヵ月ほどで退学し、アルバイトで学校教師などをしながら、詩人を目指した。1894 年、6 篇の詩を収めた処女詩集 Twilight を私家版として出版。部数はわずか 2 部。1 部は手許に置き、残りの 1 部は恋人エリナー・ホワイトに献呈。ついでながら言うと、現在、この稀覯本の詩集は、アメリカの主要作家の初版本をほとんど集めていることで知られるヴァージニア大学の Barrett Collection に収められている。このコレクションは、同大学英文科出身の実業家 Clifton Waller Barrett が生涯かけて蒐集したもので、フロストに関しては早くから Twilignt を除いてすべて揃っていたが、ある時、この欠けている Twilight が古本市場に出た。ところが、ただ 1 冊だけではなく、他の詩集と込みでセットとなって売りに出されていた。そこで、クリフトン・ウォラー・バレットは、その 1 冊を買うために、セットをそっくり買い取ったというのである。こうして、Barrett Collection には、フロストの初版本は、Twilight を除いて、すべて 2 部揃っているという。稀覯本蒐集の有名なエピソードとして語り継がれている。

　翌 1895 年、エリナーと結婚。ハーヴァード大学に入学して、将来は大学教授になろうとしたようだが、ここも 2 年で退学する。そうしたフロストを見て、彼の祖父は、詩人としてこのあと 1 年で成功しなかったら、詩作をあきらめ、まともな職業につくよう忠告した。それに対してフロストは、20 年後には一流の詩人になってみせると答えたという。事実、20 年後の 40 歳の時、A Boy's Will (London, 1913)（表題は Henry Wadsworth Longfellow [⇨ I 巻 26 章] の "My Lost Youth" から。'A boy's will is the wind's will; And the thoughts of youth are long, long thoughts.' とある）を出版して詩人として認められた。1900 年、祖父からニューハンプシャー州 Derry にある農場を遺産として譲り受け、養鶏業などで何とか糊口をしのぐが、生活は苦しく、精神的にも不安定となって、自殺を考えることもあった。彼はのちにアメリカを代表する国民詩人となって、アメリカ国民に敬愛されたが、内面的には暗い

一面をかかえていた。1906年には肺炎で死にかけてもいる。1912年、そうしたアメリカ生活に見切りをつけ、心機一転、詩作にすべてをかける覚悟で農場を売り払い、妻子5人を連れて渡英し、Buckinghamshire の片田舎 Beaconsfield に住みつき、Edward Thomas, Rupert Brooke, Edward Marsh など、Georgian Poets のグループと親交を結び、彼らの推奨で第2詩集 *A Boy's Will* を1913年に出版し、好評を博した。序文を書いたのは Ezra Pound（⇨ II 巻54章）だった。エズラ・パウンドはこのあと T. S. Eliot（⇨ 補遺版96章）を世に送り出すことになるが、フロストも彼の推薦によって詩人としてデビューしたのであった。翌1914年には、"Mending Wall", "The Death of the Hired Man", "A Servant to Servants" など、よく知られた詩を含む *North of Boston* を出版し、さらに注目された。

　そして、1915年、アメリカに帰国するが、その頃までには、有望な新進詩人としてアメリカでも知られるようになっていた。内向的で、傷つきやすい性格の彼は社交を好まず、ニューハンプシャーに小さな農場を買って、田舎での静かな落ち着いた生活を望んでいたが、経済的な理由もあって、アメリカ各地を講演してまわったり、アマースト、ダートマス、ハーヴァードなど、有名大学の 'poet in residence' としてアカデミックな世界との関係を深めたりした。1916年に発表した第4詩集 *Mountain Interval*（'interval'＝'intervale', ニューイングランドの山間の川沿いの低地）は広く読まれ、第5詩集 *New Hampshire*（1923）でピューリツァー賞を受賞し、一流詩人としての地位を確立した。その後も *Collected Poems of Robert Frost*（1930）, *A Further Range*（1936）, *A Witness Tree*（1942）で同賞を受賞し、生涯に4度この名誉ある賞を受けた。こうして、大学は卒業していないにもかかわらず、いくつかの大学から学位を贈られ、1957年には、イギリスのオックスフォード、ケンブリッジ両大学から名誉博士号を授与された。1961年にはケネディ大統領就任式に招待され、"The Gift Outright"（1941）という詩を朗読した。最後の詩集は *In the Clearing*（1962）。そして、その翌年、88歳の高齢で他界。外面的には、功なり名遂げたアメリカを代表する「国民詩人」の輝かしい生涯と見なされていたが、内面生活はけっして恵まれた平穏無事なものではなかった。家族関係も不幸の連続といってよいものだった。娘は精神病を患っていたし、たった一人の息子は自殺している。晩年は夫人と子供たちすべてに先立たれていた。

　こうした彼の暗い一面は、1953年、Randall Jarrell（彼自身すぐれた詩人）

> The land was ours before we were the land's.
> She was our land more than a hundred years
> Before we were her people. She was ours
> In Massachusetts, in Virginia,
> But we were England's, still colonials,
> Possessing what we still were unpossessed by,
> Possessed by what we now no more possessed.
> Something we were withholding made us weak
> Until we found out that it was ourselves
> We were withholding from our land of living,
> And forthwith found salvation in surrender.
> Such as we were we gave ourselves outright
> (The deed of gift was many deeds of war)
> To the land vaguely realizing westward,
> But still unstoried, artless, unenhanced,
> Such as she was, such as she would become.
> ——Robert Frost, "The Gift Outright"

の *Poetry and the Age* で早くも指摘されていた。ランダル・ジャレルによると、田園詩人として「誰もが知っているフロスト」とは違った、「誰も口にしないもう一人のフロスト」「暗い真実を偽ることなくうたう、暗く、深刻で、悲しみに囚われたもう一人の詩人」がいるというのであった。そして、この問題がさらに注目を集めたのは、彼の死後に書かれた、ある意味では決定版といってよい伝記、Lawrance Thompson の *Robert Frost: The Early Years, 1874–1915*（1966）, *Robert Frost: The Years of Triumph, 1915–1938*（1970）（さらに第3巻が著者の死後追加刊行）の3部作によってであった。ロランス・トンプソンは、公認伝記執筆者であり、多くの資料を近親者から提供されながら、自らの学者としての良心に従って、周囲にしか知られていなかった国民に敬愛された詩人フロストの陰の部分——家庭的に恵まれず、自己中心的で、欲求不満、屈辱感、嫉妬心に苛まれ、残酷で偏執狂的な一面——を

明らかにした。当然、伝記を依頼した肉親や、彼を偶像視する人びとからは猛烈な反発と批判を招くことになった。真実はどうなのか、筆者には断定できないが、フロストの作品には暗い影が認められるし、こうした伝記的な事実は彼にとってマイナスではなく、むしろそれによって、フロストという人間、彼の作品は筆者にはより興味あるものになってくる。

　それはそれとして、ここで、彼の代表的な詩のいくつかを具体的に検討してみよう。まずは、引用（14–1）、1961年、ケネディ大統領就任式で朗読されて有名になった "The Gift Outright"。アメリカという国の出現、発展を跡づける。新作ではなく、本来は1941年に書かれ、翌年 *A Witness Tree* に収録されたものである。一見すると、この記念すべき祝賀の日のために書かれたように思われるかもしれないが、細かく読むと、アメリカの歴史的発展を手放しで賛美、称賛する愛国的な詩でないことがわかる。フロスト独自の歴史観、宗教観、逆説的発想法、言葉の重層的な用法が限られた行数に凝縮されており、彼の代表作の一つとなっている。少し詳しく分析的に解説しよう。というのは、フロストの詩の翻訳はいくつかあるが、その中の、フロスト研究者として知られた方の訳があまりにも語学的に無理な、思い込みのはげしい訳なので、それを念頭において、筆者なりの解釈をしておきたい。まず 'Gift' の意味であるが、他動詞 'give' から派生した名詞はつねに主格と目的の関係をはっきりさせなくてはならない。ここでは 'we gave ourselves outright ... To the land ...' とあるように、われわれが自分自身をこの国にあたえることを意味する。つまり、'gift' はこちらが受け取る「贈り物」ではなく、こちらから差し出す「捧げ物」とみるべきであろう。

　この詩では、「所有」（possession）、あるいは不動産（土地）の所有、譲渡が中心的なイメージとなっているが、フロストによると、われわれがアメリカという国土を所有するのではなく、われわれが国土によって所有される、吸収される、つまり、アメリカに移住してきた人間が、国土に自分自身を捧げ、その一部になってこそ、その土地は自分の所有になるというのである。このことは移住民からなるアメリカの場合きわめて重要なことで、ただ移住してきて（あるいは移住もしないで、国王の勅許状一枚を根拠にして）アメリカの土地を 'our land' と主張しても意味はないといっているのである。アメリカを本当に自分の国土といえるのは、つまり所有しているといえるのは、開拓

地でその土地のために汗を流し、独立戦争で、あるいは、必要ならば原住民インディアンと戦って血を流し、その土地に骨を埋め、自分自身がその土地の一部となった時、つまり、土地に所有され、'land's, her people' となった時なのだ。土地は所有することによってではなく、土地に所有されることによって、真の意味で所有することになる。アメリカはそのようにして成立した。そのような逆説をフロストは主張する。

　アメリカの出現には3つの段階があった。所有の主格からいうと、イギリス（England）がアメリカを植民地として「所有」していた植民地時代、われわれ（we, us）が土地の所有権を主張した開拓時代、そして、土地（land）がわれわれを所有し、われわれが 'land's people' となった時代である。詩そのものに沿って読んでゆくと、こうなる。この土地はわれわれがこの土地の住民となる100年以上前からわれわれのものだったが、その頃のわれわれはイギリスが所有する植民地の住民であったから、それはわれわれ自身のものでも、土地のものでもなかった。そして、われわれは、なお所有を認められていないもの（つまり、イギリスが植民地として所有するアメリカの土地 [land]）を所有し、もはや所有権をもたないもの（つまりイギリス）に所有された植民地住民であった。'Possessing' から 'possessed' までの2行は '(un)possess' という動詞の使い方が微妙でわかりにくいが、簡単に言えば、自分たちがその一部ではなくなったイギリスが所有する植民地アメリカを、自分たちの土地として所有していた、というのだ。そして、イギリス所有の植民地から本当に自分たちのものといえる土地にしてゆくためには、自分たちを土地に捧げ、その一部にならなければならないのである。それが次に続く部分で、自分自身を捧げることを拒んでいたために弱い存在だったが、それに気づいて、われわれのすべてを捧げて、アメリカは真にアメリカ人の所有する国土となっていった、というのである。自分自身を「捧げる」（surrender）ことによって「救い」（salvation）を見いだす。

　われわれは自分自身を「すべて」（outright）この土地に 'gift' として贈り（この贈る行為は数々の戦いの行為であったというが、それは自然との戦い、独立のための戦い、そして、開拓地での先住民との戦いでもあっただろう）、そうしてはじめて 'the land's' となったのである。フロストは、最後に、このアメリカが西に向かって「さまよいつつ」（'vaguely' は「漠然と」ではなく、語

源的な意味、'vagrant'、'vagabond' とも関連する 'wanderingly' と解する）自ら を実現してゆくという期待を表明する。この詩は、言葉の多様性を巧みに使っ ていて、二重、三重の意味が込められている。たとえば、最後から２行目に あるアメリカを形容する 'artless' は、「悪知恵、狡猾さをもたない、純朴な」 (free from guile or craft, simple and sincere) と、「芸術をもたない」(without works of art) という、二つの意味が認められると思うが、そのいずれをとる かによってアメリカのイメージはまったく違ったものになる。また、'(The deed of gift was many deeds of war)' の 'deed' にも、「行為」と「証書」の二 つの意味があって、ある翻訳では、「贈物の証文は、多くの武勲であった」と 訳されているが、「贈物の証文」とは何であろうか。「贈物」は「証文」を伴 うだろうか。また、それが「武勲」になぜなるのだろう。断定はできないが、 筆者は、自分自身を土地に捧げるという「行為」は、犠牲を伴う数多くの戦 いという「行為」であった、とアメリカの国家成立の過去を総括したものと 解する。

"The Gift Outright" は大統領就任式という晴れがましい折に朗読された詩で あり、アメリカの国威発揚の愛国的な詩と思われているかもしれないが、全 体としては、きわめて謙虚で、国民の盲目的な愛国心に訴える底の浅い詩な どではないのである。その点では、先ほど、既訳に問題があるといったが、 いま紹介したように、'many deeds of war' を「多くの武勲」と訳すところな どは、国民詩人というフロストのイメージにとらわれた解釈と言わざるをえ ない。フロストは、最後で、アメリカを 'artless' と否定の接尾辞 'less' だけで なく、'unstoried'、'unenhanced' と否定の接頭辞 'un' をもつ過去分詞を並べて 形容する。今でこそ、世界の強大国としてアメリカの過去、独立戦争や、ア メリカの開拓の歴史を誇らしげに語る歴史書もあるが、フロストはそれとは 違ったアメリカを提示する。同様に、未来のアメリカについても 'Such as she was' を踏まえて、'such as she would become' と言い、謙虚な姿勢を示す。彼 は、平凡な田園生活の小さな出来事をとおして生きることの意味を読者に考 えさせる親しみやすい詩人である、と思われている。第２詩集 *A Boy's Will* の冒頭に置かれた短詩 "The Pasture" (1913) の第１スタンザは、'I'm going out to clean the pasture spring; / I'll only stop to rake the leaves away /（And wait

(14–2) **CD 66**

> Snow falling and night falling fast, oh, fast
> In a field I looked into going past,
> And the ground almost covered smooth in snow,
> But a few weeds and stubble showing last.
>
> The woods around it have it — it is theirs.
> All animals are smothered in their lairs.
> I am too absent-spirited to count;
> The loneliness includes me unawares.
>
> And lonely as it is that loneliness
> Will be more lonely ere it will be less —
> A blanker whiteness of benighted snow
> With no expression, nothing to express.
>
> They cannot scare me with their empty spaces
> Between stars — on stars where no human race is.
> I have it in me so much nearer home
> To scare myself with my own desert places.
>   ——Robert Frost, "Desert Places"

to watch the water clear, I may): / I shan't be gone long. — You come too.' という、牧草地の泉に溜まった木の葉を取り除きにいって、水が澄むのを待とう、そして、一緒に来ないかと誘う生活の一コマをうたった、一見、単純な詩であるが(これさえ、ある評伝によると、背後には妻エリナーとの軋轢があったらしい)、初期の詩から彼の詩をていねいに読んでゆくと、'dark'、'dusk'、'desert'、'doubt'、'despair'、'death' といった 'd' で始まる単語が意外に多くあり、彼の暗い一面を思わずにはいられない。そうした詩をいくつか紹介しておこう。

　第一は、題名から暗い "Desert Places"(1936)．引用(14–2)である．わずか4スタンザ16行の短い詩で、第3スタンザの最初の2行のようによくわか

らない不思議な部分もあるが、他の部分は単語も構文も、現代詩にしては平明である。外界はしきりに雪が降りつづいている。地表も雪に真っ白に覆われている。周りの森があたりを支配しているように感じられ、「私」はその「孤独」に包み込まれる。暗闇に包まれた雪の空白の白が一切の表情を失っている不気味な世界で、空虚な宇宙空間には星が輝く。しかし、「私」を脅かすのはそうした真っ白な雪の降る夜の自然空間の空虚さよりも「私自身の砂漠地帯」（my own desert places）であるという。自然空間の暗い空虚さよりも恐ろしい人間の内面に潜む孤独感、空虚感——その 'desert places' が何であるかはわからないが、詩人は雪が降りしきる夜、人里はなれた道を一人行きながら、それを自分の中に感じているのである。第3スタンザの 'A blanker whiteness of benighted snow / With no expression, nothing to express.' は、何人かの研究者が指摘するように、Herman Melville（⇨8章；I巻23章）の *Moby-Dick*（1851）の白鯨の白や、Edgar Allan Poe（⇨6章；I巻24章）の *The Narrative of Arthur Gordon Pym*（1838）の最後に現われる不気味な白の世界、Emily Dickinson（⇨10章；I巻29章）の白への偏愛などを思わせる。

　同様に、'deceptively simple' な詩として知られ、多くのアンソロジーに採録されているのが "Stopping by Woods on a Snowy Evening" である。引用（14-3）で、単語も構文もいたって単純平明に思われるが、それにもかかわらず、読者の数だけ解釈があるといっても過言でない極めつきの「曖昧な」詩である。どこが「曖昧」かと思われるかもしれないが、たとえば、第4スタンザの1行目の 'lovely, dark and deep' に関して、ここでは 'dark' のあとに句読点（comma）を入れていないが、Richard Ellmann 編 *The New Oxford Book of American Verse*（1976）のように、入れている版もあり、それによって意味が違ってくるのである。つまり、句読点があると、この3つの形容詞は同じウェイトで並置されているが、ないと、'dark' で 'deep' であるので 'lovely' であると、'lovely' の理由と解釈するのである。そして、なぜこの森が暗く深いので、すばらしいというのか。そもそも、この「森」（woods）は聖なる領域なのか、Nathaniel Hawthorne（⇨5章；I巻22章）が描く森のように、未知の恐怖の世界なのか、解釈が分かれる。しかも、「森」はフロストの詩には頻出し、それらを比較して考察しなくてはならない。この詩でも、日暮れ時、

> Whose woods these are I think I know.
> His house is in the village though;
> He will not see me stopping here
> To watch his woods fill up with snow.
>
> My little horse must think it queer
> To stop without a farmhouse near
> Between the woods and frozen lake
> The darkest evening of the year.
>
> He gives his harness bells a shake
> To ask if there is some mistake.
> The only other sound's the sweep
> Of easy wind and downy flake.
>
> The woods are lovely, dark and deep,
> But I have promises to keep,
> And miles to go before I sleep,
> And miles to go before I sleep.
> ——Robert Frost, "Stopping by Woods on a Snowy Evening"

雪が降りしきる真っ白かつ沈黙の世界が描かれていて、"Desert Places" 同様、この空白の世界は宇宙空間の虚無につながっているようにも思われる。

　フロストの詩は、一見すると単純で、わかりやすく、翻訳もそれほどむずかしくないように思われる。翻訳も少なくない。しかし、彼の単純に思われる詩は、逆説的に、単純であるがゆえに、かえって翻訳が困難で、原文でなければ読みとれない意味が込められている。それは、ここで引用した3篇の詩からも理解いただけたと思う。フロストの詩は、簡単に翻訳を利用して読めるが、彼の詩の 'simple' さは、読者を欺く 'deceptive' なので、ぜひ英語で読んでほしい。

15

Sinclair Lewis
シンクレア・ルイス

現在のアメリカ文学研究者に黙殺された
アメリカ最初のノーベル賞受賞作家

Sinclair Lewis
(1885–1951)

略伝に先立って、まず最初に、本章でとり上げる Sinclair Lewis（1885–1951）のアメリカ文学史上における位置を確認しておきたい。彼は、1930年に、アメリカ人としてはじめてノーベル文学賞を受賞した。アメリカ文学は、第一次大戦後に、19世紀中葉の「アメリカン・ルネサンス」（American Renaissance）に匹敵する、多くの傑作が現われる第2の「開花期」（second flowering）を迎えた。そして、シンクレア・ルイスがその代表者としてノーベル文学賞を授与されたのである。ところが、周知のとおり、アメリカでは、1960年代を境にして、西欧系白人男性が社会の主流を占める自国文学の見直しが若い文学研究者によって行なわれ、このいわゆる「正典」（canon）の見直しによって、それまで不当な扱いを受けていたという女性作家や、黒人・少数民族作家などが、文学史や、アンソロジーで大きく扱われるようになった。それにはもちろんそれなりの理由があって、「正典」拡大は歓迎すべき結果をもたらした。しかし、その反面、文学史的にいって、行き過ぎと思われる「正典」文学者の入れ替えが行なわれて、日本の大学の英

文科で教えられてきた白人男性作家が、おそらくスペースの関係もあって、ごっそり文学史から除外されるという事態を招いた。そうした変化の象徴的な文学者が、本章で問題にしようとしているシンクレア・ルイスである。彼がアメリカ文学で Herman Melville（⇨ 8 章；Ⅰ巻 23 章），Nathaniel Hawthorne（⇨ 5 章；Ⅰ巻 22 章），あるいは Ernest Hemingway（⇨ 18 章；Ⅱ巻 45 章），William Faulkner（⇨ 17 章；Ⅱ巻 47 章）などと並ぶメジャーな文学者であるというのではないが、アメリカの文学者として最初にノーベル賞を受賞した彼を文学史から除外して、アメリカ文学の歴史的展開を語ることができるだろうか。「正典」見直しの成果に基づいて新しく編集された代表的な新しいアメリカ文学のアンソロジー The Heath Anthology of American Literature（1990）は、上下 2 巻、5000 ページ、300 人を超えるアメリカ文学者を収録しながら、ルイスは独立した 1 章をあたえられていないだけでなく、時代背景の解説にもその名は一度も現われない。筆者には、何としても納得のゆかない問題のケースで、ルイスがそのように不当な扱いを、現在、受けている文学者であるという事実をまず指摘して、本章を始めることにしたい。

■ 略　伝

　ルイスは、アメリカ中西部ミネソタ州 Sauk Centre に医者の三男として生まれた。自意識が強く、落ち着きのない、夢と理想を追い求める彼は、自己満足的で、事なかれ主義の周囲からはみ出し、何かと問題を引き起こすことが多い少年だった。1903 年、地元の Oberlin Academy に半年学んだあと、イェール大学に入学して、学生雑誌に短篇や詩を発表するとともに、4 年生の一時期は、Upton Sinclair（⇨ 補遺版 95 章）が主宰する新しい村運動 Helicon Home Colony に参加した。卒業後に、ジャーナリズムなど、雑多な仕事に従事し、1914 年、小心者の平凡なサラリーマンのヨーロッパ旅行中の「冒険」をとおして、物質的なアメリカと成熟した文化伝統をもったヨーロッパの違いを諷刺的に描いた Our Mr. Wrenn: The Romantic Adventures of a Gentle Man で小説家としてデビューした。次作 The Job: An American Novel（1917）では、若い女性の結婚とキャリアの選択という当時のアメリカ社会の新しい問題をジャーナリスト的な嗅覚でいち早くとり上げ、注目された。そして、1920 年、代表作とされる Main Street を発表。文化的な教養の理想を求める若い大学出の女性が、因襲的で自己満足に陥った中西部の田舎町でたった一人の反乱を試み、あえなく

敗北するさまを諷刺の利いた生きのよい口語体で描き、一躍ベストセラー作家となった。このあとも、ジャーナリスティックに話題となる問題小説をつぎつぎと発表。なかでも、土地ブームに沸く中西部の架空の小都市 Zenith の不動産業者 George F. Babbitt の俗物性を徹底的に諷刺した *Babbitt* (1922)、金儲けを優先する当時の医学界の現状と、それに抵抗する良心的な医師の葛藤を描いた *Arrowsmith* (1925) によって、現代にも通じる社会問題をアメリカ社会に突きつけた。*Arrowsmith* はピューリツァー賞に選ばれたが、自信作の *Main Street, Babbitt* が単なるアメリカ社会の恥部を暴露しただけの通俗小説だという体制派批評家の評価に抗議して、受賞を拒否し、話題を呼んだ。続く *Elmer Gantry* (1927) では、大学の人気運動選手だった青年が、その弁舌の才と肉体的魅力で福音牧師として成功する姿を描き、当時のアメリカ宗教界の偽善性、腐敗・堕落を暴露し、宗教関係者の間で物議をかもすことになった。1920年代最後の小説 *Dodsworth* (1929) は、自動車メーカーの経営者夫妻のヨーロッパ旅行をとおして、*Our Mr. Wrenn* と同じく、アメリカとヨーロッパの微妙な関係を扱い、Henry James (⇨ 12 章; II 巻 34 章) 以来の国際状況の主題を受け継いだ。

このあとも、アメリカの時局に即したさまざまな社会問題をテーマに多くの小説を書いたが、後世に純然たる文学作品として評価されるのは、*Main Street* から *Dodsworth* までの5作といってよいだろう。これらの小説は、いずれも、事前に新聞記者のように徹底した資料調査を行ない、また、この時代のアメリカ社会を 'photographic' と形容される正確な描写力で記録しており、ルイスの伝記の決定版を書いた Mark Schorer によると、たとえこの時代の歴史資料がすべて失われても、彼の作品さえ残っていれば、この時代のアメリカ社会の再現は可能だという。現在、ルイスの評価は必ずしも高くないが、1920年代、彼は西欧列強の仲間入りをしたアメリカを代表する文学者で、すでに述べたように、1930年には、アメリカ作家としてはじめてノーベル文学賞を受賞した。それ以降の作品としては、女性の社会活動家を扱った *Ann Vickers* (1933)、ファシズム化した近未来のアメリカを想定してファシズムの脅威をタイミングよく警告した *It Can't Happen Here* (1935)、1930年代の社会傾向を背景に親子の世代間ギャップを問題にした *The Prodigal Parents* (1938)、慈善事業家を 'philanthrobber' (慈善泥棒) と称して諷刺の対象にした *Gideon Planish* (1943)、彼自身の実生活を反映するように思われる (晩年、彼は36歳年下の若い女優と恋愛関係に陥った) 20歳近い年齢差のある夫婦の結婚生活の危機を描く *Cass*

Timberlane (1945)、黒人の血をもつ銀行家を主人公に、彼なりに人種問題を扱った Kingsblood Royal (1947)、そして、死後の出版となる最後の作品 World So Wide (1951) で、再びヨーロッパにおけるアメリカ人の問題をとり上げた。このほかにも、多くの作品があり、死後、書簡集 From Main Street to Stockholm (1952)、エッセイ集 The Man from Main Street (1953) などが出版された。

　小説家ルイスにとって、アメリカは愛憎相半ばする世界であり、そのアメリカに安住の地を見いだすことができず、生涯の大半をアメリカ及びヨーロッパで根無し草として過ごした。実生活では、3人の女性と同棲、結婚、離婚、再婚を繰り返しただけでなく、同業の小説家、批評家、編集者との間でいざこざが絶えず、生涯、精神的に不安定で、劣等感、焦燥感、孤独に苦しみ、それをアルコールで紛らわせ、最後は極度のアルコール中毒に陥った。1951年1月10日、12回目のヨーロッパ旅行中、ローマ郊外の精神病院でアルコール中毒による急性譫妄症で死亡した。

　ここで、まず、彼の代表作と見なされている Main Street を具体的に見てみよう。文化的なものに強い憧れをもつ、Bridgett College を卒業したばかりの若い活発な女性 Carol Milford は Will Kenicott という医者と結婚し、彼の住むミネソタ州の典型的な田舎町 Gopher Prairie に来て、その町を文化的に改革しようとする。しかし、この町は、その Main Street に象徴されるように、殺風景な商店が立ち並ぶだけで、およそ文化的な雰囲気はなく、住民も表面こそ親切で愛想がよいが、保守的な俗物ばかりで、来る日も来る日も変わりばえのしない退屈な日を送っている。そうした雰囲気にキャロル・ミルフォード(ケニコット)は幻滅する。しかし、それにもめげず、女性クラブを作って自分の主張をするが、かえって反発を招いて孤立する。夫ウィル・ケニコットも彼女に理解を示さず、町の住民の側を支持する。もちろん、町には文化的なものに憧れ、進歩的な考えをもつ人もいるにはいるが、彼らは胡散臭い目で見られている。彼女はそうした弁護士や、学校の教師などと付き合って不満を紛らわし、また、演劇クラブを作って、G. Bernard Shaw などの戯曲を上演しようとするが、反対が強く、結局は低俗なコメディを出し物にするしかない。

　こうしたことから、夫との関係もまずくなり、その充たされない思いから、洋服仕立屋の若い助手と親しくなって、町のゴシップになったりする。町の

> He was one of the worst writers in modern American literature, but without his writing one cannot imagine modern American literature. That is because, without his writing, we can hardly imagine ourselves. In at least five solid works — *Main Street*, *Babbitt*, *Arrowsmith*, *Elmer Gantry*, and *Dodsworth* — the endurable core that followed upon his slow start and preceded his long decline, he gave us a vigorous, perhaps a unique thrust into the imagination of ourselves.
>
> ――Mark Schorer, *Sinclair Lewis: An American Life*

　医者として妻の評判を気にする夫は、人の目を避けるため、一時、彼女をカリフォルニア旅行に送り出すが、旅行から戻っても、町は旧態依然そのもので、夫と喧嘩をして、別居した彼女は、町の改革に見切りをつけ、子供とワシントンに出かけ、自由で文化的な生活を始める。しかし、それも虚しく、欲求不満は募るばかりだったが、やがて、ゴーファー・プレーリーの生活を客観的に眺める冷静さをとり戻し、結局、1年後には何も変わっていないこの田舎町に戻って、夫との生活をまた始め、新しい子供も生まれる。彼女は敗北したが、その敗北を後悔はしない。客観的に見る限り、田舎町の閉鎖性、独善性は一人の女性の反逆で打破できるようなものではない。しかし、彼女も改革の夢を諦めたわけではない。生まれた子供に見果てぬ夢を託すことになる。ルイスも改革の困難さを十分知っていて、彼女を決定的な敗北、自滅の悲劇に追いやることがなかった。

　このように、ルイスの小説の主要テーマ、粗筋を紹介してきたが、その魅力は最終的には彼の語り口にあるといってよいだろう。彼はつねに具体的な描写によって、時代や、土地の雰囲気、人物の性格などを読者に印象づける。テーマも主張も、選挙の公約のようにスローガン化し、記憶しやすいように要約する傾向がある。したがって、理解しやすい。しかし、ただそれだけに終わって、それ以上に読者の想像力に訴えかけることがない。その意味で、新聞の特集記事のようなところがある。また、その時代の流行語や、俗語、土地の方言、商品名などの固有名詞を作品中にちりばめて、時代の雰囲気を

(15–2)

　This is America — a town of a few thousand, in a region of wheat and corn and dairies and little groves.

　The town is, in our tale, called "Gopher Prairie, Minnesota." But its Main Street is the continuation of Main Streets everywhere. The story would be the same in Ohio or Montana, in Kansas or Kentucky or Illinois, and not very differently would it be told Up York State or in the Carolina hills.

　Main Street is the climax of civilization. That this Ford car might stand in front of the Bon Ton Store, Hannibal invaded Rome and Erasmus wrote in Oxford cloisters. What Ole Jenson the grocer says to Ezra Stowbody the banker is the new law for London, Prague, and the unprofitable isles of the sea; whatsoever Ezra does not know and sanction, that thing is heresy, worthless for knowing and wicked to consider.

　Our railway station is the final aspiration of architecture. Sam Clark's annual hardware turnover is the envy of the four counties which constitute God's Country. In the sensitive art of the Rosebud Movie Palace there is a Message, and humor strictly moral.

　Such is our comfortable tradition and sure faith. Would he not betray himself an alien cynic who should otherwise portray Main Street, or distress the citizens by speculating whether there may not be other faiths?

　　　　　　　　　　——Sinclair Lewis, "Preface," *Main Street*

再現する。したがって、ルイスの小説はアメリカ英語の宝庫であり、アメリカの風物や、習慣を知るうえで便利であるとともに、最初に言ったように、彼の作品さえ残っていれば、他の歴史的な資料がすべて失われても、その時代を復元できるということになるが、その反面、時代が変わると急速に色あせるという欠点も伴っている（逆に、その時代、土地を知っている読者には何ともなつかしい小説となる）。そして、小説は、殊にリアリズムの小説は、真空状態から生まれるのではなく、特定の社会状況の中から現われるとするな

らば、彼の小説はそういう意味でのリアリスティックな小説の典型となる。

　続いて、具体的にルイスの小説のサンプルとして、*Main Street* から 3 ヵ所を引用しておこう。最初の引用（15–2）は *Main Street* のいわば「前書き」として作品冒頭に置かれたスケッチである。ここでまず気づくのは、数千人の住民の町、これがアメリカだ、といった一部の典型的な事例によって全体を包括的に表現する発想法で、同じように、この町の「メインストリート」はアメリカすべての町の本町通りの延長であるともいう。この「メインストリート」は、文明の頂点で、過去の歴史はすべてその実現に貢献しているという。'Hannibal'、'Erasmus' といった歴史上の人物から 'Ole Jenson'、'Ezra Stowbody' といったゴーファー・プレーリーの住民の名まで具体的な名前を挙げて、個別的な言及をとおして、普遍性を目指す。そして、最後に、これがアメリカの 'comfortable' な伝統であり、'sure' な信念であると、日本語に置きかえにくい形容詞を使って自画自賛をし、そのように考えないでシニカルな態度をとる人間がいるだろうかと言って、前置きを閉じるが、それが痛烈きわまりない皮肉ともなっている。

　続く引用（15–3）は、アメリカ社会の画一性を諷刺した第 22 章からで、彼の語り口、文体の特徴を典型的に示す極めつきの一節である。アメリカ中どこへ行っても、同じものばかりで（universal similarity）、退屈だが安全だと皮肉る。同じ材木置き場、鉄道の駅、フォードの修理工場、乳製品販売店、箱のような個人住宅、2 階建ての商店。このあとも、見かけの同じものが羅列されてゆく。そして、個人の住宅は隣人と違った特色を出そうとする試みまでが同一で、また店頭の商品も、新聞記事も、喋り方も同一で、区別がつかない。病院も同一で、他の町へ行っても、それが他の町だとは気づかず、ウィル・ケニコット医師は自分の病院だと思うだろうという。そして、ルイスは 'same' という単語を何と 17 回も小気味よく繰り返してそれを強調する。現在も、アメリカの田舎町を訪れると誰もが気づく田舎町の特徴で、どの町にも同じ作りの A&P といったスーパーマーケット、Burger King といったファーストフード店などがあり、同じような中古車の販売店、同じような尖塔をもった教会が立ち並ぶ。それをルイスは、誇張して、面白おかしく描くのである。

(15-3)

　The universal similarity — that is the physical expression of the philosophy of dull safety. Nine-tenths of the American towns are so alike that it is the completest boredom to wander from one to another. Always, west of Pittsburgh, and often, east of it, there is the same lumber yard, the same railroad station, the same Ford garage, the same creamery, the same box-like houses and two-story shops. The new, more conscious houses are alike in their very attempts at diversity: the same bungalows, the same square houses of stucco or tapestry brick. The shops show the same standardized, nationally advertised wares; the newspapers of sections three thousand miles apart have the same "syndicated features"; the boy in Arkansas displays just such a flamboyant ready-made suit as is found on just such a boy in Delaware, both of them iterate the same slang phrases from the same sporting-pages, and if one of them is in college and the other is a barber, no one may surmise which is which.

　If Kennicott were snatched from Gopher Prairie and instantly conveyed to a town leagues away, he would not realize it. He would go down apparently the same Main Street (almost certainly it would be called Main Street); in the same drug store he would see the same young man serving the same ice-cream soda to the same young woman with the same magazines and phonograph records under her arm. Not till he had climbed to his office and found another sign on the door, another Dr. Kennicott inside, would he understand that something curious had presumably happened.

——Sinclair Lewis, *Main Street*, Chapter 22, 7

　そして、最後の引用 (15-4) であるが、これは小説の幕切れである。キャロルは、寝る前、ベッドで、年一度の「市民の日」(Community Day) が、市民中心の文化的な催しとはならず、市長が有力な政治家を呼んで儀礼的なスピーチをさせるだけに終わったことにがっかりしているが、それを上の空で聞いている夫のケニコットは自分のことばかり考えていて、適当な返事をしてい

る。いかにもルイスらしい状況で、単純ながら精一杯皮肉を利かせている。キャロルは自分の敗北を認める。しかし、自分の改革の夢を自ら嘲笑して、改革を諦めるようなことはしない。一方、夫は明日必要なワイシャツのカラーが見つからないと騒いでいて、彼女の言葉など全然耳に入らない。キャロルは自分の失敗を認め、ゴーファー・プレーリーの限界を客観的に眺め、皿洗いだけが女性の仕事でないと改めて思う。戦いはうまくゆかなかったかもしれないが、信念は守り通したと自分に言って聞かせる（なお、'I may not have fought the good fight, but I have kept the faith.' というのは、彼女がいかにもこの場面で口にしそうな言葉だが、実は新約聖書「テモテ後書」［4: 7］にある聖句）。それに対して、夫は「明日は雪になりそうなので、防風窓をそろそろとり付けなくては、な」と言う。この夫婦の会話のズレによって、彼女の町での孤立が浮き彫りにされる。

　彼女は改革に失敗した。しかし、なお信念は失っていない。ルイスは、そうした彼女の姿を、この最後の場面で、夫のケニコットの無神経な応答によって描き、読者に強い印象をあたえる。その限りでは、彼はキャロルの側に立っているようには思われない。しかし、小説全体としては、ケニコットは、ゴーファー・プレーリーのほかの住民とは微妙に違う、勤勉かつ堅実で、思いやりのある常識的な田舎医師として描かれる。そして、彼は治療費の払えないドイツ系移民農民の治療にあたっている。ただ文化的な教養には欠けていて、キャロルが詩を読んで聞かせると、黙って聞いてはいるが、退屈そうな様子を見せる。ケニコットはゴーファー・プレーリーのような町の現実を知っていて、キャロルの理想的な改革計画が挫折に終わることも最初からわかっている。そして、ルイスは彼の現実的な判断にある程度の共感をいだいているといえなくもない。彼の田舎町に対する最終的な立場は曖昧で（ambiguous）あり、愛憎という複雑な感情を示している。

　彼自身、田舎町、ミネソタ州ソーク・センターに生まれ育ったルイスにとって、ゴーファー・プレーリーのような町は、良くも悪くも、自分のアイデンティティの基盤であり、それに反逆し、その存在を完全に否定することは自らの過去、アイデンティティを否定することにつながる。事実、ソーク・センターの非文化的な環境から反逆し、自分なりに理想を求めた彼の生涯は根無し草の放浪の生涯に終わった。移民によって、旧大陸との地縁・血縁を断

She sat on the edge of his bed while he hunted through his bureau for a collar which ought to be there and persistently wasn't.

"I'll go on, always. And I am happy. But this Community Day makes me see how thoroughly I'm beaten."

"That darn collar certainly is gone for keeps," muttered Kennicott and, louder, "Yes, I guess you — I didn't quite catch what you said, dear."

She patted his pillows, turned down his sheets, as she reflected:

"But I have won in this: I've never excused my failures by sneering at my aspirations, by pretending to have gone beyond them. I do not admit that Main Street is as beautiful as it should be! I do not admit that Gopher Prairie is greater or more generous than Europe! I do not admit that dish-washing is enough to satisfy all women! I may not have fought the good fight, but I have kept the faith."

"Sure. You bet you have," said Kennicott. "Well, good night. Sort of feels to me like it might snow tomorrow. Have to be thinking about putting up the storm-windows pretty soon. Say, did you notice whether the girl put that screwdriver back?"

——Sinclair Lewis, *Main Street*, Chapter 39, 8

ち切られたアメリカ人は、本来的に根無し草の人間という宿命を背負わされている。*Main Street* といえば、アメリカの田舎町の因襲的な生活を諷刺・批判した小説であると、通常、文学史で紹介されるが、そこにはアメリカ社会がはらんでいるさまざまな矛盾が集約的に表現されている。*Main Street* だけでなく、女性社会活動家を扱った *Ann Vickers* まで、つぎつぎとアメリカ社会が抱える問題を彼一流の読ませる小説としてアメリカの読者に提供したルイス。彼は見直しの見直しが必要な文学者の一人ではないだろうか。

16 F. Scott Fitzgerald
F・スコット・フィッツジェラルド

夢に生きる純粋な若者に共感しながら、その虚しさを冷静に
見つめる文学者の「ダブル・ヴィジョン」

F. Scott Fitzgerald
(1896–1940)

■ 略　伝

「**失**われた世代」の旗手的存在と見なされ、代表作 *The Great Gatsby* (1925) で知られる F. Scott Fitzgerald (1896–1940) は、ミネソタ州の州都 Saint Paul に、その家族名が示すように、アイリッシュ系の家に生まれた。このあと、また触れるが、父方の家系は植民地時代に遡るのに対して、母方は 1842 年にアメリカに移民してきたばかりであった。古い家柄を誇りにする父親は、紳士であったが、生活力に乏しかった。一方、母親の家系は、移民一世の祖父が、「アメリカの成功の夢」を実現して、セントポール有数の実業家となった。こうした両親の家系的な背景の違いは、将来、小説家となる少年 F・スコット・フィッツジェラルドに無視しがたい影響を及ぼした。地元の St. Paul Academy で最初の教育を受け、13歳の時、学校の雑誌 *St. Paul Academy Now and Then* に "The Mystery of the Raymond Mortgage" (1909) と題した短篇小説を発表。活字となった最初の作品といわれる。母方の祖母の遺産で、プリンストン大学に進学、そこで学生雑誌 *Princeton Tiger* にいくつか作品を発表するとともに、評論家 Edmund Wilson や、詩人 John Peale Bishop と知り合った。

18 歳の時、地元セントポールの富豪の娘、16 歳の Ginevra King に恋をするが、彼女の父親に 'Poor boys shouldn't think of marrying rich girls.' と言われて、彼の初恋は実ることなく終わった。そして、恋愛においても、経済力が決定的な意味をもつことを知らされた。ジネヴラ・キングは *The Great Gatsby* で Jay Gatsby が憧れる女性 Daisy のモデルだといわれている。大学 3 年の 1917 年、陸軍に入隊し、翌年、アラバマ州の Camp Sheridan に駐留しているあいだに同州最高裁判事の娘、Zelda Sayre と知り合い恋をするが、彼女の両親も彼を貧しい青年として二人の交際を認めなかった。学生時代から書き出していた長篇 *The Romantic Egotist* は、原稿をもち込んだ Scribner's 社からいったん出版を断られたが、同社の編集者 Maxwell Perkins の忠告に従って書き改めた *This Side of Paradise* は 1920 年 3 月 26 日に出版された。この処女長篇は、たちまちベストセラーとなり、経済的に余裕ができて、ゼルダ・セイヤーとの結婚も可能となった。彼自身の小説の表題に由来する 'Jazz Age'、そして 'Roaring 20s' の旗手的な存在となった。出版 1 週間後の 4 月 3 日、ニューヨークの St. Patrick 寺院でゼルダと華やかな結婚式をあげる。この結婚は、良家の令嬢と結婚するという彼の夢を実現したものであったが、ゼルダは派手な社交生活を好み、浪費癖があって、フィッツジェラルドはこのあと経済的に苦しい生活を強いられる。また、彼自身も学生時代からの飲酒癖がひどくなるし、妻のゼルダは精神的に不安定な兆候を示すようになった。そうした中で、派手な生活を維持するため、*The Saturday Evening Post* や、*Esquire* など、原稿料の高い大衆商業雑誌に稿料を前借りして短篇を量産する。続いて、短篇集 *Flappers and Philosophers*（1920）、*Tales of the Jazz Age*（1922）、長篇第 2 作 *The Beautiful and Damned*（1922）を発表した。こうして、才能を浪費していったが、短篇の中には、現在も高く評価されているものも少なくなく、彼は *The Great Gatsby* だけの文学者ではない。

　1924 年、パーティに明け暮れるニューヨークでの生活から逃れるように、パリに生活の拠点を移して、そこで *The Great Gatsby* の執筆にあたった。3 年ほどパリに滞在し、Ernest Hemingway（⇨ 18 章；II 巻 45 章）など、「失われた世代」の文学者たちと交わる。1927 年、アメリカに戻り、経済的な理由から、ハリウッドでシナリオライターとして働く。ゼルダはますます精神的に不安定となり、入退院を繰り返し、彼は創作に集中できず、アルコール依存は日ごとに悪化する。フィッツジェラルドは、結婚後 10 年間のゼルダとの生活を *Tender Is the Night*（1934）に描いた。そして、1937 年、ゼルダと別居して、ハリウッドで映画関係の仕事をしていた彼は、

シナリオライターだった Sheilah Graham (1904–88) と親密な関係となり、彼女と死ぬまで生活を共にする。3年後の1940年、二度目の心臓発作を起こして急死する。前年から書きはじめていた最後の小説 The Last Tycoon が遺稿として残されていた。精神分裂症と診断されたゼルダは、彼よりも8年長生きして、1948年、入院していたノースカロライナ州 Ashville の精神病院の火事で焼死した。

　The Great Gatsby については、改めて粗筋を紹介するまでもないように思われるが、未読の読者もいるだろうし、語り手 Nick Carraway などは未紹介なので、ここで、もう少し具体的に物語を確認しておこう。物語は、ニック・キャラウェイの視点から語られる。彼は、若い頃、父親からあたえられた忠告に従って、他人に早まった評価を下さないようにして、そのため、他人に心の内を打ち明けられることが多く、その人の心の秘密を知るようになる、語り手としてはうってつけの青年である。中西部生まれの彼は、ニューヨークの証券取引所で働き、マンハッタンの東の Long Island にある West Egg に住んでいる。隣には趣味の悪いフランスのシャトー風の豪邸があり、謎の人物ジェイ・ギャツビーが住んでいる。ウェストエッグから入江を挟んだ対岸の高級住宅地 East Egg には Buchanan 夫妻がこれまた豪邸を構えている。夫の Tom Buchanan は高圧的な男で、愛人を囲っている。妻のデイジー・ブキャナンはニックの従姉で、ニックはブキャナン家に招待された時、ギャツビーの名前を出し、これが物語の事実上の発端となる。ブキャナン家のパーティからもどったニックが庭に出てみると、隣人のギャツビーがただ一人芝生に出て、ブキャナン邸の船着場の先端にともっている緑の灯りをじっと見つめている。その姿にはあまりにも一途な感じがあり、ニックは声をかけることさえためらう。

　ニックは、その後、トム・ブキャナンに誘われて彼の愛人 Myrtle Wilson のマンハッタンのアパートでの大きなパーティに出て、彼の女性に対する暴力的な性格を見せつけられる。一方、ギャツビーは、その夏、毎週末、豪勢なパーティを中庭で開き、ニックもそこに招待される。しかし、招待客の誰もギャツビーの正体は知らないようで、戦時中ドイツのスパイだったとか、殺人犯かもしれないといった噂をしている。しかし、ニックが会ってみると、彼は自分の行儀作法をひどく気にする若い控えめな紳士で、そのような過去

のある人物とは思われない。その後また、一緒に車でマンハッタンに出かける機会があり、その時ギャツビーが語ったところによると、オックスフォード大学卒で、大戦中はヨーロッパに滞在し、若き日の失恋の痛手を癒していたという。ニックは、パーティで会ったデイジーの友人の女性をとおして、デイジーがギャツビーの初恋の相手であり、ギャツビーは彼女が忘れられないため、イーストエッグの対岸のウェストエッグに邸宅を構え、毎晩、例の緑の灯りを眺めていることを知る。ニックはギャツビーにデイジーと一緒にティーに招待して欲しいと頼まれる。

　ニックの家で再会した二人は束の間幸せな日々を過ごすが、やがてトムがそれに気づき、デイジーも離婚する意志のないことをニックに伝える。ニックはギャツビーに過去は過去であり、過去をとり戻すわけにはゆかないというが、ギャツビーは過去をもう一度生きることができると信じて、忠告を受け付けない。ある日、ブキャナン夫妻と、ニック、ギャツビーがマンハッタンのホテルでパーティを開き、酔ってロングアイランドへ帰る途中、妻の不倫を知った夫の暴力から逃れて路上に飛び出してきたトムの愛人マートルを、偶然、デイジーが運転していたギャツビーの車が轢いてしまい、マートルは死ぬ。その日、ギャツビーはニックに自分の本当の過去を語る。それによると、彼は中西部に生まれた本名が James Gatz という貧しい農家の少年だったが、密輸に関係していた Dan Cody という実業家の力添えで現在の財産を手に入れたという。事件後、トムは妻を庇って、車を運転していたのはギャツビーであるとマートルの夫に告げ、逆上した夫はギャツビー邸に押しかけ、午後の水泳をしていたギャツビーをピストルで射殺し、自分も自殺する。

　ニックはギャツビーの葬儀の世話をするが、ギャツビーの友人、パーティの招待客は誰一人姿を見せず、葬儀に立ち会ったのはニックとミネソタ州の田舎から駆けつけてきたギャツビーの父親の二人だけで、ニックはその父親から彼のことを聞き、彼がフランクリンの「13の徳目」にならって自分なりに自己点検のリストを作り、自己向上を目指し、成功の夢を夢見た健気な少年だったことを知る。一方、数ヵ月後、マンハッタンの Fifth Avenue でトムを見かけ、会話を交わしたニックは、事故の責任をギャツビーに押しつけて平然としているだけでなく、3人の人命が失われているというのに、何もなかったかのように宝石店のショーウィンドーを覗き込んでいるトムの姿に

絶望して、生まれた中西部に帰る決意を固める。彼に言わせれば、トムやデイジーは 'careless people' で、周囲の人間や物をぶち壊しては、自分たちの金 (money)、そして「途方もない無関心さ」(vast carelessness) に逃げ込んでゆくどうしようもない輩なのだ。最後に、ニックは無人となったギャツビーの豪邸から砂浜に出て、対岸の緑の灯りを眺めていたギャツビーの心境に思いを馳せながら、かつて無限の可能性を約束する処女地としてオランダの商人たちを魅惑した新大陸アメリカが、失われた「楽園」と化しているのを知るのであった。

　物語は要約すれば以上のようになるが、これでは実はこの小説の意味、魅力は半分も伝わらない。粗筋よりも、語り口、文体、登場人物の運命の決定的な描写がより強烈に読者の記憶に残るからだ。そこで、そうした印象的な場面をいくつか引用したい。引用 (16–1) は、第6章からで (全体は9章)、過去は繰り返せないのでデイジーのことは諦めるようギャツビーに忠告するニックに、ギャツビーが断固たる口調で、自分の人生を混乱させ、歪めたそもそもの原因を確かめることさえできれば、過去を再現することは不可能でないと主張するところである。彼はその過去をニックに語る。省略符は原文にあるもので、後半はギャツビーが喋ったものを地の文に置き換えたものと思われる。秋の落ち葉の季節、白い月の光、星のざわめき、季節の変わり目の神秘的な興奮、そうしたロマンティックな雰囲気での若い男女の逢引き――センティメンタルな通俗小説のお膳立てが揃った場面であるが、ここで注意すべきことは、こうした描写は、語り手のニックでも、作者フィッツジェラルドでもなく、デイジーという女性に心を奪われたギャツビーの言葉を二重に濾過して再現しているということである。ギャツビーは歩道を天上に通じる梯子と見なし、そこへ一人で駆け上がる夢を語る。そして、引用の最後に、'incomparable milk of wonder' という詩的な表現が使われ、さらに、長いので引用してはいないが、この章の終わりにあるように、ニックはその「ギョッとするほどの感傷性」(appalling sentimentality) をとおして、かつて耳にしたことのある「失われた言葉の断片」(a fragment of lost words) を思い出し、このあたりではギャツビーとニックと作者は文体的に一体化してしまっているのである。

"I wouldn't ask too much of her," I ventured. "You can't repeat the past."

"Can't repeat the past?" he cried incredulously. "Why of course you can!"

He looked around him wildly, as if the past were lurking here in the shadow of his house, just out of reach of his hand.

"I'm going to fix everything just the way it was before," he said, nodding determinedly. "She'll see."

He talked a lot about the past and I gathered that he wanted to recover something, some idea of himself perhaps, that had gone into loving Daisy. His life had been confused and disordered since then, but if he could once return to a certain starting place and go over it all slowly, he could find out what that thing was. …

… One autumn night, five years before, they had been walking down the street when the leaves were falling, and they came to a place where there were no trees and the sidewalk was white with moonlight. They stopped here and turned toward each other. Now it was a cool night with that mysterious excitement in it which comes at the two changes of the year. The quiet lights in the houses were humming out into the darkness and there was a stir and bustle among the stars. Out of the corner of his eye Gatsby saw that the blocks of the sidewalks really formed a ladder and mounted to a secret place above the trees — he could climb to it, if he climbed alone, and once there he could suck on the pap of life, gulp down the incomparable milk of wonder.

——F. Scott Fitzgerald, *The Great Gatsby*, Chapter 6

そして、さらに注意すべきことは、小説のほぼ中間点にあるこの場面のイメージなどが、冒頭および結末の章の最後の部分（引用 (16-2) (16-3)) と驚くほど共通しているということである。引用 (16-2) は、ブキャナン邸から戻ったニックが、夜、庭に出て対岸の緑の灯りを眺めている孤独なギャッビーの姿を初めて目撃する場面である。ここでも、夜空、月光が効果的に用いら

(16-2) CD 74

> ... The wind had blown off, leaving a loud bright night with wings beating in the trees and a persistent organ sound as the full bellows of the earth blew the frogs full of life. The silhouette of a moving cat wavered across the moonlight and turning my head to watch it, I saw that I was not alone — fifty feet away a figure had emerged from the shadow of my neighbor's mansion and was standing with his hands in his pockets regarding the silver pepper of the stars. Something in his leisurely movements and the secure position of his feet upon the lawn suggested that it was Mr. Gatsby himself, come out to determine what share was his of our local heavens.
>
> I decided to call to him. Miss Baker had mentioned him at dinner, and that would do for an introduction. But I didn't call to him, for he gave a sudden intimation that he was content to be alone — he stretched out his arms toward the dark water in a curious way, and far as I was from him, I could have sworn he was trembling. Involuntarily I glanced seaward — and distinguished nothing except a single green light, minute and far away, that might have been the end of a dock. When I looked once more for Gatsby he had vanished, and I was alone again in the unquiet darkness.
>
> ——F. Scott Fitzgerald, *The Great Gatsby*, Chapter 1

れているが、読み進むにつれて、読者はその象徴的な意味を意識させられる。梢で騒ぐ小鳥たち、オルガンのように響く蛙の鳴き声、そして、一匹の猫のシルエット。これらは単にその夜の偶発的な背景というよりは、作品全体の低音部を奏でる、象徴的な意味合いをおびてくるのである。そして、こうした夜の雰囲気は、引用 (16-3) のように、小説の幕切れでもう一度繰り返されるが、それも当然で、原稿を調査した研究者によると、フィッツジェラルドは第1章として書いた原稿を二つに切り離して、最初と最後に据えたのである。彼が作品の構成に細心の注意を払ったことはよく知られているが、それだけの効果が小説全体に現われていることにも注意したい。

(16-3)

Most of the big shore places were closed now and there were hardly any lights except the shadowy, moving glow of a ferryboat across the Sound. And as the moon rose higher the inessential houses began to melt away until gradually I became aware of the old island here that flowered once for Dutch sailors' eyes — a fresh, green breast of the new world. Its vanished trees, the trees that had made way for Gatsby's house, had once pandered in whispers to the last and greatest of all human dreams; for a transitory enchanted moment man must have held his breath in the presence of this continent, compelled into an aesthetic contemplation he neither understood nor desired, face to face for the last time in history with something commensurate to his capacity for wonder.

And as I sat there, brooding on the old, unknown world, I thought of Gatsby's wonder when he first picked out the green light at the end of Daisy's dock. He had come a long way to this blue lawn and his dream must have seemed so close that he could hardly fail to grasp it. He did not know that it was already behind him, somewhere back in that vast obscurity beyond the city, where the dark fields of the republic rolled on under the night.

Gatsby believed in the green light, the orgastic future that year by year recedes before us. It eluded us then, but that's no matter — tomorrow we will run faster, stretch out our arms farther. ... And one fine morning —

So we beat on, boats against the current, borne back ceaselessly into the past.

——F. Scott Fitzgerald, *The Great Gatsby*, Chapter 9

　ここまで、ギャツビーという個人に焦点を合わせて *The Great Gatsby* を読んできたが、この小説はそうした個人のレベルを超えたアメリカの歴史、社会と関係した問題を扱ってもいる。この小説の基本構造となっているアメリカの「西部」と「東部」の対立である。引用（16-4）にあるように、*The Great*

Gatsby は、舞台は東部ニューヨーク市に設定されているが、「結局は、西部の物語であった」のである。主要な登場人物もギャツビー、ニック、デイジーなどすべて西部人で、引用にある通り、東部での生活に適応できないある欠陥をもっている。こうした「西部」対「東部」の問題は、19 世紀の Mark Twain（⇨ 11 章；II 巻 33 章）や Henry James（⇨ 12 章；II 巻 34 章）以来のテーマであるが、一般的には、東部は文明、都市、産業、あるいは知性、自意識、計画性、悪への傾向などを連想させるのに対して、西部は荒野、田園、自然、農業、あるいは本能、無意識、自発性、本来的な人間の善などを象徴する。ギャツビーの悲劇はイノセントな西部の少年が東部の悪の世界の魅力に誘惑され、破滅していった物語といってよいし、ニックは、同じ西部の出身でありながら、ある距離を置いて、ギャツビーの破滅を共感と反発の気持ちをもって眺めることによって決定的な破滅を逃れたのである。

　The Great Gatsby は、フィッツジェラルドの基本的な「ダブル・ヴィジョン」の上に成立している。そして、語り手のニック自身もそうした「ヴィジョン」をもっていたことを認めている。トムの仲間とマンハッタンでパーティを開いた時であるが、ニックは、夕暮れ時、自分たちの部屋の黄色い明かりに輝く窓を見上げる通行人を想像しているうちに、自分がその通行人であるような気持ちにとらわれる。パーティを抜け出して東にある公園へ行こうと思いながら、室内の会話に巻き込まれて抜け出せない彼は、窓を見上げる通行人になり、無限に多様性をもった人生に魅惑されながら、同時に反発を覚えて、内側にいながら外側にもいたと言う。引用（16–5）の通りである。ちなみに、ここでは、窓の明かりが「黄色」（yellow）と形容されているが、*The Great Gatsby* には驚くほどさまざまな色彩がちりばめられていて、それがそれぞれ象徴的な意味をもっているように思われる。
　そうした色彩を丹念に検討した研究（Daniel J. Schneider, "Color-Symbolism in *The Great Gatsby*," 1964）もあり、それによると、「黄色」（金色を含め）は、汚れた現実、金銭の連想を伴い、ここでも、このパーティがいかに金銭的な意味で豪華であるかを暗示する。小説の冒頭にエピグラフとして引かれている Thomas Parke D'Invilliers（プリンストン大学時代の友人 John Peale Bishop がモデルの架空の詩人。*This Side of Paradise* にも出てくる）の詩にも 'Then

(16–4) **CD** 76

　That's my Middle West — not the wheat or the prairies or the lost Swede towns, but the thrilling, returning trains of my youth and the street lamps and sleigh bells in the frosty dark and the shadows of holly wreaths thrown by lighted windows on the snow. I am part of that, a little solemn with the feel of those long winters, a little complacent from growing up in the Carraway house in a city where dwellings are still called through decades by a family's name. I see now that this has been a story of the West, after all — Tom and Gatsby, Daisy and Jordan and I, were all Westerners, and perhaps we possessed some deficiency in common which made us subtly unadaptable to Eastern life.

　　　　　　——F. Scott Fitzgerald, *The Great Gatsby*, Chapter 9

(16–5) **CD** 77

　Tom rang for the janitor and sent him for some celebrated sandwiches which were a complete supper in themselves. I wanted to get out and walk eastward toward the park through the soft twilight, but each time I tried to go I became entangled in some wild strident argument which pulled me back, as if with ropes, into my chair. Yet high over the city our line of yellow windows must have contributed their share of human secrecy to the casual watcher in the darkening streets, and I was him too, looking up and wondering. I was within and without, simultaneously enchanted and repelled by the inexhaustible variety of life.

　　　　　　——F. Scott Fitzgerald, *The Great Gatsby*, Chapter 2

wear the gold hat, if that will move her;' と「金色」が早くも現われている。ギャツビーの豪華な車は「黄色」であるし、ブキャナン邸の窓も「黄色」に輝いている。それに対して、幕切れの場面で、ギャツビー邸の芝生が月光を浴びて「青色」となっているように、「青」系統の色彩は金銭的な現実に汚染されない純粋さ、幸福、理想などを連想させる。そして、その二つが混じっ

た色の「緑」が、ブキャナン邸の船着場の先端に輝く灯だというのである。あまりにも出来すぎた解釈で、眉に唾をつけたくなるところもあるが、フィッツジェラルドが色彩の連想をある程度意識して使っていることは疑いないであろう。さらに言えば、この小説のテクストそのものにも、いろいろな事情から問題があって、普及している版は必ずしも信頼できないところがあった。一応完成した原稿を受け取った出版元スクリブナーズ社の編集者マクスウェル・パーキンズは、原稿に手を加えただけでなく、表題も *Trimalchio*（ローマの作家ペトローニウスの『サテュリコン』に登場する奴隷出身の趣味の悪い成り上がり者で、豪華な祝宴を開いたことで知られる）にするつもりだった作者の意向にもかかわらず、最終的には現在の *The Great Gatsby* を選んだ。それでも、第7章のはじめには 'his career as Trimalchio' という表現が現われる。

　フィッツジェラルドは、パーキンズの意向に従ったものの、出版直前まで表題にこだわっていて、「結局 *Trimalchio* が最善だったのではないかと思う」（I feel *Trimalchio* might have been best after all.）と言っている。表題としては、ほかにも 'Trimalchio in West Egg'、'Gold-Hatted Gatsby'、'Among the Ash Heaps and Millionaires' などを考えていたようだ。この「アメリカの成功の夢」を扱った、典型的なアメリカ小説も、背後には、歓楽的な爛熟した社会と、その中に生きる俗悪な成り上がり者の億万長者を諷刺批判する、古代ローマ以来の文学伝統にもつながる。もちろん、恵まれない貧しいアメリカの少年ギャツビーに対するフィッツジェラルドの共感・同情も無視できない。そうした作者の両面価値的な思いが、ギャツビーを修飾する形容詞 'Great' に込められているのだろう。映画の邦題名「華麗なるギャツビー」は、何か豪華な世界を連想させるが、小説の背景は、最初の部分で描かれる荒涼とした灰捨て場（それが一つの表題案に 'Ash Heaps' として生かされている）であることを読者は忘れるべきではない。なお、編集者の手が入っていない原稿通りの版は、James L. W. West III によって、*Trimalchio: An Early Version of* The Great Gatsby（"The Cambridge Edition of the Works of F. Scott Fitzgerald"）（2000）として出版された。これも参考になる。

17

William Faulkner
ウィリアム・フォークナー

アメリカ南部の特殊な社会の中で、変化と破滅をもたらす
時間の支配に挑戦し、人間の不滅性を主張した
20世紀最大のアメリカ作家

■ 略　伝

20世紀アメリカの最大の小説家といわれる William Faulkner（1897–1962）は、ミシシッピー州北部の町 New Albany に生まれた。'Falkner' 家（現在の 'Faulkner' の綴りは、1918年、イギリス空軍 [RAF] に入隊した際、彼が家族名に 'u' を添え、処女詩集 *The Marble Faun* [1924] でもそれを使ったので、それ以来、彼の姓としてこの綴りが定着）は南部の名家で、曽祖父は地元の名士として鉄道敷設などで活躍し、また、文学的な教養もあり、彼が発表したメロドラマ *The White Rose of Memphis*

William Faulkner
(1897–1962)

（1881）は、当時のベストセラーとなった。しかし、'Falkner' 家は、父親の代で家運が傾き、経済的には恵まれなかった。一家は、その後、ミシシッピー大学の所在地 Oxford に移り、ウィリアム・フォークナーは生涯この町を本拠に文学活動を続けた。地元の高校を2年で中退したあと、祖父の銀行などで働いていたが、第一次大戦中、1918年、カナダのイギリス空軍に入隊。しかし、飛行訓練が終わる前に終戦となり、実戦に参加することはなかった。1919年、オックスフォードに戻る。世代的には「失われた世代」に属するが、Ernest Hemingway（⇨ 18章; II巻45章）や F. Scott

Fitzgerald（⇨ 16 章；II 巻 46 章）などのように、パリなど、ヨーロッパで文学修行をすることはなかった。しかし、イェール大学などに学び、海外の新しい文学動向に通じていた同郷の先輩 Phil Stone をとおして、そうした大戦後のヨーロッパ文学を知った。早くも、1919 年、*The New Republic* 誌に、"L'Apres-Midi d'un Faune" と題した 1 篇の詩が掲載された。活字になった最初の作品とされる。ミシシッピー大学に 1 年籍を置いたが、特に学業に関心を示すことはなかった。一時、ニューヨークに滞在したが、また、オックスフォードに舞い戻り、1924 年、上述の処女詩集を出版。小説家として知られているが、彼の出発点は A. C. Swinburne など、イギリスの世紀末詩人や、T. S. Eliot（⇨ 補遺版 96 章），そして、フランスの象徴派の詩人などに影響された詩人としてであった。

　その後、ヨーロッパを短期間旅行したり、ニューオーリンズに滞在したりしたが、また、オックスフォードに戻り、1930 年には、'Rowan Oak' と名づけた邸宅を購入し、終生、この地にとどまった。ニューオーリンズでは小説家 Sherwood Anderson（⇨ II 巻 39 章）と知り合い、彼の優雅な生活を見て、小説家を志望するようになったという。1926 年、大戦から帰還した「失われた世代」の青年を扱った小説 *Soldiers' Pay* で小説家としてデビュー。続いて、オックスフォードをモデルにした町 Jefferson を郡役所の所在地とするミシシッピー州の架空の Yoknapatawpha 郡を舞台に、先住民インディアンと白人との接触をはじめ、南北戦争以後第一次大戦後に至るまでの南部の社会変化を、南部の名家の没落、新興階級の出現などをとおして描いた 'Yoknapatawpha Saga' と称される壮大なアメリカ南部年代記を 30 年近くかけて書いた。その最初が、'Falkner' 家をモデルに、南部名家の Sartoris 家の没落と同家の末裔青年の第一次大戦での戦争体験を描いた *Sartoris*（1929）で、その後の 10 年間に、*The Sound and the Fury*（1929）や、*As I Lay Dying*（1930），*Sanctuary*（1931），*Light in August*（1932），*Absalom, Absalom!*（1936）など、充実した中期の代表作をつぎつぎに発表した。いずれもヨクナパトーファ郡を舞台にした小説である。南部の歴史と土地に密着した格調の高い悲劇的な語り口と、実験的な技法を駆使した作品であるが、1940 年代以降、舞台は同じヨクナパトーファ郡であるが、作風を一変させて、貧乏白人出身の Snopes 一族のあくどい活躍を南西部の「ほら話」(tall tale) 的に語った *The Hamlet*（1940），*The Town*（1957），*The Mansion*（1959）の 3 部作を発表した。

　短篇小説家としてもすぐれており、婚期を逸した南部淑女の悲劇を描いた "A Rose

for Emily"（1930）や、黒人女性奴隷の恐怖の心理状態を *The Sound and the Fury* に現われる Quentin Compson の少年時代をとおして描く "That Evening Sun"（1931）などは、アメリカ短篇小説のアンソロジーにしばしば収録される秀作として知られる。また、南北戦争時代のサートリス家を扱った連作短篇集 *The Unvanquished*（1938）や、太古以来の森での熊狩りをとおして人間的に成長する少年 Ike McCaslin の「イニシエーション」体験と、その体験をとおして、彼が、先住民インディアンから土地を奪った祖先の罪を贖おうと土地の相続権を放棄するまでを扱った中篇 "The Bear" を含んだ連作短篇集 *Go Down, Moses*（1942）も重要である。こうした文学活動が認められ、1949 年には、ノーベル文学賞を受賞したが、彼がもっとも充実した作品を発表した 1930 年代は、女子大生に対する陵辱事件をセンセーショナルに描いた *Sanctuary* を除いて、ほとんど批評家からは認められず、事実上、忘れられた作家になりかけていた。それを救ったのが、慧眼の批評家 Malcolm Cowley で、彼がフォークナーの主要作品を抜粋し、すぐれた序文・解説を添えて編集した *The Portable Faulkner*（1946）によって、フォークナーは正当に評価されるようになり、3 年後のノーベル賞受賞につながった。このフォークナー選集の出版は 20 世紀アメリカ文学の奇跡といってもよい事件である。

　実生活では、マスコミの話題になることも少なく、アメリカの小さな田舎町の紳士として目立たない生活を送っていた。印税だけでは経済的に苦しく、また高校時代からの恋人 Estelle Oldham（彼女は他の男性と結婚しており、離婚したあと、フォークナーと再婚）との結婚生活も必ずしも順調でなく、飲酒でそうした憂さを晴らすところがあった。人付き合いもよいほうではなかったが、ノーベル賞受賞後は、文学者の社会的責任を意識してか、文化使節として各国を訪問することが多くなり、1955 年には、来日し、長野でのセミナーに出席した。その記録 *Faulkner at Nagano*（1956）を読むと、ユーモアのある臨機応変の質疑応答をとおして、人間フォークナーの魅力が伝わってくる。1962 年 6 月、最後の作品となった *The Reivers* を出版したが、7 月には、健康診断のために入院していたオックスフォードの病院で、心臓麻痺を起こして死去した。死後、初期の習作や私家版詩集などが続々と出版され、また、インタビュー集 *Lion in the Garden*（1968）や、書簡集 *Selected Letters of William Faulkner*（1977）なども編集出版され、彼の文学も、以前に比べると、近づきやすくなった。

まず最初に、代表作の一つ *The Sound and the Fury* を見てみよう。全体の総まとめをすると、物語の中心となる Compson 家は、過去に州知事や、南軍の将軍などを出した裕福な南部貴族の名家であったが、現在は没落し、父親の Jason Richmond Compson 三世は憂さ晴らしに酒浸りの毎日で、宿命論者となっている。母親はこうした状態をただ嘆くだけで、実家の Bascomb 家の自慢ばかりしている。娘の Candace (Caddy) は父親のはっきりしない子供を宿し、コンプソン家は体面を整えるために、土地の銀行家と結婚させるが、そうした事情がばれて離婚される。一方、敏感な長男クエンティンはハーヴァード大学に進学するが(そのために末っ子 Benjy の牧草地を売り払う)、妹キャディと近親相姦を犯したという妄想にとり憑かれて、自殺する。

　末っ子ベンジーは生まれつきの白痴で(彼は、現在、33歳となっており、それもあって 'Christ-figure' と見なされることがある)、キャディに対して、母親に対するようになついている。しかし、彼女が家出したあと、近所の少女におそらく姉のキャディと誤解して抱きついたために(ベンジー自身は彼女に救いを求めたのかもしれないが、客観的には少女を襲ったことになる)、去勢手術を受け、精神病院に入れられる。次男 Jason は、こうした家でノイローゼ気味となり、家族や黒人奴隷に八つ当たりする。それが頂点に達するのは、彼が、キャディが自分の生んだ娘(兄の名をとって、女性だが、クエンティンと名付けられている)のために(おそらく売春しながら)送ってくる養育費を横領していたのだが、それを知った姪のクエンティンがその金を盗んで、旅芸人と駆け落ちをし、ジェイソンが虚しくそれを追いかける場面である。こうしたエピソードが、それぞれの語り手の意識の流れ、内的独白によって語られる。そして、最後に、コンプソン家の悲喜劇を身近で眺めていた一家に仕える黒人使用人 Dilsey の目をとおして、三人称の文体で総括される。

　フォークナー文学の魅力は、もちろん、彼がアメリカの南部について語る内容によるところも多いが、それ以上に、物語をいかに語るかという語りの手法に究極的な魅力がある。そこで、*The Sound and the Fury* の全4部からそれぞれ一節を引用して、そうした語りの特徴を明らかにしたい。物語は、時間的に、小説の現在である1928年の「復活祭」(Easter Sunday) 4月8日 (第4部 "Dilsey's Section") と、その前の2日間の4月6日 (第3部 "Jason's

Section"）、4月7日（第1部 "Benjy's Section"）が中心となっている。そして、第2部 "Quentin's Section" は、18年前の1910年6月2日、ハーヴァード大学の学生だったクエンティンがチャールズ川に投身自殺した日に設定されている。第1部「ベンジー・セクション」の冒頭は、いま述べたように、復活祭の前日で、その日はベンジーの33回目の誕生日となっている。知恵遅れの彼は、33歳だが、子守り役の黒人少年に連れられて、かつてはコンプソン家の所有地で、ベンジー名義の牧草地、そして、現在は長男のクエンティンの学資のために手放し、ゴルフ場になっている場所で人びとがゴルフをしているのを柵越しに眺めている。書き出しは 'Through the fence, between the curling flower spaces, I could see them hitting.' となっていて、白痴のベンジーの目には人びとが「打っている」姿が映るだけで、読者には何を打っているのかはわからない描写となっている。その帰り道、ベンジーは姉キャディの娘のクエンティンがある男と（あとでこれがショーの旅芸人であることがわかる）一緒にいるのを目にするが、それがこのあとクエンティンの駆け落ちにつながるとは、ベンジーには（そして、読者にも）わからない。夕食の時、ジェイソンと彼の姪のクエンティン（キャディの娘）が言い争いをしているのが、ベンジーの目をとおして描かれるが、何を争っているのかはわからない。そして、寝ようとしている時、ベンジーはクエンティンの部屋の窓から何かが出てゆくのを感じる。これも何であるか、彼には（そして、この段階では、読者にも）わからない。これが彼の1日の概要だが、同時に、彼の意識にはさまざまな過去の思い出が断片的に甦ってくる。子供の頃の、とりわけ姉のキャディと関連する思い出である（この点はすでに研究者によって、どの部分が過去のどの事件に属するか詳細に確認されている）。

　断片的に描かれるベンジーの思い出の一つ。クリスマスに近いある寒い日のこと。外でキャディの帰りを待っていたが、キャディは小川で水遊びしていた時、ズロースを汚している。そうした彼の姉にまつわる記憶が断片的に彼の意識に甦ってくる。そして、それが何ら前後の脈絡もなく描かれる。キャディがこのようにズロースを汚して帰ってきたその日、子供たちは黒人奴隷部屋で食事するように言われ、居間には異様な雰囲気が漂っている。キャディは木に登って窓から居間の中を覗いてみる。それをとおして祖母の死が読者

に伝わってくる。そしてまた、キャディの結婚式。ベンジーにはそれが何であるかわからないが、彼女が自分から離れてゆくことは直感的に察し、彼は泣き喚く（これで、読者は読み直して、彼女が彼にとって母親というべき保護者であること、この小説が母親不在の家族の物語であることがわかるようになっている）。さらに、キャディが処女を失った日のこと。誰もそれには気づかないが、ベンジーだけがキャディに何か異様なものを感じて、ここでも、泣き喚く。白痴は、それが何であるかはわからず、また言葉で表現することもできないが、正常な人間以上に、そうしたことに敏感に反応し、泣き喚くのである。そうした思い出が、活字体を変えて、何の説明もなく4月7日の事件と同じ次元で羅列される。

　引用（17–1）は、キャディが下着を汚した日のことを描いた部分で、それがローマン体の普通の活字で描かれる。子守り役の黒人少年が今日のことを大人に言いつけると言うのに対して、キャディはそうなったら家出すると言うが、ベンジーは彼女を失うことになるので、泣き喚く。彼は黒人少年が何度'Hush'と言っても、泣き止まない。しかし、キャディに静かにするよう言われると、すぐに泣き止む。また、下着を汚して、叱られるくらいだったら家出してやるという言葉は、ある意味では、口先だけのことであるが、このあと、処女を失って家出せざるをえなくなるキャディの運命の予兆となっている。また、次男のジェイソンが一人だけ離れて遊んでいるというさりげない描写がある。もちろんベンジーにはその意味はわからないが、一家における孤立したジェイソンの位置を暗示する。そして、抽象的な言葉を理解できないベンジーは、姉のキャディを愛しているが、'love'といった言葉が使えず、自分の気持ちを「キャディは雨の中の木のような匂いがした」（Caddy smelled like trees in the rain.）と感覚的に表現する。そして、次のイタリック体の部分であるが、泣き喚くベンジーに子守り役の黒人少年Lusterがどうしたのかと聞くが、彼の'Hush'という言葉が過去の小川での事件の記憶と現在をつなぎ、ゴルフをしている人びとの、やかましいから家に連れてゆけという言葉に、ラスターは、ベンジーはこのゴルフ場の土地はまだコンプソン家のものだと思って喚いていると弁護する。

　次の引用（17–2）は第2部「クエンティン・セクション」から。時間的には、

> "I'll run away and never come back." Caddy said. I began to cry.
> Caddy turned around and said "Hush." So I hushed. Then they played in the branch. Jason was playing too. He was by himself further down the branch. Versh came around the bush and lifted me down into the water again. Caddy was all wet and muddy behind, and I started to cry and she came and squatted in the water.
> "Hush now." she said. "I'm not going to run away." So I hushed. Caddy smelled like trees in the rain.
> *What is the matter with you, Luster said. Cant you get done with that moaning and play in the branch like folks.*
> *Whyn't you take him on home. Didn't they told you not to take him off the place.*
> *He still think they own this pasture, Luster said. Cant nobody see down here from the house, noways.*
> *We can. And folks dont like to look at a looney. Taint no luck in it.*
> ——William Faulkner, *The Sound and the Fury*,
> Benjy's Section, April 7, 1928

1910年6月2日、18年前になる。その日、ハーヴァード大学在学中のクエンティンはチャールズ川に投身自殺する。そして、その1日の彼の行動が意識の流れをとおして一人称で辿られる。ハーヴァードの寮で目覚めた彼は祖父から譲り受けた時計の時を刻む音で時間を意識する。時間ノイローゼとなっている彼は時計を壊す(時間を破壊する象徴的な行為といってよいだろう)。それから、ゆっくり時間をかけて着替えをし、またゆっくり食事を済ませ、外出してアイロンを二つ買う。自殺の準備である。彼の意識は時間と死とキャディのことばかりである(彼女は最近銀行家と結婚)。細部は省略するしかないが、引用は時計を壊したあとの彼の意識である。イタリック体は彼の意識を示す。「鏡」と「薔薇」が象徴として使われているが、こうした象徴で、クエンティンの近親相姦に関する強迫観念、自閉的な傾向、ロマンティックな女性観などが表現されている。これだけでは、錯綜した「クエンティン・セ

> (17-2)
>
> And so as soon as I knew I couldn't see it, I began to wonder what time it was. Father said that constant speculation regarding the position of mechanical hands on an arbitrary dial which is a symptom of mind-function. Excrement Father said like sweating. And I saying All right. Wonder. Go on and wonder.
>
> If it had been cloudy I could have looked at the window, thinking what he said about idle habits. Thinking it would be nice for them down at New London if the weather held up like this. Why shouldn't it? The month of brides, the voice that breathed *She ran right out of the mirror, out of the banked scent. Roses. Roses. Mr and Mrs Jason Richmond Compson announce the marriage of*. Roses. Not virgins like dogwood, milkweed. I said I have committed incest, Father I said. Roses. Cunning and serene. If you attend Harvard one year, but dont see the boat-race, there should be a refund. Let Jason have it. Give Jason a year at Harvard.
>
> ——William Faulkner, *The Sound and the Fury*,
> Quentin's Section, June 2, 1910

　クション」の特徴を完全に伝えることはできないが、作者は微妙な細部にまで神経を使っていて、たとえば、幻想の中で、彼の両親がキャディの結婚を宣言する場面でも、'the marriage of' と言った時点で、妹の結婚にこだわって、そのあとの Candace Compson と続けられないクエンティンの屈折した心理状態が暗示されている。最後は、大学進学を諦めた弟ジェイソンへの負い目が父親の言葉の断片となって意識に現われてくる。「クエンティン・セクション」は深層心理学的にいくらでも深読みできるよう巧妙に仕組まれている。

　それに対して、「ジェイソン・セクション」（第3部）は、錯綜した連想を伴うクエンティンの部分とは対照的に、彼の性格を反映するリアリスティックで、コミカルな一人称の語りとなっている。場面は1928年4月6日、つまり「ベンジー・セクション」の前日で、ジェイソンは姪のクエンティンが学

(17–3) CD 81

> Once a bitch always a bitch, what I say. I says you're lucky if her playing out of school is all that worries you. I says she ought to be down there in that kitchen right now, instead of up there in her room, gobbing paint on her face and waiting for six niggers that cant even stand up out of a chair unless they've got a pan full of bread and meat to balance them, to fix breakfast for her. And Mother says,
> "But to have the school authorities think that I have no control over her, that I cant —"
> "Well," I says. "You cant, can you? You never have tried to do anything with her," I says. "How do you expect to begin this late, when she's seventeen years old?"
> ——William Faulkner, *The Sound and the Fury*,
> Jason's Section, April 6, 1928

校をサボっていることを知り、例によって怒り狂う。引用 (17–3) はこのセクションの冒頭で、文体的に、'Once a bitch always a bitch, what I say.' という、決まり文句 (Once a beggar, always a beggar. [3日乞食をしたらやめられない]) をもじったりする、何かせき込んだようなせっかちなところがあり、第1部、第2部と見事な対照をなす。これだけの引用ではわからないかもしれないが、自己中心的で、すべて自分の利益のために行動するジェイソンの性格にいかにも似つかわしい文体といってよいだろう。それに、ユーモアもあって、朝の化粧に手間どってなかなか食堂に姿を見せない姪のクエンティンや、てきぱきと朝食の用意をしない黒人、孫の監督すらできないにもかかわらず、世間体だけは名家の女性としてこだわる母親のコンプソン夫人に対して皮肉たっぷりの罵声を浴びせかける。その彼が、17歳の小娘のクエンティンに、自分が横領していた彼女の母親キャディからの仕送りの金を奪われて、最後はきりきり舞いさせられるのである。その描写は出口のない内向的な第2部の兄クエンティンの世界とは正反対となっている。

　最後は「ディルジー・セクション」で、第三者による客観描写となる。引

用（17-4）だが、時間的には、1928年4月8日、第1部「ベンジー・セクション」の翌日となる。黒人教会での 'Easter Sunday' の礼拝から帰るディルジー一族の様子が描かれ、ここにこの小説の、しばしば引用される 'I've seed de first en de last.' という、全体を締めくくる言葉が現われる。彼女は崩壊する白人家族コンプソン家を支えるとともに、その始まり（de beginnin）と終わり（de endin）を見届ける生き証人となる。フォークナーはこの小説の Modern Library 版に 'Appendix' を付け、コンプソン家の歴史や、登場人物の性格、後日談などを語ったが、ディルジーについては、ただ 'Dilsey. They endured.' と簡単に記した。'They' というのは黒人で、彼らはこうした苛酷な歴史の現実の中でひたすら「耐え忍ぶ」（endure）というのである。フォークナーは「失われた世代」に属し、元来は、人間存在、人生に対して必ずしも肯定的な態度をとらない文学者だった。そうした彼の否定的な人生観は、コンプソン氏が息子クエンティンにあたえた時間に関する忠告に典型的に現われる。コンプソン氏によると、人間にとって時間を征服しようとするのは虚しい試みで、時計は「すべての希望と欲望の霊廟」（mausoleum of all hope and desire）にすぎず、時間と戦った戦場の跡には「人間の愚かさと絶望」（his own folly and despair）が残されているだけで、勝利は「哲学者と愚か者の幻想」（an illusion of philosophers and fools）ということになる。

　つまり、The Sound and the Fury で、人間の営みは意味のない「響き」と「怒り」にすぎないと述べていたフォークナーは、初版出版から16年経った1945年には、この小説を読み解くカギ（the key to the whole book）として添えた 'Appendix' で、人間の 'endure' する力に価値を認めるようになっていた。そして、ノーベル文学賞受賞に際して、その受諾演説で「私は人間の終末を受け入れることを拒絶します」（I decline to accept the end of man.）と述べ、「人間はただ耐え忍ぶだけではなく、最終的には勝利を得るであろうと信じています」（I believe that man will not merely endure: he will prevail.）と断言するのである。そういえば、同じ「失われた世代」のアーネスト・ヘミングウェイも The Old Man and the Sea（1952）で、人間は 'destroy' されるかもしれないが、けっして 'defeat' されないと、老漁夫の口をとおして肯定的な人間観を表明している。1950年代といえば、朝鮮戦争が始まり、アメリカは 'dy-

> As they walked through the bright noon, up the sandy road with the dispersing congregation talking easily again group to group, she continued to weep, unmindful of the talk.
>
> "He sho a preacher, mon! He didn't look like much at first, but hush!"
>
> "He seed de power en de glory."
>
> "Yes, suh. He seed hit. Face to face he seed hit."
>
> Dilsey made no sound, her face did not quiver as the tears took their sunken and devious courses, walking with her head up, making no effort to dry them away even.
>
> "Whyn't you quit dat, mammy?" Frony said. "Wid all dese people lookin. We be passin white folks soon."
>
> "I've seed de first en de last," Dilsey said. "Never you mind me."
>
> "First en last whut?" Frony said.
>
> "Never you mind," Dilsey said. "I seed de beginnin, en now I sees de endin."
>
> ——William Faulkner, *The Sound and the Fury*,
> Dilsey's Section, April 8, 1928

namic conservative' と称するアイゼンハウアー政権の下で、一時、McCarthyism の赤狩りの嵐が吹き荒れはしたものの、人びとは豊かな生活を享受し、そうした中で、文学者も人間の未来に対する肯定的なメッセージを伝える予言者的な役割を期待されていたのではないか。その後、フォークナーは、国務省の文化使節として世界各地を訪れ、1955 年には来日して長野でセミナーを開き、その時の質疑応答は *Faulkner at Nagano* として研究社から出版された。その頃、大学生として、1920 年代の「失われた世代」の文学をもっぱら読んでいた筆者にとって、ヘミングウェイとフォークナーが立て続けにノーベル賞に輝いたことは喜ばしく思ったが、その一方で、彼らのこのような人間信頼の発言はあまりにも政治的すぎるのではないかと思った記憶がある。

しかし、フォークナーや、ヘミングウェイのような、20 世紀西欧文学を代表する、功成り名遂げた大作家が、本心を偽って、心にもない人間存在肯定

の言葉を口にするだろうか。*The Sound and the Fury* で、時間に対する人間の勝利を信じるのは「哲学者と愚か者の幻想」にすぎないと言う初期のフォークナー。その一方で、ノーベル賞受諾演説で人間の最終的な勝利を肯定する晩年のフォークナー。フォークナーの全体像を捉えることは専門の研究者にとっても容易なことではない。いや、彼の作品は、没後半世紀たった現在も、依然、難解さで知られている。また、フォークナー研究は一大産業となって現在に至っている。これまで、彼について、どれだけ研究書、研究論文が書かれてきたか想像もつかない。筆者が勤めていた東大英文科の書庫のフォークナー研究書は優に 150 冊を超えている。これも専門研究者のためのコレクションではなく、卒業論文を書く学部学生のために購入したものである。伝記の決定版とされる Joseph L. Blotner の *Faulkner: A Biography*（1974）は、大判上下 2 巻で、全 1846 ページという膨大なものである。作品に加えて、こうした参考文献を前にすると、初心者はもうそれだけで威圧感を感じてしまうだろうが、フォークナーをはじめて読む読者のために書かれた入門書 Cleanth Brooks の *William Faulkner: First Encounter*（1983）などをまず読んで、それから作品そのものに挑戦することを勧めたい。

ウィリアム・フォークナーは 1955 年 8 月に来日し、長野で日本の研究者や学生向けにセミナーも行なった。写真は、長野・善光寺にて撮影（*Faulkner at Nagano*［Robert A. Jelliffe, ed., 研究社］収録）。

18

Ernest Hemingway
アーネスト・ヘミングウェイ

「失われた世代」特有の幻滅感、虚無感、そして、
晩年辿りついた人間の不滅性に対する揺るぎない信念

■ 略　伝

Ernest Hemingway (1899–1961) は、イリノイ州シカゴ北の郊外 Oak Park に医師の子として生まれた。幼少の頃から、野性的なアウトドア生活を好む父親と、釣りや狩猟をとおして自然の中で繰り広げられる生と死のドラマを知るとともに、母親の勧めでチェロを習い、文化的な面にも心を惹かれた。第一次大戦に際しては、義勇兵を志願したが、ボクシング練習中に痛めた目の視力不足のため兵役を諦め、1917年、Kansas City の地方紙の記者となり、そこで、先輩記者から主観的な判断を抑え事実に徹した観察方法と、能動態の短文を基本とする簡潔で力強い口語体の文体を叩き込まれた。しかし、参戦の夢は捨てがたく、1918年4月、赤十字野戦病院救急車の運転手を志願する。そして、3ヵ月後の7月、イタリア北部の戦闘でオーストリア軍の迫撃砲の砲弾を膝に受け、砲弾の破片摘出に10回に及ぶ手術が必要な重傷を負った。そのショックの後遺症として、このあと数年間暗闇では眠れない不眠症に苦しんだ。入院中、若いイギリス人看護婦と恋愛し、それを基に、*A Farewell to Arms* (1929) を書いた。終戦後、一時帰国したが、虚脱感から社会復帰はスムーズにゆかず、ある新聞の特派員

Ernest Hemingway
(1899–1961)

としてパリに赴き、そこで戦後のモダニズムの新しい文学運動の洗礼を受けた。1924年、in our time（アメリカ版は In Our Time として 1925 年出版）によって、文学者としてデビューする。作者自身を思わせる若者 Nick Adams の、暴力的な世界で心の傷を受けながら成長する「イニシエーション」体験を簡潔な文体で辿った、この連作短篇集は彼の文学の原点となった。パリに滞在する若いアメリカの故国喪失者のセックスとアルコールに耽る不毛な生活とともに、スペインの闘牛を描いた The Sun Also Rises（1926）は、出世作であるだけでなく、冒頭のエピグラフ 'You are all a lost generation.' で知られる「失われた世代」の記念碑的な作品となった。そして、長篇第 2 作 A Farewell to Arms を発表し、第一次大戦後の代表的な作家という地位を確立した。

　本質的には短篇小説家のアーネスト・ヘミングウェイには、すぐれた短篇が多いが、それらは Men Without Women（1927）、Winner Take Nothing（1933）などに収録されている。また、エッセイ、ルポルタージュにもすぐれたものがあり、彼の人生観、世界観が随所に書き込まれている。スペインの闘牛を扱った Death in the Afternoon（1932）では、彼のモラル観が書き込まれているし、アフリカでのサファリ体験の記録である Green Hills of Africa（1935）では、Mark Twain（⇨ 11 章；II 巻 33 章）の Adventures of Huckleberry Finn（1885）を現代アメリカ文学の出発点に据えたことで記憶される。1936 年、スペイン内乱が起こると、「失われた世代」としての虚無的な思想を退けて、ファシズムの圧政に抵抗する自由と連帯の理想に殉じる生き方を肯定し、その立場から、長篇大作 For Whom the Bell Tolls（1940）を発表、ベストセラーとなった。晩年は、フロリダやキューバに滞在し、彼自身フィッシングに出かけることが多かったが、その体験を基に、巨大なマカジキと 2 昼夜孤独な戦いを繰り広げる年老いた漁師の不屈の精神をいっさい無駄を削ぎ落とした文体で描いた The Old Man and the Sea（1952）で高い評価を受けた。この晩年の中篇小説はピューリツァー賞に選ばれるだけでなく、ノーベル文学賞受賞（1954）のきっかけともなった。その後は、高血圧や糖尿病を患い、頑強さを誇った肉体が衰えるとともに、創作力も衰えを見せ、これといった作品を世に問うこともなく、1961 年 7 月 2 日、アイオワ州 Ketcham の自宅で猟銃自殺を遂げた。

　ここで、数あるヘミングウェイの小説の中で、わが国でも The Old Man and the Sea とともに、翻訳や映画で広く親しまれている A Farewell to Arms をま

ず紹介することにしよう。全体は5部構成になっているが、第1部では、主人公で、この作品を一人称で語るアメリカの青年 Frederic Henry が、イタリアで、イギリスの従軍看護婦 Catherine Barkley と知り合う。最初、二人の関係はそれほど深いものでなく、フレデリック・ヘンリーは傷病兵救助隊員として北部戦線に送られ、臼砲弾で足を負傷し、ミラノの病院に移送される。第2部では、彼はこのミラノの病院に勤務していたキャサリン・バークレーと再会し、二人の愛は真剣な関係に発展する。しかし、傷の癒えた彼は再び戦場に戻る。ところが、第3部で、彼が戦場に戻ってみると、戦況はイタリア軍に不利で、厭戦気分が広まっており、イタリア軍は撤退を始め、それが Caporetto の総退却につながる。そうした混乱の中で、彼は部隊を見捨てた将校が憲兵に射殺される現場を目撃したり、彼自身もイタリア語のまずさからドイツ兵と疑われ、捕らえられたりするが、隙を見つけて、川に飛び込んで逃亡し、軍用貨物列車でキャサリンのいるミラノに向かう。'a farewell to arms' を実行したのである。

　第4部では、フレデリックが辿りついたミラノにはキャサリンはおらず、彼は市民服に着替えて、彼女が移った Stresa に赴き、彼女と再会して、二人だけの生活をホテルで始める。しかし、脱走兵として憲兵に逮捕される危険を察した彼は、嵐の夜、イタリアとスイスの国境にあるマジョーレ湖をキャサリンとボートで対岸の中立国スイスに脱出する。そして、第5部では、スイスの山中で束の間の幸せな牧歌的生活を送るが、妊娠していたキャサリンの出産が近づき Lausanne に移る。やがて出産ということになるが、悲劇はまたも襲いかかってくる。キャサリンは自然な分娩ができず、急遽、帝王切開手術を受けるが、子供は死産し、彼女は大量の出血で死ぬ。幸福であるはずの二人の生活はキャサリンに死をもたらす結果となる。そして、フレデリックは悲しみに耐え、無言で雨の中を一人でホテルに戻ってゆく。

　ヘミングウェイは、1918年5月、18歳の年に、イタリア軍付赤十字の救急車の運転手としてヨーロッパに渡った。彼自身は志願兵として参戦したかったが(そこには正義の戦いと宣伝されていた大戦に身を投じたいという純粋な正義感があった)、父親の反対があったり、彼自身、左眼の視力が不十分という肉体的な欠陥があったりして、やむをえず、比較的安全な衛生隊に加わったのであった。ところが、7月9日、イタリア北部の前線 Fossalta di Piave で

膝に敵軍の迫撃砲の砲弾があたり重傷を負った。傍らにいた仲間の一人は即死。もう一人は重態。彼も病院に運ばれ、10回に及ぶ手術を受けたが、200個以上の弾丸の破片が肉体に食い込んでいた。その時彼はまだ19歳になっていなかった。その病院で、入院中、一人の従軍看護婦と恋愛に陥り、その体験が *A Farewell to Arms* に生かされる。そうした戦争体験をした彼が、まず何よりも強く感じたことは、抽象的な思想、戦争を正当化したり美化したりする主義主張、とりわけそれを表現する「言葉」の偽善性であり、「もの」そのものがもつ実在感であった。

　彼の文学の第一の特徴は、こうして、観念的なもの、抽象的なものすべてを否定して、具体的に存在する「もの」、自分の行動、感情、自分自身の実感から出発して、そこから自分なりに世界を構築してゆくことであった。観念、抽象的な概念にはつねに偽りがある。それに対して、いま、ここに生きている自分にとって自分の実感、これは疑うことのできない真実を含んでいる。おそらく既成の価値体系が、戦争での体験によって、崩れ失われてしまったこの世代にとって（「失われた世代」と呼ばれる理由の一つがここにある）、拠り所となるのは自分のその時の実感しかないというのは、十分理解できるところである。彼自身、それを、*A Farewell to Arms* で、引用（18-1）のように述べている。彼が残した文章の中で、もっとも有名なものの一つである。そこで、彼は戦場の雨の中で聞かされた上官たちの訓示や、掲示板に貼り出された告示にきまって現われる「神聖な」（sacred）、「栄光にみちた」（glorious）といった言葉が、戦場では何の意味ももたず、「栄光」（glory）、「名誉」（honor）、「勇気」（courage）、「神聖化する」（hallow）といった抽象語は、戦争を推進する指揮官たちには便利な言葉であろうが、現実に戦闘に加わっている兵士たちにとっては「卑猥で」（obscene）しかなく、村や川の名前や、日付、道路の番号など、具体的な言葉のみが意味をもつように思われる。同じように、Gino という人間も「愛国者」（patriot）という抽象的な存在としてではなく、「すばらしい青年」（fine boy）であることに価値があるのであり、「愛国者」に生まれついたということは、付随的な意味しかもたない。

　こうした現実に対する認識態度はさらに彼の文体にも反映する。あらゆる虚飾を剝ぎとった、客観的な、感情を伴わない、事実のみに基づいた彼の即物的な文体が生まれてくるのである。'hard-boiled' と称されるヘミングウェ

(18–1) CD 84

> I was always embarrassed by the words sacred, glorious, and sacrifice and the expression in vain. We had heard them, sometimes standing in the rain almost out of earshot, so that only the shouted words came through, and had read them, on proclamations that were slapped up by billposters over other proclamations, now for a long time, and I had seen nothing sacred, and the things that were glorious had no glory and the sacrifices were like the stockyards at Chicago if nothing was done with the meat except to bury it. There were many words that you could not stand to hear and finally only the names of places had dignity. Certain numbers were the same way and certain dates and these with the names of the places were all you could say and have them mean anything. Abstract words such as glory, honor, courage, or hallow were obscene beside the concrete names of villages, the numbers of roads, the names of rivers, the numbers of regiments and the dates. Gino was a patriot, so he said things that separated us sometimes, but he was also a fine boy and I understood his being a patriot. He was born one. He left with Peduzzi in the car to go back to Gorizia.
> ——Ernest Hemingway, *A Farewell to Arms*, Book III, Chapter 27

イ独自の文体である。もちろん、この文体は彼の戦場体験のみから生じたのではなく、戦争に参加する以前、一時働いていた *The Kansas City Star* 紙での文章訓練の結果でもあった。*Star* 紙の 'stylesheet' には110の「規則」(rules) が記されていて、'Use short sentences. Use short first paragraphs. Use vigorous English. Be positive, not negative.' という忠告に始まっていた。文章は短くし、最初のパラグラフは短く、力強い言葉を使って、否定文ではなく、肯定文で書くこと。こうした教えを、彼は見習い記者として徹底的に叩き込まれ、それが彼の文体を決定したのである。そして、文学史的に言うと、彼はマーク・トウェインの *Huckleberry Finn* の素朴な口語体の文体を継承し、それをより洗練させていった。その典型的な例が、引用 (18–2) にある、*A Farewell to Arms* の書き出しの一節で、彼の主観的な判断も、感情も、何もなく、ただ

事実が淡々と描かれてゆく。それに加えて、使われている単語はほとんどが1音節か、2音節のアングロ・サクソン系のもので、また、構文的にも修飾節が2ヵ所(それもごく単純なもの)がある以外、すべて単文ないしは単文を積み重ねた重文からなっている。

しかし、単純ではあるが、小説の背景、このあとの発展を予感させるものがさりげなく書き込まれている。何よりも印象的なのは、自然の清潔さで、川は水が青く澄み、流れは速く、川原の石は日を浴びて白く乾いている。村を通り過ぎる軍隊に土埃が舞い上がり、木の幹も葉も埃をかぶって、その年はいつもより早く落葉が始まる。平原は豊かな稔りがみられ、平和であるが、夜になると、遠い山中で行なわれている戦闘の砲火が夜空に稲妻のように光る。物語が進むにつれて現われる戦場の混乱や、この小説で象徴的に描かれる不吉な「雨」などと見事な対照を見せる幕開けである。戦時中という異常な時代であるが、自然は文字通り田園風であり、そこに土埃をともなって軍隊が入り込んでくる。戦争は別の世界のことなのだ。このように要約したのでは、原文の魅力がほとんど失われてしまうが、ヘミングウェイの文章の極めつきの一節として記憶されるものである。

A Farewell to Arms は物語の展開によって読者を魅惑するだけでなく、「雨」のような自然現象を象徴として繰り返し用いて効果を上げてもいる。開幕冒頭では、雨は降っておらず、空気は乾燥していて、遠くで稲妻が光るが、嵐がやってくるという感じはなかった。しかし、冬になると、長雨の季節となり、戦場でコレラが発生し、7000人の兵士がこれに罹って死ぬ(ヘミングウェイは皮肉たっぷりに「わずか7000人」という)。イタリア軍がドイツ・オーストリア軍に壊滅的な敗北を喫したカポレットの戦闘は大雨の中で戦われ、兵士たちは泥沼の中を逃げ惑う。物語の最後、キャサリンに死なれてフレデリックが病院をあとにする場面も雨が降りつづいている。もちろん作者はこの「雨」を意識的に用いていると思われるが、読者は知らず識らずのうちにその不吉な存在を意識するし、多くの批評家がその効果を指摘している。

しかも、この「雨」は、恋人同士が愛を確かめ合う、ある意味では、この小説のもっともロマンティックな場面でも不吉な背景として描かれる。キャサリンは雨を恐れ、自分の運命を雨と重ねて、自分も、フレデリックも、雨

(18-2)

> In the late summer of that year we lived in a house in a village that looked across the river and the plain to the mountains. In the bed of the river there were pebbles and boulders, dry and white in the sun, and the water was clear and swiftly moving and blue in the channels. Troops went by the house and down the road and the dust they raised powdered the leaves of the trees. The trunks of the trees too were dusty and the leaves fell early that year and we saw the troops marching along the road and the dust rising and leaves, stirred by the breeze, falling and the soldiers marching and afterward the road bare and white except for the leaves.
>
> The plain was rich with crops; there were many orchards of fruit trees and beyond the plain the mountains were brown and bare. There was fighting in the mountains and at night we could see the flashes from the artillery. In the dark it was like summer lightning, but the nights were cool and there was not the feeling of a storm coming.
>
> ——Ernest Hemingway, *A Farewell to Arms*, Book I, Chapter 1

の中で死んでいるのが見えると彼に迫る。引用(18-3)で、まるで戯曲の台本のように会話のみからなるこの部分は、これまた、ヘミングウェイらしい一節として評価が高い。キャサリンは必死にフレデリックにすがろうとしているが、ことの深刻さに気づいていない彼は、眠いこともあって、はかばかしい返事をしない。彼女は、自分の不安感を無理やり押し殺して、雨など恐ろしくないと言うには言うが、最後は、事実に反する願望を表わす仮定法 'Oh, oh, God, I wish I wasn't (afraid of the rain).' と泣きながら口走る。彼が慰め、彼女も泣き止むが、作者は、「しかし外では雨が降りつづいていた」と客観的な事実のみを記すだけで、余計なコメントはいっさいしない。この降りつづく雨はただの天然現象であるが、この一文によって二人の逃れられない運命(雨によって象徴される)を読者は感じることになる。

そして、この「雨」は、すでに何度か述べたように、また、幕切れに描かれる。この場面については、どれだけの研究者がこれまで言及してきたか、

> … "It's raining hard." / "And you'll always love me, won't you?" / "Yes." / "And the rain won't make any difference?" / "No." / "That's good. Because I'm afraid of the rain." / "Why?" I was sleepy. Outside the rain was falling steadily. / "I don't know, darling. I've always been afraid of the rain." / "I like it." / "I like to walk in it. But it's very hard on loving." / "I'll love you always." / "I'll love you in the rain and in the snow and in the hail and — what else is there?" / "I don't know. I guess I'm sleepy." / "Go to sleep, darling, and I'll love you no matter how it is." / "You're not really afraid of the rain, are you?" / "Not when I'm with you." / "Why are you afraid of it?" / "I don't know." / "Tell me." / "Don't make me." / "Tell me." / "No." / "Tell me." / "All right. I'm afraid of the rain because sometimes I see me dead in it." / "No." / "And sometimes I see you dead in it." / "That's more likely." / "No, it's not, darling. Because I can keep you safe. I know I can. But nobody can help themselves." / "Please stop it. I don't want you to get Scotch and crazy tonight. We won't be together much longer." / "No, but I am Scotch and crazy. But I'll stop it. It's all nonsense." / "Yes, it's all nonsense." / "It's all nonsense. It's only nonsense. I'm not afraid of the rain. I'm not afraid of the rain. Oh, oh, God, I wish I wasn't." She was crying. I comforted her and she stopped crying. But outside it kept on raining.
> ——Ernest Hemingway, *A Farewell to Arms*, Book II, Chapter 19

確かめようがないほどであるが、ヘミングウェイのもっとも成功した描写の例である。引用（18–4）である。キャサリンが帝王切開で死ぬ。どう考えても不条理な死である。しかも、短い期間であるが、二人の生活が幸せであっただけに、耐えがたいものとなっている。フレデリックにしてみれば、神でも運命でも何でもよいが、このような死をもたらしたものに呪いの言葉を投げつけたいところだろう。どれだけ泣いても、涙を流しても、不自然でない場面である。ところが、彼はそれを黙って耐える。作者ヘミングウェイも、もし二流の作家であれば、ここぞとばかり、その悲劇、彼の悲しみを書きた

(18-4) CD 87

> Outside the room, in the hall, I spoke to the doctor. "Is there anything I can do tonight?"
>
> "No. There is nothing to do. Can I take you to your hotel?"
>
> "No, thank you. I am going to stay here a while."
>
> "I know there is nothing to say. I cannot tell you —"
>
> "No," I said. "There's nothing to say."
>
> "Good-night," he said. "I cannot take you to your hotel?"
>
> "No, thank you."
>
> "It was the only thing to do," he said. "The operation proved —"
>
> "I do not want to talk about it," I said.
>
> "I would like to take you to your hotel."
>
> "No, thank you. "
>
> He went down the hall. I went to the door of the room.
>
> "You can't come in now," one of the nurses said.
>
> "Yes, I can," I said.
>
> "You can't come in yet."
>
> "You get out," I said. "The other one, too."
>
> But after I had got them out and shut the door and turned off the light, it wasn't any good. It was like saying good-by to a statue. After a while I went out and left the hospital and walked back to the hotel in the rain.
>
> ——Ernest Hemingway, *A Farewell to Arms*, Book V, Chapter 41

てたであろうが、それを抑える。そこに彼の美学があり、沈黙が過剰な言葉よりも迫力をもつことになるのである。そこにヘミングウェイの文学の究極の魅力がある。彼自身も、この最後の場面が作品の成否を左右するだろうと感じていて、17回書き改めて、ようやく満足し、現在のものとなったという。

　最後に、ヘミングウェイの初期の虚無思想と、晩年、彼が辿りついたと思われる人間の不滅性への信念を紹介して、本章を終えたい。

ここまで、どちらかと言えば、ヘミングウェイの虚無的な世界に耐えて生きる一面に焦点を合わせて彼を紹介してきたが、その通りで、彼は何と言っても「失われた世代」の一人であり、伝統的な価値観が失われた世界で孤独な生活を強いられた文学者である。時代と関連した、その伝記的な事実はどれだけ強調しても強調しすぎることのない重要な意味をもっている。そこで、彼の虚無思想が明確に示されていることで有名な短篇 "A Clean, Well-Lighted Place"（1933）の一節を紹介しよう。短篇といっても、特に物語の筋があるわけではなく、むしろ街角の一風景を切り取ったスケッチ風の小品である。舞台は、題名通り、清潔で、皓々と明かりのついた小さなカフェ。時間は、夜更け、閉店時間に近づいている。現われるのは3人だけ。一人は閉店時間を過ぎてもいつまでも入り口のテラスの壁際のテーブルに座って、ブランデーを黙って飲んでいる80歳近い老人。彼は耳が聞こえず、前の週に絶望して自殺を図ったらしい。あとの二人はカフェのウェイターで、若いほうは普通の生活をしていて、一刻も早く店を閉めて帰宅したいと思っている。一方、年をとったウェイターは、このように深夜まで一人孤独に皓々と明かりのついたカフェで時間を過ごすしかない人間がいることがわかっている。彼は彼なりに、すべては虚無だが、その暗黒の虚無の世界で一条の「光」を求めて、いつまでも帰ろうとしない老人のような人間のいることを知っていて、店の明かりを消しながら、自分自身に引用（18–5）のように語りかける。

　ここに何度も現われる 'nada' はスペイン語で「無」「虚無」を意味し、それを「主の祈り」（Lord's Prayer）、「天使祝詞」（Hail Mary）のキーワードと差しかえて、年をとったウェイターはすべてが「無」であり、自分は「不安」「恐怖」に蝕まれているのでなく、「無」にとり憑かれているという奇妙な強迫観念を呟く。そして、人間もまた「無」であり、「光」とある種の「清潔さ」と「秩序」さえあれば、それでこと足れりとする。わかったようでわからない「主の祈り」の諷刺的な言い換えであるが、このあと、彼はまだ開いている近くの酒場に立ち寄って、ただ一杯の「無」（nada）を注文すると、酒場を出て、自分の部屋に戻り、そのままベッドに横になって、自分はただ不眠症（insomnia）に罹っているにすぎないと呟く。ともかく、「無」の中で生きながら、それに気づかずにいる者が多い中で、彼は「すべては『無』、かつ『無』にして『無』、かつ『無』なのだ」ということに気づいているのである。

(18–5) CD 88

"Good night," said the younger waiter.

"Good night," the other said. Turning off the electric light he continued the conversation with himself. It is the light of course but it is necessary that the place be clean and pleasant. You do not want music. Certainly you do not want music. Nor can you stand before a bar with dignity although that is all that is provided for these hours. What did he fear? It was not fear or dread. It was a nothing that he knew too well. It was all a nothing and a man was nothing too. It was only that and light was all it needed and a certain cleanness and order. Some lived in it and never felt it but he knew it all was *nada y pues nada y nada y pues nada*. Our *nada* who art in *nada*, *nada* be thy name thy kingdom *nada* thy will be *nada* in *nada* as it is in *nada*. Give us this *nada* our daily *nada* and *nada* us our *nada* as we *nada* our *nadas* and *nada* us not into *nada* but deliver us from *nada*; *pues nada*. Hail nothing full of nothing, nothing is with thee. He smiled and stood before a bar with a shining steam pressure coffee machine.

——Ernest Hemingway, "A Clean, Well-Lighted Place"

　それが人間の条件なのだ。そうした中で、生きる道を彼なりに求めていたヘミングウェイは、一時、創作家としてスランプ状態に陥ったが、その後また立ち直り、最後は、自然と戦う人間の敬虔かつ不屈の精神を、メキシコ湾で巨大なマカジキと死闘を演じて仕留める孤独な老漁夫の姿をとおして描いた *The Old Man and the Sea* によってピューリツァー賞を受けた。

　ここで、念のため、*The Old Man and the Sea* の粗筋と、1ヵ所だけ原文を紹介しておきたい。主人公は年老いた漁師の Santiago。彼は手漕ぎの小舟でメキシコ湾の沖に少年 Manolin を連れて漁に出るが、不漁つづきで、少年は諦めて船を下り、一人で海に出たサンティアゴは、夢うつつに若い頃アフリカ海岸で戯れているのを見たライオンの子の夢を見る。不漁つづきの毎日だったが、84 日目にようやく巨大なマカジキが針にかかる。2 昼夜、壮絶な闘いを繰り広げたのち、ようやく大魚を仕留めることになるが、港まで運んで帰

> It was too good to last, he thought. I wish it had been a dream now and that I had never hooked the fish and was alone in bed on the newspapers.
>
> "But man is not made for defeat," he said. "A man can be destroyed but not defeated." I am sorry that I killed the fish though, he thought. Now the bad time is coming and I do not even have the harpoon. The *dentuso* is cruel and able and strong and intelligent. But I was more intelligent than he was. Perhaps not, he thought. Perhaps I was only better armed.
>
> "Don't think, old man," he said aloud. "Sail on this course and take it when it comes."
>
> ——Ernest Hemingway, *The Old Man and the Sea*

る途中、サメの群れに襲われ、獲物は骨だけになってしまう。疲れ果てて小舎に戻った彼はただ眠り、マノーリン少年や、港の漁師たちは彼に崇敬の目を向ける。このように、3ヵ月近い不漁という不運に見舞われながら、それに黙々と耐え、ようやく仕留めた獲物もサメに食い荒らされる。しかし、ヘミングウェイは、これを敗北とは見なさないで、苛酷、非情な運命に耐える彼の生きざまに、人間としての尊厳、高貴さを認めるのである。不運に直面したサンティアゴ自身、引用 (18-6) のように、どのような運命であろうと、それを潔く受けて立つ覚悟を自分自身に向かって呟く。

このように、人間を物理的に「叩きのめす」(destroy) ことはできても、精神的に「敗北させる」(defeat) ことはできないのである。これが、10代の青年として第一次大戦に参戦し、重傷を負い、戦争の残酷さ、悲惨さを知って、既成の社会秩序、価値体系、理想、生きる意欲など、すべてに対して信頼感を失ったヘミングウェイが、半世紀にわたる波瀾に満ちた人生から学びとった最後の結論であった。「失われた世代」として多くのものを失ったヘミングウェイであったが、少なくともこの小説では、人間としてもっとも重要なものを回復しているといってよいのではないか。

19

Tennessee Williams
テネシー・ウィリアムズ

日本でも上演されることの多い、「追憶」と「欲望」という名の戯曲を残したアメリカ南部の劇作家

■ 略　伝

わが国でも *The Glass Menagerie* (1944)や、*A Streetcar Named Desire* (1947)で広く親しまれている Tennessee Williams (1911–83) は、ミシシッピー州 Columbus に Thomas Lanier Williams として生まれた。Tennessee というのは、1929年、ミシシッピー大学に入った時、南部訛りがあまりにも強かったことから付けられた仇名で、彼はこの仇名が気に入り、それを自分のペンネームにしたといわれる。父親は Cornelius Coffin Williams というラテン語系の厳しい 'first name' をもったセールスマンで、テネシー・ウィリアムズが生まれた頃は、大きな靴の販売会社の有能な社員だった。開拓民の家系で、性格的に押しが強く、外向的で、ほとんど家庭を顧みない、大声の、粗暴な男性だった。対照的に、息子のウィリアムズは、少年時代、ジフテリアに罹って、家に閉じこもることが多く、内向的な少年だった。男の子に逞しさを求める父親は、スポーツなど何もできないウィリアムズを「女々しい」(sissy) と嫌っていた。当然、ウィリアムズも父に親しみを感じることはなかった。こうした肉体的にタフで、行動的な男性に対する彼の複雑な感情は、作品では *A Streetcar*

Named Desire（1947）に登場する Stanley Kowalski などに現われている。一方、母親 Edwina Dakin Williams は、ミシシッピー州デルタ地帯の名家出身で、父親は聖公会の牧師だった。父親がセールスで留守がちだったので、ウィリアムズは母親と姉の Rose とコロンバスの母方の祖父の牧師館で暮らすことが多く、彼は祖父と教区を回って、教区民の世間話に子供ながら興味を示した。そして、5歳の時にジフテリアを患って2年近く部屋に閉じこもり、母親に物語を聞かせてもらって、空想の世界に生きるようになる。祖父は牧師だったが、Edgar Allan Poe（⇨6章；I巻24章）を愛読する文学好きで、孫のウィリアムズにエドガー・アラン・ポーの詩を読んで聞かせ、それによって、ウィリアムズはポーに夢中になったといわれる。そうした環境で、やがてウィリアムズは自分で本を読むことを覚え、想像力の豊かな少年になっていったが、憂鬱症の兆候を示すこともあった。そして、姉のローズといつも一緒にいた。母親は南部名家の女性らしく、淑女としての教養を身につけ、上品であるが、どことなく冷たかった。そして、若い頃、社交界の花形だったこともあり、大農園の華麗な社交生活の夢をまったくあきらめたわけではなかった。その一方で、ピューリタン的な潔癖さがあって、夫の粗暴な生き方に少なからず違和感を覚えていた。また、後年、ウィリアムズが飲酒癖や、同性愛問題で世間を騒がせたり、保守派から問題とされた道徳問題をテーマとする作品を発表したりすると、批判的な態度をとった。こうした母親の性格や言動は形を変えて彼の作品に描かれ、ある意味では、彼に父親以上の影響を及ぼしているようにも思われる。

　ウィリアムズが8歳の時、一家はミズーリ州 St. Louis に移り、父親もそこの支店のマネージャーとなって、家庭にいることも多くなったが、父親との関係は接触が多くなればなるほど険悪となり、彼はますます母親と姉と一体化していった。セントルイスの住まいは祖父の牧師館に比べるとみすぼらしく、家庭生活は耐えがたいものだった。それだけでなく、学校では、男の子の仲間からいじめにあって、ますます自分の空想の世界に閉じこもるようになる。そうした不安定な家庭環境で、思春期を迎えた姉のローズは、精神のバランスを崩し、精神病院に収容される。ウィリアムズは、そうした中で、ものを書くことを覚え、それによって現実との違和感を紛らわしていた。12歳の時、母親に10ドルでタイプライターを買ってもらった彼は、詩を書き始め、高校時代、懸賞に応募して、3度ほど25〜30ドルの賞金を獲得している。1929年、ミズーリ大学に入学するが、1年で退学。しかも、1929年といえば、大恐慌の始まった年で、働き口はなく、結局、父親の靴の会社に事務員として2年間働くことになっ

たが、もとより彼にしてみればまったく興味のない仕事で、明け方まで徹夜でタイプに向かって創作する生活を送る。しかし、結局、無理がたたって、健康を損なう。健康回復期の 1935 年、詩から演劇に関心を移し、何篇かが地元の劇団によって上演された。その一方で、Herman Melville（⇨ 8 章；I 巻 23 章）、Hart Crane、リルケ、チェーホフ、そして D. H. Lawrence などを読んで影響を受ける。なかでも、ハート・クレインの詩に傾倒し、彼はウィリアムズのアイドル的存在となった。

　1936 年、セントルイスの Washington 大学に入り、演劇を専攻。しかし、卒業作品が酷評され、自信があっただけに、屈辱感を味わい、アカデミックな世界と訣別することとなった。一方、家庭での父母の不和、それをめぐっての彼の微妙な立場、精神病治療として受けた姉ローズのロボトミー手術など、複雑な家庭状況を体験する。すでに紹介した通り、父親は家庭を顧みず、女手一つで子供二人を育てなくてはならない母親は、子供の将来に過度の期待をかけ、その期待が充たされない分、自分の恵まれた結婚前の生活に縋って生きる。敏感で、傷つきやすい感受性をもつ姉は、神経を患い、精神病院に送られる。ウィリアムズもそのことで深い心の傷を負う。姉を守れなかったことで罪の意識にとらわれる。そうした中で、精神的な立ち直りを求める気持ちもあって、彼は創作教育で知られたアイオワ大学に入り直し、創作を続けるが、なかなか認められなかった。しかし、1944 年、自伝的要素の強い *The Glass Menagerie* がシカゴで上演され、ブロードウェイでも話題となって、期待の新進劇作家として注目される。そして、3 年後の 1947 年には、代表作となる *A Streetcar Named Desire* でピューリツァー賞を受賞し、アメリカ演劇界に揺るぎない地位を確立した。その後も、多くの作品を発表し、また私生活の問題でもマスコミの話題となって、文学史的に無視するわけにはゆかない存在となった。数度来日し、日本文学にも関心を寄せ、殊に三島由紀夫との交友関係は、新聞や文芸雑誌で大きく報道された。このあとは、彼の主要な作品を年代順に列挙する。まず、前半期、発表上演でも評判がよく、現在も高く評価されている *Summer and Smoke*（1948）、*The Rose Tattoo*（1951）、*Camino Real*（1953）、*Cat on a Hot Tin Roof*（1955、ピューリツァー賞受賞）、*Orpheus Descending*（1957）、*Suddenly Last Summer*（1958）、*Sweet Bird of Youth*（1959）、*The Night of the Iguana*（1961）など。後半、1960 年代からは、評価に翳りが現われはじめ、1962 年発表の *The Milk Train Doesn't Stop Here Anymore* は不評で、上演も短く打ち切られた。しかし、彼の創作意欲は衰えず、*The Two-Character Play*（1967）、*In the Bar of a Tokyo Hotel*（1969）、

Small Craft Warnings (1972), A Lovely Sunday for Creve Coeur (1979) などを発表。死の3年前、1980年に発表された Clothes for a Summer Hotel は F. Scott Fitzgerald (⇨ 16章; II 巻 46 章) をモデルにしている。ウィリアムズは劇作家であるが、詩や散文作品にも見逃せない秀作があり、詩集に Androgyne, Mon Amour (1977)、短篇集に The Glass Menagerie の下敷きといってよい "Portrait of a Girl in Glass" を含む One Arm and Other Stories (1948) や、中篇小説 The Roman Spring of Mrs. Stone (1950) がある。また、自らの同性愛を告白した回想録 Memoirs (1975) も話題を集めた。

やはり The Glass Menagerie から始めたい。登場人物は、Wingfield 家の母親 Amanda、姉の Laura、語り手でもある Tom の3人と、ローラの高校時代の同級生、現在はトムの会社の同僚 Jim O'Connor. 全体は7つの 'scene' からなり、'memory play' と銘打たれ、伝統的なリアリズムではなく、「追憶のドラマ」として感傷的な音楽や、照明、スクリーンに映し出される詩の一節（たとえば、'Ou sont les neiges?' [Where are the snows?] という中世フランスの詩人フランソワ・ヴィヨンからの引用）などが効果的に用いられている。第1場は、冒頭、船員姿のトムが現われ、観客にこのドラマの背景を語る。時代は1930年代の不況時代。セントルイスの貧しい一角のアパート。トムは母親と姉と3人で暮らしていたが、あまりにも耐え難い生活に絶望して、劇の終わりで家出して船乗りになる。冒頭では、そのトムが戻ってきて、語り手として、かつての自分たちの生活を再現し、紹介する、という円環的な構成になっている。最初の追憶は、ウィングフィールド家のある日の朝食の場面。高校を出て、靴の会社に勤めているトムに、母親アマンダは食事の作法をうるさく注意し、その一方では、若い頃自分がいかに若い男にもてたか、父親と結婚しなかったならば、大金持ちと結婚できただろうと嘆く。そうした当てつけがましい毎朝の話にうんざりしたローラは、母親に、声を詰まらせ、自分は母親とは違うと答えるしかない。

第5場では、トムが、会社の同僚であるジム・オコナーをローラの結婚相手として連れてくることになる。母親のアマンダは、それを知って、娘ローラ以上に興奮する。トムはそのような母親に期待しすぎないようクギを刺す。その場面を引用 (19-1) しよう。戯曲では、ト書きなど、テキストに微妙な

(19-1) CD 91

> Tom: Mother, you mustn't expect too much of Laura.
> Amanda: What do you mean?
> Tom: Laura seems all those things to you and me because she's ours and we love her. We don't even notice she's crippled any more.
> Amanda: Don't say crippled! You know that I never allow that word to be used!
> Tom: But face facts, Mother. She is and — that's not all —
> Amanda: What do you mean "not all"?
> Tom: Laura is very different from other girls.
> Amanda: I think the difference is all to her advantage.
> Tom: Not quite all — in the eyes of others — strangers — she's terribly shy and lives in a world of her own and those things make her seem a little peculiar to people outside the house.
> Amanda: Don't say peculiar.
> Tom: Face the facts. She is.
> [THE DANCE-HALL MUSIC CHANGES TO A TANGO THAT HAS A MINOR AND SOMEWHAT OMINOUS TONE]
> Amanda: In what way is she peculiar — may I ask?
> Tom: (*Gently*) She lives in a world of her own — a world of — little glass ornaments, Mother .... (*Gets up. Amanda remains holding brush, looking at him, troubled.*) She plays old phonograph records and — that's about all — (*He glances at himself in the mirror and crosses to door.*)
> ——Tennessee Williams, *The Glass Menagerie*, Scene 5

異同がある場合があるが、New Directions の New Classics 版 (1949) からの引用である。3行目に 'Laura seems all those things to you and me' とあるが、この 'all those things' というのは、引用の直前にアマンダがローラのことを 'lovely'、'sweet'、'pretty' だと言ったことを受けて、家族にはそのように見えても、他人には、彼女は足が悪く (crippled)、内気で、自分の世界に閉じこもった女の子であり、家族もその事実を認めなくてはならない (face facts)

と母親をたしなめる。それに対して、母親は感情的になって喚きたてるが、トムは姉が現実を避けて、ガラスで囲われた世界に閉じこもっているという、母親が目を向けようとしない「事実」を突きつけるのである。

　その晩、ジムが現われると、ローラはただおろおろするばかりで、挨拶もそこそこに自室に閉じこもり、せっかくの夕食も彼女不在のまま始まる。そして、最後の第7場、夕食が終わろうとしている時に、突然、室内が停電する。これはトムが電気会社に払う電気代を、家出のための船賃に使ってしまい、送電がストップされたのだ。ジムは蝋燭とワインを手にしてローラの部屋を訪れる。戯曲のクライマックスといってよい場面で、薄暗闇の中、ローラも次第に緊張が解け、彼女は高校時代の思い出を語り、自分が宝物にしている「ガラスの動物園」(Glass Menagerie)をジムに見せ、その中からいちばん大切にしているユニコーン(一角獣)を手渡す。二人は暗闇の中でダンスをし、テーブルに置いてあった一角獣に彼の身体があたって、一角獣は床に落ち、角が折れてしまう。息を吹きかけるだけでも壊れそうな華奢な、彼女の象徴といってもよい置物だった。引用(19–2)は、ローラがジムにその一角獣を見せる場面である。彼女は、角が折れたことで、特別扱いしていたこの一角獣も、他の動物と同じになったと言って、一見、平静さを装っているが、彼女にとって何よりも大切なものがここで失われたことは確かである。ジムに婚約者のいることを告げられたローラは、その晩の思い出の品として角の折れた一角獣を彼に渡す。婚約者の存在を知った母親は怒る。トムは知らなかったと弁解するが、母に責め立てられ、家を飛び出す。その後、また、語り手となって、トムは現われ、不幸な姉はどこへ行こうと忘れられない存在だった、と言って、戯曲は幕を閉じる。

　The Glass Menagerie は、このように未来に開かれた明るい戯曲ではない。しかし、けっして暗い印象をあたえることもない。ウィングフィールド家の3人はいずれも現実に適応できない、現実に目を向けようとしない 'misfit' で、社会から見捨てられた不幸な人間であるが、それでも、それぞれ精一杯生きていて、その生き方に作者ウィリアムズはある種の愛情を示し、彼らを庇っている。どれだけ不幸な場面であっても、それを語る言葉は日常の口語体で、口語体のもつ美しさ、強さが十二分に生かされている。けっしてプロレタリア文学のように社会の貧しい影の部分を一方的に暴く文学ではない。そして、

(19-2) **CD 92**

> LAURA: ... Most of them are little animals made out of glass, the tiniest little animals in the world. Mother calls them a glass menagerie! Here's an example of one, if you'd like to see it! This one is one of the oldest. It's nearly thirteen. ... Oh, be careful — if you breathe, it breaks!
> JIM: I'd better not take it. I'm pretty clumsy with things.
> LAURA: Go on, I trust you with him! (*Places it in his palm.*) There now — you're holding him gently! Hold him over the light, he loves the light! You see how the light shines through him?
> JIM: It sure does shine!
> LAURA: I shouldn't be partial, but he is my favorite one.
> JIM: What kind of a thing is this one supposed to be?
> LAURA: Haven't you noticed the single horn on his forehead?
> JIM: A unicorn, huh?
> LAURA: Mmm-hmmm!
> JIM: Unicorns, aren't they extinct in the modern world?
> LAURA: I know!
> JIM: Poor little fellow, he must feel sort of lonesome.
>
> ——Tennessee Williams, *The Glass Menagerie*, Scene 7

トムを語り手にして、全体を一つの枠の中に置き、作品として完成された統一を感じさせる。その意味では、詩人としてのウィリアムズの才能が、演劇という形をとって結晶した作品とみることができるだろう。これによって、アメリカ演劇が新しい局面を迎えたという評価も納得がゆく。作品のスケールからすると、*A Streetcar Named Desire* (1947) には及ばないかもしれないが、ウィリアムズの魅力を知るには、この作品から入るのがよいのではないか。事実、*The Glass Menagerie* はアメリカの大学のアマチュア劇団などによって上演されることの多いアメリカ演劇の小さな古典となっている。

ウィリアムズといえば、風変わりな表題をもち、わが国でも人気女優がヒロイン役を競演し、また、初演の舞台と同じ Elia Kazan 監督によって映画化

(1951) されて評判になった *A Streetcar Named Desire* を思い浮かべる読者もいるだろう。ウィリアムズの代表作であるだけでなく、20世紀アメリカ演劇屈指の傑作として評価が高い。1947年12月3日、ニューヨークの Barrymore Theatre で初演。前述の通り、演出はエリア・カザン。彼は演出ノートを残し、この戯曲のポイントを的確に指摘し、その後の解釈に少なからざる影響を及ぼしたようだが、順序として、まず戯曲の粗筋を紹介しておこう。

　物語は南部ニューオーリンズのフレンチ・クオーターと呼ばれる貧しい一角を舞台に展開する。5月のある夕暮れ、淑女然とした Blanche DuBois が 'Desire' と行き先を表示した路面電車でやってくる。生活に行き詰まって、妹の Stella を頼ってきたのである。しかし、姉の彼女とは性格が正反対で、教養もなく、粗野で男性的な妹ステラの夫、ポーランド系移民のスタンリー・コワルスキーは、ブランチ・デュボワに対して直感的に敵意を示す。二人は反発しながら、お互い相手に興味をいだく。舞台上の会話をとおして次第にわかってくるが、ブランチは南部のフランス系名家の出身で、学校教師だったが、結婚した夫が同性愛者で、彼に自殺され、その淋しさ、孤独を癒すために、町の男たちと関係を重ね、評判となる。やがて、借金のかたに先祖伝来の農園を失い、学校からも追い出される。こうした荒んだ生活は彼女の神経をむしばみ、やがて彼女は現実から逃避し、かつての古き良き時代の幻想に縋って生きるようになる。スタンリーは彼女の淑女ぶりの背後に虚偽を感じ、ブランチを庇うステラに辛くあたったりする。また、ブランチの抑圧された性衝動を嗅ぎ取り、反発しながら、彼女を性的に征服したいという欲望をいだく。

　一方、ブランチの美貌と教養に惹かれた、スタンリーの独身の友人 Mitch (Harold Mitchell) は、彼女に接近し、二人の間に恋愛、結婚の可能性も生じる。それを知ったスタンリーは、彼女の男性経験や、学校を追放されたという過去を調べ上げて、それをミッチに伝える。ある意味では、ミッチに不幸な結婚をさせないという配慮でもあるが、ブランチに対する彼の欲望の結果でもあった。彼女とミッチとの結婚はだめになる。そして、その後、ステラが出産で入院した夜、ブランチはスタンリーによって過去を暴かれ、暴力的に犯される。こうして、彼女は結婚の望みを閉ざされ、肉体的には陵辱を受け、精神的に異常をきたして、精神病院に送られる。それでも、最後の場面、

ブランチは現実の恐ろしさ、醜悪さ、矛盾のすべてから解放された聖女のように、迎えにきた病院の医師に縋りついて、'Whoever you are — I have always depended on the kindness of strangers.' という有名な台詞を口にして舞台から消えてゆく。確かに、この医者は初対面の文字通り 'stranger' であったが、ブランチにとっては、生涯出会ったすべての人間は 'stranger' ではなかったか。それほど彼女は孤独な人間だった。見知らぬ他人の親切さに頼らざるをえないブランチの人生。舞台の幕切れの場面は、演出によってどのような印象をあたえることも可能だろう。このドラマの幕切れは悲劇であることは確かだが、同時に、彼女の場合は、あらゆる欲望から解放された女性として、観客はアリストテレスのいうカタルシスを感じることだろう。

　最後に、わが国でも *A Streetcar Named Desire* のブランチは、1953 年（すでに半世紀以上過去になっている）、文学座の杉村春子が演じて以来、繰り返し何人かの女優によってそれぞれ違った形で演じられているので、それを通して「変わるヒロイン像」を確かめてみたい。これは、わが国だけでなく、アメリカでの演出の変化を反映してもいると思われる。杉村春子は、1987 年、初演から何と 594 回も演じているというが、彼女はブランチを日常性の次元を超えた、生身の人間とは違う、永遠の女性の象徴として演じてきたという。その後、ブランチ役は、東恵美子、岸田今日子といった女優が演じ、それぞれのイメージを創ってきたが、1995 年から 250 回以上主演するという大あたりをとった栗原小巻は、当時の新聞の劇評によると、杉村の日常性を超えたブランチではなく、どこにでもいる身近な心に病を抱えたブランチを演じ、新しいブランチ像を提供した。ある劇評によると、「心の傷が精神をむしばんでいく物語は、現代に通じるリアリティーがある」という。そういう意味で、ウィリアムズは半世紀も早く現代を予想していたと評価する。そして、2000 年、まったく新しいブランチが樋口可南子によって演じられた。それもブランチ像の変化の実例として紹介しておきたい。

　演出者（栗山民也）は、ブランチを大女優が自らの演技力のすべてを投入して演じる特別なヒロインではなく、女優の「素」の部分を自然に表わす日常の女性を目指したという。それがもっともよく現われるのが、「Desire（欲望）という名の電車に乗って、それを Cemeteries（墓場）行きに乗り換え、6 ブロックさらに乗って Elysian Fields（楽園）に向かう」というブランチの有名

(19-3) **CD 93**

(*She continues to laugh. Blanche comes around the corner, carrying a valise. She looks at a slip of paper, then at the building, then again at the slip and again at the building. Her expression is one of shocked disbelief. Her appearance is incongruous to this setting. She is daintily dressed in a white suit with a fluffy bodice, necklace and earrings of pearl, white gloves and hat, looking as if she were arriving at a summer tea or cocktail party in the garden district. She is about five years older than Stella. Her delicate beauty must avoid a strong light. There is something about her uncertain manner, as well as her white clothes, that suggests a moth.*)

EUNICE (*finally*): What's the matter, honey? Are you lost?

BLANCHE (*with faintly hysterical humor*): They told me to take a streetcar named Desire, and then transfer to one called Cemeteries and ride six blocks and get off at — Elysian Fields!

EUNICE: That's where you are now.

BLANCHE: At Elysian Fields?

EUNICE: This here is Elysian Fields.

BLANCHE: They mustn't have — understood — what number I wanted …

EUNICE: What number you lookin' for?

(*Blanche wearily refers to the slip of paper.*)

BLANCHE: Six thirty-two.

EUNICE: You don't have to look no further.

BLANCHE (*uncomprehendingly*): I'm looking for my sister, Stella DuBois. I mean — Mrs. Stanley Kowalski.

EUNICE: That's the party. — You just did miss her, though.

——Tennessee Williams, *A Streetcar Named Desire*, Scene 1

な冒頭の台詞で、かつては杉村も、栗原も、作品のテーマを印象づけるように強い抑揚をつけて語ったが、樋口は普通の話し方、道をただ尋ねる場面として演じた。もちろん、この演出でもブランチは自分の過去を取り繕ったり、

次第に狂気の兆しを示したりするが、そうした一面をことさら強調はしない。*A Streetcar Named Desire* を貴族主義的なアメリカ南部の女性の崩壊の悲劇と見なす、時代がかった演出が望ましいのか、ニューオーリンズの場末のアパートで演じられる庶民的な人間関係のドラマと捉えるべきなのか、これは簡単に断定するわけにはゆかないが、当時の新聞劇評にあるように、新しい演出によって「ヒロインだけでなく、作品そのものも時代とともに煌きを増している」ことは確かなようである。時代とともに色あせてしまう演劇作品が多い中で、このように時代とともに「輝きを増す」というのは、この作品の時代を超えた秀抜さの何よりの証拠といってよいだろう。そこで、ブランチが最初に登場する *A Streetcar Named Desire* の１場の冒頭の部分を引用しておきたい。引用（19-3）である。日本では、杉村春子はブランチの最初の台詞の象徴性を強調して、歌うように喋ったというが、読みようによっては（そして、栗山演出では）、ただ道順を確かめるだけの台詞でもある。この解釈によって、全体が決まる。読者はどのように受けとめるだろうか。

20

Ralph Ellison
ラルフ・エリソン

黒人だけでなく、すべて人間は
「見えない人間」ではないだろうか／
黒人差別を糾弾する「抗議小説」を超えて

Ralph Ellison
(1914–94)

■ 略　伝

Ralph (Waldo) Ellison (1914–94) は、オクラホマ州が「准州」(Territory) から「州」に昇格した7年後の1914年、州都オクラホマシティに生まれた。名前はアメリカを代表する思想家 Ralph Waldo Emerson (⇨ 4章; I 巻 20章) にちなむもので、彼の将来を思う両親の期待が込められている。父親は石炭や氷を扱う雑貨商だったが、彼が3歳の時に死亡した。母親は白人の家庭でメイドなどをしてラルフ・エリソンと弟を育て、子供たちの教育にも気を配った。また、黒人メソジスト監督教会派の教会世話役として牧師館に住み込み、息子に牧師館の蔵書を読ませ、幼い頃から読書の習慣を身につけさせた。彼が育ったオクラホマ州は、地理的には南部に位置するが、奴隷制度以来の黒人差別意識が強い「深南部」(Deep South) とは違って、西部開拓地の名残をとどめ、人種的に偏見が少なく、エリソンは比較的自由な社会で育った。少年時代から、音楽に親しみ、トランペットを吹くとともに、人種、階級の壁を超えて自由に生きる黒人ジャズ演奏家に惹かれて、将来は、音楽をとおして黒人文化を表現する音楽家になることを夢みていた。1933年(19歳)、オクラホマ州政府からの奨学金で、アラバ

マ州にある Booker T. Washington によって創立された黒人のための大学 Tuskegee Institute に入学して、作曲や音楽理論を学んだが、2 年生の時、T. S. Eliot（⇨補遺版 96 章）の The Waste Land（1922）を読み、モダニズム文学にも興味をもつようになった。また、深南部アラバマ州での黒人差別の現実は、将来、小説家となる彼にとって、大きな意味をもつことになる。在学 3 年目を終えた頃、学費が払えなくなり、生活費を稼ぐため、また興味をもつようになった彫刻を学ぶ目的で、ニューヨーク市のハーレムに赴き、そこで、雑多な仕事をしながら、芸術活動をはじめたが、1937 年、Langston Hughes に、現代黒人文学の先駆者の一人 Richard Wright（⇨ II 巻 51 章）を紹介され、彼の影響の下で思想的に左傾化し、白人支配のアメリカ社会に対して批判的な態度をとるようになった。そして、リチャード・ライトに勧められて、左翼系の雑誌 New Challenge や New Masses に書評や短篇を発表する。そうした初期の短篇としては、"Flying Home"、"King of the Bingo Game" などが知られている。長篇小説も書いていたようだが、完成には至らず、彼の存在は注目されずにいたが、1952 年、7 年の歳月をかけて書き上げた長篇第 1 作 Invisible Man を発表、これまでにない新しい黒人小説として、一躍、高い評価を受け、黒人文学者の代表的存在となった。

　このあとも、長篇第 2 作を書いていたようで、発表が期待されていたが、1994 年に他界するまで、この小説は出版されなかった。したがって、彼は Invisible Man 1 作で文学史上に名をとどめる異色作家としてしか知られていなかった。それが、1999 年、彼の遺作管理人（literary executor）の John Callahan によって、Juneteenth という題名の長篇第 2 作が遺作の形で出版され、彼の待望の新作として話題になった。しかし、その一方で、彼が残した膨大な原稿にジョン・キャラハンが加筆修正している可能性があり、別の意味で、研究者の間で問題となった。最終稿でない以上、ある程度の編集は必要であろうが、その点が曖昧で、加筆修正はしていないと主張するキャラハンの自己弁護にもかかわらず、現行の版は John Callahan's Juneteenth にすぎないと批判された。出版されたこの版がエリソンの意図を完全に表わしているかどうかはわからないが、この Juneteenth にも、エリソンが Invisible Man で主張した基本的な関心、主題が示されていて、エリソンの文学を知るうえで無視できない内容が含まれている。そこで、「略伝」の域を越えるが、そうした彼の主題を参考資料としてここにまとめておこう。要約すると、(1) 人間としてのアイデンティティにからむ問題、(2) 過去の体験（歴史）の積み重ねの上に成立する人間存在、(3) そのような社会

（歴史）的な存在である人間の個人としての自由、(4) さらには、黒人の特殊な問題として、白人社会の中であくまでも黒人としてのアイデンティティに固執し自立すべきか、それとも、「人種の坩堝」（Melting Pot）の中で、黒人という制約を超えて、アメリカ人としての新しいアイデンティティを確立すべきなのか——こうした問題が提起されているのである。先ほど、エリソンは *Invisible Man* 1作の作家であると言ったが、それは長篇に関してであって、彼は雑誌などにかなりの数の短篇やエッセイ、論文を発表しており、そうした文章は、生前、*Shadow and Act*（1964）と *Going to the Territory*（1986）に再録されている。また、没後、*The Collected Essays of Ralph Ellison*（1995）、初期の短篇を集めた *Flying Home and Other Stories*（1996）などが出版された。

　エリソンがアメリカの黒人小説家であることは言うまでもないが、彼は、普通、アメリカの黒人小説家から連想されるタイプとはかなり違った黒人小説家である。確かに黒人問題を扱っているが、それによって黒人を不当に差別してきたアメリカ社会をただ批判するのではなく、人種問題をとおして人間すべてに通じる普遍的な問題を追求しているからである。アメリカの黒人小説といえば、誰しもリチャード・ライトの *Uncle Tom's Children*（1938）や、*Native Son*（1940）、*Black Boy*（1945）などを思い出すだろうが、これらはいずれも「抗議小説」（protest novel）である。黒人が小説を書くとすれば、白人支配のアメリカで偏見と差別による悲惨な歴史を背負っているだけに、抗議小説の形をとるのは当然と思われていた。彼らは自分たち黒人を排斥、迫害する白人に社会の良心として抗議し、自分たちの権利を主張する。そうした伝統はアメリカ文学の重要な一部となっている。すぐれた作品も少なくない。しかし、社会批判の文学は、ややもすると、主張のみが先走って、文学としての質が軽く見られる傾向がある。そして、登場人物も差別の犠牲者であるとともに、その差別に抵抗、反逆する人間として類型化される。人間としての個性が希薄となる。こうして、ライト以後の黒人小説家は、ライト型の抗議小説の限界を意識して、それに反発する新しいタイプの黒人小説を目指すことになった。

　単なる人種闘争、階級闘争、つまり、社会的、政治・経済的な次元からではなく、人間の内面的な心理、意識の次元で、人間の置かれた状況として人

種問題を追究しようとするのである。それによって、黒人小説家が直面せざるをえなかったのは、人種を超えた人間の不条理な存在、つまり、人間の「実存」のあり方であり、そうした問題の追究が黒人文学の主要な主題となっていった。黒人の置かれた状況は、白人の場合よりも、典型的に実存主義的なのである。自らの責任でも選択でもなく、不可解な無意味な世界に投げ込まれ、自己の基盤、周囲の世界との意味のある関係を見いだすことができず、つねに不安と迫害の意識に苦しまねばならぬ黒人の状況は、そのまま不条理な世界に生きる現代人の象徴といってよく、黒人問題は現代人すべてに共通する問題でもある。数世紀にわたる差別と迫害の歴史的状況の中で、疎外された黒人は個人としての自由意志、社会参加が可能であるかどうか、自己確認、自己主張が意味をもちうるかどうか、エリソンの「見えない」主人公はそうした問題にとり憑かれる。アメリカの人種問題は、また、資本家と労働者の対立のように経済的な利害の対立として単純に捉えることのできない、微妙な心理的な問題がからんでいるし、理性的に割り切れない複雑な歴史を伴っている。エリソンの *Invisible Man* はそうした心理・歴史的な要素を背景に、一人の良心的な黒人青年の苦悩と人間的な変化（成長）を跡づける。この小説は、黒人を差別するアメリカ社会に対する抗議で終わらない。ニューヨークの黒人街ハーレムの近くの白人専用の建物の地下室に潜んで，物語を繰りひろげる主人公である名前のない黒人青年は、自らの半生を総括するのであるが、そうしたことから、多くの批評家はドストエフスキーの『地下生活者の手記』との共通性を指摘するし、作品の雰囲気は「カフカ風」といわれたりもする。

「抗議小説」は、概して自然主義に基づいて現実の社会を具体的に、かつリアリスティックに描いてゆくが、*Invisible Man* は象徴的に、時にはシュールリアリスティックに、周囲の世界を表現する。たとえば、色彩の対比が象徴的な意味で用いられる。白人と黒人の関係が中心なので、当然といえば当然であるが、ペンキ製造工場で働く主人公の仕事は、白のペンキに黒い薬品を10滴だけ添加してペンキの白さをより鮮明にすることである。そのようなペンキの製造法が当時あったのであろうが、読者は、白人の白い世界に限られた数滴の黒人の黒が添加されるアメリカ社会を思わずにはいられないだろう。

しかも、彼は混合する薬品をとり違えて真っ黒なペンキを作ってしまう。これにも象徴的な意味を汲みとれなくはない。そして、最後は地下の機関室のボイラーが爆発する。混乱のさなかで、「白」のバルブを閉めるように言われるが、手遅れで、彼は爆発にまき込まれ、吹き飛ばされる。その時の感じは、'… I seemed to run swiftly into a wet blast of black emptiness that was somehow a bath of whiteness.' という、奇妙な「黒」と「白」の混在する空間であった。彼は、その瞬間、「落下」(fall)でなく、「宙吊り」(suspension)になったように感じる。こうした場面は外面から客観描写をすることも不可能ではないだろうが、エリソンは限られた語り手の視覚や意識、さらには白や黒の感覚的な色彩をとおして、それを再現してゆくのである。

　ほかにも、「逃走」(running)や、逃走しても最後は出発点に戻ってきてしまう「ブーメラン」(boomerang)のイメージが目立つが、それ以上に、暗闇と光と視力、あるいは「目に見える状態」(visibility)と「見えない状態」(invisibility)などのイメージが、ここでは対比的に用いられている。なかでも中心をなすのは、目に「見えるか」、「見えないか」という問題で、引用(20-1)にあるように、文字どおり「表皮」(epidermis)のような表面的な問題ではなく、「リアリティ」を扱った小説の根幹とそれに関係する人間の認識・意識の問題として提示されている。引用は最初に置かれた"Prologue"からだが、実質的には「見えない」語り手がすべてを語り終えた時点で 'invisibility' が何であるか説明しようとしている場面である。「見えない」のは、周囲の人びとが目の前にいる彼を見ようとせず、自分たちの想像が作り出す虚像、彼をとりまく物、結局は彼ら自身を見ているだけなので、彼らには、目の前にいても、彼は「見えない」のである。引用はそれを敷衍する。「見えない」のは、見る側に原因があるのだ。肉体的な目ではなく、内面的な目の構造に問題がある。見えないのは時には有利なこともあるが、神経に触り、自分が本当に存在しているのかどうかも疑わしく思われる。悪夢の中の人影のように思われたりもする。そうした時、自分が現実に存在することを証明するために、逆襲することもあるが、成功することはほとんどない。そうした、黒人以外には体験のない状態に「見えない」主人公は置かれているのである。彼はそれに抗議する。そして、彼を見ようとしない世界と周囲から存在を無視されて存在する「見えない私」の関係が、このあと25章にわたって対比され、追

Nor is my invisibility exactly a matter of a bio-chemical accident to my epidermis. That invisibility to which I refer occurs because of a peculiar disposition of the eyes of those with whom I come in contact. A matter of the construction of their *inner* eyes, those eyes with which they look through their physical eyes upon reality. I am not complaining, nor am I protesting either. It is sometimes advantageous to be unseen, although it is most often rather wearing on the nerves. Then too, you're constantly being bumped against by those of poor vision. Or again, you often doubt if you really exist. You wonder whether you aren't simply a phantom in other people's minds. Say, a figure in a nightmare which the sleeper tries with all his strength to destroy. It's when you feel like this that, out of resentment, you begin to bump people back. And, let me confess, you feel that way most of the time. You ache with the need to convince yourself that you do exist in the real world, that you're a part of all the sound and anguish, and you strike out with your fists, you curse and you swear to make them recognize you. And, alas, it's seldom successful.

——Ralph Ellison, *Invisible Man*, "Prologue"

究され、小説の最後の1行で、「私」は結論的に「ことによると、私は周波数を低くして、あなた方の代弁をしているのかもしれない」（Who knows but that, on the lower frequencies, I speak for you?）と呟く。

　最後まで、黒人である「私」は、白人の目に「見えない」という「私」の黒人の特殊な体験を語っているつもりだったが、自分は白人読者の体験にほかならない体験を語っていたのかもしれない、というのである。「見えない人間」という状態は黒人だけの問題ではない。一般的に言えば、黒人作家が社会の良心として差別に抗議するのは当然で、それは Mark Twain（⇨ 11 章；II 巻 33 章）以来の伝統につながってゆくが、その一方では、このように錯綜した作品の構成、イメージ、語りの二重性などからすると、エリソンの文学は Henry James（⇨ 12 章；II 巻 34 章）にもつながっており、その意味で、エリ

ソンは19世紀リアリズム文学の二つの流れを融合しているともいえる。

　ところで、この小説で、読者がもっとも強烈な印象を受けるのは、語り手の自己のアイデンティティに関する不安というよりは、彼が少年時代から現在まで黒人として体験せざるをえなかった恐怖や、屈辱の体験である。読者にとってはまことにショッキングな事件が語られる。まず、最初の思い出。事件は高校卒業時のこと。卒業式でスピーチをした語り手の「私」は、町の白人有力者のパーティに他の黒人少年10人とともに招待され、そこで同じスピーチをするように言われるが、出かけると、まず入れられた部屋の真ん中に全裸の白人女性が立っている。目を向けると、周りの白人の大人たちに黒人の癖に生意気だとすごまれ、目を逸らすと、無視するのかとまた怒鳴りつけられる。黒人少年たちは目隠しをされて、部屋に設えてあるリングに上がって、お互い殴りあうよう要求され、本気で殴りあわないとまた怒鳴られる。目隠しといい、猛毒のヌママムシ（cottonmouths）でいっぱいの暗い部屋の比喩や、そこで感じた「突然の盲目的な恐怖心」（a sudden fit of blind terror）など、一見、偶発的な出来事を描いているようで、全体としては、「私」が体験する「見えない」状態の象徴的な描写、表現となっている。続いて、部屋の敷物の上にコインがばら撒かれていて、拾っただけ貰えるというので飛び出すと、その敷物には電気が流れていて、コインを拾うと感電し、身動きできなくなり、生き地獄の体験をする。要するに、黒人少年たちは白人になぶり者にされるのであるが、この最初のエピソードは、実に鮮明に描かれていて、忘れられない強烈な印象を残す。感覚的に捉えられた黒人の基本的な人生体験である。セックスと関係した白人女性、黒人同士の動物的な闘争、そして金。いずれも黒人の生活の基本にかかわるものばかりである。エリソンも、この「バトル・ロイヤル」（Battle Royal：この表現はその場面で使われている）の凄まじい場面を描いた第1章だけが、*Invisible Man* すべての印象を決定するのではないかという不安をどこかで述べていたように思うが、それほどすばらしい出だしとなっている。

　次に、語り手の「私」は奨学金を得て南部の黒人大学に入学し、期待した大学生活を始めるが、ある時、その大学の評議員を務めている北部の白人Norton氏に、この地方の黒人たちの生活の実態を見せるよう命じられる。し

かし、「私」は、あるがままの黒人の生活を知りたいというノートン氏の希望に応じて、自分の娘と近親相姦を犯している黒人農民のすさまじい生活を教えたり、黒人相手の酒場に案内したりして、この大学の学長 Dr. Bledsoe の逆鱗に触れる。ブレドソー学長は黒人であり、彼は黒人の成功者中の成功者として知られているが、自己中心的で、白人にとり入って成功した黒人にすぎない。そうした黒人の成功者の実態を知った語り手の「私」は黒人大学に幻滅しているが、学長は黒人の恥ずべき一面を白人に暴露したとして、「私」を大学から追放する。この陰険な学長は、表面的には「私」が北部ニューヨーク市で就職できるよう紹介状、推薦状を書くが、その推薦状の中味は、この黒人青年は当てにならない危険な人物で、雇わないほうがよいという内容のものであった。この学生には最後まで希望をいだかせ、どこまでも走りつづけさせるように（Please hope him to death, and keep him running.）と記してあった。この「逃走」(running) はこの小説の一貫したイメージ、モチーフとなっていて、語り手の生活の基本であり、それが、小説の最後では、穴蔵のような地下室に落ちて、走るのをやめ、「冬眠」状態に陥って、次の行動に移る機会を地下室で待っているのである。また、小説の最後で、「私」がニューヨーク市の地下鉄のホームで見かけた、そして、最初、誰であるかわからなかった白人が、落ちぶれはて、道に迷い、行き先を見失ったノートン氏であったことも無意味ではないだろう。黒人、白人を問わず、現代人は自分が誰であるのか、どこに向かっているのか、それさえわからなくなっているのだ。

Invisible Man は、もちろん、黒人問題を扱った抗議小説であり、20 世紀前半のアメリカの歴史を無視しては理解しがたい小説ではあるが、エリソンが、ジャズやブルースといった黒人音楽の伝統の中で育ち、大学でも音楽を専攻しただけあって、技法的に音楽との共通性を指摘する研究者もいるし、また、彼は、大学 2 年の時、最初にエリオットの *The Waste Land* を読んだのをはじめ、Ezra Pound（⇨ II 章 54 章），Gertrude Stein，Sherwood Anderson（⇨ II 巻 39 章），James Joyce など、モダニズムの作家、そして、19 世紀の Herman Melville（⇨ 8 章；I 巻 23 章），マーク・トウェインといった古典作家まで幅広く読み、それによって、「自称作曲家」(would-be composer) か

ら「小説家らしきもの」(some sort of novelist)に「変身」(metamorphosis)することになったという。それだけに、彼の小説には過去の文学作品からの引用、反響も多く、それが彼の小説に文学的な重層性をあたえることになる。"Prologue"と第25章の終わりにエリオットの *Four Quartets* からの反響が現われているが、これに似た表現は第21章にも 'That's the end in the beginning and there's no encore.' と使われている。エリソンは作曲者を目指して大学で楽理を学び、楽曲のライトモチーフの効果を知っていただろうから、それが文学作品の構成にも（無意識であれ）生かされている。*Invisible Man* は、そうした意味でも、精読に耐える完成度の高い小説になっている。

　ここで、単なる一般的な解説ではなく、作品からの具体的な引用によって、この長篇の感じを読みとってもらおう。引用 (20–2) は、すでに紹介した、少年時代（高校卒業時）の語り手が、白人のカントリークラブでの男だけのパーティに呼び出され、会場に入ると、素っ裸の金髪女性が立っていた場面である。白人にとり囲まれていて、逃げるわけにもゆかず、理性的に説明のつかない罪悪感と恐怖感に襲われた「私」は、それにもかかわらず、たとえそれで目がつぶれたとしても、思わず彼女の肉体に目を向け、彼女を愛すると同時に、彼女を殺害したいという衝動に襲われる。彼女から身を隠したいと思いながら、小さな星条旗の刺青が彫られている下腹部の下の 'V' 字形の部分に目が行ってしまう。形容詞 'capital' は「大文字の」と「すばらしい」の両方の意味が重ねられているのだろうが、ここには、白人女性に対する黒人男性の憧れと反発、恐怖など、複雑な屈折した感情が込められている。それにもかかわらず、その瞬間、「私」は彼女が自分だけを見ているのではないかと思うが、その時の彼女の目は個人的な感情をもたない 'impersonal' なものでしかない。それが、結局、黒人男性の白人女性に対する錯覚、誤解であり、白人女性としては、貧しい生活をしているストリップショーの女性が黒人を見る差別的な目なのである。この場面は、語り手の最初に体験した衝撃的な事件を扱っており、読者はその描写に圧倒されるが、エリソンはそこに普遍的な意味をさりげなく込めているのである。

　ここで、もう一度、人間の「見えない」(invisible) 状態の意味を確認して

(20-2)

We were rushed up to the front of the ballroom, where it smelled even more strongly of tobacco and whiskey. Then we were pushed into place. I almost wet my pants. A sea of faces, some hostile, some amused, ringed around us, and in the center, facing us, stood a magnificent blonde — stark naked. There was dead silence. I felt a blast of cold air chill me. I tried to back away, but they were behind me and around me. Some of the boys stood with lowered heads, trembling. I felt a wave of irrational guilt and fear. My teeth chattered, my skin turned to goose flesh, my knees knocked. Yet I was strongly attracted and looked in spite of myself. Had the price of looking been blindness, I would have looked. The hair was yellow like that of a circus kewpie doll, the face heavily powdered and rouged, as though to form an abstract mask, the eyes hollow and smeared a cool blue, the color of a baboon's butt. I felt a desire to spit upon her as my eyes brushed slowly over her body. Her breasts were firm and round as the domes of East Indian temples, and I stood so close as to see the fine skin texture and beads of pearly perspiration glistening like dew around the pink and erected buds of her nipples. I wanted at one and the same time to run from the room, to sink through the floor, or go to her and cover her from my eyes and the eyes of the others with my body; to feel the soft thighs, to caress her and destroy her, to love her and murder her, to hide from her, and yet to stroke where below the small American flag tattooed upon her belly her thighs formed a capital V. I had a notion that of all in the room she saw only me with her impersonal eyes.

——Ralph Ellison, *Invisible Man*, Chapter 1

おこう。語り手の「私」は黒人であるがゆえに、白人たちは人間としての価値を認めず、存在しないも同然の扱いをする。それに対して、「私」は目に見える「私」を認め、受け入れることを要求してきたが、それをとおしてわかったことは、周囲の白人が認める「私」は、差別され不当な扱いを受ける黒人という一般化され、概念化された人間でしかないのである。一人ひとりの人

間はそれぞれ人間特有の過去、感情、希望、苦しみなどをもった存在であるが、そうした体験の集積としての人間としては、誰も彼を見ないし、認めようとしない。そして、人間の本質は、その目に見えない過去の体験の集積にあるのではないか。そうなると、「見えない人間」(Invisible Man) というのは、人間本来の姿ではないのか。それは外部から押し付けられた性格でも、組織によって規定された存在(いわゆる差別・迫害の対象という類型化された黒人)でもなく、すべての人間は「見えない人間」なのだ。ところが、現実はそうではない。人間とは、結局、都合のよい時は利用し、必要がなくなれば、ファイルに綴じ込んでおくだけの、偽の投票用紙に走り書きされた名前にすぎないのである。そして、エリソンはこうした世界を不条理な冗談(absurd joke) と捉える。*Invisible Man* には、同じような言葉、表現がライトモチーフとして要所要所にちりばめられているが、この 'joke', 'absurd' は、'the crude joke', 'a dirty joke', 'all life seen from the hole of invisibility is absurd' のように頻出する。こうした不条理な状況は黒人のみならず、人間一般に通じるのである。

　ところで、黒人解放運動は白人に対して平等、対等の権利を要求する面があり、黒人の生活の現状からすれば、当然の要求のように思われるだろうが、この要求は究極的には黒人が白人と対等な存在として認められること、つまり、白人化することにほかならないのではないか。もしそうだとしたら、この要求は黒人としての自分自身、つまり、黒人のアイデンティティを放棄することにつながらないだろうか。「私」は引用 (20–3) のように、「同化・体制順応」(つまり、白人への同化)(conformity) への動きに抵抗し、「多様性」(diversity) をスローガンに生きようとする。この白人と黒人の関係をめぐる 'conformity' と 'diversity' の対立に、エリソンの、この時点での結論が集約されているといってよいだろう。ただ、彼は抽象的に発言しているのか、白人・黒人の人種統合の具体的な運動を批判しているのか、いま一つはっきりしないが、人種的なアイデンティティを否定して、アメリカ白人社会の主流に黒人が統合されることに危険を感じているように思われる。もちろん、ブラックムスリムの過激派のように、白人社会からの全面的な離脱を主張しているわけではないだろう。彼は、いわゆる「人種の坩堝」、アメリカの国家的な

(20-3) **CD** 97

No indeed, the world is just as concrete, ornery, vile and sublimely wonderful as before, only now I better understand my relation to it and it to me. I've come a long way from those days when, full of illusion, I lived a public life and attempted to function under the assumption that the world was solid and all the relationships therein. Now I know men are different and that all life is divided and that only in division is there true health. Hence again I have stayed in my hole, because up above there's an increasing passion to make men conform to a pattern. ...

Whence all this passion toward conformity anyway? — diversity is the word. Let man keep his many parts and you'll have no tyrant states. Why, if they follow this conformity business they'll end up by forcing me, an invisible man, to become white, which is not a color but the lack of one. Must I strive toward colorlessness? But seriously, and without snobbery, think of what the world would lose if that should happen. America is woven of many strands; I would recognize them and let it so remain. It's "winner take nothing" that is the great truth of our country or of any country. Life is to be lived, not controlled; and humanity is won by continuing to play in face of certain defeat. Our fate is to become one, and yet many — This is not prophecy, but description. Thus one of the greatest jokes in the world is the spectacle of the whites busy escaping blackness and becoming blacker every day, and the blacks striving toward whiteness, becoming quite dull and gray. None of us seems to know who he is or where he's going.

——**Ralph Ellison**, *Invisible Man*, "Epilogue"

モットーである 'E Pluribus Unum' (one out of many) という考え方を全面的に否定しているわけではないと思う。引用の後半で言っているように、アメリカ人であることは、単一な民族になりながら、なお多数の民族であるという複雑な「運命」であるからだ (Our fate is to become one, and yet many)。この白人体制への「同化・順応」に従うと、「見えない」黒人である「私」は、色の欠如というべき白人になってしまう。アメリカは多くの縒り糸から織り

上げられているのであり、「私」はそれを認めて、アメリカがそうであることを望む。

　エリソンの主張は、要するに、国民として「単一」(one)になることが求められているが、アメリカ人は、それにもかかわらず、多民族であるという事実を直視すべきだというのである。つまり、黒人であれば、黒人としてのアイデンティティを見失ってはならないのだ。そうでないと、白人は、黒さから逃れようとして、かえって黒さを増す結果となり、黒人は白人を目指して中途半端な鈍い灰色になってしまう。それがアメリカの現実なのだ。そして、アメリカ人は誰も自分が何者か、どこへ行こうとしているのかわからなくなっている。「私」の少年時代からの黒人としての体験、ことに黒人の地位向上を目指す白人主導の団体「ブラザーフッド」での活動は、黒人に白人と対等の地位を獲得させようという善意の目標にもかかわらず、黒人のアイデンティティを失わせる結果になったのではないか。これは、なにも黒人だけのことではない。引用 (20–3) の直後に、「私」は、ニューヨークの地下鉄で、道に迷っている例のノートン氏と、偶然、再会したことを思い出すが、意外なことに、そして、詳細はわからないが、「私」は、ノートン氏も自分が何者であるかという人間としてもっとも重要な観念を失っているのではないかと思う。白人のノートン氏も「見えない」人間の一人なのだ。それで、物語の最後の最後で、「私」は、この物語が、ことによると、黒人の「私」だけでなく、あなた方読者の物語かもしれない可能性に気づいて、ぎょっとするのであった。

21

Bernard Malamud
バーナード・マラマッド

「他人のために、すべての苦しみを一人で背負い込む」／
ユダヤ人にとっての生きる意味を考えつづけた作家

　Bernard Malamud（1914–86）は、もっともユダヤ人らしいユダヤ系作家である。彼の作品を読むと、直感的にユダヤ人的な要素が感じられる。それと同時に、彼はまたアメリカのユダヤ系作家であって、アメリカ的な要素も感じる。これはバーナード・マラマッドのユダヤ的な性格がアメリカ社会に影響された結果なのか、それとも、ユダヤ文化とアメリカ社会の間に、本来何らかの類似点があるからなのだろうか。両者には相違点、対立する点も多いが、共通点も少なくない。ユダヤ系文学の入門書として便利な

Bernard Malamud
(1914–86)

1冊に、Irving Malin の *Jews and Americans*（1965）がある。そこで、最初に、アーヴィング・マリンの解説を見てみよう。彼はまず "Exile"、続いて "Fathers and Sons" という章で、ユダヤ人の問題を論じる。「異郷（亡命）生活」と家庭における「父と子」の関係。マリンは、このユダヤ民族の「異郷（亡命）生活」という特異な体験と、家族関係から検討を始めるが、「異郷（亡命）生活」といえば、アメリカ人は植民地時代から、先祖伝来の地縁、血縁を断ち切って新大陸アメリカに移住してきた人びと（とその子孫）で、宗教的な面

など異なってはいるが、土地を失い、異郷をさまようユダヤ人と共通する過去をもっている。そうした中で、アイデンティティの不安に曝される。しかし、家族の絆が弱く、子が父親に反逆することの多いアメリカ人とは違って、ユダヤ人は、家族の結束、とりわけ強固な「父と子」の関係をとおして民族の結束を堅持してきた。そのような共通点、相違点をもつアメリカのユダヤ人は、1950年代以降、アメリカ文壇の主流を占めるまでになった。

マリンの *Jews and Americans* によると、ユダヤ人社会では、父は「慈愛にみちた教師」(benevolent teacher)であり、子はそれに応じて「従順な生徒」(obedient student)であるという。それは「神」を「父」として崇拝する宗教的な態度と基本的に共通しており、「父」は「神」のように「権威」(authority)と「保護」(protection)によって特徴づけられる。ところが、アメリカの社会では、子は父に反逆するものとされてきた。移民の家庭では、決定権をもつのは新しいアメリカの社会環境にいち早く適応した子であり、父はかつての権威を失って、子を保護するような余裕はない。マリンによると、'The archetypal Jew embraces the rule of the father; the archetypal American rebels against the father.' ということになる。確かに、アメリカ小説に描かれる父と子の関係は、マリンが扱うマラマッド、そして Saul Bellow (⇨ III 巻 70 章), Philip Roth (⇨ III 巻 72 章), Delmore Schwartz など7人のユダヤ系作家の場合も含んで、緊張をはらみ、不完全である。マリンは、引用 (21-1) で次のように言う。ユダヤ社会においては、父に対する反逆はまれで、父に反逆したアブサロムの場合でさえも、子の死を嘆くダビデのように、父と子の関係は密であり、父と子が敵対することは少ない。ところが、アメリカでは、ユダヤ系でさえ、父と子は本来的に対立し、家庭内では「受容」(acceptance)、「優しさ」(tenderness)、「統一」(wholeness)に代わって、それぞれ「反逆」(rebellion)、「暴力」(violence)、「分裂」(fragmentation)といった特徴が目立つようになっている。それは現代社会の兆候であると同時に、きわめてアメリカ的なのである。

父と子といえば、ただ二人の関係だけでなく、当然、家族が問題になる。しかし、アメリカでは、この家族が——特に父を頂点とした大家族が、南部の大農園を除くと、ほとんど見いだされない。その点も、アメリカ人は大家

(21-1)

> What is remarkable is that the father-son relationship is rarely hostile. There is little rebellion against legalism. Even when Absalom attacks David, trying to usurp his rule, his death is mourned. "O my son Absalom, my son Absalom! would God I had died for thee, O Absalom, my son, my son!" But such traditional relationships do not last. It is not my purpose here to explain the reasons for this change; it is evident, however, that our seven writers deal with imperfect father-son relationships in which rebellion supplants acceptance; violence replaces tenderness; and fragmentation defeats wholeness. Thus the father-son relationship mirrors the moment of exile: the Jewish-American family is no longer holy or symmetrical.
>
> Although it is true that this kind of relationship is modern — as is the moment of exile — it is also deeply American.
>
> ——Irving Malin, *Jews and Americans*

族主義をとる伝統的なユダヤ人と違っている。もちろん、アメリカ化したユダヤ人は小家族構成となることも多いが、移民当時は家族の結束によって、敵対する異教徒の中で生き残っていったのだ。結束の固い大家族の中で育ったユダヤ系批評家 Irving Howe は、19 世紀アメリカ文学を読んでまず驚いたのは、家族の影が希薄であることだった、とあるエッセイで述べている。Ralph Waldo Emerson (⇨ 4 章；I 巻 20 章), Henry David Thoreau (⇨ 7 章；I 巻 21 章), Walt Whitman (⇨ 9 章；I 巻 25 章) には、家族の存在はほとんど感じられないし、Herman Melville (⇨ 8 章；I 巻 23 章) の場合も、家族は「影のような存在」(a shadowy presence) でしかなく、登場人物は物語が始まる前に家族から飛び出して、たとえば、海上に逃げ出している。William Faulkner (⇨ 18 章；II 巻 47 章) などの南部作家は例外的で、登場人物は家族の「締め付け」(clamp) に苛立ちを覚えているが、典型的なアメリカ文学のヒーローとされる Natty Bumppo や、Ishmael, Huckleberry Finn などから、はたして家族の存在を想像できるだろうか、という。Ernest Hemingway (⇨ 18 章；II 巻 45 章), F. Scott Fitzgerald (⇨ 16 章；II 巻 46 章) の場合も同じである。ユ

ダヤ人のアーヴィング・ハウは、アメリカ文学よりも、家族生活が濃密に描かれているトルストイの小説のほうが親しみやすく、ツルゲーネフの『父と子』のバザーロフの父親に自分の父親を感じたという。そのようなアメリカでも、ユダヤ系文学者の場合は、家族関係へのこだわりが強く、その結果、独自の存在となる。家族での新旧世代の価値の継承、それがユダヤ系の文学では重要な主題となる。本章で扱うマラマッドの代表作 The Assistant (1957) も、結局は、お互いに孤立しながら、息子を失った老齢のユダヤ人の父親と、父親のいない異教徒の若者が、世代を超えて、精神的な価値を確認しあう物語と見なすことができる。また、ソール・ベローの Herzog (1964) も、アメリカ社会で、父親になることを求められながら、父親になれない中年のユダヤ人男性の悲喜劇を描いている。いずれにせよ、アメリカのユダヤ系文学者は、伝統的なユダヤの民族性とアメリカの現実の狭間で苦しむことになる。

　こうして、マラマッドを論じる際に問題にしなければならないのは、(1) 彼の「ユダヤ性」(Jewishness) とは何か、(2) アメリカのユダヤ系文学者のアメリカ的要素は何か、そして (3) それを超えた現代文学としての特質、彼の文学の普遍性は何か、この3つになるだろう。いずれも非常に大きな問題である。最初に、マラマッドがもっともユダヤ人らしいユダヤ系作家だと言ったが、このことはユダヤ人の定義と絡んでいて、実は、さまざまな厄介な問題をはらんでいる。ユダヤ的 (Jewish) というのは、人種的なことなのか、それとも、ユダヤ文化の中核にある正統的なユダヤ教という宗教意識の問題なのか、あるいは、それを超えてもっと広範囲の基本的な人生観、人間観をいっているのか。アメリカには、人種的にはユダヤ系であるが、ユダヤ教教会シナゴーグに出かけないし、ユダヤ教の掟に従って調理された清浄な食品 (kosher) にこだわることのない人たちもいる。彼らはもはやユダヤ人でないのか。マラマッドの作品に描かれる人物には、そのような生活をしながら、自分をユダヤ人と思っている者もいる。ここでは、厳密な定義は別にして、とりあえず、マラマッドの文学作品に現われるユダヤ人の生き方を彼の「ユダヤ性」としておく。つまり、アメリカという異郷の「非ユダヤ教徒」(Gentiles) の間で孤立し、その中で「苦しみ」(suffering) の人生を生きねばならない彼らの生存状況。そのような苦しい現実、歴史の中でなおも自らの信念

に従って生きる精神的な強靭さ(きょうじん)。迫害、貧困といった苦難に耐えて生き抜くしたたかさ。そして、苦しい、不条理といってもいい苛酷な運命に耐え(それはまさにユダヤ人の数世紀にわたる歴史であった)、最終的には、悲しみを伴ったユーモアでそれを受容する。というよりは、そのような同胞の苦難に同情し、苦難をとおして人間的な連帯感を意識し、そこに生きる価値と証しを認める。それが、結局、文学者マラマッドのユダヤ的な特徴の基本をなしているのである。

　異郷で亡命状態にあり、苦難の生活しか選択の余地のない不条理な人生を余儀なくされて、自らのアイデンティティを失い、成功を求めながら、その虚しさを思い知らされるユダヤ人——それはまさに現代人そのものであり、ユダヤ系とか、アメリカ文学とかいった次元を超えている。マラマッドの文学がわれわれに訴えるのは、そのような普遍性によるといってよい。彼は、さらに新しい世代の小説家、たとえば、John Barth（⇨ III 巻 77 章）、Joseph Heller（⇨ III 巻 83 章）、Ken Kesey（⇨ III 巻 82 章）といったブラック・ユーモアの作家に比べると、積極的に生きる人間の姿勢に価値を認め、それを読者に訴える。マラマッドの作品は、シニカルな現代にあって、疑いなく、ある肯定的なメッセージを伴っている。そのほか、マラマッドの文学の特徴としては、自然主義的とさえいわれるリアリスティックな描写力、悪人に対してすら感じられる温かみをもった共感、同情、悲劇的な状況でも失われることのないペーソスを伴ったユーモア、そして、最終的に、愛、宗教的な救い——究極的にはユダヤ的としか言いようのないこういった点が指摘されるが、それによって、彼はアカデミックな文学研究者だけでなく、一般読者にも広く親しまれる小説家となっているのである。現在はどうであるかわからないが、筆者が現役教師であった頃は、卒業論文にとり上げられることの多い、日本人の心情に直接訴えてくる要素をもった典型的なアメリカの作家であった。

■ 略　伝

　バーナード・マラマッドは、1914 年、ニューヨーク市ブルックリンに生まれた。両親はロシアからのユダヤ系移民で、食料品を扱う小さな雑貨店を開いていたが、夜遅

くまで店を開かないとやってゆけず、マラマッドは普通の家庭生活を知らずに育った。ユダヤ系移民の多い貧しい地域の環境は彼の一部であり、その後、彼の作品の背景、素材となった。ブルックリンの高校を出て、貧しい優秀なユダヤ人の子弟が多く集まった City College of New York に入学し、1932 年、BA の学位を得て卒業。当時、アメリカは、1929 年のウォール街での株価大暴落に端を発した大不況時代で、マラマッドはそのさなかに大学教育を受け、社会に出たということになる。彼の作品の主人公たちの貧しい生活はユダヤ系移民体験に加えて、時代的な要素も強い。こうした貧困を扱う文学は社会に対する抗議、批判という形をとることが多いが、彼の小説は、直接、社会批判を展開するプロレタリア文学とは違っており、そこに彼の文学の新しさがあった。大学卒業後、夜間高校の教師をしながら、コロンビア大学の大学院修士課程に学び、1942 年、MA を取る。経済的な理由で、修士号取得に 10 年かかっていた。MA 論文は Thomas Hardy の詩のアメリカでの受容を扱ったものだった。そして、1940 年代の前半、ブルックリンやハーレムの高校で英語を教え、小説を書き始める。影響を受けた文学者としては、ロシアのチェーホフ、ゴーゴリ、ドストエフスキー、イディッシュ文学の Sholem Aleichem、それに Sherwood Anderson（⇨ II 巻 39 章)、アーネスト・ヘミングウェイ、James Joyce などがいた。

　大学での教職を望んでいたが、東部には口が見つからず、1949 年、ようやくオレゴン州立大学英文科に職を得たが、Ph.D. をもっていないということから冷遇され、一般教養の英語作文（composition）をもっぱら担当した。この時の体験は、長篇第 3 作 A New Life（1961）に苦いユーモアを込めて描かれている。この大学に、結局、12 年在職し、その間に The Assistant をはじめ 4 篇の長短篇を書いた。1961 年、ヴァーモント州の名門 Bennington 大学に移り、教師生活と平行して着実に創作活動を続けた。同じユダヤ系作家ソール・ベローや、Norman Mailer（⇨ III 巻 63 章）のように、私生活など、文学以外の場で話題になることの少ない地味な作家であるが、発表する作品はつねに高い評価を受けた。そのほか、伝記的に付け加えておくべきことは、イタリア系の女性と結婚して、イタリアを訪れることが多く、短篇など、イタリアを背景にしたものがある。また 1965 年、ソビエトを訪問旅行し、その時の見聞をもとに、The Fixer（1966）を書き上げた。これは帝政ロシアを背景に、少年殺しの疑いで投獄された実在のユダヤ人をモデルにして、ユダヤ人の迫害と苦難の歴史、その中で不条理な運命に耐える一人の人間の姿を力強く描いた大作で、それによってピューリツァー賞と全米図書賞の両方を受賞した。最後は、1986 年、ニューヨーク

のアパートで心臓発作のため急逝した。

　次に、作品をとおしての履歴であるが、処女作は *The Natural*（1952）。表題は天才的な野球選手を意味し、八百長の誘惑で球界を追われる選手をとおして、人間のモラルを追求する。野球というアメリカの神話にアーサー王伝説の聖杯神話を重ねた野心作だが、主人公はユダヤ人ではなく、期待したほど話題にはならなかった。続いて、1954 年、*Partisan Review* にユダヤ的な背景が濃厚な短篇 "The Magic Barrel" を発表し、短篇小説家として注目される。1957 年、*The Assistant* で、1950 年代中頃からアメリカ文壇で主流をなしつつあったユダヤ系作家の一翼を担う。そして、短篇集 *The Magic Barrel*（1958）で全米図書賞を受賞。長篇第 3 作は、*A New Life*。太平洋岸の地方大学での、ユダヤ人教師 Seymour Levine の学園改革運動、「たった一人の反乱」をコミカルに描いた。この小説は真面目な批評家からはあまり評価されないが、マラマッドの一面を示すものとして、けっして疎かにすべきでない。

　1966 年、*The Assistant* と並ぶ代表作 *The Fixer* を発表。内容の濃い大作であるが、要点をまとめると次のようになる。主人公は Yakov Bok というよろず修理屋のユダヤ人。時代は 20 世紀初頭、ロシア帝政時代末期。ヤーコフ・ボックはユダヤ教の儀式のためにキリスト教徒の子供を殺したという容疑で逮捕され、2 年間、裁判もなく独房に留置され、拷問に近い取り調べを受ける。彼は厳しい取り調べに肉体的にも精神的にも苦しむが、それに耐えて、身の潔白をあくまでも主張する。物語は、ヤーコフがついに裁判のため出廷するところで終わり、彼の最終的な運命ははっきりしないが（1911 年、彼と同じ嫌疑で不当に逮捕され、この小説のモデルとなった Mendel Beilis は無罪となり、釈放された）、読者は彼の 2 年間の抵抗がまったく虚しいものではなかったことを感じる。彼の悲劇はユダヤ人であるがゆえに起こったものであるが、ユダヤ人問題を超えて不当な権力に抵抗する個人の不屈の精神を描いた小説として、普遍的な価値をもつといってよいだろう。

　このあと、イタリアを舞台に、芸術家（画家）の創作活動をテーマにした *Pictures of Fidelman*（1969）、ニューヨークのとり壊しの運命にある老朽ビルに居座って創作を続けるユダヤ人と黒人の小説家の反発しながら惹かれあう奇妙な関係を描いた *The Tenants*（1971）、自伝的な要素のある初老の伝記作家の創作の苦しみを扱った *Dubin's Lives*（1979）、核戦争後地球に一人生き残った男を描いて、破滅に向かう人類の未来に対する彼の警告を表明した *God's Grace*（1982）などを残した。ほかに、数冊の短篇集などがある。

ここで、すでに述べたユダヤ系文学の特徴を典型的に示す作品の例として、彼の代表作といってよい *The Assistant* を見てみよう。主人公はニューヨーク市の Bronx で小さな食料品・雑貨店を開いている 60 歳のユダヤ人 Morris Bober. 20 年以上細々と小さな店を開き、誠実に生きてきたが、まったく運に恵まれず、最近は、近くに小奇麗な店ができて、店を手離すしかなくなっている。しかし、手離すにしても、買った時より安く手離すことになりそうである。そこへ、よりにもよって、二人組の強盗が押し入り、モリス・ボーバーはピストルで殴られ、寝込んでしまうという不運に見舞われる。彼には Ida という妻がいるが、モリスの甲斐性なしに始終苛立っている。また Helen という勉強好きな娘がいて、彼女は大学進学をあきらめ、勤めに出ている。ヘレンは、近所の裕福な菓子屋の息子で、コロンビア大学の大学院生 Nat Pearl と親しく、かつて彼に身体を許したこともあるが、今はそれを後悔している。かつての高校時代のクラスメートからも言い寄られているが、それにも応じず、いまだ大学進学をあきらめないで、夜間コースでもいいから大学教育を望んでいる。いかにも教育熱心なユダヤ人家庭に育った女性である。
　そこへ Frank Alpine というイタリア系の青年が現われて、店の手伝いをさせてほしいと言う。その頃、店からパンやミルクが盗まれるという事件が何度もあり、モリスはそれがフランク・アルパインの仕業であることに気づいているが、食べるものも、寝る場所もないこの青年にモリスは同情し、店に泊めてやる。その翌朝、モリスはミルク壜の箱を店に運び込もうとして凍った歩道で転び、店番もできなくなって、フランクに店の切り盛りをまかせる。フランクは、実は、二人組の強盗の片割れで、罪滅ぼしの気持ちもあって、店の手伝いを申し出たのだが、やがて、ヘレンに恋心をいだき、シャワーを浴びる彼女の裸体を覗き見したりする。二人はやがて親しくなって、デートしたりもするが、二人の関係はそれ以上は進展しない。金のないフランクはわずかな店の売上金を盗むようになり、モリスもそれに気づいているが、何も言わない。母親のアイダはフランクとヘレンの交際を好まず、彼を追い出すようモリスに迫るが、なぜか彼は応じない。これは手伝いが必要ということもあるだろうが、それ以上に、一人息子を幼時に亡くした彼は、フランクに対して死んだ息子の身代わりといった気持ちがあるからだった。生活は一向によくならず、店を売ることを本気で考えざるをえなくなる。

母親はなおヘレンにナット・パールとの結婚を迫るが、ヘレンはフランクとの交際を望み、彼をデートに誘う。デートの金のない彼は、レジの金を盗む現場をモリスに見つかり、店を飛び出す。ヘレンが約束の公園に行ってみると、フランクは来ておらず、強盗のもう一人だった Ward Minogue という青年が公園に来ていて、彼女に暴行を加えようとする。そこにフランクが現われ、彼女を助けるが、そのあと、フランクが彼女を公園で暴行するということになってしまう。一方、モリスは、その翌日、ガス栓をひねって点火せず眠ってしまい、ガス中毒で入院する。その間、フランクがまた店番をするが、売れ行きは落ちる一方。退院後、モリスは、結局、フランクを追い出すことになるが、その時に、自分は強盗の一人だと白状するフランクに、それは最初からわかっていたと言う。店は相変わらず苦しく、いよいよどうしようもなくなった時、保険金目当てに放火を勧める男がやってくる。しかし、そのような不正を嫌うモリスは相手にしない。しかし、最後は、それしかないと観念して、放火するつもりで地下室に降りて行くと、そこに追い出したはずのフランクが隠れていて、放火する機会を逃す。ここでも運に見放されるのである。ところが、意外なことに、その後、隣の酒屋が火事で消失する。例のウォード・ミノーグが酒を盗みに入り、暖をとるつもりでつけた火の不始末で、火事を引き起こしたのだ。彼は焼死体で発見される。酒屋は商売を続けるため、モリスの言い値で彼の店を買おうと言う。ようやく運がめぐって来たのだ。モリスは喜び、来るかどうかわからない客のために、店の前の舗道の雪搔きをし、それがもとで風邪を引き、肺炎を併発して、あっけなく死んでしまう。最後の最後まで運がついていなかったのである。

　モリスとフランクの関係を中心にまとめたが、読みようによっては、*The Assistant* はフランクとヘレンの恋愛小説といってもよいし、フランクの変身、成長、つまり若者のイニシエーションの物語でもある。そして、彼の成長の物語と見るならば、すでに何度も言ったとおり、フランクは「息子」として、「父親」モリスのユダヤ人としての「苦しみ」に耐える生き方から生きることの意味を悟ったのである。つまり、ユダヤ的な価値を受け入れたのだ。そういえば、モリスの葬儀の日、フランクは足を滑らせて、モリスの柩が置かれた墓の中に落ち込み、そこから這い上がるというハプニングがあった。

象徴的には、彼は一度死んで、モリスとなって復活したのだ。それが結末の伏線となっているとも読める。もっとも、この場面も、あまり深刻に受けとると、マラマッド文学を誤解する深読みになるかもしれない。厳粛な葬儀の場面で起きるこの事件は、グロテスクなユーモアを伴っていて、彼の文学では、深刻さと滑稽さは往々にして背中合せになっているからである。読者は笑いながら、その裏に隠された意味に対して粛然たる思いにとらわれる。フランクは最後にユダヤ人となったというが、それは何を意味しているのだろう。

　この問題に対して、マラマッドは彼なりの答えを出している。引用（21–2）である。少し長いが、研究者のほとんどが言及する、極めつきの箇所である。モリスとフランクは、父親と息子のように、ユダヤ人とは何者かについて問答を交わす。「真のユダヤ人」（a real Jew）とはどのような存在なのかというフランクの問いに、モリスは戸惑いながら、ユダヤの「掟」（the Law）、つまり「トーラ」（the Torah）の正しさを信じる者だと言う。しかも、この「掟」を守ることは、ただシナゴーグへ出かけるとか、清浄な食品以外口にしないとか、ユダヤ人特有の黒い帽子をかぶるとか、聖なる休日には店を閉じるとか、そういった形式的なことではないのである。問題は、人間として正しいことを行ない、正直で、誠実で、善良であること、それも他人に対してそうであることだという。人生はそうでなくともつらいことが多い。しかし、それだから他人を傷つけていいということにはならない。人間は動物ではない。だからこそ「掟」が必要なのだ。そして、生きるということは、つらい、悲惨な、報われない人生を生きることなのだ。つまり、生きれば、「苦しむ」ことになる（If you live, you suffer.）。しかも、他人の「ために」（for）、モリスの場合はフランクの「ために」、苦しい生活に耐えるのだ。この苦しみの生活は、将来自分のためになるという打算によるのではない。すべて他人のために、そして、すべての苦しみを一人で背負い込むこと、それがユダヤ人にとって生きることの意味なのである。

　そして、モリスが「穏やかに」（calmly）「わしはお前のために苦しんでいる」と言うのを聞いたフランクは、驚きのあまり、口に強張（こわ）りを感じて、モリスにその真意を質（ただ）すが、「お前もわしのために苦しんでいる」と言われて、彼はそれ以上尋ねることもできなくなり、口を閉ざす。読者は、フランクが

After a half hour, Frank squirming restlessly in his chair, remarked, "Say, Morris, suppose somebody asked you what do the Jews believe in, what would you tell them?"

The grocer stopped peeling, unable at once to reply.

"What I like to know is what is a Jew anyway?"

Because he was ashamed of his meager education Morris was never comfortable with such questions, yet he felt he must answer.

"My father used to say to be a Jew all you need is a good heart."

"What do you say?"

"The important thing is the Torah. This is the Law — a Jew must believe in the Law."

"Let me ask you this," Frank went on. "Do you consider yourself a real Jew?"

Morris was startled, "What do you mean if I am a real Jew?"

"Don't get sore about this," Frank said, "But I can give you an argument that you aren't. First thing, you don't go to the synagogue — not that I have ever seen. You don't keep your kitchen kosher and you don't eat kosher. You don't even wear one of those little black hats like this tailor I knew in South Chicago. He prayed three times a day. I even hear the Mrs say you kept the store open on Jewish holidays, it makes no difference if she yells her head off."

"Sometimes," Morris answered, flushing, "to have to eat, you must keep open on holidays. On Yom Kippur I don't keep open. But I don't worry about kosher, which is to me old-fashioned. What I worry is to follow the Jewish Law."

"But all those things are the Law, aren't they? And don't the Law say you can't eat any pig, but I have seen you taste ham."

"This is not important to me if I taste pig or if I don't. To some Jews is this important but not to me. Nobody will tell me that I am not Jewish because I put in my mouth once in a while, when my tongue is dry, a piece ham. But they will tell me, and I will believe them, if I forget

> the Law. This means to do what is right, to be honest, to be good. This means to other people. Our life is hard enough. Why should we hurt somebody else? For everybody should be the best, not only for you or me. We ain't animals. This is why we need the Law. This is what a Jew believes."
>
> "I think other religions have those ideas too," Frank said. "But tell me why is it that the Jews suffer so damn much, Morris? It seems to me that they like to suffer, don't they?"
>
> "Do you like to suffer? They suffer because they are Jews."
>
> "That's what I mean, they suffer more than they have to."
>
> "If you live, you suffer. Some people suffer more, but not because they want. But I think if a Jew don't suffer for the Law, he will suffer for nothing."
>
> "What do you suffer for, Morris?" Frank said.
>
> "I suffer for you," Morris said calmly.
>
> Frank laid his knife down on the table. His mouth ached. "What do you mean?"
>
> "I mean you suffer for me."
>
> The clerk let it go at that.
>
> "If a Jew forgets the Law," Morris ended, "he is not a good Jew, and not a good man."
>
> Frank picked up his knife and began to tear the skins off the potatoes. The grocer peeled his pile in silence. The clerk asked nothing more.
>
> ——Bernard Malamud, *The Assistant*

思わずジャガイモを剥く手を止め、モリスにその真意を確かめる時に彼の心をよぎったかもしれない驚きを思わずにはいられない。というのは、'I suffer for you.' という表現の 'for' には曖昧な意味があるからである。モリスはお前の「ために」なるようにと言っているのだが、取りようによっては、「利益」「恩恵」でなく、「原因」「理由」の「ために」と解釈できなくはないからである。お前のような人間がいる「ために」、わしのような善良な人間は苦しまねばならないとも解釈できる余地がある。この「ために」という表現の曖昧性

は日本語でも同じである。マラマッドは、そのあたりは何のコメントもしていないが、フランクが口が強張るのを感じ、思わず 'What do you mean?' とモリスの真意を確かめるのは、そうした意味に気づいたからではないだろうか。それに対して、'I mean you suffer for me.' という言葉に、フランクはモリスがそのように考えてくれていることを知って、それ以上問い質すことはせず、モリスの生き方に傾いてゆく。しかし、読者としては、悪人の「ために」モリスのような善人が苦しまなければならない現実に割り切れない思いを禁じえないのではないだろうか。この 'for' には二重の解釈が可能なのである。

　マラマッドの文学の背後には、周囲の迫害、時には大量殺戮の悲劇に耐えて生き抜いてきたユダヤ民族数千年の歴史があるが、作品の中では、*The Assistant* のモリス老人のように、日本人としても、親しみを感じ、記憶に残る人物が多い。また、19世紀以来アメリカ文学には、短篇小説の伝統があるが、マラマッドは20世紀を代表する短篇作家の一人である。本章では、彼の短篇に目を向ける余裕がなかったが、アンソロジーなどに収録されることの多い "The Magic Barrel"、"The Last Mohican"、"The First Seven Years"、"Idiots First"、"The Lady of the Lake" などはいずれも折り紙付きの傑作である。こうした作品から彼の世界に入ることを勧めたい。

22

Toni Morrison
トニ・モリソン

奴隷制度の過去に目を向けないアメリカ人の
「国民的記憶喪失」に抗議する黒人女性作家

Toni Morrison
(1931–2019)

■ 略　伝

Toni Morrison (1931–2019) は、オハイオ州北部 Lorain の黒人ブルーカラー労働者の家庭に Chloe Anthony Wofford として生まれた。世代的に、直接、南部農園での悲惨な奴隷生活は知らないが、祖父母の語る体験をとおして、先祖の黒人差別の歴史は彼女の生活の一部となっていた。黒人大学として知られたハワード大学(ワシントン DC)からコーネル大学英文科大学院に学び、母校ハワード大学などの教壇に立つ。1958年、ジャマイカ出身の建築家 Harold Morrison と結婚したが、6年後には、離婚。離婚後は、ニューヨーク州 Syracuse で出版社ランダムハウスの支店の編集者として働く。1968年、同社のマンハッタン事務所に転勤し、小説第1作 *The Bluest Eye* (1970) を発表。その後は、ニューヨーク州立大学などで英文学を教えるかたわら、創作活動に専念し、*Sula* (1973)、*Song of Solomon* (1977)、*Tar Baby* (1981)、*Beloved* (1987) などで、有望な黒人女性作家として注目された。なかでも、*Beloved* は、出版直後から高く評価されながら、全米図書賞、全米図書批評家賞の選にもれたため、黒人に対する差別があるのではないかとして、48人の黒人作家が連名で *New York Times*

Book Review に抗議文を送る事件があった。しかし、2 ヵ月後には、ピューリツァー賞を受賞。選考委員会は、抗議文とは無関係であるという異例の声明を発表した。1989 年以降は、プリンストン大学やハーヴァード大学などで、文学と人種問題に関する講演を行ない、アメリカ黒人文学者の代表というべき役割を果たすようになった。1992 年には、ハーヴァード大学での講演 Playing in the Dark: Whiteness and the Literary Imagination, さらに、部下の黒人女性 Anita Hill からセクハラで訴えられた黒人連邦最高裁判事 Clarence Thomas 事件に関連した Race-ing Justice, En-Gendering Power: Essays on Anita Hill, Clarence Thomas, and the Construction of Social Reality を編集・出版した。翌 1993 年、ノーベル文学賞を受賞。その受賞演説は The Nobel Lecture in Literature, 1993 (1994) として出版された。その後の小説としては、Jazz (1992), Paradise (1998), Love (2003), そして、最新作は A Mercy (2008). この作品で、奴隷制度の表面に現われることのない黒人母娘の悲劇を明らかにした。トニ・モリソンにとって、もっとも重要なテーマの一つは、奴隷制度が存在した過去の事実を、白人、黒人ともども、自分たちのおぞましい記憶として、記憶から払拭しようとする国民的傾向であって、彼女はそれを 'national amnesia'（国民的記憶喪失）と称して批判する。そのような意味で、Michigan Quarterly Review (Winter, 1989) に掲載されたエッセイ "Unspeakable Things Unspoken: The Afro-American Presence in American Literature" は、モリソンの文学全体を理解するうえで、必読の文献となっている。

　まず、代表作といってよい Beloved を具体的な引用を交えながら見てみよう。時代は 1873 年。舞台はオハイオ州南西端の都市シンシナティ。シンシナティといえば、オハイオ川の北に位置し、対岸はケンタッキー州であり、南部と北部の境界線をなす Mason-Dixon line が近くを通っている。物語は、時間的に 1873 年と過去のあいだを、フラッシュバックの手法などを使って自由に往復し、また、文体的にも、登場人物の意識の流れに近い断片からなっていて、物語の展開を辿るのはかなりむずかしく、不透明なところがある。主人公は Sethe という黒人女性。彼女は奴隷だったケンタッキー州の農園から、苛酷な生活を逃れようと、メイソン・ディクソン線を越えて、自由州、北部のオハイオ州に向かうが、追跡してきた農園主の白人たちに捕まり、子供を再び奴隷にさせるよりはというとっさの判断で、幼い自分の娘を殺害してし

まう。悲惨な物語だが、同じように追っ手に捕らわれ、自分の子供を殺害した実在の黒人奴隷女性を報じる新聞記事に基づいており、モリソンは想像力で事件の細部を埋めてゆくとともに、奴隷制度の本質的な非人間性とその負の遺産を明らかにする。

　セティは、南北戦争前、ケンタッキー州にある Sweet Home という皮肉な名前の農場の奴隷だった。主人の Garner は黒人奴隷たちにもある程度の理解を示す白人で、セティが結婚することになる Halle Suggs は、母の分も働くという条件で、母 Baby Suggs の自由を買い取り、彼女は解放黒人としてシンシナティに移る。ガーナーの死後、農園管理を引き継いだ彼の甥、奴隷たちから 'Schoolteacher' と呼ばれる男は、残酷無比な白人で、奴隷たちを虐待し、農園から脱走を企てた黒人奴隷の多くは逃亡途中に捕らえられて殺害される。ハリ・サッグズも行方がわからなくなる。セティは３人の子供を連れて逃亡するが、追跡隊に追われ、もっとも幼い娘一人を殺さざるをえない羽目に追い込まれ、それが、生涯トラウマとなって、彼女の記憶に付いてまわる。最終的には、何とかシンシナティに脱出し、夫の母の家に匿われるが、孤独な虚しい日々を送るしかない。時間は虚しい流れ、義母は死に、二人の息子は母の許を去って、セティは町外れの一軒家に一人残った娘 Denver（彼女は逃亡中に生まれた）と暮らすが、事実上、仲間の黒人社会から孤立し、また、その家は殺した娘の亡霊にとり憑かれる。そこへ、スイート・ホームから逃亡してきた、かつての仲間だった Paul D が訪れてきて、生活を共にする。ポール・Ｄがやってきたあと、その家にとり憑いていた亡霊は姿を消す。

　その亡霊が姿を消すと、それと入れ替わりに、セティが殺した娘がもし生きていたら、その年齢になっていたと思われる Beloved と称する不思議な若い女の子が舞い込んでくる。*Beloved* はけっして単なる幽霊小説ではないが、作品全体には、幻想的な雰囲気が漂っていて、このビラヴィッドという少女の実在も疑うことはできないが、幻想的な不思議な少女で、時どき、セティが殺した娘の再来のようにも思われることがあり、また、読みようによっては、セティの潜在的な罪の意識が顕在化した存在ではないかと思われ、さらには、時空を超えて、黒人の無意識の奥底に眠っている過去の民族体験が彼女をとおして現われてきたように思われたりもする。セティはこのビラヴィッドという少女と暮らすうちに、どれだけ悲惨で残酷な過去であろうと、その

過去に立ち向かい、一人の人間として、過去を乗り越える必要性、そして、自分自身を赦し、未来に向かって生きる意欲をとり戻すことの重要性に目覚める。こうして、周囲の黒人社会とともに生きてゆく自分をとり戻すのである。セティが自分をとり戻すと、ビラヴィッドは、また、現われた時と同じように、知らないうちに姿を消している。そして、セティは、一時、セティから離れていたポール・Dと、新しい人生を始めることになる。

　黒人の過去の歴史、とりわけ、黒人が奴隷として売買されていた時代の歴史、それが、文学者モリソンにとって、もっとも重要な関心事であった。それは、アメリカの現代社会で、彼女自身の個人的な、黒人として差別を受けた体験よりも重要な意味をもつのである。奴隷時代の悲惨な過去は、あまりにもおぞましい歴史的な事実であり、白人、黒人を問わず、無意識的に忘れ去りたい負の遺産であろうが、それを忘れ、不問に付すことは歴史を偽るだけでなく、自らの存在を否定することにつながる。この問題、つまり非人間的な奴隷制度そのものだけでなく、その歴史的な事実を忘れようとする態度こそ、*Beloved* の根底にある最大の主題ではないかと思う。モリソンは多くのインタビューに応じているが、*Time*（May 22, 1989）に載った Bonnie Angelo との対談（"The Pain of Being Black: An Interview with Toni Morrison"）では、*Beloved* と奴隷制度についてきわめて重要な発言を行なっている。そこで彼女は、この問題に関して「国民的記憶喪失」（national amnesia）というアメリカ人の嘆かわしい傾向を指摘した。モリソンは自分たちの祖先の恥辱的な過去、奴隷制度（時代）についての小説を書くことにひどく抵抗（terrible reluctance）があったというが、ある時、自分がこの問題にまったく無知であることに気づく。300年という長い歴史をもつアメリカの奴隷制度。この制度の下で、最低に見積もっても6000万（2億という推定もある）の黒人が命を奪われてきた。アフリカのコンゴ川では、黒人の死体で流れが堰き止められたとさえいわれている。人間が1000ドルで売買されてきた。そうした事実に気づかずにいた彼女は、その事実に気づき、黒人小説家として、自らの無知を恥じ入ることになる。そのような恐るべき奴隷制度の過去の事実をめぐっての対話の後、聞き手のボニー・アンジェロは、*Beloved* はこの奴隷制度の下で死んでいった6000万の人びとに捧げられた小説といってよいのだろうか、という質問を

彼女に向ける。モリソンは、この質問に対しては直接答えず、奴隷として多くの黒人が船でコンゴ川を運ばれてゆき、その半数が死んだと言う。

　Beloved は、登場人物、作者、黒人、そして白人のすべてが思い出したくない事実を書いているので、彼女の作品の中でいちばん読まれることのない小説になるだろうと思っていたと言う。そして、ここで「国民的記憶喪失」という言葉（'I mean, it's national amnesia.'）が現われる。そして、彼女は、大文字で書かれた抽象的な「奴隷制度」（Slavery）ではなく、奴隷制度の下で苦しんだ登場人物たちの個人的な体験を彼女自身の体験として描いたと言う。つまり、この無名の奴隷たちが、生き延びるためにしたことや、そのために冒した危険など、彼女にはおよそ信じがたいことを、自分自身の物語として書いていったのである。信じがたいことではあるが、黒人たちだけでなく、白人も、その事実を日記に書き残していて、それをとおして、異常な体験を知ることができるのである。奴隷船の船長も回想記を残している。しかし、そのような記録はアメリカ人の記憶から失われていっている。モリソンは、このインタビューでそれほどはっきりと言ってはいないが、このような過去を、何らかの形で書き残すのが黒人文学者の責務であると自覚する。1931年、オハイオ州北部の産業都市ロレインに生まれたモリソンは、南部農園での黒人奴隷の悲惨な生活は直接知らなかったと思われるが、南北戦争前後に北部に移住してきた曾祖父母の世代からの言い伝えや、奴隷たちが残した自伝的な 'slave narrative' などをとおして黒人の過去を自覚するようになったという。そして、後代の黒人として、彼女は、自分たちの祖先の耐えがたいおぞましい過去を記憶から払拭したいという衝動と、それだからこそ、それを記録するのが自分たちの責務であるという相反する意識の狭間にあって思い悩むこともあっただろう。しかし、最終的には後者を選ぶことになる。

　小説の最後は、'It was not a story to pass on.' という簡単な文章が3度繰り返される2ページの散文詩的な文章となっている（3度目は主語の 'It' が 'This' に変えられている）。小説の最後を、最初に引用して紹介するのは順序が逆のように思われるかもしれないが、ここで引用（22–1）を見てもらおう。誰の視点から描かれているのか、はっきりしないが、たぶん、作品の中心となるセティの意識だろう。三人称単数の 'she' も特定化されていないが、ビラヴィドだと思われる。ここでも、「記憶」（remembering, memory）と「忘却」（for-

(22–1) CD 101

Everybody knew what she was called, but nobody anywhere knew her name. Disremembered and unaccounted for, she cannot be lost because no one is looking for her, and even if they were, how can they call her if they don't know her name? Although she has claim, she is not claimed. In the place where long grass opens, the girl who waited to be loved and cry shame erupts into her separate parts, to make it easy for the chewing laughter to swallow her all away.

It was not a story to pass on.

They forgot her like a bad dream. After they made up their tales, shaped and decorated them, those that saw her that day on the porch quickly and deliberately forgot her. It took longer for those who had spoken to her, lived with her, fallen in love with her, to forget, until they realized they couldn't remember or repeat a single thing she said, and began to believe that, other than what they themselves were thinking, she hadn't said anything at all. So, in the end, they forgot her too. Remembering seemed unwise. They never knew where or why she crouched, or whose was the underwater face she needed like that. Where the memory of the smile under her chin might have been and was not, a latch latched and lichen attached its apple-green bloom to the metal. What made her think her fingernails could open locks the rain rained on?

It was not a story to pass on.

——Toni Morrison, *Beloved*, 3

got) が中心となっているが、その間の関係はいま一つはっきりしない。そもそも、反復される、一見単純にみえる 'It was not a story to pass on.' というのはどういう意味なのだろうか。'pass on' は、「過ぎてゆく」「消え去る」という意味かと思われ、そうなると、「消え去るままにしておく物語ではなかっ

た」という訳になる。セティとビラヴィッドの物語は、悲惨だが、忘れるべきではないのだ。しかし、引用のあとの幕切れの一節には、'By and by all trace is gone, and what is forgotten is not only the footprints but the water too and what it is down there. The rest is weather.' とある。すべての痕跡、足跡だけでなく、水さえ消えていって、あとに残るのは「天候」だけだというのである。自然に任せれば、この不幸な物語はすべて記憶から消え去ってゆくだろう。だからこそ、このように、語って記憶にとどめておくべきだというのだ。彼女たちの物語は何としても「忘れ去るべき物語」ではない。しかし、その一方で、この動詞 'pass on' を後世に「伝える」という意味にとる解釈もある。邦訳にもそのように訳しているものもある。そうなると、訳文は「（後世に）伝える物語ではなかった」となる。確かに、「人びとは悪夢のように彼女を忘れた」「記憶は無分別のように思われた」という所もあって、「忘却」のほうが表面に現われ、ビラヴィッドも最後は姿を消す。しかし、モリソンは、それだからこそ、人びとは「悪夢」のような事件を忘れず、記憶にとどめておくべきだと言っているのだと思う。

　時間、記憶の問題は、直接、奴隷制度や、黒人と関係がないかもしれないが、Beloved の主題としては重要な意味をもつ。そして、最終的には、思い出したくない黒人の過去が黒人にとっていかなる意味をもつかという問題に収 斂してゆく。セティは、娘のデンヴァーの出産の時の様子を思い出しながら、少女に成長したデンヴァーにこの時間と記憶の問題を引用（22–2）のように語る。引用（22–1）と関連させて読むことができる部分である。そして、ここにも 'pass on' という動詞が現われ、「後に伝える」ではなく、「過ぎて行く」「消え去る」という意味であることがはっきりする。過去の事件には、人間の記憶から失われてゆくものもあるだろうが、事件があった場所は、人間の記憶とは別に残る。そして、その場所に戻れば、その事件は甦り、現実となる。それが、結局、モリソンにとっての黒人の過去の歴史、記憶だったのだ。セティの言葉の背後にあるのは、自分の子供を殺したという事件、そして、もう一人の娘の出産の記憶である。彼女にとっては記憶から抹殺したい事件であろうが、しかし、それは事実として残っており、記憶として対決しなければならない過去なのだ。彼女のこれからの生活の基盤としなければならないのだ。そして、そうした過去は、彼女だけの問題ではなく、アメリカ人すべ

(22-2)

　　I was talking about time. It's so hard for me to believe in it. Some things go. Pass on. Some things just stay. I used to think it was my rememory. You know. Some things you forget. Other things you never do. But it's not. Places, places are still there. If a house burns down, it's gone, but the place — the picture of it — stays, and not just in my rememory, but out there, in the world. What I remember is a picture floating around out there outside my head. I mean, even if I don't think it, even if I die, the picture of what I did, or knew, or saw is still out there. Right in the place where it happened."

　"Can other people see it?" asked Denver.

　"Oh, yes. Oh, yes, yes, yes. Someday you be walking down the road and you hear something or see something going on. So clear. And you think it's you thinking it up. A thought picture. But no. It's when you bump into a rememory that belongs to somebody else. Where I was before I came here, that place is real. It's never going away. Even if the whole farm — every tree and grass blade of it dies. The picture is still there and what's more, if you go there — you who never was there — if you go there and stand in the place where it was, it will happen again; it will be there for you, waiting for you. So, Denver, you can't never go there. Never. Because even though it's all over — over and done with — it's going to always be there waiting for you. That's how come I had to get all my children out. No matter what."

——Toni Morrison, *Beloved*, 1

てが「国民的記憶喪失」としてあえて目を向けようとしない奴隷制度をめぐる現実であり、モリソンはそうしたアメリカ人の「記憶喪失」に抗議しているのである。ここで、彼女は 'rememory' という変わった言葉を使っているが、これは、おそらく、一度失った過去の記憶を再び記憶し直すことをいっているのだろう。こうして、*Beloved* は、黒人問題を扱うだけでなく、黒人問題の扱い方それ自体を問題にする「メタフィクション」的な性格ももって

おり、その意味でも、新しいタイプの黒人小説となっている。

　最新作の A Mercy も、奴隷問題が基底をなしていることは確かであるが、物語そのものは奴隷制度が制度として確立する以前の1680-90年代の植民地アメリカを舞台に展開する。4人の女性が登場する。まず黒人奴隷の Florens. 少女だった彼女は、経済的に行き詰まった南部の農園主によって借金支払いのため北部ニューヨーク植民地の Jacob Vaark に譲渡され、物語は主に彼女の意識をとおして語られる。ジェイコブ・ヴァークはそうした人身売買に人間として抵抗を覚えるが、それを拒否するだけの経済力がなく、心ならずも彼女を奴隷として引き取る。農園には、天然痘で部族全体が絶滅し、ただ一人生き残った原住民インディアンの Lina もいて、事実上、彼女も奴隷として扱われている。リーナも語り手として物語の一部を語る。農園にはまた Sorrow と呼ばれる不思議な、海で遭難し、瀕死の状態で救助され、そのため精神に異常をきたした混血の女性も住みついている。そして、農園の女主人として、ヴァークがイギリスから手紙で呼び寄せ、アメリカで初めて顔を見たヴァークの妻 Rebekka が加わる。レベッカは、文明社会から隔絶した荒野で生き延びるため、奴隷の女性たち、とりわけ原住民のリーナに頼らざるをえない。こうして、4人の女性の間には、人種の壁を越えて、女性としてある種の連帯意識が生じる。しかし、支配・被支配という関係は冷厳な事実としてあくまでも存続する。孤立した衛生状態の悪い環境で、レベッカは生まれてくる子供をつぎつぎと失う。家族的には、奴隷の女性たちよりも耐えがたい苛酷な生活を余儀なくされる。そして、最後は、天然痘で夫ヴァークにも死なれる。

　A Mercy は多層的な小説で、こうした人間関係は表層的な枠組みでしかなく、背後には、より根源的な人間の悲劇、社会構造が制度化される以前から人間が直面せざるをえなかった、人間としてのぎりぎりの決断や選択が隠されている。それが表題の 'a mercy' と関係し、作品の中心主題を形づくる。黒人少女のフロレンスが南部の植民地から借金の代わりに北部の農園主ヴァークに譲渡されたと言ったが、そこには、こうした黒人奴隷問題を扱った小説の常套的場面と言ってよい、白人の所有者が経済的な理由で、一方的に黒人家族の絆を引き裂く非人間的な行為があった。その時、フロレンスは8歳の

少女だった。白人農園主同士の取引では、当然、労働力のある成人の奴隷が対象となる。この場合も、母親が最初は選ばれていた。ところが、母親は自分ではなく、自分の娘を連れてゆくよう求める。未知の農園での生活に不安を感じて、娘を自分の代わりに差し出したともいえる自己中心の申し出である。しかし、彼女には、そうする彼女なりの理由があったのである。つまり、この農園に残っている限り、娘はこのあとも自分と同じ惨めな奴隷生活を送らざるをえないだろう。それに対して、もし違った世界に行けば、これまでとは違った別の人生があるかもしれない。彼女は、娘のフロレンスにその「機会」をあたえたのだ。少なくとも、今の自分の生活とは「違った」可能性があるかもしれないと考えて、あえて娘を差し出したのだった。しかし、後ろめたさがまったくないわけではない。彼女は、それが神によってあたえられた「奇跡」だと思おうとするが、しかし、神に責任を押しつけるには、母親としてはあまりにも深刻な選択であり、彼女は、それが一人の人間として娘に示すことのできる「慈悲」（mercy）であってほしいと願う。作者モリソンは、この小説の表題をどうするか、迷いに迷った挙句に 'Mercy' を思いついたというが、抽象的な神による 'Mercy' ではなく、不定冠詞をつけて、より具体的な人間の行為を強調した。「慈悲」の行為であるが、この「慈悲」は主観的かつ相対的なもので、曖昧なところがあり、母親に後ろめたさ、こだわりを残す。彼女の行為は、すでに紹介した *Beloved* のセティの嬰児殺しと共通するところがある。

　そして、この *A Mercy* では、単に初期アメリカにおける奴隷問題、それも個人的なレベルでの問題を扱うだけでなく、作者モリソンは、この問題の根底の奥底に潜んでいる根源的な人間の欲望にまで追究を深める。後者が、この小説で追究される究極の問題であるといってよいだろう。物語は、フロレンスの母親との関係を回想する意識の流れのような部分に始まり、続いて、自然のままに残されている未開の新大陸アメリカの海岸に上陸し、奥地へ分け入ってゆく一人の白人男性の姿が描かれる。リーナは、また、フロレンスに自分たち先住民の間で語られてきた伝説を語って聞かせる。かつてアメリカの自然は、人間の欲望によって汚されることのない無垢な世界だった。もちろん生存競争はあり、鷲は高い木の上に巣を作り、蛇などによって卵を奪われないよう警戒している。そこへ、いま述べたように、ある日、一人の旅

人（'a traveler' とあるが、白人入植者であろう）が近くの山に登り、山頂から眼下に広がる美しい広大な景観に心を奪われ（'the turquoise lake, the eternal hemlocks, the starling sailing into clouds cut by rainbow' と具体的に描かれる）、「こいつは完璧だ。これは俺のものだ」（'This is perfect. This is mine.'）と大声で叫ぶ。この 'mine' という言葉はさらに 'Mine. Mine. Mine.' と雷のように峡谷に鳴り響く。その声に、巣の中にある鷲の卵は震動し、ひび割れしてしまう。母鳥はこの異様な「自然でない音」（unnatural sound）の出所を確かめようとする。そして、見知らぬ闖入者の「旅人」を見つけて、彼に襲いかかるが、母鳥は逆に彼の杖で翼を叩かれ、悲鳴を上げながら深い谷底に落ちてゆく（Screaming she falls and falls.）。もちろん、読者は、これをただ新大陸アメリカの無垢な自然の中で起きた一つの偶発的な事件として受け止めるのではなく、そこに何らかの寓意、象徴的な意味を読みとることが求められている。「この鷲、いまどこにいるの？」（'Where is she now?'）と訊ねるフロレンスに、リーナは「永遠に落ちてゆくのよ」（Lina would answer, 'she is falling forever.'）と答える。思わず息を呑んで、フロレンスが、それで「卵はどうなったの？」と尋ねると、リーナは「独りで孵ったわよ」と言い、さらにフロレンスが「まだ生きてる？」（'Do they live?'）と聞くと、リーナは、主語の代名詞を三人称複数から一人称複数に変えて、'We have.' と答える。文明社会からの白人の侵入以来、自然の生物だけでなく、人間（原住民）も谷底に「落ちてゆく」運命に曝される。リーナの属する原住民は白人がもち込んだ天然痘によって絶滅した。そして、それは西欧系白人の土地所有の欲望（'Mine' という簡単な一語によって示される）、他民族に対する暴力的な支配欲などによって生じるのである。

奴隷制度も、結局は、経済的な制度としてでなく、それに先立つ人間の所有欲、支配欲に起因するのであり、制度を法律などによって廃止しても、人間が人間を支配する欲望が否定されない限り、根絶されない人間の宿命なのではないか。モリソンは、小説の究極の主題を、フロレンスの母親の幻覚的な意識をとおして 'In the dust where my heart will remain each night and every day until you understand what I know and long to tell you: to be given dominance over another is a hard thing; to wrest dominion over another is a wrong thing; to give dominion of yourself to another is a wicked thing.' と書き記す。フロレ

ンスの母親が娘に送るこの最後の言葉は作者モリソンのメッセージといってよいだろう。そして、3つの「支配(権)」のあり方を示す。筆者の理解では、(1) 他人に対する支配(権)をあたえられることは耐えがたいことである(彼女の場合は、娘の将来(運命)を考えて、娘を手放すというつらい選択を迫られた)、(2) 他人に対する支配(権)を奪いとることは間違ったことである(奴隷制度における白人農園主がそうである)、そして、(3) 自分がもつ支配(権)を他人にあたえることは道徳的に許されないことである(自らの責任放棄になるからだろうか。母親の「支配(権)」をめぐるこの言葉は、両面価値的なところがあって、今ひとつ釈然としないが、こうして、フロレンスの母親は自分の娘を犠牲にしたと他人から思われかねない自分の選択、行為にこだわって、それが自ら選んだ「一つの慈悲」だったと自己正当化し、そのことを娘に伝えようとする。

　そして、モリソンは、この *A Mercy* で、彼女のもう一つの主題である「国民的記憶喪失」をとり上げているように思われる。フロレンスの母親は、小説のコーダというべき最後の一節で、黒人たちの民族的集団意識といってよい、アフリカから船荷のように奴隷船に詰め込まれて連れてこられた時の残酷な恐怖の体験、そして南部農園での悲惨な生活を一種幻想的に語り、それがフロレンスの無意識の中に堆積してゆく。そして、すべては彼女が自分の娘を手放さざるをえなかった悲劇につながってゆく。モリソンは、こうした黒人たちが、集団として、また一人ひとりの人間として、体験せざるをえなかった悲劇を、怒りよりも嘆き悲しむ口調で語る。いずれも悲しみにみちた物語である。人によっては、いまさら過去の古傷を暴いて何になるかと思うだろうが、しかし、過去は語り継いでゆかない限り、忘却の土埃の中に埋没してしまう。フロレンスの母親は、自分が覚えていて、娘に伝えたいと願っていることを娘が理解するまで、自分の「心」は、昼夜となく、土埃の中に埋もれたままになっているという。彼女は愛しているがゆえに、娘の記憶にはないかもしれない自分の悲しみにみちた「慈悲」の行為を娘に伝えようとする。小説は 'Oh Florens. My love. Hear a tua mãe.' ('tua mãe' はポルトガル語で、「お前の母」の意味) という呼びかけで終わる。

23

Thomas Pynchon
トマス・ピンチョン

20世紀ポストモダニズム文学を代表する
アメリカの超大型の小説家

Thomas Pynchon
(1937–)

Thomas Pynchon（1937– ）は、20世紀後半からのアメリカ文学を代表する大型の小説家で、作品の数はそれほど多くはないが、いずれも雄大かつ難解きわまりない長篇大作で、批評家の評価も高い。1990年代の後半から、その名前は、ノーベル文学賞の有力候補として、マスコミを賑わすようになった。アメリカの文学者でノーベル賞を最後に受賞したのは1993年の Toni Morrison（⇨22章；III巻85章）だから、そろそろアメリカから受賞者が出るのではないかという期待がある。トマス・ピンチョンは1990年に *Vineland* を発表したのちしばらく沈黙を守っていたが、1997年、アメリカの建国期を扱いながら、問題意識は20世紀に通じる膨大な（発想から完成まで、22年余りを費やしたという）大作 *Mason & Dixon* を発表した。さらに21世紀に入ってからも *Against the Day*（2006），*Inherent Vice*（2009）の長篇小説を発表し、健在ぶりを示している。しかし、ノーベル賞受賞の下馬評には毎年上がるものの、いまだ受賞には至っていない。

　The Catcher in the Rye（1951）の作者 J. D. Salinger（⇨III巻69章）と並ん

で、公の席に姿を見せることのない文学者として知られるトマス・ピンチョンに関して、かつてはその実在を疑問視する声がなくはなかった。代表作とされる *Gravity's Rainbow* (1973) をはじめ、彼の小説はいずれも最先端の現代科学・テクノロジーの難解な知識から、過去の神話、歴史、哲学、心理学など、人類がこれまで蓄積してきたあらゆる知識、百科事典的としかいいようのない厖大な量の情報を自家薬籠中のものとして、不透明で重層的な現代社会を描き出しており、さらには、現代文学理論の「決定不能性」(undecidability) を思わせる前衛的な技法を用いて、巨大にして曖昧な文学世界を構築する。これは一人の人間の能力を超えているのではないかというのである。しかし、現在は、トマス・ピンチョンという超弩級の文学者がアメリカにいることは間違いないようで、彼の文学エージェントは作品出版の仲介をしているし、本人に会ったと称する研究者もいる。しかし、なぜか、彼の写真はいまだに高校や大学の卒業アルバムなどのものしかない。その数枚ある写真も、転載許可が得られず、本書では大きな疑問符を使うことにした。伝記的な事実は少しずつ明らかになってきているが、それを確認するのは依然むずかしい。本人に確かめることもまずできないのではないか。そうした中で、研究書などによると、略歴はおよそ次のようになる。

■ 略　伝

　ニューヨーク州 Long Island の Glen Cove に生まれた。父親は土木工事会社で測量関係の仕事をしていた。弟と妹がいる。ピンチョン家は、1630 年、John Winthrop (⇨ 1 章; I 巻 5 章) とともに、イギリスのエセックス州 Springfield から新大陸アメリカに移住し、プリマスに上陸して、Massachusetts Bay Colony の指導者の一人となった William Pynchon (c. 1590–1662) に遡る、古い由緒ある家系で、彼はこの先祖から 10 代目の子孫にあたる。ピンチョン家は、さらに過去に遡ると、1066 年、イギリスを征服した William I (William the Conqueror と呼ばれる) とともに、ノルマンディーからイギリスに渡った Pinco なる者にゆきつくという。アメリカに移住してきたピンチョン家の初代ウィリアム・ピンチョンは、イギリス国王からの入植特許状をもち、植民地の財務担当者でもあった。マサチューセッツ植民地の実力者の一人で、Roxbury, Springfield (イギリスの出身地に因んで名づけられた) という二つの町を創設した。キリスト教の教義をめぐって聖職者たちと対立し、神の

救済を論じた彼の宗教上の著書は植民地では出版を許可されなかった。毛皮商人として財をなし、最後は家族を残して、故国イギリスに戻った。小説家ピンチョンの代表作の一つ Gravity's Rainbow の中心人物の一人 Tyrone Slothrop のアメリカでの祖先、その初代 William Slothrop は彼をモデルにしている。Gravity's Rainbow の中で、ウィリアム・スロースロップは On Preterition と題した宗教書を書くが、'[It] is among the first books to've been not only banned but also ceremoniously burned in Boston.' と記されている。ピンチョン家のアメリカの二代目ジョンは、商業、土地投機をとおしてさらに財をなし、当時、植民地最大の資産家として知られた。ピンチョン家からは、その後、有力な政治家、聖職者、医者が現われ、地域社会に大きく貢献することになった。18世紀、独立戦争時代に、ピンチョン家はロクスベリーの名家 Ruggles 家と姻戚関係ができ、小説家ピンチョンも 'Ruggles' をミドルネームにしている。

　ピンチョン家は意外なところで有名になる。「ピンチョン」という家族名から何となく感づいている読者もいると思うが、Nathaniel Hawthorne (⇨ 5 章；I 巻 22 章) は The House of the Seven Gables (1851) で、ピンチョン家の過去の歴史に基づいて、祖先の悪行がのちの子孫に及ぼす影響を描いた。小説では、家族名は 'Pyncheon' と 'e' が加えられているが、紛れもなく、登場するのは小説家ピンチョンの祖先であり、出版後、一族の後裔がいることを知らなかったナサニエル・ホーソーンは、ピンチョンと同名の Thomas Ruggles Pynchon (1823–1904) という教区牧師から、祖先の名誉を傷つけている、という抗議文を受け取った。この牧師は、神学だけでなく、科学にも広く通じていて、コネティカット州 Hartford の Trinity College で化学、地質学、動物学などを教え、最後は同大学の学長となった。そうした彼の血は、文科、理科にまたがる厖大な知識をもった小説家ピンチョンにも流れている。ピンチョン家の初代がアメリカに移住してきてから 380 年。同家からは、このほか、さまざまな分野で有能な人材を輩出している。彼はこうした過去を背景に、1937 年、誕生したのだった。

　小説家ピンチョンの父親は、この Trinity College の学長の甥の息子だった。父親は一族の卓越したこの学長に因んで Thomas Ruggles Pynchon と名づけられたが、彼は息子にも同じ名前を付けた。少年時代から、ピンチョンは優秀な生徒で、地元の Oyster Bay 高校卒業時の英語の成績はトップだった。大学は、奨学金を得て、コーネル大学に入学したが、専攻は工学物理学だった。その後、文科に転向したが、物理

学に対する興味は失わなかった。大学2年次に退学し、海軍に入隊したが、2年後 (1957年)には、大学に復学し、文学書だけでなく、数学などの書物も広く読み漁った。大学では、当時英文科の教師をしていた Vladimir Nabokov (⇨ III 巻 75 章) の授業に出ていたといわれる。1959 年、ここでも優秀な成績で英文科を卒業。在学中、大学の学生文芸誌 The Cornell Writer の編集に関係し、のちに、Gravity's Painbow を献呈する友人 Richard Farina と親しくなった。在学中に、"The Small Rain"、"Mortality and Mercy in Vienna"、"Low-Lands"、"Under the Rose"、"Entropy" などの短篇を書いた。"Under the Rose" は、のちに長篇 V. (1963) の一部に利用され、短篇 "Entropy" は、熱力学の混沌とした状態の世界の不可逆的な崩壊、そして死という、彼の基本的な現実認識の原点を示すものとして注目される。大学卒業後、1 年足らずマンハッタンで暮らし、長篇 V. を書いていたが、1960 年、ワシントン州シアトルの航空機製造会社 Boeing 社で技術関係の記録担当者として働いた。2 年後には、ボーイング社を辞め、カリフォルニア、メキシコに滞在して、V. を完成し、1963 年に出版。難解な作品だったが、批評家の間での評判はよく、その年の新人の最優秀小説に授与される William Faulkner Foundation 賞を受賞した。しかし、彼自身は公の席に姿を現わすことはなく、現在に至るまで、正体を見せない幻の小説家となっている。(ここまでは、彼の伝記的な事実を調査確認した Mathew Winston の "The Quest for Pynchon" [Mindful Pleasures: Essays on Thomas Pynchon, 1976 に収録] を参考にしてまとめたもので、詳細は同論文にあたってほしい。)

　これまで発表された作品はおおむね高い評価を受けたが、大作が多く、題材となる事実の調査と推敲に時間がかかるのか、7、8 年に 1 篇を発表するだけで、作品の数はそれほど多くない。V. は主要な人物が二人いるが、その一人、Herbert Stencil という奇妙な名前をもった若者は、謎の死を遂げたイギリス外務省に勤めていた父親の死の謎を探ってゆくうちに、何か国際的なスパイ組織の陰謀を感じ、それに題名にある 'V' をイニシャルにする、'Victoria'、'Vera'、さらには 'Venus'、'Virgin'、'Void' を連想させる女性たちが絡んでくる複雑怪奇な物語で、世界の不可解、不透明な歴史を探る。第 2 作は中篇 The Crying of Lot 49 (1966)。そして、続く大作 Gravity's Rainbow は、登場する人物が 300 人にも及び、簡単には要約できないが、あえて要約すれば、第二次大戦末期のロンドン、ドイツなどヨーロッパ各地を舞台に、V-2 号ロケットを製造・発射する偏執狂的なナチス将校 Weissman、すべてか無かと二者択一的な思考をする行動主義者 Pointsman、多くの点で、ポインツマンとは対照的なイギ

リスの統計学専門家 Roger Mexico，そしてロケットの秘密を探るため敵の追跡をくらますアメリカ人将校タイローン・スロースロップなど、多様な人間関係をとおして、科学と戦争、文明と文明の崩壊、虚無、死滅という現代社会の混沌と恐怖を百科事典を思わせる厖大な情報と知識を駆使して描き出す。現実の社会は謎にみち、不透明であるが、それを描くこの小説はそれ以上に不透明感にみちていて、読者、研究者に挑戦するところがあり、すでに何種類もの詳細なテクスト分析、情報の出典確認などが行なわれており、作品それ自体は 20 世紀の *Moby-Dick* という高い評価を得ている。出版の翌年度の「全米図書賞」(National Book Award) を受賞した (授賞式には欠席)。ピューリツァー賞にも、候補に上がったが、最終的に 'unreadable', 'turgid', 'overwritten', 'obscene' という理由で受賞には至らなかった。

その後、17 年間、沈黙を守っていた彼は、1990 年、*Vineland* を発表する。この第 4 作は、それまでの主題、語り口を一変したかのような印象をあたえる。若者の反乱など政治的に激動の時代だった 'counterculture' の 1960 年代と、巨大なマスメディアが支配する 1980 年代を対比的に描く物語で、彼の 1960 年代に対する姿勢は賛否両論の反応を招いた。語り口も、具体的な歴史を踏まえながら、形而上学的な抽象性を感じさせる *Gravity's Rainbow* の重厚さとは対照的に、現代的な映画や漫画に通じる技法によってアメリカの 20 世紀後半の歴史的展開を跡づけた。続く *Mason & Dixon* は、*Vineland* の 7 年後に出版されたが、執筆に 20 年余りをかけていたようで、*Gravity's Rainbow* とは違った意味で彼の代表作といってよい大作である。題名から推察されるように、1763–67 年、紛争が絶えなかったペンシルヴェニアとメリーランド両植民地の境界線を測量調査した二人のイギリス人天文学者・測量士 Charles Mason と Jeremiah Dixon の生涯と、彼らのアメリカ僻地での体験を、饒舌体の伸びやかな文章で描き、これまた、これまでとは違った印象をあたえる作品となった。その文体は 17 世紀の英語を真似た擬古文調で、その時代を再現するとともに、現代との時間的な距離を感じさせる。さらに現代文明に侵されていない過去をとおして、現代人が失った人間関係を逆に現出させる。*Gravity's Rainbow* の描く西欧文明がもたらした威圧的な閉塞感とは違った、250 年前の開放的な世界を再現する。

作品の数は少ないものの、出版ごとに読書界に話題を提供するピンチョンは、その後、また 1893 年のシカゴ万博から第一次大戦直後まで、社会を支配していた西欧文明を総体的に批判的に描いた 1000 ページを超える彼の最長の小説 *Against the Day* (2006) を発表。最新作は *Inherent Vice* (2009)．ここでも、また問題の 1960 年

代を扱い、現役作家としての存在を主張した。さらに2013年には *Bleeding Edge* を発表した。

　ピンチョンの略伝を紹介しつつ、その小説を、筆者の理解できる範囲で、要約してきた。しかし、ピンチョンの小説の感触、真の魅力は、作品そのものを読まない限りわからない。彼の小説には解読するカギとなる概念があちこちにちりばめられているが、これも常識的な意味を超えた独自の使い方がされていて、作品に沿って理解する必要がある。そうした概念の一つに 'paranoia'（偏執症）というのがある。ピンチョンの解説書、研究書で繰り返し論じられているし、病理学の言葉として百科事典などで定義、解説されているが、それが今ひとつ彼の言う「パラノイア」と結びつかない。彼は具体的に 'paranoid'（偏執症患者）をとおして、その徴候を示し、*Gravity's Rainbow* で3つの 'Proverbs for Paranoids' なるものを挿入する。つまり、'1: You may never get to touch the Master, but you can tickle his creatures.' '2: The innocence of the creatures is in inverse proportion to the immortality of the Master.' '3: If they can get you asking the wrong questions, they don't have to worry about answers.' である。この3つの「格言」の英語そのものはむずかしくない。しかし、これがその前後とどのようにつながるのか、なぜこれが「偏執症患者のための格言」であるのか、何度読んでも今ひとつ判然としない。しかし、わからないながら、読者の記憶に妙に引っかかるところがある。おそらくそうしたところにピンチョンの小説の不思議な魅力があって、読者は大判の760ページもの厖大な小説を読みつづけることになるのである。

　こうした不可解で厖大な小説を、限られたスペースで、噛み砕いて紹介することは、残念ながら、筆者の能力を超えている。しかし、ピンチョンの文学の魔力としかいいようのない魅力を伝えたいという気持ちも少なからずある。それで、先ほど、彼には *Gravity's Rainbow* と *Mason & Dixon* の対照的な語り口、文体があると言ったので、それを受けて、まず最初に、この両作品から、サンプルとして、その一節を抜粋引用しておきたい。両方とも700ページを超える大作。どこをとり上げるか迷ったが、17世紀アメリカ建国期の典型的なアメリカ人と呼ばれる Benjamin Franklin（⇨3章；I 巻13章）が姿を見せる場面を両作品から紹介することにする。引用（23–1）(23–2) である。

(23–1) CD 104

... Ever since reading about Benjamin Franklin in an American propaganda leaflet, kite, thunder and key, the undertaker has been obsessed with this business of getting hit in the head by a lightning bolt. All over Europe, it came to him one night in a flash (though not the kind he wanted), at this very moment, are hundreds, who knows maybe thousands, of people walking around, who have been struck by lightning and survived. What stories *they* could tell!

What the leaflet neglected to mention was that Benjamin Franklin was also a Mason, and given to cosmic forms of practical jokesterism, of which the United States of America may well have been one.

Well, it's a matter of continuity. Most people's lives have ups and downs that are relatively gradual, a sinuous curve with first derivatives at every point. They're the ones who never get struck by lightning. No real idea of cataclysm at all. But the ones who do get hit experience a singular point, a discontinuity in the curve of life — do you know what the time rate of change *is* at a cusp? *Infinity*, that's what! A-and right across the point, it's *minus* infinity! How's *that* for sudden change, eh? Infinite miles per hour changing to the same speed *in reverse*, all in the gnat's-ass or red cunt hair of the Δt across the point. That's getting hit by lightning, folks. You're *way* up there on the needle-peak of a mountain, and don't think there aren't lammergeiers cruising there in the lurid red altitudes around, waiting for a chance to snatch you off. Oh yes. They are piloted by bareback dwarves with little plastic masks around their eyes that happen to be shaped just like the infinity symbol: ∞.

——Thomas Pynchon, *Gravity's Rainbow*

「アメリカ建国の父」の一人であるベンジャミン・フランクリンは、政治・経済面でアメリカという近代国家の成立に貢献し、現代西欧社会と繋がりをもつだけでなく、マックス・ウェーバーが『プロテスタンティズムの倫理と資本主義の精神』(1920) で指摘したように、*Autobiography* (1818, 完全版

(23-2) CD 105

"The Commissioners know all too well about Daffy's Elixir, and the uses 'tis put to," Mr. Franklin, who has been attending the exchange, here feels he must point out. "And being imported, 'tis only to be had, at prices charg'd in the English-shops. Now, for a tenth of that outrageous sum, our good Apothecary Mr. Mispick will compound you a 'Salutis' impossible to distinguish from the original. Or you may design your own, consulting with him as to your preferr'd Ratio of Jalap to Senna, which variety of Treacle pleases you, — all the fine points of Daffyolatry are known to him, he has seen it all, and nothing will shock or offend him." He raises a Finger. "'Strangers, heed my wise advice, — Never pay the Retail Price.'"

"This is kind of you Sir, for fair …? Mr. Mason's choices, illustrative of a more Bacchic Leaning, enjoying Priority of mine, so must I rest content with more modest outlays, from my own meager Purse, alas, for any Philtres peculiarly useful to m'self …?" Dr. Franklin shifts his Lenses as if for a clearer look at Dixon. A Smile struggles to find its way through lips purs'd in Speculation, — but before it quite may, being the sort of man who, tho' never seen to consult a Time-piece, always knows the exact Time, "Come," he bids the Astronomers abruptly, "— you've not yet been to a Philadelphia Coffee-house? Poh, — we must amend that, — something no Visitor should miss, — I must transact an Item or two of Business, — would you honor me by having a brief Sip at my Local, The Blue Jamaica?"

——Thomas Pynchon, *Mason & Dixon*, Chapter 27

1867) や、*The Way to Wealth*（1759）で勤勉と節倹の効用を力説した。そのために、彼は現代資本主義の推進者の一人と見なされる。同時に、稲妻と電気が同一であることを実証した当時の最新知識を有する科学者でもあった。しかしながら、これらはあくまでも公式の一面であって、彼には秘密結社のフリーメーソンの会員として他人には見せない陰の部分があったようで、生前から何となく胡散臭く思われていた。勤勉、節倹を *Poor Richard's Almanack*

(1733–58) などで強調したため、厳格な道学者的イメージがまとわりついているが、実際は、愛嬌があり、ユーモアのセンスにも恵まれた人間だった。伝記などによると、フランクリンは一筋縄ではゆかない 'many-sided' な人物とされる。同時に、近代人の原型的存在でもあって、良くも悪くも、彼のような人間が現代の西欧社会を生み出したのであった。したがって、現代社会を総体的に捉えようとするピンチョンが、フランクリンを自分の小説に登場させることは、当然、予想されるが、学者でも、歴史家でもないピンチョンは正面からフランクリンを論じるのではなく、主人公たちの行動に光を投げかける役割を彼に演じさせるのである。

そこで、まず最初に、*Gravity's Rainbow* からの一節を見てもらう。小説全体の主題とどうつながるかは一応別にして、中心人物の一人スロースロップが嵐の中で乗っていた船から海に投げ出される場面である。そして、話は彼を助けたポーランド人の葬儀屋に移る。葬儀屋はアメリカ宣伝のチラシでフランクリンのことを読んでいる。彼は、このチラシによって、フランクリンの有名な凧の実験を知ったが、彼がフリーメーソンの会員であったことや、悪ふざけ、冗談の名手であったことはそのチラシには書かれていなかった。フランクリンのように 'many-sided' な人間の生涯には、表面に現われない影の部分がある。しかし、そうした複雑な人間にも、ある種の「連続性」があって、「無限大」とつながっている。そうでありながら、また、突然の「変化」(雷に撃たれるといった) が生じ、逆の方向に変化し、負の無限大に直面する。ピンチョンは、フランクリンの具体的な一挿話から、いきなり無限大という壮大な形而上学的な議論に飛躍して、引用のあともこうした観念的な抽象論を展開する。筆者の印象に残っている一節を引用したが、ピンチョン特有の語りの典型を示している。それだけでない。彼は、フランクリンがフリーメーソンであった可能性にさりげなく言及し、世界には表に現われない、もう一つ、秘密の世界があって、その陰謀によって、歴史は決定されているかもしれない、という彼の強迫観念的な主題を匂わせてもいる。そして、ジョークが巧みだったフランクリンだけでなく、アメリカそれ自体が巨大なジョークであったかもしれない、という可能性も暗示する。そして、それがピンチョン特有の重層的な語り口によって表現される。一方では、無機的な数学記号 ($\Delta t, \infty$) や、抽象的な術語を使うかと思えば、突然、肉体に関する卑猥語

(gnat's ass, red cunt hair) を使う。どぎつく真っ赤な高所を旋回しながら、人間を攫おうとする欧州最大の猛禽「ヒゲワシ」(lammergeier) とともに、無限大の記号「∞」(lemniscate) のような眼鏡をかけた裸馬に乗った小人 (bareback dwarves) といった妖精物語 (あるいは現代のコミック漫画) に言及する。このように、抽象性の高い術語と日常的な卑猥な事物を混同させ、同じレベルで表現することによって、その双方が内包する不可解な意味をさらけ出す。*Gravity's Rainbow* のような壮大な小説を一挙に解明することは事実上不可能に思えるが、結局は、こうした細部からアプローチして、その積み上げによって全体を推察するしかないのである。

　しかも、ピンチョンは同じフランクリンを登場させても、小説によって、彼のまったく違った一面を浮き彫りにする。フランクリンは *Mason & Dixon* にも姿を見せる。場面は、フィラデルフィアの実在する Locust 通り。フランクリンは、彼を「民衆扇動家」(demagogue) と決めつける Penn 一族を鄭重に難詰する。そこで、ちょっといかがわしい薬を薬屋で買おうとしているメイスンとディクスンに出くわす。そのようなことが本当にあったかどうかわからないが (おそらくピンチョンのフィクションであろう)、年代的には、彼らがそこで出会ってもおかしくはない。ピンチョンは、自分が発明した遠近両用の眼鏡をかけたフランクリンの顔を大写しに描写する。そして、薬屋の棚に並んでいる 'Godfrey's Cordial', 'Hooper's Female Pill' といった薬を並べ立てる。'Daffy's Elixir' という万能薬もある。ところが、話はフランクリンが巻き込まれたと思われるフィラデルフィアの政治ではなく、メイスンとディクスンが大量に買い込もうとしている薬をめぐる愉快なやり取りに移行する。そして、フランクリンの喜劇役者のような一面と、それを面白おかしく語るピンチョンのその方面の才能が正面に現われる。引用 (23–2) を読んでほしい。最初の 'Commissioners' というのは、境界線決定を監督する委員会。委員会は「ダフィの万能薬」と、その使い方を知りすぎるほど知っていると、フランクリンが言うが、おそらく彼はそうした薬が「麻薬」(引用に先立って 'Ooahpium' [阿片] なる単語が使われている) や「アルコール」('Bacchic Leaning' から推察される) の代用になっているのを、婉曲に言っているのだろう。こうした貴重な「薬」は高価なイギリスでの値段でしか買えないが (これも、薬屋の主人はイギリス直輸入と称して、高く売りつけているのだろう)、今回

は、薬屋の主人に特別に調合してもらえば、十分の一の値段で手に入ると教えるが、メイスンとディクスンが薬とはいえない代物を買おうとしていることに気づいているフランクリンは、彼らの本音に沿って、二人と薬屋の間をとりもとうとする。フランクリンは薬屋が無知な植民地の住民たちをこれまでも騙していることを知っていて（'Daffyolatry' は見慣れない単語だが、'idolatry' からの連想で、「ダフィ万能薬崇拝」であろう）、メイスンたちが何を欲しがっているのかわかるだろう、と薬屋に言う。そして、最後に、フランクリンらしく、韻を踏んだ（'advice' と 'Price'）格言でこの場を締めくくって、二人を行きつけのコーヒー・ハウスに連れてゆく。

　こうしたやり取りのおかしさもさることながら、ここでは、会話が中心なのでそれほど目立たないが、ピンチョンの文体は古風な綴り（'practickal', 'Smoak'）などを効果的に使って、滑稽感をかもし出している。ピンチョンというと、複雑、巨大で、しかも不透明な世界を、過去から現在、未来を見通して、丸ごと捉えようとする壮大な視野をもった作家というイメージが強い。その通りだと思う。彼なりに歴史の方向性、混沌とし無秩序の世界が熱力学でいうところの熱死、そして死滅に至るという「エントロピー」の概念が、それを題名とした短篇以来、彼の世界観の基底にあるように思われる。しかし、ピンチョンは科学者、歴史家、文明史家ではなく、あくまでも文学者であって、そうした深刻な主題を読者に楽しめる形で提供する。*Mason & Dixon* がその典型的な例で、読みようによっては、通俗小説的な魅力にもみちあふれている。難解きわまりない本格派の小説家だという先入観を捨てて、アプローチすることを勧めたい。もちろん、そうはいっても、思わぬところでピンチョンらしいピンチョンに出くわすこともある。一例を挙げよう。第35章。冒頭に Wicks Cherrycoke と称する牧師の *Christ and History* からの抜粋引用が掲げられている。引用（23-3）である。「ウィックス・チェリコーク牧師」の著作からの引用となっているが、この引用はピンチョン自身の創作かもしれない。それはともかく、牧師チェリコークは「法典制定者」（'lawyers' は単なる「弁護士」でなく、*OED* の定義 2. の 'lawgiver', 'lawmaker' (obs.) で、社会の支配階級を象徴すると思われる）「民衆」「歴史家」との関係において、「事実」とは何かという、ある意味では、この小説の基本テーマの一つを論じる。支配階級にとっては、「事実」というものは永遠に回りつづける

> Facts are but the Play-things of lawyers, — Tops and Hoops, forever a-spin — Alas, the Historian may indulge no such idle Rotating. History is not Chronology, for that is left to Lawyers, — nor is it Remembrance, for Remembrance belongs to the People. History can as little pretend to the Veracity of the one, as claim the Power of the other, — her Practitioners, to survive, must soon learn the arts of the quidnunc, spy, and Taproom Wit, — that there may ever continue more than one life-line back into a Past we risk, each day, losing our forebears in forever, — not a Chain of single Links, for one broken Link could lose us All, — rather, a great disorderly Tangle of Lines, long and short, weak and strong, vanishing into the Mnemonick Deep, with only their Destination in common.
>
> ——The Revd Wicks Cherrycoke, *Christ and History*
> ——Thomas Pynchon, *Mason & Dixon*, Chapter 35

「独楽」や「輪まわしの輪」のような遊び道具であるかもしれないが、歴史家はそれによって惑わされてはならない、と言う。支配階級はそうした「事実」を「年代記」として記録するだろうが、そうした客観的と思われる「年代記」は「歴史」ではないのである。一般民衆にとっては、「歴史」は民衆の「記憶」と思われるだろうが、これも真の「歴史」ではない。「歴史」は「年代記」の「真実性」も、「記憶」の「力」も主張できない。歴史家が「歴史」の「真実」を知るのには詮索好きな人間や、スパイなどの執念が必要となる。「現在」はたった一本の糸で「過去」とつながっているのではない。長い、短い、とさまざまだが、無秩序にこんがらがった無数の糸でつながっているのだ。繋がりの環が一つでも失われたら、すべてわれわれは失われてしまう。そして、それが行きつく先を共有しながら、記憶の深淵の中に消えてゆく。大雑把な要約だが、要するに、歴史は支配者の公式の記録、「年代記」でも、一般大衆の「記憶」でもなく、無数の可能性が失われた混沌の中から、単なる「事実」ではなく、「真実」を掘り起こす人間の営みなのだ。

　そして、ピンチョンは、この抜粋を冒頭に据えた第35章を始めるやいな

トマス・ピンチョン 259

> (23–4) CD 107
>
> Just so. Who claims Truth, Truth abandons. History is hir'd, or coerc'd, only in Interests that must ever prove base. She is too innocent, to be left within the reach of anyone in Power, — who need but touch her, and all her Credit is in the instant vanish'd, as if it had never been. She needs rather to be tended lovingly and honorably by fabulists and counterfeiters, Ballad-Mongers and Cranks of ev'ry Radius, Masters of Disguise to provide her the Costume, Toilette, and Bearing, and Speech nimble enough to keep her beyond the Desires, or even the Curiosity, of Government.
>
> ——Thomas Pynchon, *Mason & Dixon*, Chapter 35

や、ある人物の口をとおして、引用 (23–4) のように、社会の公式記録を歴史的な「事実」「真実」として人びとに押しつける権力者や支配層に抵抗する小説家の責務を主張する。彼は、最初に、「真実」を主張する者は「真実」によって見捨てられると言って、断定的なものの言いように予防線を張っているが、ここで表明されている「歴史」と「小説家」の関係は、この *Mason & Dixon* だけでなく、ピンチョンのすべての小説に当てはまるものといってよいだろう。つまり、「歴史」はつねに卑しい利害関係のために権力者によって利用され、歪められる。権力者が歴史に触れると、その瞬間、歴史の「真実性」は失われてしまう。「寓話作家」「偽作作り」「バラッド売り」「あらゆる規模の奇人変人」「変装の名人」として、そういった文学者こそ敬意をもって「歴史」に仕え、「政府」の「欲望」や、「穿鑿(せんさく)」から「歴史」を守らなくてはならないのだ。もちろん、このようにして、文学者は責務として「歴史」から政府の公式文書などとは違った「真実」を取り出すのであるが、その「真実」が何であるかは、また別問題である。ピンチョンは、小説の難解な語りをとおして、歴史に隠されている「真実」をつぎつぎと明らかにする。筆者は、比較的、彼にしては短い中篇小説 *The Crying of Lot 49* について、『講義 アメリカ文学史』第 III 巻第 78 章で、可能な限りその謎のような「真実」の解明を試みた。ピンチョンとその小説に興味を覚えた読者は、その章を読んでみてほしい。

索引
Index

人名索引

※各章の初出の原綴り表記を拾った
※その作家を中心に扱っているページは太字で記した

A

阿部知二　xxiii
Adams, Henry　xvi, 16
Albee, Edward　xxii
Alcott, Louisa May　xv
Aleichem, Sholem　228
Alger, Horatio　xvi, 24
Allan, John　51
Allen, Gay Wilson　94
Allen, Walter　80
Anderson, Frederick　113–14
Anderson, Sherwood　xvii, 176, 217, 228
Angelo, Bonnie　239
Asselineau, Roger　96
Astor, John Jacob　123
Auster, Paul　xxii
東恵美子　207

B

Baldwin, James　xx
Barrett, Clifton Waller　145
Barth, John　xxi, 227
Barthelme, Donald　xxi, 134
Beattie, Ann　xxii
Bellow, Saul　xx, 224
Bercovitch, Sacvan　22
Berryman, John　xxi
Bierce, Ambrose　xvi
Bishop, John Peale　164, 172
Blackmur, R. P.　125
Bloom, Harold　102
Blotner, Joseph L.　186
Booth, William　112
Bowles, Samuel　104
Bradford, William　xii, **2–12**
Bradstreet, Anne　xii
Brautigan, Richard　xxi
Brooke, Rupert　146
Brooks, Cleanth　186
Brooks, Van Wyck　111
Brown, Charles Brockden　xiii
Brown, John　64
Brown, William Hill　xiii
Buck, Pearl S.　xv
Burns, Robert　144
Burroughs, William　xxi

C

Cain, James M.　xix
Caldwell, Erskine　xix
Callahan, John　211
Capote, Truman　xix, 16
Carlyle, Thomas　24, 31
Carpenter, Frederic I.　42
Carson, Rachel　xxii
Carver, John　2
Carver, Raymond　xxii
Cather, Willa　xvii
Chandler, Raymond　xix
Chase, Richard　139
Cheever, John　xxi
Chopin, Kate　xvii, **135–43**
Chopin, Oscar　135
Clemens, Samuel Langhorne　110
Clemm, Maria　52
Coleridge, Samuel Taylor　31
Cooper, James Fenimore　xiv
Cowley, Malcolm　94, 177
Crane, Hart　xviii, 201
Crane, Stephen　xvi
Crawford, F. Marion　xvi
Crèvecœur, Michel-Guillaume Jean de　xiii
cummings, e. e.　xxi

D

DeLillo, Don　xxiii
De Voto, Bernard　122
Dickinson, Emily　xviii, 16, 100, **102–109**, 152

Dickinson,（William）Austin　105
Dixon, Jeremiah　252
Dos Passos, John　xix
Douglass, Frederick　xx
Dreiser, Theodore　xvi, 136

E

Edel, Leon　124
Edison, Thomas A.　112
Edwards, Jonathan　xii, **13–22**, 26
Eliot, T. S.　xviii, 16, 53, 115, 146, 176, 211
Ellison, Ralph　xx, **210–22**
Ellmann, Richard　152
Emerson, Ralph Waldo　xiv, 16, **30–38**, 40, 53, 63, 82, 90, 103, 210, 225
Emerson, Waldo　31
Erdrich, Louise　xxii

F

Farina, Richard　251
Farrell, James T.　xix
Faulkner, William　xviii, 16, 155, **175–86**, 225
Fitzgerald, F. Scott　xvii, 28, **164–74**, 175–76, 202, 225
Foster, Hannah Webster　xiii
Franklin, Benjamin　xii, 13, **23–29**, 34, 253
Franklin, Deborah Read　23
Frost, Robert（Lee）　xviii, **144–53**
福永武彦　xxiii
Fuller, Margaret　40

G

Gardner, John　xxi
Gilman, Charlotte Perkins　xviii
Ginsberg, Allen　xx
Glasgow, Ellen　xvii
Graham, Sheilah　166

H

Hammett, Dashiell　xix
Hardy, Thomas　228
Hathorne, John　39
Hawthorne, Nathaniel　xiii, 3, 16, **39–50**, 58, 75, 152, 155, 250
Hayford, Harrison　83

Heller, Joseph　xix, 227
Hemingway, Ernest　xvii, 113, 155, 165, 175, **187–98**, 225
Henry, O. → O. Henry
Higginson, Thomas Wentworth　104
樋口可南子　207
Hill, Anita　237
日夏耿之介　54
久間十義　xxiii
Hoffman, Daniel　54
Holmes, Oliver Wendell　xv, 113
Howe, Irving　225
Howells, William Dean　xvi
Hughes, Langston　211
Hughes, Ted　xxi
Hutchinson, Anne　8, 47

I

井上光晴　xxiii
Irving, John　xxii
Irving, Washington　xiii

J

James, Henry　xv, 16, 53, **123–34**, 156, 172, 215
James, Henry, Sr.　124
James, William　123
Jarrell, Randall　146
Jefferson, Thomas　xii
Jelliffe, Robert A.　186
Jewett, Sarah Orne　xvii
Johnson, Thomas H.　103
Jones, James　xix
Joyce, James　20, 217, 228

K

Kazan, Elia　205
Kerouac, Jack　xx, 101
Kesey, Ken　xix, 227
King, Ginevra　165
King, Martin Luther, Jr.　65
Kingston, Maxine Hong　xxii
Kipling, Rudyard　112
岸田今日子　207
北村透谷　xiv
小島信夫　xxiii
Kosinski, Jerzy　xxi

栗原小巻　207
栗山民也　207
Kushner, Tony　xxii

L

Langdon, Charles Jervis　111
Langdon, Olivia　111
Lawrence, D. H.　28, 140, 201
Leary, Lewis　140
Le Clair, Robert C.　124
Lee, Robert　144
Lewis, Sinclair　xvii, **154–63**
London, Jack　xvi
Longfellow, Henry Wadsworth　xv, 39, 113, 145
Longsworth, Polly　105
Lord, Otis Phillips　104
Lowell, James Russell　xv, 53, 113
Lowell, Robert　xxi

M

Macdonald, Ross　xix
Mailer, Norman　xix, 228
Malamud, Bernard　xx, **223–35**
Malin, Irving　223
Mamet, David　xxii
Mark Twain　xv, 34, **110–22**, 124, 172, 188, 215
Marsh, Edward　146
Mason, Bobbie Ann　xxii
Mason, Charles　252
Mather, Cotton　xii
McCarthy, Cormac　xxiii
McCullers, Carson　xix
McKay, David　91
Melville, Herman　xiii, 21, 40, **74–89**, 108, 152, 155, 201, 217, 225
Miller, Arthur　xx, 12
Miller, Henry　xx, 101
Miller, Perry　16
Milton, John　44–45
三島由紀夫　201
Mitchell, Margaret　xv
Momaday, N. Scott　xxii
Morrison, Harold　236
Morrison, Toni　xx, **236–47**, 248
村上春樹　xxiii

N

Nabokov, Vladimir　xxi, 54, 251
中上健次　xxiii
中村真一郎　xxiii
夏目漱石　128
Neidar, Charles　122
Newton, Ben(jamin) F.　102–103
Norris, Frank　xvi

O

Oates, Joyce Carol　xxi
大庭みな子　xxiii
O'Connor, Flannery　xix
大江健三郎　xxiii, 54
O'Flaherty, Katherine　135
O. Henry　xvi
Okada, John　xxii
Oldham, Estelle　177
O'Neill, Eugene　xix

P

Paine, A(lber) B(igelow)　122
Paine, Thomas　xii
Peabody, Elizabeth　64
Peabody, Sophia　40
Perkins, Maxwell　165
Pierce, Franklin　39
Plath, Sylvia　xxi
Poe, Edgar Allan　xiii, **51–62**, 100, 152, 200
Poe, Virginia Eliza Clemm　52
Porter, Katherine Anne　xix
Pound, Ezra　xviii, 146, 217
Powell, Dawn　xviii
Purdy, James　xxi
Pynchon, Thomas　xxi, **248–60**
Pynchon, Thomas Ruggles　250
Pynchon, William　249

R

Ransom, John Crowe　xix
Reznikoff, Charles　xxi
Rich, Adrienne　xxi
Richardson, Samuel　xiii
Rossetti, William Michael　91
Roth, Philip　xx, 224

Rowlandson, Mary xiii
Rowson, Susanna Haswell xiii

S

Salinger, J. D. xix, 248
Sayre, Zelda 165
Schneider, Daniel J. 172
Schwartz, Delmore 224
Sealts, Merton M., Jr. 83
Sewall, Richard B. 105
Seyersted, Per 135
Shaw, G. Bernard 157
Shaw, Elizabeth 75
Shaw, Irwin xix
Shepard, Sam xxii
Silko, Leslie Marmon xxii
Simon, Neil xxii
Sinclair, Upton xvii, 16, 155
Singer, Isaac Bashevis xxi
Smith, Captain John xii
Spangler, George M. 142
Stein, Gertrude 217
Steinbeck, John xix
Stevens, Wallace xix
Stoddard, Solomon 13
Stone, Phil 176
Stowe, Harriet Beecher xv
Styron, William xxi
杉村春子 207
Swedenborg, Emanuel 124
Swinburne, A. C. 176

T

高橋源一郎 xxiii
Tan, Amy xxii
Tate, Allen xix, 103
Taylor, Edward xii
Tennyson, Alfred 53
Thomas, Clarence 237
Thomas, Edward 146
Thompson, Lawrance 147
Thoreau, Henry David xiv, 21, **63–73**, 96, 116, 225
Thoreau, John 63
Todd, Mabel Loomis 105
Toth, Emily 136
Tucker, Ellen 30
Twain, Mark → Mark Twain

U

宇能鴻一郎 xxiii
Updike, John xxi

V

Vonnegut, Kurt xix

W

Wadsworth, Charles 104
Walker, Alice xx
Warren, Robert Penn xix
Washington, Booker T. 211
Welty, Eudora xix
West, James L. W., III 174
West, Nathanael xix, 24
Wharton, Edith xvii
Whicher, George F. 105
White, Elinor 145
Whitefield, George 15
Whitman, Sarah Helen 52
Whitman, Walt(er) xiv, 21, **90–101**, 132, 137, 225
Wigglesworth, Michael xii
William I（William the Conqueror） 249
Williams, Cornelius Coffin 199
Williams, Edwina Dakin 200
Williams, Rose 200
Williams, Tennessee xx, **199–209**
Williams, Thomas Lanier 199
Williams, William Carlos xviii
Wilson, Edmund 140, 164
Winston, Mathew 251
Winthrop, John xii, **2–12**, 39, 249
Wofford, Chloe Anthony 236
Wolfe, Thomas xviii
Woolman, John xiii, 16
Wordsworth, William 31
Wright, Richard xx, 211

Y

Yeats, William Butler 53

Z

Zukofsky, Louis xxi

作品名索引

A

"*A*" (Zukofsky)　xxi
Absalom, Absalom! (Faulkner)　xviii, 176
Adventures of Huckleberry Finn (Mark Twain)　xv, 111, 115–18, 120–21, 188
Adventures of Tom Sawyer, The (Mark Twain)　111
Aesthetic Papers　64
Against the Day (Pynchon)　248, 252
Al Aaraaf, Tamerlane and Minor Poems (Poe)　52
Ambassadors, The (Henry James)　xv, 125–27, 134
American, The (Henry James)　125
American Puritan Imagination: Essays in Revaluation, The (Bercovitch)　22
"American Scholar, The" (Emerson)　xiv, 30, 63
American Tragedy, An (Dreiser)　xvii
Ancestral Footstep, The (Hawthorne)　40
Androgyne, Mon Amour (Tennessee Williams)　202
"Annabel Lee" (Poe)　54
Ann Vickers (Sinclair Lewis)　156, 163
Arrowsmith (Sinclair Lewis)　156
Art of the Novel, The (Henry James)　125
As I Lay Dying (Faulkner)　176
Assistant, The (Malamud)　226, 228–31, 234–35
At Fault (Chopin)　136
Atlantic Monthly, The　68, 104
Austin and Mabel: The Amherst Affair and Love Letters of Austin Dickinson and Mabel Loomis Todd (Longsworth)　105
Autobiography of Benjamin Franklin, The (Franklin)　xii, 15, 24–27, 29, 254
Autobiography of Mark Twain (Mark Twain)　122
Autocrat of the Breakfast-Table, The (Holmes)　114
Awakening, The (Chopin)　xviii, 136–37, 139–43
Awkward Age, The (Henry James)　125

B

Babbit (Sinclair Lewis)　xvii, 156
"Bartleby, the Scrivener" (Melville)　75
Battle-Pieces and Aspects of the War (Melville)　75
Bayou Folk (Chopin)　136
Bay Psalm Book → *Whole Booke of Psalmes Faithfully Translated into English Metre, The*
"Bear, The" (Faulkner)　177
Beautiful and Damned, The (Fitzgerald)　165
Beloved (Morrison)　xx, 236–43, 245
"Benito Cereno" (Melville)　75
Billy Budd, Sailor (Melville)　75, 83, 85–89
Black Boy (Wright)　212
Bleeding Edge (Pynchon)　253
Blithedale Romance, The (Hawthorne)　40
Bluest Eye, The (Morrison)　xx, 236
Boston Transcript, The　115
Boy's Will, A (Frost)　145–46, 150
Broadway Journal, The　52
Brooklyn Daily Eagle, The　90
『文學界』　xiv
Burton's Gentleman's Magazine　52

C

"Calamus" (Whitman)　91
Call of the Wild, The (London)　xvi
"Cambridge Edition of the Works of F. Scott Fitzgerald, The" (Fitzgerald)　174
Camino Real (Tennessee Williams)　201
Cape Cod (Thoreau)　64
Careful and Strict Enquiry into the Modern Prevailing Notions of That Freedom of the Will..., A (Edwards)　15
Cass Timberlane (Sinclair Lewis)　156–57
Catcher in the Rye, The (Salinger)　xix, 248
Catch-22 (Heller)　xix
Cat on a Hot Tin Roof (Tennessee Williams)　201
"Celebrated Jumping Frog of Calaveras County, The" (Mark Twain)　110

Charlotte Temple (Rowson) xiii
"Children of Adam" (Whitman) 99
"Civil Disobedience" (Thoreau) 64–65, 71–73
Clarel (Melville) 75
"Clean Well-Lighted Place, A" (Hemingway) 196
Clothes for a Summer Hotel (Tennessee Williams) 202
Collected Essays of Ralph Ellison, The (Ellison) 212
Collected Poems of Robert Frost (Frost) 146
Color Purple, The (Walker) xx
"Color-Symbolism in *The Great Gatsby*" (Schneider) 172
Common Sense (Paine) xii
Complete Prose Works (Whitman) 91
Conduct of Life, The (Emerson) 31
Confidence-man: His Masquerade, The (Melville) 75
Connecticut Yankee in King Arthur's Court, A (Mark Twain) 111–12
Cool Million, A (West) xix, 24
Coquette, The (Foster) xiii
Cornell Writer, The 251
Country of the Pointed Firs, The (Jewett) xvii
Crucible, The (Arthur Miller) 12
Crying of Lot 49, The (Pynchon) 251, 260
"Czar's Soliloquy, The" (Mark Twain) 112

D

Daisy Miller (Henry James) 125
"Day of Doom, The" (Wigglesworth) xii
Death in the Afternoon (Hemingway) 188
Death of a Salesman (Arthur Miller) xx
"Death of the Hired Man, The" (Frost) 146
"Declaration of Independence" (Jefferson) xii
Democratic Vistas (Whitman) 91
"Desert Places" (Frost) 151
Devil's Dictionary, The (Bierce) xvi
Dial, The 63
"Dialogue Between the Gout and Dr. Franklin" (Franklin) 24
Divine and Supernatural Light, A (Edwards) 14
"Divinity School Address" (Emerson) 30–31
Doctrine and Discipline of Divorce, The (Milton) 45
Dodsworth (Sinclair Lewis) 156
Dr. Grimshawe's Secret (Hawthorne) 40
Drum-Taps (Whitman) 91

Dubin's Lives (Malamud) 229

E

Elmer Gantry (Sinclair Lewis) 156
"Endicott and the Red Cross" (Hawthorne) 3
"Ending of the Novel, The" (Spangler) 142
"Enfans d'Adam" (Whitman) 91
"Entropy" (Pynchon) 251
Errand into the Wilderness (Perry Miller) 16
Esquire 165
Essays: First Series (Emerson) 31
Essays: Second Series (Emerson) 31
Eureka (Poe) 52–53
Evolution of Walt Whitman: The Creation of a Book, The (Asselineau) 96
Evolution of Walt Whitman: The Creation of a Personality, The (Asselineau) 96
Excursions (Thoreau) 64

F

Fable for Critics, A (Lowell) 53
Faithful Narrative of the Surprising Work of God in the Conversion of Many Hundred Souls in Northampton, and the Neighbouring Towns and Villages of New-Hampshire in New England. In a Letter to the Revd. Dr. Benjamin Colman of Boston. Written by the Revd. Mr. Edwards, Minister of Northampton, on Nov. 6, 1736, A (Edwards) 14
"Fall of the House of Usher, The" (Poe) 52, 61–62, 100
Fanshawe: A Tale (Hawthorne) 39
"Farewell-Sermon Preached at the First Precinct in Northampton, after the People's Publick Rejection of their Minister ... on June 22, 1750, A" (Edwards) 16
Farewell to Arms, A (Hemingway) xviii, 187–88, 190–95
Faulkner: A Biography (Blotner) 186
Faulkner at Nagano (Jelliffe) 177, 186
"First Seven Years, The" (Malamud) 235
Fixer, The (Malamud) 228–29
Flappers and Philosophers (Fitzgerald) 165
"Flying Home" (Ellison) 211
Flying Home and Other Stories (Ellison) 212
For Whom the Bell Tolls (Hemingway) 188
Four Quartets (Eliot) 218

Franklin Evans (Whitman)　90
"From Edwards to Emerson" (Perry Miller)　16
From Here to Eternity (Jones)　xix
From Main Street to Stockholm (Sinclair Lewis)　157
"From Poe to Valery" (Eliot)　53
Further Range, A (Frost)　146

G

"Gentle Boy, The" (Hawthorne)　39
Gideon Planish (Sinclair Lewis)　156
"Gift Outright, The" (Frost)　146–48, 150
Glass Menagerie, The (Tennessee Williams)　199, 201–205
God Glorified in ... Man's Dependence upon Him (Edwards)　14
Go Down, Moses (Faulkner)　177
God's Grace (Malamud)　229
Going to the Territory (Ellison)　212
Golden Bowl, The (Henry James)　125
Gone With the Wind (Mitchell)　xv
Good Earth, The (Buck)　xv
Graham's Magazine　58
Grapes of Wrath, The (Steinbeck)　xix
Gravity's Rainbow (Pynchon)　xxi, 249–54, 256–57
Great Christian Doctrine of Original Sin Defended, The (Edwards)　15
Great Gatsby, The (Fitzgerald)　xvii, 29, 164–66, 169–74
Green Hills of Africa (Hemingway)　113, 188

H

Hamlet, The (Faulkner)　176
"Hawthorne and His Mosses" (Melville)　80
Heath Anthology of American Literature, The (Lauter)　94, 155
Henry James: The Master: 1901–1916 (Edel)　124
Henry James: The Untried Years: 1834–1870 (Edel)　124
Herzog (Bellow)　226
"Historic Notes of Life and Letters in New England" (Emerson)　31–32, 36
History of New England, The → *Journal of John Winthrop, The*
(History) Of Plymouth Plantation (Bradford)　2, 4–5, 9

House of the Seven Gables, The (Hawthorne)　12, 40, 250
"Howe's Masquerade" (Hawthorne)　3
"Huck Finn and Tom Sawyer among the Indians" (Mark Twain)　113
Huckleberry Finn → *Adventures of Huckleberry Finn*

I

"Idiots First" (Malamud)　235
Images or Shadows of Divine Things (Edwards)　21
Inherent Vice (Pynchon)　248, 252
Innocents Abroad, The (Mark Twain)　xv, 111
in our time (Hemingway)　188
In Our Time (Hemingway)　188
In the Bar of a Tokyo Hotel (Tennessee Williams)　201
In the Clearing (Frost)　146
"Introduction" to *Walt Whitman's Leaves of Grass: The First (1855) Edition* (Cowley)　94
Invisible Man (Ellison)　xx, 211–13, 215–21
"I Sing the Body Electric" (Whitman)　96
Israel Potter (Melville)　75
It Can't Happen Here (Sinclair Lewis)　156
Ivory Tower, The (Henry James)　125

J

Jazz (Morrison)　237
Jews and Americans (Malin)　223–25
Job: An American Novel, The (Sinclair Lewis)　156
Journal (Woolman)　xiii
Journal of John Winthrop, The (Winthrop)　3, 11
Juneteenth (Ellison)　211

K

Kansas City Star, The　191
Kate Chopin (Toth)　136
Kate Chopin: A Critical Biography (Seyersted)　135, 142
"Kate Chopin and Walt Whitman" (Leary)　140
"Kate Chopin's *The Awakening*: A Partial Dissent" (Spangler)　142
"King of the Bingo Game" (Ellison)　211
Kingsblood Royal (Sinclair Lewis)　157

L

"Lady of the Lake, The" (Malamud)　235
"L'Apres-Midi d'un Faune" (Faulkner)　176
"Last Days of John Brown, The" (Thoreau)　64
"Last Mohican, The" (Malamud)　235
Last of the Mohicans, The (Cooper)　xiv
Last Tycoon, The (Fitzgerald)　166
Leaves of Grass (Whitman)　xiv, 90–96, 98–99, 101, 140
"Lesson of the Master, The" (Henry James)　134
Letters from an American Farmer (Crèvecœur)　xiii
"Letter to Walt Whitman" (Emerson)　93
Life on the Mississippi (Mark Twain)　111
Light in August (Faulkner)　176
Lion in the Garden (Faulkner)　177
"Literati of New York City, The" (Poe)　52
Little Women (Alcott)　xv
Lolita (Nabokov)　xxi, 54
Look Homeward, Angel (Thomas Wolfe)　xviii
Love (Morrison)　237
Lovely Sunday for Creve Coeur, A (Tennessee Williams)　202
"Low-Lands" (Pynchon)　251

M

Madame Bovary (Flaubert)　xviii, 136
"Magic Barrel, The" (Malamud)　229, 235
Magic Barrel, The (Malamud)　229
Maine Woods, The (Thoreau)　64
Main Street (Sinclair Lewis)　155–57, 159–61, 163
Maltese Falcon, The (Hammett)　xix
Man from Main Street, The (Sinclair Lewis)　157
Mansion, The (Faulkner)　176
"Man That Corrupted Hadleyburg, The" (Mark Twain)　112
Marble Faun, The (Faulkner)　175
Marble Faun, The (Hawthorne)　40
Mardi: And a Voyage Thither (Melville)　75
Mark Twain's Notebook (Mark Twain)　119–20
Mark Twain: The Critical Heritage (Frederick Anderson)　113–14
Mason & Dixon (Pynchon)　xxi, 248, 252–53, 255, 257–60
"Mayflower Compact"　2
Memoirs (Tennessee Williams)　202
"Mending Wall" (Frost)　146

Men Without Women (Hemingway)　188
Mercy, A (Morrison)　237, 244–45, 247
Michigan Quarterly Review　237
Milk Train Doesn't Stop Here Anymore, The (Tennessee Williams)　201
Mindful Pleasures: Essays on Thomas Pynchon (David Leverenz and George Levine)　251
Moby-Dick; or, The Whale (Melville)　xiv, 22, 40, 75–77, 79–81, 88, 108, 152, 252
"Model of Christian Charity, A" (Winthrop)　3, 6–7
"Mortality and Mercy in Vienna" (Pynchon)　251
Mosses from an Old Manse (Hawthorne)　40, 75
Mountain Interval (Frost)　146
"MS. Found in a Bottle, A" (Poe)　52
"My Kinsman, Major Molineux" (Hawthorne)　39–40
"My Lost Youth" (Longfellow)　145
Mysterious Stranger, The (Mark Twain)　112
"Mystery of the Raymond Mortgage, The" (Fitzgerald)　164

N

Naked and the Dead, The (Mailer)　xix
Naked Lunch, The (Burroughs)　xxi
Narrative of Arthur Gordon Pym, The (Poe)　52, 152
Native Son (Wright)　xx, 212
Natural, The (Malamud)　229
"Natural History of the Intellect" (Emerson)　31
Nature (Emerson)　xiv, 16, 20, 31–33, 36–37, 70
New Challenge　211
New England Quarterly, The　16
New Hampshire (Frost)　146
New Life, A (Malamud)　228–29
New Masses　211
New Orleans Crescent, The　90
New Oxford Book of American Verse, The (Ellmann)　152
New Republic, The　176
"New York Edition of Henry James, The" (Henry James)　125
New York Herald, The　110
New York Times, The　122
New York Times Book Review, The　236–37
New York Tribune, The　92, 110
Night in Acadie, A (Chopin)　133
Night of the Iguana, The (Tennessee Williams)　201

Nobel Lecture in Literature, 1993, The (Morrison) 237
North of Boston (Frost) 146

O

Octopus, The (Norris) xvi
"Of Insects" (Edwards) 13
Of Plymouth Plantation → (History) Of Plymouth Plantation
Old Man and the Sea, The (Hemingway) 184, 188, 197–98
Oleanna (Mamet) xxii
Omoo: A Narrative of Adventures in the South Seas (Melville) 75
One Arm and Other Stories (Tennessee Williams) 202
One Flew Over the Cuckoo's Nest (Kesey) xix
On the Road (Kerouac) xx
Optics (Isaac Newton) 13
Ordeal of Mark Twain, The (Van Wyck Brooks) 111
Orpheus Descending (Tennessee Williams) 201
Our Mr. Wrenn: The Romantic Adventures of a Gentle Man (Sinclair Lewis) 155–56
"Out of the Cradle Endlessly Rocking" (Whitman) 140

P

"Pain of Being Black: An Interview with Toni Morrison, The" (Angelo) 239
Paradise (Morrison) 237
Paradise Lost (Milton) 44
Partisan Review 229
"Pasture, The" (Frost) 150
Patriotic Gore: Studies in the Literature of the American Civil War (Wilson) 140
"Personal Narrative" (Edwards) 16, 19–21
Personal Recollections of Joan of Arc (Mark Twain) 112
"Philosophy of Composition, The" (Poe) 52, 58
Piazza Tales, The (Melville) 75
Pictures of Fidelman (Malamud) 229
Pierre; or, The Ambiguities (Melville) 75
Playing in the Dark: Whiteness and the Literary Imagination (Morrison) 237
"Plea for Captain John Brown, A" (Thoreau) 64
Poems of Emily Dickinson, The (Dickinson) 103

Poe Poe Poe Poe Poe Poe Poe (Hoffman) 54
Poetry and the Age (Jarrell) 147
Poor Richard's Almanack (Franklin) 23, 255
Portable Faulkner, The (Cowley) 177
"Portrait of a Girl in Glass" (Tennessee Williams) 202
Portrait of a Lady, The (Henry James) xv, 125–29, 131–32
Power of Sympathy, The (William Hill Brown) xiii
Prince and the Pauper, The (Mark Twain) 111
Princeton Tiger 164
Prodigal Parents, The (Sinclair Lewis) 156

Q

"Quest for Pynchon, The" (Winston) 251

R

Rabbit, Run (Updike) xxi
Race-ing Justice, En-Gendering Power: Essays on Anita Hill, Clarence Thomas, and the Construction of Social Reality (Morrison) 237
『騰たしアナベル・リイ　総毛立ちつ身まかりつ』(大江) 54
Ragged Dick (Alger) 24
"Rainbows, The" (Edwards) 13
Raven and Other Poems, The (Poe) 52
Reader's Guide to Walt Whitman, A (Gay Wilson Allen) 94
Red Badge of Courage, The (Stephen Crane) xvi
Redburn (Melville) 74
Reivers, The (Faulkner) 177
Representative Men (Emerson) 31
"Resistance to Civil Government" → "Civil Disobedience"
"Review of Nathaniel Hawthorne's Twice-Told Tales" (Poe) 58
"Rip Van Winkle" (Washington Irving) xiii
Robert Frost: The Early Years, 1874–1915 (Thompson) 147
Robert Frost: The Years of Triumph, 1915–1938 (Thompson) 147
Roderick Hudson (Henry James) 125
"Roger Malvin's Burial" (Hawthorne) 40
Roman Spring of Mrs. Stone, The (Tennessee Williams) 202
Romantic Egotist, The (Fitzgerald) 165

"Rose for Emily, A" (Faulkner) 176–77
Rose Tattoo, The (Tennessee Williams) 201
Roughing It (Mark Twain) 111

S

Sacred Fount, The (Henry James) 125
Sanctuary (Faulkner) 176–77
Saracinesca (Crawford) xvi
Sartoris (Faulkner) 176
Saturday Evening Post, The 165
"Scarlet A Minus" (Carpenter) 42
Scarlet Letter, The (Hawthorne) xiv, 3, 11, 40, 42–45, 47, 49–50, 80
Selected Letters of William Faulkner (Faulkner) 177
"Servant to Servants, A" (Frost) 146
Shadow and Act (Ellison) 212
Silent Spring (Carson) xxii
"Sinners in the Hands of an Angry God" (Edwards) xii, 15–17
Sister Carrie (Dreiser) xvii, 136
Sketch Book, The (Washington Irving) xiii
Slaughterhouse-Five (Vonnegut) xix
"Slavery in Massachusetts" (Thoreau) 64
Small Craft Warnings (Tennessee Williams) 202
"Small Rain, The" (Pynchon) 251
Snow-Image, and Other Twice-Told Tales, The (Hawthorne) 40
Snow White (Barthelme) 134
Soldiers' Pay (Faulkner) 176
Some Thoughts Concerning the Present Revival of Religion in New England (Edwards) 14
"Song of Myself" (Whitman) 94
Song of Solomon (Morrison) 236
Sot-Weed Factor, The (Barth) xxi
Sound and the Fury, The (Faulkner) xviii, 176–78, 181–86
Southern Excursions (Leary) 140
Southern Literary Messenger, The 52
Specimen Days and Collect (Whitman) 91
Springfield Republican, The 103–104
"Stopping by Woods on a Snowy Evening" (Frost) 152
St. Paul Academy Now and Then 164
Streetcar Named Desire, A (Tennessee Williams) xx, 199–201, 205–209
Suddenly, Last Summer (Tennessee Williams) 201
Sula (Morrison) 236
Summer and Smoke (Tennessee Williams) 201
Sun Also Rises, The (Hemingway) xvii, 188
Sweet Bird of Youth (Tennessee Williams) 201

T

Tales of the Grotesque and the Arabesque (Poe) 52
Tales of the Jazz Age (Fitzgerald) 165
Tamerlane and Other Poems (Poe) 52
Tar Baby (Morrison) 236
Tenants, The (Malamud) 229
Tender Is the Night (Fitzgerald) 165
"That Evening Sun" (Faulkner) 177
This Side of Paradise (Fitzgerald) xvii, 165, 172
This Was a Poet: A Critical Biography of Emily Dickinson (Whicher) 105
Time 239
Tobacco Road (Caldwell) xix
"To Helen" (Poe) 51
Token 39
Tom Sawyer → *Adventures of Tom Sawyer, The*
"To the Person Sitting in Darkness" (Mark Twain) 112
Town, The (Faulkner) 176
Tragedy of Pudd'nhead Wilson, The (Mark Twain) 112
Trimalchio (Fitzgerald) 174
Trimalchio: An Early Version of The Great Gatsby (Fitzgerald) 174
Tropic of Cancer (Henry Miller) xx
Turn of the Screw, The (Henry James) 125
Twice-Told Tales (Hawthorne) 40
Twilight (Frost) 145
Two-Character Play, The (Tennessee Williams) 201
Typee: A Peep at Polynesian Life (Melville) 74
Typology and Early American Literature (Bercovitch) 22

U

Uncle Tom's Cabin (Stowe) xv
Uncle Tom's Children (Wright) 212
"Under the Rose" (Pynchon) 251
"Unspeakable Things Unspoken: The Afro-American Presence in American Literature" (Morrison) 237

Unvanquished, The (Faulkner)　177
U.S.A. (Dos Passos)　xix

V

V. (Pynchon)　251
Vineland (Pynchon)　248, 252
Vocation and a Voice, A (Chopin)　136

W

Walden; or, Life in the Woods (Thoreau)　xiv, 22, 64–70, 72, 96, 116
"Walking, or the Wild" (Thoreau)　64, 68–69
Walt Whitman's Leaves of Grass: The First (1855) Edition (Cowley)　94
"War Prayer, The" (Mark Twain)　112
Waste Land, The (Eliot)　211
Way to Wealth, The (Franklin)　xii, 23, 255
Week on the Concord and Merrimack Rivers, A (Thoreau)　63
What Is Man? (Mark Twain)　112
What Maisie Knew (Henry James)　125
White-Jacket; or, The World in a Man-of-War (Melville)　75
White Rose of Memphis, The (William Clark Falkner)　175
Whole Booke of Psalmes Faithfully Translated into English Metre, The　xii

Who's Afraid of Virginia Woolf? (Albee)　xxii
Wieland (Charles Brockden Brown)　xiii
"Wild Apples" (Thoreau)　64
William Faulkner: First Encounter (Cleanth Brooks)　186
Winesburg, Ohio (Sherwood Anderson)　xvii
Wings of the Dove, The (Henry James)　125, 128
Winner Take Nothing (Hemingway)　188
Witness Tree, A (Frost)　146, 148
World According to Garp, The (John Irving)　xxii
World So Wide (Sinclair Lewis)　157

Y

"Yellow Wall-Paper, The" (Gilman)　xviii
Young Henry James (Le Clair)　124
Young Lions, The (Irwin Shaw)　xix

Z

Zoo Story, The (Albee)　xxii

＊

#303 (Dickinson)　107
#528 (Dickinson)　108
#745 (Dickinson)　106
#1072 (Dickinson)　109

Acknowledgments

5–1 "Scarlet A Minus" by Frederic I. Carpenter from *College English Vol. 5, No. 4* (January, 1944). Originally published by National Council of Teachers of English.

6–2 *Lolita* by Vladimir Nabokov. Copyright © 1955 by Vladimir Nabokov. Originally published by Vintage Books, a division of Random House, Inc.

6–3 *Poe Poe Poe Poe Poe Poe Poe* by Daniel Hoffman. Copyright © 1972 by Daniel Hoffman. Originally published by Doubleday. Used by permission of Daniel Hoffman.

9–3 *The Evolution of Walt Whitman* by Roger Asselineau. Copyright © 1960–62 and renewed 1999 by University of Iowa Press. Reprinted by permission of University of Iowa Press.

11–1 *Mark Twain: The Critical Heritage* by Frederick Anderson. Copyright © 2011 by Barnes & Noble Books-Imports. Reproduced with permission of Barnes & Noble Books-Imports in the format Textbook via Copyright Clearance Center.

15–1 *Sinclair Lewis: An American Life* by Mark Schorer, McGraw-Hill, 1961.

17–1, 17–2, 17–3, 17–4 *The Sound and the Fury* by William Faulkner. Copyright © 1929 and renewed 1957 by William Faulkner. Used by permission of Random House, Inc.

18–1, 18–2, 18–3, 18–4 *A Farewell to Arms* by Ernest Hemingway. Copyright © All rights outside U.S., Hemingway Foreign Rights Trust. Reproduced by permission through Japan Uni Agency, Inc.

18–5 "A Clean, Well-Lighted Place" from *The Snows of Kilimanjaro and Other Stories* by Ernest Hemingway. Copyright © All rights outside U.S., Hemingway Foreign Rights Trust. Reproduced by permission through Japan Uni Agency, Inc.

18–6 *The Old Man and the Sea* by Ernest Hemingway. Copyright © All rights outside U.S., Hemingway Foreign Rights Trust. Reproduced by permission through Japan Uni Agency, Inc.

19–1, 19–2 *The Glass Menagerie* by Tennessee Williams. Copyright © 1945, renewed 1973 by the University of the South. Reproduced by permission of George Borchardt, Inc. for the Estate of Tennessee Williams. All rights reserved.

19–3 *A Streetcar Named Desire* by Tennessee Williams. Copyright © 1947 by The University of the South. Reproduced by permission of George Borchardt, Inc. for the Estate of Tennessee Williams. All rights reserved.

20–1, 20–2, 20–3 "Prologue" Copyright © 1952 by Ralph Ellison. "Chapter 1 and Epilogue" Copyright © 1947, 1948, 1952 by Ralph Ellison. From *Invisible Man* by Ralph Ellison. Copyright © 1947, 1948, 1952 by Ralph Ellison. Copyright renewed © 1975, 1976, 1980 by Ralph Ellison. Used by permission of Random House, Inc.

21–1 *Jews and Americans* by Irving Malin. Copyright © 1965 by Southern Illinois University Press.

21–2 *The Assistant: A Novel* by Bernard Malamud. Copyright © 1957, renewed

1985 by Bernard Malamud. Originally published by Farrar, Straus and Giroux, LLC.

22-1, 22-2   *Beloved* by Toni Morrison. Copyright © 1987 by Toni Morrison. Originally published by Alfred A. Knopf, a division of Random House, Inc.

Audio: *Beloved* by Toni Morrison. Copyright © Amanda Urban, International Creative Management.

23-1   *Gravity's Rainbow* by Thomas Pynchon. Copyright © 1973 by Thomas Pynchon. Used by permission of Viking Penguin, a division of Penguin Group (USA) Inc.

Audio: Copyright © 1973, 2001 by Thomas Pynchon. From *Gravity's Rainbow* (Penguin Classics). Reproduced with permission by Melanie Jackson Agency, LLC.

23-2, 23-3, 23-4   *Mason & Dixon* by Thomas Pynchon. Copyright © 1997 by Thomas Pynchon. Originally published by Henry Holt and Company, LLC.

Audio: Copyright © 1997 by Thomas Pynchon. From *Mason & Dixon* (Picador). Reproduced with permission by Melanie Jackson Agency, LLC.

Photo Credits

All of the photos appearing in this book are considered to be in the public domain, except for those below:

p. 175 and p. 186 "William Faulkner": From *Faulkner at Nagano*. Copyright © Kenkyusha.

p. 223 "Bernard Malamud": Nancy Cramton/Opale/Aflo.

P. 236 "Toni Morrison": AP/Aflo.

本書同封の CD 音声は、MP3 データで記録されています。MP3 対応のパソコンおよび CD/DVD プレーヤーで再生できます。
　CD の無断複製は禁じます。

　The sound track on the CD enclosed with this book is recorded as an MP3 file. It can be played back on an MP3-enabled computer or CD/DVD player.
　Unauthorized copying is prohibited.

●著者紹介●

渡辺利雄（わたなべとしお）

　1935年（昭和10年）台湾新竹市生まれ。1954年、新潟県両津高校卒。1958年、東京大学文学部英文科卒。1961年、同大学大学院修士課程修了。1962年から64年まで、カリフォルニア大学バークレー校などに留学。東京大学文学部教授、日本女子大学文学部教授・文学部長などを歴任。現在、東京大学名誉教授、昭和女子大学特任教授。専門はアメリカ文学（特に、マーク・トウェイン、ヘンリー・ジェイムズなどのリアリズム文学）。2020年1月10日逝去。

　著書に『フランクリンとアメリカ文学』『英語を学ぶ大学生と教える教師に──これでいいのか？ 英語教育と文学研究』（いずれも研究社）、編著に『20世紀英語文学辞典』『読み直すアメリカ文学』（研究社）など、訳書に『フランクリン自伝』（中公クラシックス）、マーク・トウェイン『自伝』（研究社）、『ハックルベリー・フィンの冒険』（集英社）、『不思議な少年』（講談社）、ジョン・ドス・パソス『USA』（岩波文庫、共訳）、ノーマン・マクリーン『マクリーンの川』（集英社文庫）、『マクリーンの森』（集英社）などがある。

　2007年12月、研究・教育の集大成『講義 アメリカ文学史［全3巻］──東京大学文学部英文科講義録』を刊行した。そして2010年1月には『講義アメリカ文学史　補遺版』を、2014年7月には『アメリカ文学に触発された日本の小説』を出版した。

調査・整理　山田浩平
編集協力　　宮本文・久保尚美・高見沢紀子
CDナレーション　Peter Serafin, Xanthe Smith, Thea Serafin and Raven Slaughter（Golden Angel Studio）
CD編集協力　佐藤京子・宮本文

講義 アメリカ文学史 入門編

Lectures on American Literature for Japanese Students

● 2011 年 3 月 14 日　初版発行 ●
● 2022 年 11 月 25 日　7 刷発行 ●

● 著者 ●
渡辺利雄

Copyright © 2011 by Toshio Watanabe

発行者　●　吉田　尚志

発行所　●　株式会社　研究社

〒102-8152　東京都千代田区富士見 2-11-3
電話　営業 03-3288-7777（代）　編集 03-3288-7711（代）
振替　00150-9-26710
https://www.kenkyusha.co.jp/

装丁・CD デザイン　●　久保和正

本文・目次デザイン　●　mute beat

印刷所　●　図書印刷株式会社

CD 編集・製作　●　（株）東京録音

ISBN 978-4-327-47222-1　C3098　Printed in Japan

価格はカバーに表示してあります。
本書のコピー、スキャン、デジタル化等の無断複製は、著作権法上での例外を除き、禁じられています。
また、私的使用以外のいかなる電子的複製行為も一切認められていません。
落丁本、乱丁本はお取り替え致します。
ただし、中古品についてはお取り替えできません。

講義 アメリカ文学史[全3巻]
東京大学文学部英文科講義録

第Ⅰ巻

- 第1章 はじめに
- 第2章 アメリカ文学の全体像
- 第3章 アメリカ文学の独自性
- 第4章 アメリカ文学の「ロマンス」性
- 第5章 ウィリアム・ブラッドフォード、ジョン・ウィンスロップ、アン・ブラッドストリート
- 第6章 ピューリタニズムの光と影
- 第7章 ピューリタニズムとアメリカ文学
- 第8章 エドワード・テイラー
- 第9章 キャプテン・ジョン・スミス
- 第10章 夢の楽園と現実の荒野
- 第11章 「アメリカの夢」と「アメリカの悪夢」
- 第12章 メアリー・ローランドソン
- 第13章 ベンジャミン・フランクリン
- 第14章 ジョナサン・エドワーズ
- 第15章 ブラウン、ローソン、フォスター
- 第16章 チャールズ・ブロックデン・ブラウン
- 第17章 ワシントン・アーヴィング
- 第18章 ミシェル・ギヨーム・ジャン・ド・クレヴクール
- 第19章 ジェイムズ・フェニモア・クーパー
- 第20章 ラルフ・ウォルドー・エマソン
- 第21章 ヘンリー・デイヴィッド・ソロー
- 第22章 ナサニエル・ホーソーン
- 第23章 ハーマン・メルヴィル
- 第24章 エドガー・アラン・ポー
- 第25章 ウォルト・ホイットマン
- 第26章 ヘンリー・ワズワース・ロングフェロー
- 第27章 ハリエット・ビーチャー・ストウ
- 第28章 ルイザ・メイ・オールコット
- 第29章 エミリー・ディキンソン

第Ⅱ巻

- 第30章 アメリカ・リアリズム文学の成立
- 第31章 アメリカ・リアリズム文学をめぐる対立
- 第32章 ウィリアム・ディーン・ハウエルズ
- 第33章 マーク・トウェイン
- 第34章 ヘンリー・ジェイムズ
- 第35章 ヘンリー・アダムズ
- 第36章 ホレイショー・アルジャー
- 第37章 フランク・ノリスとスティーヴン・クレイン
- 第38章 シオドア・ドライサー
- 第39章 シャーウッド・アンダソン
- 第40章 シンクレア・ルイス
- 第41章 ケイト・ショパン
- 第42章 イーディス・ウォートン
- 第43章 ウィラ・キャザー
- 第44章 ジャック・ロンドン
- 第45章 アーネスト・ヘミングウェイ
- 第46章 F・スコット・フィッツジェラルド
- 第47章 ウィリアム・フォークナー
- 第48章 ジョン・ドス・パソス
- 第49章 ジョン・スタインベック
- 第50章 トマス・ウルフ

第51章　リチャード・ライト
第52章　ロバート・フロスト
第53章　ウォレス・スティーヴンズ
第54章　エズラ・パウンド
第55章　ウィリアム・カーロス・ウィリアムズ
第56章　ユージーン・オニール
第57章　テネシー・ウィリアムズ
第58章　アーサー・ミラー

第Ⅲ巻

第59章　アメリカ文学史──現代
第60章　マーク・トウェインの伝統
第61章　ヘンリー・ジェイムズの文学遺産
第62章　小説の奇妙な死をめぐって
第63章　ノーマン・メイラー
第64章　ラルフ・エリソン
第65章　ニュー・クリティシズム
第66章　カーソン・マッカラーズ
第67章　トルーマン・カポーティ
第68章　フラナリー・オコナー
第69章　J・D・サリンジャー
第70章　ソール・ベロー
第71章　バーナード・マラマッド
第72章　フィリップ・ロス
第73章　ジョン・アップダイク
第74章　シルヴィア・プラス
第75章　ヴラディーミル・ナボコフ
第76章　ネイチャー・ライティング
第77章　ジョン・バース
第78章　トマス・ピンチョン
第79章　ジャック・ケルアック
第80章　カート・ヴォネガット
第81章　マルティカルチュラリズムとネイティヴ・アメリカン文学

第82章　ケン・キージー
第83章　ジョーゼフ・ヘラー
第84章　ジェイムズ・ボールドウィン
第85章　トニ・モリソン
第86章　ジョン・アーヴィング
第87章　レイモンド・カーヴァー
第88章　ポール・オースター
最終講義　『アメリカ文学史』の終わりに

講義　アメリカ文学史

補遺版

第89章　ジョン・ウルマン
第90章　アンブローズ・ビアス
第91章　サラ・オーン・ジュエット
第92章　F・マリオン・クロフォード
第93章　シャーロット・パーキンズ・ギルマン
第94章　エレン・グラスゴー
第95章　アプトン・シンクレア
第96章　T・S・エリオット
第97章　ヘンリー・ミラー
第98章　パール・S・バック
第99章　ダシール・ハメット
第100章　ドーン・パウエル
第101章　ノーマン・マクレイン
第102章　ナサニエル・ウェスト
第103章　アイザック・バシェヴィス・シンガー
第104章　ロバート・ローウェル
第105章　ジョン・ホークス
第106章　アレン・ギンズバーグ

第107章 エドワード・オールビーとデイヴィッド・マメット
第108章 リチャード・ブローティガン
第109章 スティーヴン・ミルハウザー
第110章 アリス・ウォーカー
第111章 『ニューヨーク・タイムズ・ブック・レビュー』の100年
対談：渡辺利雄・後藤和彦——作者、著者、読者が一体となって作り出す新しいアメリカ文学史

講義　アメリカ文学史

入門編

アメリカ文学の全体像
 1　ウィリアム・ブラッドフォードとジョン・ウィンスロップ
 2　ジョナサン・エドワーズ
 3　ベンジャミン・フランクリン
 4　ラルフ・ウォルドー・エマソン
 5　ナサニエル・ホーソーン
 6　エドガー・アラン・ポー
 7　ヘンリー・デイヴィッド・ソロー
 8　ハーマン・メルヴィル
 9　ウォルト・ホイットマン
10　エミリー・ディキンソン
11　マーク・トウェイン
12　ヘンリー・ジェイムズ
13　ケイト・ショパン
14　ロバート・フロスト
15　シンクレア・ルイス
16　F・スコット・フィッツジェラルド
17　ウィリアム・フォークナー
18　アーネスト・ヘミングウェイ
19　テネシー・ウィリアムズ
20　ラルフ・エリソン
21　バーナード・マラマッド
22　トニ・モリソン
23　トマス・ピンチョン

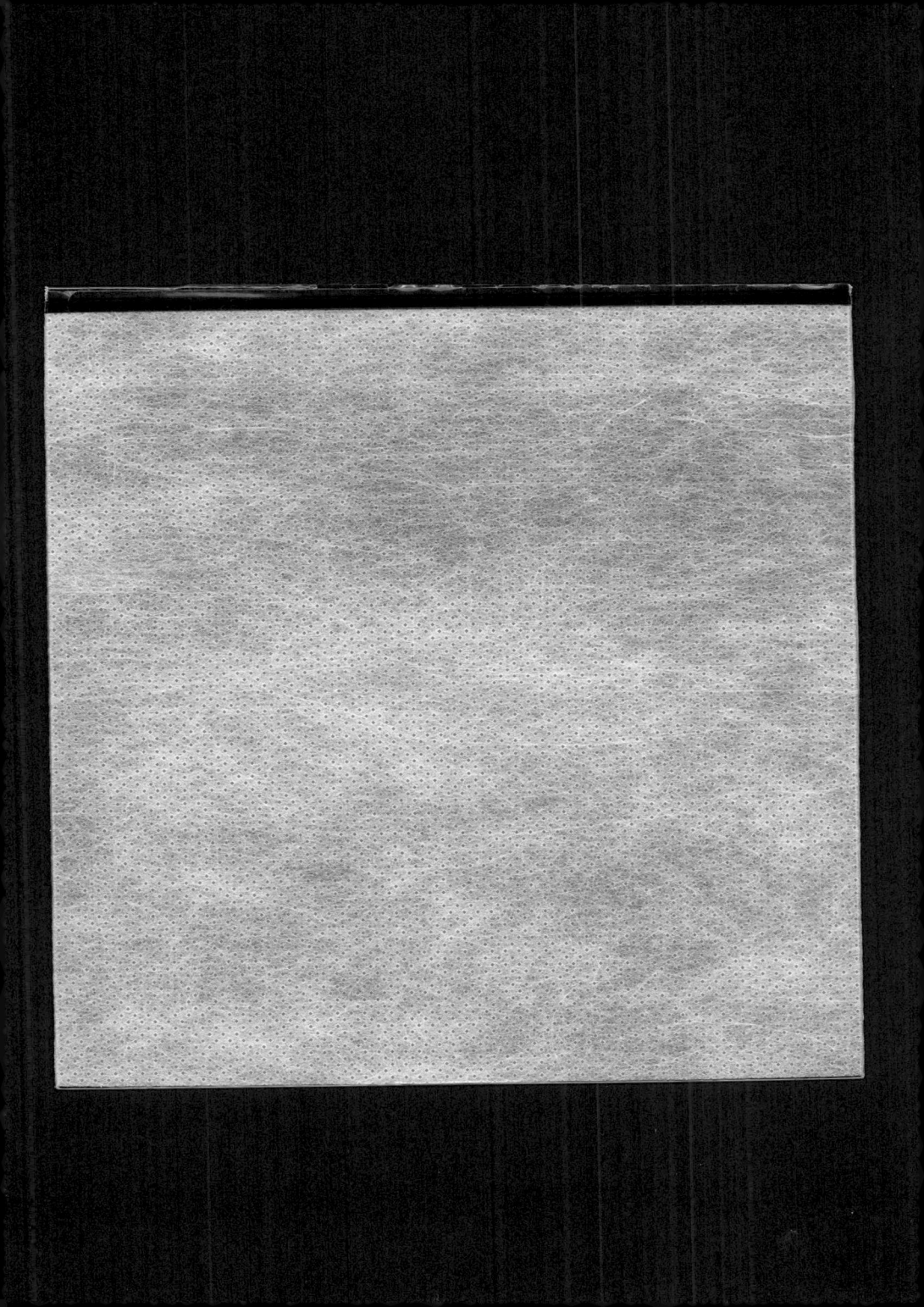